아이, 뱀파이어

아이, 뱀파이어

초판1쇄 인쇄 2010년 7월 5일
초판1쇄 발행 2010년 7월 10일

지은이 문영

펴낸이 박대일
편집 임수진
교정 서경희
마케팅 송재진
디자인 김은희

펴낸곳 새파란상상(파란미디어)
출판등록 2004년 9월 14일 제313-2004-00214호

주소 121-886 서울시 마포구 합정동 387-18 현화빌딩 2층
전화번호 02. 3141. 5589(영업부) 070. 7798. 5589(편집부)
팩스 02. 3141. 5590
전자우편 paranbook@gmail.com
블로그 http://blog.naver.com/neoparan21

ISBN 978-89-6371-013-6 03810

아이 뱀파이어

문영 장편소설

새파란상상

인지의 용도를 위해 만들어진 것을 사실이라고 믿는 사람은
이 학문에 입문할 때보다 더 심한 바보가 되어 이 학문을 떠나게 될 것이다.

(앤드류 오시앤더, 코페르니쿠스의 〈천체의 회전에 관하여〉에 붙인 서문 중)

프 롤 로 그

"제인 스미스!"

송호달이 부른다. 가고 싶은 생각은 전혀 없지만 내 몸은 저절로 반응한다. 나는 벌써 그놈 앞에 서 있는 중이다. 해야 할 일은 역겹고 토 나오는 일이다.

"인상 좀 펴지?"

음탕함이 뚝뚝 떨어지는 것 같은 저 기름진 얼굴. 그 주제에 싱글벙글이다.

"맏언니가 해야 되는 일일 뿐이야? 그렇지 않은가?"

그렇지 않다고 말해야 하는데, 그렇게 되지 않는다. 빌어먹을! 마침 휴대폰이 울린다. 본사로부터 오는 전화다. 그래. 아무튼 책임자, MIB 한국지부의 책임자가 표면적으로는 나, 제인 스미스니까.

전화를 끊었을 때 내 가슴은 두근대고 있었다. 이건 로또 당첨이다! 송호달의 눈치를 살폈다. 무슨 전화인지 물어보지만 않으면 된다.

"제인."

안 물어볼 송호달이 아니지. 헛된 기대 따위를 품은 내 자신에게 실망했다.

"빨리 들어가! 왜 그렇게 어정대는 거냐?"

한국에 온 지 10년 만에 처음, 진심으로 송호달의 명령에 따랐다. 즉각 지옥문으로 들어선 것이다.

MIB에 대해서 아는가? 검은 양복에 선글라스를 끼고 다니며 레이저 광선을 뿜어내는 만년필을 가지고 있는 사람 아니냐고? 형태적으로는 맞다.

MIB는 Men In Black의 약자로 외계인에 대해서 조사하고 다니며 여기저기 외계인이 저지른 일을 수습하고 다닌다고 알려져 있다. 하지만 그것은 모두 위장이다. MIB라는 말은 실제로는 UN 산하 인류수호위원회 '추잡한 동물 단속부(Management Indecent Beast)' 의 약자다.

우리가 쫓고 있는 '추잡한 동물' 은 그 종류가 다양한데, 그중에서도 내가 담당하고 있는 것은 변신족-뱀파이어다.

우리가 들고 다니는 것으로 알려져 있는 만년필. 레이저 광선과 같은 빛이 번쩍이는데, 세상에는 이것으로 인간의 기억을 지운다고 알려져 있다. 빛으로 기억을 소거하다니? 소가 웃을 일이다. 그 빛은 바로 태양빛과 같은 강도를 지닌 것으로, 인간에게는 무해하지만 뱀파이어들에게는 치명적인 살상 무기가 된다.

뱀파이어들은 햇빛에 약하다. 그들은 인간의 생명력을 피를 통해 빨아들이고 그 힘으로 살아가기 때문에 인류와는 공존이 불가능한, 반드시 제거되어야 하는 존재라 하겠다.

알 수 없는 살인 범죄 뒤에는 뱀파이어가 있을 수 있다. 뱀파이어에게 물리면 대개는 죽어 버리지만 어쩌다 살아남아 또 뱀파이어가 되는 경우도 있다. 이렇게 뱀파이어가 된 존재는 자신이 아직도 인간인 줄 알고 햇빛에 무심히 나왔다가 쓰러지기도 한다. 드문 일이기는 하지만 이런 일이 벌어지면 그 환자는 특수 포르피린증 환자로 분류되고, 자동적으로 그 사실이 WHO 산하기관인 EMI(인간을 제외한 지적 존재) 팀에 통보되고 다시 우리 MIB에 통보된다.

그러면 드디어 내가 출동하게 되는 것이다.

하지만 이 빌어먹을 한국에서는 그런 일이 당최 벌어지지 않는다. 이곳은 전 세계에서도 거의 유일한 CV존(뱀파이어 청정 지역)이기 때문이다. 뱀파이어들끼리도 이곳에 오면 안 된다는 것을 자연스럽게 알고 있다. 마늘을 상식하는 동네. 들어오면 '사면' 이 막혀서 빠져나갈 곳이 없는 동네라는 것이 잘 알려져 있기 때문이다.

따라서 내가 허울 좋은 MIB 한국지부의 책임자로서 MIB 본연의 임무를 수행해 본 적은 한 번도 없었다. 지금까지는.

지옥을 빠져나오며 나는 터져 나오는 웃음을 감추지 못했다.

"기다려라, 뱀파이어. 이제 로또 찾으러 가 주마."

1

나는 뱀파이어다(뿐만 아니라 드라큘라 백작에 의해서 탄생한 1세대 뱀파이어다). 뱀파이어가 된 이래 그동안 적지 않은 뱀파이어들을 만들어 왔다. 절대로 고의로 한 일은 아니다.

뱀파이어를 만드는 것은 결코 쉬운 일이 아니기 때문이다. 그것은 내가 결정하는 일이 아니다. 똑같이 피를 빨려도 누군가는 뱀파이어가 되고 누군가는 뱀파이어가 되지 않는다. 어떤 경우는 뱀파이어가 되지만, 대개는 변화를 견디지 못하고 죽어 버린다. 그리고 아주 극소수는 머리가 텅 빈 좀비가 된다.

나는 뱀파이어가 싫다. 세상에 뱀파이어는 나 하나로 족하다. 이건 뱀파이어의 기본 속성인 모양이다. 어쩌다 뱀파이어가 된 놈들도 나를 죽이려 들기 일쑤다. 영생을 안겨 주었으면 감사하게 생각하고 주인님으로 모셔야 할 것인데.

그것들이 싫기도 하지만 나 자신을 보호하기 위해 그것들을 죽일 수밖에 없다. 그리고 이게 아무 실익이 없는 일이다. 내게 실익이라고 하면 그저 피를 빨아먹는 것인데, 뱀파이어의 피는 쓰디써서 절대 먹을 수가 없다(멋모르던 시절 먹어 봤다). 그러니 그것들을 죽인다고 해봐야 내게 뭐가 남겠는가? 심지어 그 광경을 인간에게 들켜 보금자리를 버리고 달아나야 했던 적도 있었다. 정말 귀찮은 일이다.

나는 인구가 많은 도시의 빈민가에서 살았다. 사람이 안 보이면 입 하나 덜었다고 기뻐하는 곳이 최고의 사냥터다. 물론 사냥터보다 더 좋은 곳도 있긴 하다. 전쟁터다. 빈민가가 최고의 사냥터라면 전쟁터는 최고의 레스토랑이다. 전쟁터에서는 온갖 일이 일어나고 온갖 일이 묻혀 버린다. 치명상을 입은 병사라고 해도 피가 달콤하기는 마찬가지다. 그리고 치명상을 입은 병사는 뱀파이어가 되기 전에 죽어 버리기 때문에 뒤탈도 없다. 뭔가 눈치를 챈다고 해도 저항할 수도 없는 처지기 때문에, 그야말로 레스토랑이라 부를 만하다.

더구나 이 레스토랑은 마치 정통을 자랑하는 오래된 식당들처럼 세월이 흐를수록 점점 더 그 규모가 커져 갔다. 더 많은 사람이 더 빨리 죽었고, 그만큼 포식을 하게 되었다.

심지어 제2차 세계대전 때는 피를 하도 먹어서 살이 찔 지경이었다. 말도 안 되는 이야기였다. 뚱보 뱀파이어라니! 뱀파이어의 흡혈 욕구와 마찬가지로 전쟁 역시 끝이 없다. 두 차례나 벌어진 세계대전이 끝나고도 전쟁은 쉬지 않았다. 2차 대전 후에 전쟁이 일어난 곳은 차이나. 차이나는 정말 멋진 나라다. 쉬지 않는 전쟁, 그리고 엄청난 인구.

차이나에서 전쟁이 끝나기 무섭게 이번에는 그 옆 나라인 코리아에서 전쟁이 터졌다. 너무 편한 것만 찾으면 안 되는 일이었지만, 이미 게을러질 대로 게을러진 나는 이 전쟁에 끼어든 차이나 군대에 묻어서 코리아로 넘어갔다.

전쟁 도중 차이나 군대를 벗어나서 사우쓰 코리아로 이동했다. 금발에 푸른 눈이라는, 아시아에서 지내기에는 선천적인 결함을 가진 내 입장에서는 차이나 군에 섞여 있는 것보다 미군 행세를 할 수 있는 사우쓰 코리아가 훨씬 나았기 때문이다. 이게 큰 실수였다. 사우쓰 코리아는 반도였는데, 대륙으로 이어진 쪽은 내가 왔던 차이나에 자리 잡은 노쓰 코리아를 통과해야 한다. 그리고 그곳은 철통같이 막혀 있다. 사우쓰 코리아는 커다란 감옥이었다.

그나마 다행이었던 것은 이곳은 외국인이 살기에는 적당한 나라였다. 인구는 풍부했고, 외국인이라는 이유로 취업도 어렵지 않았다. 신분을 증명할 어떤 서류도 없었지만 내 외모는 어떤 도장이 찍힌 문서보다 훌륭한 신분증명서였다.

그런 이유로 나는 사우쓰 코리아의 수도 서울에서 산다.

2

사우쓰 코리아의 수도 서울. 이 나라는 인구의 대부분이 여기에 몰려 살았다. 이렇게 인구가 많은 곳이어야 숨어 살기도 좋고 한두 사람 없어져도 잘 모른다. 사실 조금 난감해졌던 것은 주민등록이라는 신분증이 보급되면서였다. 이건 무슨 군대도 아니고, 아이들이 태어나면 죄 번호를 부여해서 국가가 관리한다니!

더 재미있는 것은 이런 제도를 아무도 이상하다고 생각하지 않는 점이었다. 지금에 와서는 이 제도가 왜 시작되었는지도 모르는 사람들이 태반이다. 유한한 삶을, 그것도 얼마 살지도 못하는 인간들의 망각 속도는 정말 굉장하다. 10년 전의 일만 되어도 대체로 기억을 하지 못한다. 텔레비전에 나와서도 아주 근엄한 표정으로 "본~인은 기억이 나지 않습니다."라고 말하는 걸 보면 저게 사람인지 물고기인지 알 수가 없을 정도다.

이 이상한 제도는 사우쓰 코리아 북쪽에 있는 공산국가인 노쓰 코리아의 공격 때문에 생긴 제도다. 1968년 1월에 노쓰 코리아에서는 일단의 무장 병력을 내려보내서 사우쓰 코리아의 대통령을 죽이려고 했다. 마침 그때 시내에서 솔솔 풍기는 피 냄새에 흥분해 있다가 그 소식을 듣고 얼마나 기뻤는지 모른다.

"전쟁이다!"

만세를 외쳤다. 전쟁이 날 것이 분명했다. 전쟁이 나지 않으면 이상한 일 아니겠는가? 그런데 그 이상한 일이 벌어졌다. 전쟁은 일어나지 않고 엉뚱한 일만 벌어졌다. 향토예비군이라는 민간인 군인 만들기 프로젝트가 실시되는가 하더니, 급기야는 전 국민에게 식별 번호 붙이기 작업이 벌어진 것이다. 그 식별 번호. 그게 바로 주민등록번호였다.

주민 '등록' 번호라는 말만 보아도 쉽게 알 수 있지 않은가? 등록을 해라, 이거다. 그리고 이 이상한 나라의 주민들은 모두 등록을 하라는 이야기에 아무 말 없이 고분고분 따르고 있었다. 번호만 부여받은 것이 아니라 신분증 쪼가리에 지문까지 찍었다. 이런 건 교도소에 가는 범죄자들이나 하는 것 아닌가?

이렇게 사람들마다 번호를 받으면 사람 잡아먹기가 까다로워지는 게 아닐까 하는 것이 가장 큰 걱정이었다. 내가 한 사람 잡아먹은 뒤에, "33번 없네? 누구 33번 못 봤어?"라고 찾기라도 하면 귀찮을 게 분명했다.

그러나 처음에 느꼈던 우려와는 달리 이런 제도가 내 사냥에 아무 지장을 초래하지 않았다. 여전히 세상은 살기가 팍팍했고, 살기가 팍팍한 주제에도 발전하고 있었다. 지하로 다니는 기차가 도입되어서 낮에도 사냥이 가능한 구역이 만들어지기까지 했다. 서울은 만원이었고, 내가 잡아먹을 인간들은 넘쳐흘렀다.

나는 노숙자들을 즐겨 잡아먹었다. 이들의 죽음은 별 조사 없이 변사체로 처리되었다. 이들의 사인은 신부전증, 심근경색, 뇌졸중 등의 평소 가지고 있는 질병의 확장으로 여겨지게 마련이었다.

쌩초보 시절에는 사람 하나 잡아먹기도 벅차서 온갖 눈치를 보던 적도 있었다. 깊은 산속에서 며칠에 한 번 지나가는 인간이 눈치를 까고 달아나기라도 해 봐라. 쫓아가느라 고생이 이만저만 아니다. 하지만 먹을 것이 풍부한 이곳에서 그런 걱정을 할 이유가 없었다.

그렇다고 해서 마구잡이로, 심심풀이 땅콩처럼 사람을 잡아먹지는 않았다. 내 쾌락이 아니라 내 생존을 위해서 꼭 필요할 때만 배를 채웠다. 진정 품위 있는 영주의 모습이 아니겠는가? 나는 처녀 하나만 바치면 마을의 평안을 보장해 주는 너그러운 드래곤이었다.

걱정거리가 하나도 없는 것은 아니었다. 나도 알 수 없는 메커니즘에 의해서 뱀파이어가 되어 버리는 놈들. 그런 놈들이 있는 것을 어쩌겠는가? 그나마 불행 중 다행은 자신에게 일어난 변화를 알지 못했기 때문에 쉽사리 죽어 버리곤 했다는 점이다. 코리언들의 음식에는 우리 뱀파이어에게 치명적인 마늘이 들어 있는 경우가 많았다. 특히 코리언이라면 한 끼도 빼놓지 않고 먹는 김치라는 음식에 의해 자신이 변화한 것을 모르는 신생 뱀파이어는 자동적으로 처리되었다. 하긴 그 덕분인지 이놈의 나라에는 나 이외의 뱀파이어라고는 찾을 수가 없었다.

물론 모든 일이 예상대로 일어나지는 않는 법이다. 인생에는 언제나 알 수 없는 놀라움이 존재한다. 5백 년이나 산 나라고 해서 그런 법칙의 예외가 되지는 않는다. 이것은 바로 그런 이야기다.

3

그자를 발견했을 때는 손쉬운 먹이를 발견했다고 생각하고 기뻐했다. 그자는 지하철 차량을 돌며 구걸하는 장애인이었다. 지하철에서 흔해 빠진 찬송 음악과 함께 가볍게 지팡이 딸각이는 소리를 듣고, 오늘도 일용할 양식을 보내 준 만군의 주 드라큘라께 감사드렸다. 지독히 졸린 한낮이었지만 허기가 져서 도무지 견딜 수가 없었던 탓에 기어이 나오고 말았던 터라 더욱 반가웠다.

얼른 그자를 따라 걸어가기 시작했다. 그자는 내가 자신의 뒤를 밟고 있다는 사실도 몰랐다. 그자는 앞을 보지 못하는 사람이었으니까.

앞을 보지 못하니 뱀파이어가 된다 해도 나를 찾아낼 가능성이 없다. 설혹 살아난다 해도 김치와 밥을 슬쩍 갖다 주면 얼른 먹어 치우고 저세상으로 가 버릴 것이다. 따라서 그자가 한적한 곳에 가기만을 기다리면 되었다.

그자의 수확은 그다지 좋지 않아 보였다. 요즘은 워낙 구걸을 하는 장애인들이 많이 보인다. 이런 현상은 주기적으로 닥쳐오던데, 아마도 또 경제가 안 좋은 시기에 들어온 모양이다. 다시 말하지만 나는 이런 시기가 좋다. 사람들의 관심이 돈으로만 쏠리기 때문에 내 사냥은 그만큼 쉬워진다.

나는 슬금슬금 그자의 뒤를 따라 이동했다. 대개 거지들은 한쪽 끝에서 다른 쪽 끝으로 이동하고 마지막 칸에 도착하면 내린 뒤에 다음에 오는 전차를 탄다. 다만 조금 빨리 걸었으면 하고 바라는 마음이 없지는 않았다. 내가 지금 타고 있는 전철은 3호선. 금호역을 지나가 버리면 야외로 나가 버리게 된다. 그 이상은 쫓아갈 수 없으니 아깝지만 버릴 수밖에 없다. 이 친구로 말하자면 거지답지 않게 균형 잡힌 몸집을 가지고 있어서 냄새는 좀 나지만 병도 없을 것 같았고 그만큼 맛도 좋을 것 같았다. 당연히 놓치고 싶지 않았다.

다행히 마지막 칸에 가기도 전에 그자는 지하철에서 내렸다. 거둔 돈을 헤아려 볼 생각인지 화장실로 향하고 있었다. 느릿하게 걷는(사실 장님이란 느릿하게 걸을 수밖에 없다) 그자를 살짝 앞질러 먼저 화장실로 뛰어들어 갔다. 양변기가 있는 칸막이가 마침 비어 있어서 나는 그곳에 포진했다. 앞쪽으로는 소변기. 그리고 그곳에는 이미 지하철에서 내려 지린내고 뭐고 아랑곳하지 않을 수밖에 없는 불쌍한 인간들이 줄지어 늘어서 있었다.

흰 지팡이가 따각따각 소리를 내며 다가왔다. 그자가 지나치는 순간 뒷덜미를 낚아채서 칸막이 안으로 끌어넣었다. 아무도 돌아보지 않았다. 이 짓을 몇 번이나 했는지 기억이 나지도 않을 정도지만 한 번도 뭐라고 하는 사람을 본 적이 없다. 인간들은 다른 인간에 대해서 관심이 없다.

그자가 소리 지를 새 없이 재빨리 목덜미에 송곳니를 꽂아 넣었다. 아, 황홀함이여! 나만 즐거운 것은 아니다. 죽어 가는 이자에게도 그만한 쾌감이 주어진다. 나는 자비로운 군주다.

피를 빨아먹고 변기에 상체를 잘 눕혀 놓고 화장실을 나왔다. 이렇게 버려두어도 아무 문제도 없다. 누가 화장실에 자빠져 있는 더럽기 짝이 없는 옷을 걸친 노숙자에 신경을 쓴단 말인가? 영하의 길거리에 자빠져 있어도 걷는 데 지장만 주지 않으면 그냥 걸어 다니는 게 바로 인간이란 족속이다. 간혹 약간의 동정심을 가진 존재도 등장하긴 하는데, 그런 이상한 생물은 지하철 남자 화장실, 그것도 남성 대변기가 있는 장소에서는 발견된 적이 없다.

어차피 이대로 죽으면 그것으로 그만이다. 뱀파이어가 된다 해도 멋모르고 구걸 다니다가 지하철이 지상으로 솟아오른 뒤에 햇빛에 노출되어 죽기도 한다.

뱀파이어가 햇빛에 노출되면 죽긴 하지만, 그렇다고 폭발하거나 녹아내리지는 않는다. 그런 건 삼류 영화에나 나오는 이야기다. 폭발 따위를 한다면 뱀파이어들이 어떻게 살아남을 수 있었겠는가? 사람이 폭발해서 죽는다면 당장 세계 전체에 뉴스가 될 텐데 말이다. 잿더미가 되는 것도 마찬가지다. 그런 식이었다면 뱀파이어의 존재는 당장 알려져서 연구 대상이 되었을 것이다. 하지만 사람들은 아직도 우리를 상상 속에 나오는 괴물로 알고 있을 뿐이다.

식곤증과 더불어 졸음이 몰려왔다. 나는 조용하고 어두운 곳을 찾아가 밤이 올 때까지 잠을 청했다

4

나는 거지다. 지하철에서 동냥을 해서 먹고산다. 지하철에서 동냥을 하는 거지들이 다 부자라는 생각은 제발 좀

접어 주면 좋겠다. 진짜 거지가 더 많으니까. 사지가 멀쩡한 놈이 왜 동냥질이냐고 하는 사람들도 있는데, 사지가 멀쩡하다고 다 일을 할 수 있는 건 아니다. 사실 지하철에서 동냥질하는 것도 만만찮은 노동이다. 거지가 동냥질하다가 힘들다고 자리 앉아 가는 거 봤냐? 알고 보면 중노동이다. 이런 나의 뼈를 깎는 노동 덕분으로 인해 너희들은 마음의 위안을 얻잖은가. 오늘도 좋은 일 한 건 했다고 뿌듯한 마음으로 집에 돌아갈 수 있잖은가 말이다. 그런 위안을 사는 데 단돈 천 원! 물론 쩨쩨한 인간은 고작 몇 백 원을 주기도 하지만. 나는 그런 거 가리지 않는다. 거지들이야말로 티끌 모아 태산이라는 속담을 몸으로 실천하는 사람들이니까.

우리는 대개 낮 시간을 이용해서 동냥질을 한다. 붐비는 출퇴근 시간에 사람들이 더 많으니까 돈이 더 벌리지 않겠냐고? 그러니까 너희들이 거지 노릇을 못 하는 거다. 그 시간에는 다들 바쁜 목적이 있기 때문에 양심을 챙길 겨를이 없다. 우리의 노동 목적은 다른 사람을 불편하게 만드는 것이다. 그렇게 만들려면 양심이 필수적이다. 그런데 출퇴근 시간에는 그놈의 양심이 실종된다는 거. 이거 잊어버리면 안 된다. 애로 사항이 꽃핀다.

그렇지만 양심이라곤 찾을 수도 없는 날이 있다. 재수 옴 붙은 날이 꼭 있는 것이다. 엄마가 술주정뱅이 아버지 때문에 애꿎은 나까지 버리고 나간 날 같은 그런.

바로 어제가 그런 날이었다. 도무지 돈이라고는 벌리지 않는데, 난데없이 오줌까지 마려운 것이다. 지하철 안내 방송을 듣자니 내릴 역이 아니었다. 이 역은 화장실이 역밖에 있다. 어느 빌어먹을 놈이 설계를 했는지, 라고 생각하다 보니 빌어먹는 놈은 바로 나 아닌가? 전생에 지하철 설계를 한 덕에 거지가 된 건지도 모르겠다. 정말 재수 옴 붙은 날이다.

오줌을 꾹 참고 다음 역에서 내렸다. 이 역의 화장실도 제법 멀리 있지만 어쩔 수 없다. 돈벌이를 포기하는 게 낫지, 오줌보 터지는 게 낫겠는가? 병원 갈 돈도 없다.

병원 갈 돈도 없는 이 불쌍한 놈에게서 뭘 노리는지 지하철이 달리고 있을 때부터 내 뒤를 슬슬 쫓아오는 녀석이 하나 있었다.

뭐 하는 놈일까? 간혹 양아치 시키가 이 거지 쪽박을 노리고 달려들기도 한다. 하지만 그런 놈일 리가 없다. 이 시킨 양놈이니까.

양놈 특유의 노린내라도 맡았냐고? 내가 선글라스를 끼고 흰 지팡이를 딸각거리고 다니니까 진짜 맹인인 줄 알았나 보지? 아이고, 이 사람아. 어찌 이 험난한 세상을 살아가려고 그러시나? 나로 말하자면 종점교 신자란 말씀. 종점에 도달하면 종점신의 은총으로 절름발이가 똑바로 걷고, 반신불수가 회복되며, 소경이 눈을 뜬다는 것도 모르던가?

양놈이 왜 따라오는 거지? 아무리 생각해도 이유는 한 가지밖에 없었다. 생각만 해도 몸이 부르르 떨린다. 음, 이건 오줌이 마려워서 떨린 건가? 아무튼 저 시킨 호모다. 틀림없다. 내가 화장실에 가면 덮치려고 따라오는 게 틀림없다. 하지만 오줌이 너무 마려워서 화장실에 안 갈 수도 없었다. 제발 화장실에 누구라도 있어서 저 시키가 덮치지 못하게 해 주소서. 그리고 만에 하나 저 시키가 덮친다면, 저 양놈의 지갑이 두둑하길 바라옵나이다. 아멘~

하지만 기우였던 모양이다. 그 양놈은 나를 툭 치고 앞서 지나가 버렸다. 녀석이 치는 통에 하마터면 간신히 참고 있던 오줌줄을 놓아 버릴 뻔했다. 녀석도 상당히 오줌이 급했던 모양이다. 녀석이 조금 부럽기는 했다. 나는 아무리 급해도 빨리 가면 안 되니까. 우라질! 대체 화장실은 어디 있는 거야? 그때서야 짙은 선글라스 너머로 들어오는 화장실 팻말을 보고 안도의 한숨을 내쉬었다. 이미 들어선 사람들로 화장실 안은 만원이었다. 하여간 이놈의 세상은 재빠른 놈들 차지다. 그나마 짧은 줄 쪽으로 가려는데 누군가 내 뒷덜미를 낚아챘다.

잡혀 들어가면서 보니까 아까 그 양놈이다. 사실 양놈들은 다 그놈이 그놈으로 죄 노란 머리에 괭이 시키 같은 파란 눈이긴 하지만, 그런 놈이 지하철 화장실에 두 놈이나 있을 건 아니니 알아보는 데 아무 지장이 없었다.

후장 한번 대 주고 20만 원쯤 받을 수 있다면 그것도 나름 괜찮다고 생각한다. 너무 역겨운 이야기라고? 그러니까 니들이 거지 노릇을 못 하는 거라니까. 생각해 봐라. 저 양놈도 얼마나 하고 싶으면 때가 꼬질꼬질한 데다가(나 목욕 안 간 지 1년이 다 되어 간다. 작년 말복에 시청 앞 분수 왔다 갔다 한 게 마지막이었다) 낫살이나 처먹은(나이 센 지 한참 지났지만 얼추 생각해 봐도 마흔은 넘었다) 거지시키를 덮치려고 슬금슬금 따라오겠냐? 인간은 상부상조하고 살아야 하는 법이다. 물론 그 상부상조 사이에는 쩐이 개입해야 예의 바른 일이 되겠지만. 그러니 우선 협상을 해야 한다. 돈부터 받지 않으면 나중에는 뭔 소리를 할지 알 수 없으니까. 이거야말로 화장실 갈 때 다르고, 화장실 나올 때 다른 일 아니겠는가?

그런데 이 시키 얼마나 급한지 협상을 할 틈이 없었나 보다. 얼마나 그동안 굶주렸는지 바로 나를 밀어붙이기 시작했다. 야, 너무하잖아. 나는 아직 처녀란(남자도 그렇게 말할 수 있다면) 말이다. 나는 개구리처럼 벽에 딱 달라붙었고 양놈은 온몸으로 나를 덮쳤다. 선글라스가 깨질까 봐 목에 억지로 힘을 주고 버텼다. 그리고 양놈이 괴춤을 풀기 전에 한마디 해 줘야만 했다. 돈 주기 전에는 안 된다고.

하지만 말할 타이밍을 놓치고 말았다. 놈은 내 몸이 경직되었다고 느낀 탓인지, 바로 애무로 들어가 버렸다. 놈이 내 목덜미를 혀로 쓰윽 핥는 통에 부르르 몸을 떨고 말았다. 이 시키, 나중에 돈만 안 내놔 봐라.

내 생각에 상당히 짭짤했을 텐데 이놈은 그런 건 아랑곳하지 않는 놈인가 보다. 하긴 양놈들도 몸에서 그렇게 치즈 썩는 냄새가 나는 걸 보면 절대 안 씻는 족속일 것 같긴 하다. 그렇게 생각하니까 속이 울렁거렸다. 씨바, 더러워도 나만 더러워야지, 이 시키가 더럽다니! 그건 안 될 말이었다.

그런데 이놈 핥기만 하는 게 아니라 깨물기까지 한다. 사디스트냐? 씨바, 기분 존나 더럽다. 그런데 말이 안 나온다. 기분이 존나 더러워야 하는데, 이거 웬일인지 기분이 너무 좋다. 뽕 맞은 기분이라는 게 아마 이런 건가 보다. 어럽쇼? 그럼 혹시 내가 원래 호모였던 건가? 아 놔, 말도 안 돼! 내가 호모라니! 차라리 고자가 되면 됐지, 호모가 될 순 없다고! 녀석을 떼어 놓으려고 몸부림쳤다. 아니, 몸부림치려고 했다. 하지만 그거 실수였다. 가만있었어야 했는데 움직이는 바람에 망해 버린 거다.

아, 젠장. 오줌 싸 버렸다.

5

한밤중에 정신이 들었다. 역무원이 날 흔들고 있었다. 얼핏 정신이 돌아왔다.

"아저씨, 일어나요. 여기가 아저씨 안방이에요? 어서 일어나요."

너라면 일어나겠냐? 아직도 바지가 척척한데. 쪽팔려서 절대 일어날 수 없었다. 역무원이 흔들고 있으니 새벽 1시쯤 되었을 거다. 조금만 버티면 된다. 이 여름에 얼어 죽을 리는 없으니, 좀 더 흔들다가 내가 정신 못 차리면 그냥 갈 거다. 역무원이 축농증 환자만 아니라면 말이다. 물론 축농증 환자가 아니었다. 어느 순간 역무원은 코를 움켜쥐고 말았다.

"아, 지린내. 이거 오줌까지 쌌네. 변기 옆에다 두고 왜 바지도 안 벗고 오줌을 싸고 지랄이야? 아주 똥 안 싼 게 다행이구먼. 에이, 더러운 시키. 이 시키들은 왜 다 이 모양이지? 그래, 자라, 자."

인간 승리다. 아, 씨바. 근데 이 젖은 바지는 어쩌지? 단벌 신사라 벗을 수도 없는데. 이래 가지고 지하철에 구걸 다니면 볼만하겠다. 누가 10원 한 개 던져 주겠냐? 냄새 난다고 인상 쓰며 고개만 돌리지.

혹시나 해서 여기저기 살펴보았는데 두둑한 지폐 다발은 그 어디에도 없었다. 붙잡히는 바람에 떨어뜨린 녹음기도 안 보인다. 내 물건 중 제일 비싼 건데! 그게 없으면 구걸은 어떻게 다니라는 거냐. 불행 중 다행으로 구걸한 돈은 그대로 주머니에 들어 있다. 이 돈이 있는 걸 보니 그 양놈이 날 집적거린 뒤에 돈 한 푼 안 찔러 주고 튀었다는 이야기다. 젠장나게 억울하려고 했는데, 그러고 보니 똥꼬가 안 아프다. 내가 오줌 싸면서 정신을 잃은 바람에 못 했나 보다. 순결을 지킬 수 있어서 다행이라는 빌어먹을 생각이 잠깐 뇌리를 스쳤다. 내가 미친다, 미쳐. 그런데 그 양놈이 뭘 했기에 그렇게 정신줄을 놓아 버린 거지?

양놈이 입을 댔던 목덜미에 손을 올렸다. 손을 대자 화끈한 느낌이 그곳에서 시작해서 온몸에 확 퍼졌다. 그것은 진한 쾌감이었다. 저절로 온몸이 떨려 왔다. 그러나 세상에 공짜는 없는 법이다. 대체 뭘 지불하고 얻은 쾌감일까? 아니면 앞으로 뭔가를 지불해야 하는 걸까? 알 수 없는 불길함에 휘감겼다. 그리고 눈치를 깠다. 그 시키는 호모가 아니라 약쟁이였던 거다. 씨바, 그 양놈이 나한테 마약 주사를 하고 튄 게 틀림없다. 왜 그랬겠냐고? 그걸 몰라서 묻냐? 뽕쟁이를 만들려는 수작인 거다. 미친 시키. 내가 약관에 최루탄 쏟아지는 대학가에서 굴러먹기 시작하면서 산전수전이란 건 다 겪은 몸이시다. 싸구려 마약에 빠질 거 같냐? 다음에 만나면 최소한 사형이다. 사형시키기 전에 똥오줌 바지에 다 싸게 해 주마. 기대해라.

아무튼 지린내 나는 바지를 입고 구걸에 나설 수는 없으니, 방법은 하나뿐이었다.

바지를 빨아야지. 지하철 운행이 끊겼다고 화장실에 물이 안 나오는 건 아니다. 지하철이 열리는 새벽 5시까지는 사람도 없으니 차라리 잘됐다. 바지를 벗어 세면대에서 빨래를 했다. 씨바, 목욕탕도 아니고 거울은 왜 이렇게 큰 거야. 불알을 덜렁거리면서 빨래를 하는 것도 민망한데, 그게 전면에 적나라하게 펼쳐지니 진짜 짜증이 십만 팔천 리는 치솟았다.

벽면에 붙어 있는 핸드 드라이어에 바지를 대충 걸어 놓고 타일 바닥에도 물을 쫙 뿌려 더러운 것들을 밀어내고는 누워서 잠을 청했다. 겨울철이라면 엄두도 낼 수 없는 일이었지만, 다행히 지금은 삼복염천이다. 너무 더워서 결국 일어나 몸에 물 한 바가지를 붓고 다시 누웠는데도 숨이 턱턱 막힐 지경이다. 평소 같으면 잠이 잘 들지도 않았을 텐데, 다행히 양놈의 마약 기운이 남았던 탓인지 어느새 스르르 잠이 들었다.

6

장님 녀석이 살았을 땐 신경도 쓰지 않을 행정 서비스 부서도, 그놈이 죽었다면 얼른 달려와 깨끗이 치워 놓게 된다. 죽어야 대접을 받는 한심한 세상. 나는 공무원들과는 달리 죽은 것에는 흥미가 없고 반대로 살아 있는 것에 관심이 있었다. 다소 귀찮은 일이지만 나는 현장에 돌아가 상황을 정리하는 일을 빼먹지 않았다. 처음부터 상황을 깨끗이 정리할 수 있다면 금상첨화겠지만 그렇게 되지는 않는다. 우선 배불리 피를 마시고 포만감에 떨고 있는 내가 거기서 꿈지럭거릴 수 있다고 생각한다면 그것 자체가 뱀파이어라는 존재를 전혀 이해하지 못한다는 이야기겠다.

그리고 나는 손에 피 묻히는 거 싫다. 목을 베어 버리거나 하는 짓을 굳이 하고 싶지 않다. 그런다고 죽는지도 의문이고. 피라는 것은 먹으라고 있는 거지, 온몸에 칠갑을 하라고 있는 물건이 아니다. 이 동네에도 적당한 속담이 있다. 먹는 것 가지고 장난치면 안 된다는.

아주 간편하고 손쉽게 해결할 수 있는 방법이 있는데 왜 손에 피를 묻혀 가며 굳이 살인사건 분위기를 만들겠는가.

녀석이 아직 산 채로 자빠져 있으면, 깨어난 뒤에 밥과 김치를 슬며시 건네주면 된다. 영문을 모르고 최후의 만찬을 즐긴 뒤에 골로 가 버리는 것이다. 나는 손에 들고 있는 검정 비닐봉지를 흔들어 보며 흐뭇하게 미소를 지었다. 물론 그 안에는 햇반과 종가집 김치가 들어 있었다. 이런 방법을 알아낸 내가 스스로 대견했다.

지하철 첫차가 다닐 만한 시간에 놈이 자빠져 있을 지하철역으로 들어갔다. 여름날이긴 해도 아직 해가 뜨려면 한 시간은 남았다. 낮에 푹 자지 못해서 골치가 아팠다.

이 시간이면 지하철역이 한산해야 하는데, 그렇지 않았다. 몇몇 사람들이 화장실 앞에 웅성거리고 있었다. 한 여자가 갑자기 비명을 지르며 뛰쳐나왔다. 이거 뭔가 심상찮다. 설마 그 녀석이 벌써 뱀파이어가 된 건가? 채 24시간도 안 지났는데? 아무리 빨리 몸이 적응해도 24시간은 지나야 좀비가 되든 뱀파이어가 되든 결정이 나는 법이었다. 뱀파이어면 김치로 해결되지만 만에 하나 좀비가 되면 골치 아플 전망이었다.

바닥에 자빠진 놈은 과연 그 거지였다. 바지를 누가 벗겨 갔는지 아랫도리가 훤히 드러난 채로 죽어 있었다. 어느 빌어먹은 놈이 오줌

싼 바지를 벗겨 간 거야? 어라라, 선글라스는 내버려 뒀네? 취향 한번 희한한 도둑놈이군. 그나저나 이놈의 자식, 죽으려면 좀 곱게 죽지, 라고 생각하는데, 이놈 안 죽었다?

그놈의 물건이 새벽이라면 자연히 찾아오는 현상에 따라 발딱 서서 꺼떡대고 있는 거 아닌가? 죽은 놈이라면 이럴 리가 없지. 아까 그 여자, 그래서 비명을 지른 건가? 비명 지를 만큼 큰 물건도 아닌데…….

아무튼 상황을 수습해야 하는 건 내 몫이다. 녀석에게 다가갔다. 하지만 아랫도리를 가려 줄 방법이 없었다. 내 옷을 벗어 주고 싶은 생각이야 물론 없었다. 나도 티셔츠 한 장만 입고 있는 처지기도 했고, 내 티셔츠로 이 더러운 놈의 아랫도리를 감싸야 한다는 건 생각할 수도 없는 일이었다.

어쩔 수 없는 일이다. 일단 이 자리를 벗어나는 게 급선무였다. 그 놈을 어깨에 둘러멨다. 이제 몸을 일으켜야지. 그 순간 짤랑짤랑, 짤랑짤랑 소리가 나며 동전들이 놈의 몸에서 쏟아져 내렸다. 동전들은 오물이 흥건한 화장실 바닥 여기저기로 튀었다. 대체 어디에 들어 있던 거지? 저 빌어먹을 동전들을 챙겨야 하나? 하필 떨어진 동전 중에 5백 원짜리가 보이는 바람에 난 조금 망설였다.

거지를 둘러멘 내가 그 돈을 포기하고 간다는 것 자체가 이상한 관심을 불러일으킬 것 같아 어쩔 수 없이 놈을 둘러멘 채 동전을 주웠다. 바닥이 더럽긴 했지만 지켜보는 인간이 서넛이나 있었는데도 도와주겠다는 놈 하나 없어서 섭섭했다. 동전을 햇반, 김치가 담긴 비닐봉지에 넣고 드디어 그곳을 빠져나왔다.

그때 한 친구가 내게 말을 걸려고 했다. 감히 금발에 파란 눈에게 말을 걸려고 하다니, 대단한 코리언이었다.

"익스큐즈 미……."

지금 별 볼일 없는 친구의 영어 연습 상대가 될 때가 아니다. 중얼중얼 루마니아어로 대충 받아넘기는 척하면서 내뺐다. 루마니아 말이라고 해도 그중에서도 트란실바니아 방언인지라 코리언 중에 이 말을 알아듣는 사람은 여태 만난 적이 없었다. 그리고 영어를 쓰지 않는 외국인을 만나면 이 나라 사람들은 바로 얼음덩이로 변한다(때로는 영어를 쓰는 외국인을 만나도 얼음이 된다). 이번에도 예외가 아니었다.

일단 화장실은 벗어났지만 엉덩이를 허옇게 드러내 놓고 있는 놈을 대체 어디로 데려가야 할지 감이 잡히지 않았다. 본래 색이 뭐였을지 짐작도 가지 않는 셔츠에서는 구정물까지 뚝뚝 떨어지고 있었다. 땟국이 줄줄 흐르는 녀석의 몸을 보자니, 이런 놈 피를 빨아먹고 사는 내가 새삼 대견스러워졌다. 그래, 5백 년을 살아간다는 게 보통 일은 아닌 거다.

탕비실로 녀석을 데리고 들어갔다. 아직 시간이 이르니 여기에 올 역무원이 없을 거라는 계산이었다. 문을 닫으니 깜깜했지만 그건 물론 아무 문제도 아니었다. 나는 뱀파이어니까. 녀석은 아직 정신을 차리지 못하고 있었다. 24시간이 되려면 시간은 아직 충분했다. 밥과 김치를 놓고 갈 수도 있겠지만, 예상치 못한 변수가 일어날 수도 있다. 놈이 깨어나 먹는 걸 직접 보는 것이 좋다. 난 일을 확실히 하는 성격이다. 그래서 놈이 깨어날 때까지 기다리기로 했다.

현대사회의 즐거움은 이럴 때도 즐길 수 있는 거리가 있다는 점이다. 뒷주머니에서 PMP를 꺼냈다. 내 물건은 아니다. 지난번에 우연히 잡아먹은 미국인 건데, 그냥 내가 쓰고 있는 중이다. 잘 이해가 되지는 않지만 사우쓰 코리아에서는 영상 콘텐츠가 몽땅 공짜다. 세상에 공짜 점심은 없으니 누군가 분명 그 대가를 대신 치르고 있겠지만, 그따위야 내 알 바 아니다.

남는 시간에 잔인무도한 호러물 영화인 〈블레이드〉를 감상했다. 뱀파이어와 인간의 혼혈이라는 말도 안 되는 설정에다가, 그 혼혈 녀석이 아무 죄도 없는 뱀파이어들을 끔찍하게 학살하는 내용이었는데, 시리즈가 거듭할수록 점점 더 말이 안 되는 내용으로 가득 차 있었다.

인간과 뱀파이어가 공존한 지 무려 5백 년이 넘었거늘 아직도 이런 미신들이 횡행하고 있는 걸 보면, 우리 드라큘라의 후예들이 얼마나 자신들을 억제하고 살았는지 알 수 있다. 눈물이 앞을 가린다.

영화도 황당하니 지겨워서 좀이 쑤셨다. 혹시 김치를 입에 쑤셔 넣고 가면 되지 않느냐고 생각할 사람이 있을지도 모르겠다. 당연히 그렇게 해 봐야 소용이 없다. 마늘은 몸 안으로 들어가 소화가 되어야 효과를 발휘한다. 개도 마늘을 먹으면 죽는다지만(먹여 본 적은 없다), 마늘을 개 몸에 백날 문질러 봐라, 죽겠냐? 더구나 이놈이 뱀파이어가 될지 좀비가 될지 아직 알 수 없었다. 드물긴 해도 좀비가 되기도 하는데, 그러면 마늘을 먹어도 죽지 않는다.

뱀파이어의 약점답게 낮에 찾아오는 수마를 참지 못하고 꾸벅꾸벅 졸다가 이마로 벽을 있는 대로 들이받고 말았다. 그래 봐야 별로 아프진 않지만, 졸아선 안 된다는 사실에 짜증이 치솟았다. 자칫 졸았다가 대응할 수 없는 사태를 만들면 난감하다.

신경질이 난 덕분에 놈을 세게 걷어찼다. 그래 봐야 아무짝에 소용도 없지만 최소한 기분은 좀 나아진다. 녀석은 엉덩이를 치켜든 채 바닥에 엎드린 자세가 되었다. 그 꼬라지를 보니 기분이 좀 더 나아졌다. 진작 걷어찰 걸 그랬나 보다.

달칵 소리와 함께 문이 열렸다. 불이 켜졌다. 청소 아줌마다. 이런, 한 장소에 너무 오래 있었다.

"엄마야!"

50대로 보이는 푸짐한 몸매의 아줌마가 비명을 꽥 질렀다. 얼른 검지를 입에 대고 조용히 하라는 시늉을 냈다. 아줌마는 튀어나올 것 같은 눈으로 나를 한 번 보았다가, 그 망할 놈을 한 번 보았다가를 반복했다. 그러더니 갑자기 여기저기 돌아보기 시작했다. 저 아줌마 미친 거 아닐까?

미친 거 아니었다. 아줌마는 대걸레 자루를 들더니 그걸로 나를 후려치기 시작했다.

"이 미친 양놈! 어디 할 데가 없어서……. 여기가 어디라고! 응, 여기서…… 여기서……."

한 팔을 들어 대걸레 자루를 막으며 외쳤다. 사우쓰 코리아에서 산 지 벌써 50여 년, 이 나라 말쯤은 껌으로 할 수 있다.

"여기서 뭐? 왜 이래?"

내 말이 아줌마의 화를 더 돋운 모양이다.

"이 쳐 죽일 놈이 뭘 잘했다고 말대답이야? 못 배워 먹은 놈! 비역질을 하려거든 딴 데 가서 해! 이 쳐 죽일 놈아!"

비역질? 비역질이라면 남자랑 남자가 거시기 하는 그거? 이번에는 내 눈이 튀어나올 것처럼 되고 말았다. 이거 왜 이러셔? 난 먹는 거 가지고는 장난치지 않는다고!

하지만 아줌마의 매질은 그칠 생각을 하지 않았다. 어제 피를 빨아서 별로 출출하지는 않지만 그냥 확 잡아먹어 버려? 그런 생각을 잠깐 했다가 고개를 저었다. 노숙자와는 성질이 다르다. 신분이 확실한 사람을 직장에서 잡아먹었다가는 보통 사단이 일어나지 않는다.

"아, 그만해요! 나가면 되잖아!"

그 말에 청소 아줌마가 매질을 멈췄다. 내 말에 멈췄다기보다는 패다가 지쳐서 멈춘 것 같다.

"빨랑 나가! 이 썩을 놈아!"

다시 녀석을 둘러업었다. 나가려고 하자 청소 아줌마가 내 앞을 가로막는다.

"아, 왜?"

"미친놈아, 그 꼴로 어딜 나가려는 거야? 바지는 어쨌어?"

바지를 어쨌는지 내가 어떻게 알아?

"아유, 미친놈들아, 그러고 돌아다니면 어떡해? 이거라도 써서 가리고 가!"

청소 아줌마가 보자기 하나를 던져 줬다. 일단 그걸로 드러난 하반신을 가릴 수 있었다. 나오긴 했지만 지금은 낮 시간이다. 딱히 어디 갈 데가 없다. 무슨 방법이 없으려나? 지하철에 태워서 보내 버리는 방법도 있긴 하다. 지하철이 지상으로 올라가면 그대로 황천길이다. 하지만 꼭 그러리란 보장이 없다. 무슨 변수가 생겨서 살아남는다면?

또는 햇빛을 무서워하지 않는 좀비가 되어 버린다면? 운수에 맡길 성질의 일이 아니다.

녀석을 꿇어 엎드린 모습으로 만든 뒤에, 손수건 하나를 꺼내 펼쳐 놓았다. 나도 앉아 있을까 했지만 서양인 거지와 같이 앉아 있으면 웃길 것 같아 관뒀다.

그런데 이게 웬일인가? 먹음직한 것들이 동전을 던져 주고 간다. 특히 피둥피둥한 꿀맛들은 천 원 지폐도 놓고 간다. 조금 있으니 햇반과 김치 값이 빠졌다. 이거 괜찮은 직업인데?

7

정신이 들었는데 꿇어 엎드린 자세다. 내가 왜 이러고 있는 거지? 이런 짓 하기 싫어서 장님 행세하기 시작했잖아. 몽유병이라도 생겼나? 정신이 아직 오락가락하는데 맑고 고운 소리가 울려 퍼졌다.

땡그랑!

정신이 번쩍 들게 만들어 주는 돈 떨어지는 소리. 슬그머니 눈을 떠 보니 못 보던 손수건 위에 돈이 쌓여 있었다. 그런데 너무 밝게 보인다. 아, 씨바, 언 놈이 선글라스를 훔쳐 갔구먼. 그거 3천 원이면 사는 건데, 벼룩 간을 빼먹지 눈먼 놈 선글라스를 훔쳐 가냐? 녹음기도 없어져서 손해가 막심하구먼.

아무튼 여긴 그다지 상황이 좋은 장소가 아니다. 생각 같아선 벌떡 일어나야 하는데, 얼마나 이러고 있었는지 피가 통하질 않아 영

일어날 수가 없었다. 온몸이 두들겨 맞은 것처럼 아프고 머리는 빙빙 돌고 있었다.

일단 주변 환경부터 파악하자. 슬며시 주위를 둘러보니 옆에 한 놈이 벽에 기대 서 있는데, 분명 어제 그 변태 양놈이다. 저 양놈이 감히 날 앵벌일 시켜? 어라라, 거기다 내 선글라스까지? 이 시키, 너 이제 죽었어.

그러고 보니 어제부터 먹은 것도 없었다. 그러니 이렇게 기운이 없을 수밖에. 그 순간 번쩍 뇌리를 스치는 생각에 아찔해졌다. 이렇게 기운이 없고 온몸이 아픈 건 정신을 잃은 통에 양놈이 날 덮쳤기 때문이 아닐까? 어쩐지 똥꼬가 아픈 것 같다. 마치 세게 걷어차이기라도 한 것처럼. 아니, 그게 아니라면? 혹시 저놈이 이미…….

이런 아찔한 생각을 털어 버리려면 빨리 다른 생각을 해야 했다. 당장 눈앞에 보이는 손수건 위에 수북이 쌓인 저 돈 같은…….

어라? 그런데 제법 돈이 많이 쌓였다? 여기가 의외로 목이 좋은 모양이다.

나는 쌓인 돈 무더기를 보면서 속으로 혀를 끌끌 찼다. 저 바보는 구걸 초짜가 분명하다. 돈이 이렇게 많아 보이면 더 이상 돈이 안 들어온다는 기초 사실도 모르는 모양이다. 엎드린 거지 돈 통에 돈이 하나 없어도 돈 받기가 쉽지 않지만, 돈이 많이 있다면 쉽지 않은 정도가 아니다. 특히 지폐 같은 건 얼른 치워 버려야 하는 법이다. 안 그러면 동전을 놓는 척하면서 지폐를 챙겨 가는 지랄 맞은 놈들까지 오뉴월 똥파리 꾀듯 달려들기 마련이다.

하여간 저런 초짜들이 구걸 세계의 물을 다 흐려서 요즘 점점 더

구걸하기가 어려워지고 있는 거다. 그런데 그러고 보니 저 양놈은 왜 안 떠나고 저기서 버티고 있는 거지? 어제 못 한 걸 오늘 마저 하려고 그러는 건가? 아니면 설마 정말 여기서 앵벌이를 하려고 그러는 건가? 서양 놈 앵벌이라니! 그런 말은 듣도 보도 못했다. 거지 세계에도 룰이 있는 법이다. 어디 해외에서 굴러먹던 놈이 들어와 조선 놈의 동냥 그릇까지 넘본단 말이냐? 내, 오늘 단단히 버릇을 고쳐 주리라.

삐익!

호루라기 소리? 이런, 공익이다! 빨리 피해야 한다. 이젠 더 지체할 수 없었다. 얼른 굳은 뼈다귀를 깨우려는데, 변태 시키가 좀 더 동작이 빨랐다. 매우 익숙하게 날 어깨에 걸치더니 손수건까지 재빨리 챙겨서 벌떡 일어나는 게 아닌가. 완전 날 개호구로 알고 있는 게 분명하다. 이러다가 어디 가서 또 날 덮치려는 게 틀림없다. 어쩐지 똥꼬가 아픈 것 같다. 아, 씨바.

8

돈이 좀 벌리는 것 같았는데 공익들이 달려오는 통에 달아나야 했다. 거지새끼는 점점 더 무거워지는 것 같다. 어쩔 수 없어서 지하철 개찰구를 나가고 말았다. 다행히 공익들이 더 쫓아오지는 않고 인상만 부라린다. 저것들 퇴근할 때 기다렸다가 확 잡아먹어 버리고 싶었지만, 참기로 했다. 공무원 건드리면 귀찮은 일이 많다.

거지 주제에 왜 이렇게 피둥피둥한 건지 무거워서 어깨가 빠지는 것 같다. 성질이 치솟는 대로 하자면 거지새끼의 모가지를 확 부러뜨리고 싶었지만, 그랬다가는 정말 방법이 없다. 목이 부러지지도 않겠지만, 행여 목이 부러지기라도 하면 음식을 먹을 수 없을 거고, 당연히 마늘도 못 먹게 될 거다. 그렇게 되면 정말 말뚝 찾아다가 심장에 꽂아 줘야 하는 일이 생긴다. 영화 주인공 블레이드는 은으로 된 무기로 뱀파이어들을 불태워 버리던데, 은제 무기야 늑대인간 잡는 데 쓰는 거지 그걸로 어떻게 뱀파이어를 잡냐? 기본도 없는 놈들.

"얌마, 내려놔."

간 떨어지는 줄 알았다. 이 자식 언제 깬 거지? 말을 했으니 좀비가 된 건 아니다. 나는 놈을 땅바닥에 패대기쳤다. 거지새끼는 죽을 것처럼 난리를 쳤다. 그래 봐야 안 죽거든? 엄살 피우지 마라.

"너 뭐야?"

싸가지 없는 거지 말에 발끈해서 한마디 쏘아붙이려다가 참았다. 일단 호의를 보여서 안심시킨 다음 김치를 먹이면 상황 종료다. 잠깐만 짜증을 참자.

"나야 지나가던 행인이지. 쓰러져 있기에 걱정이 되어서 말이야."

어째 믿지 않는 표정이다. 이 새끼 뭔 눈치라도 깐 건가?

9

당연히 눈치를 깠다. 뭐 하던 놈인지 뻔히 아는데 걱정은 뭔 걱정? 그런데 이 변태 봐라?

"배고프지 않냐? 밥이랑 김치 있는데 먹을래?"

너라면 이 상황에서 주는 거 처먹겠냐? 분명히 약을 듬뿍 친 걸 내미는 걸 거다.

"나 김치 안 먹어."

변태의 얼굴이 있는 대로 일그러진다. 역시 꿍꿍이가 있었던 거다. 내가 산전수전 다 겪은 몸이다, 요놈아.

"코리언이 김치를 왜 안 먹어?"

"난 안 먹어. 매운 거 먹으면 설사해."

설사는 무슨 설사? 없어서 못 먹지. 거지가 먹는 거 가리면 출세 못 한다.

"그러지 말고 좀 먹어 보지? 맛있는 건데."

"너 먹으면 한번 먹어 보지."

변태 얼굴이 더 일그러진다. 약을 쳐 놓았으니 먹을 리가 있나. 변태랑 오래 있어 봐야 아무 도움도 안 된다. 몸을 일으켰다. 그런데 이건 또 뭐야? 저 변태 시키, 내 바지는 어떻게 한 거야? 분홍색 보자기? 아주 비역질 치기 쉽게 보자기로 입혀 놓았구먼? 저 변태랑 오래 있어 봐야 나만 피 볼 게 분명하다. 나는 뒤로 돌아 달아났다.

아니, 달아나려고 했다. 하필 그때 내 쪽으로 걸어오던 처녀와 제대로 부딪치고 말았다. 우당탕 소리를 내며 처녀를 자빠뜨리고 말았다. 어? 그런데 이 처녀 냄새가 너무 좋다. 진짜 고급 향수라도 뿌리나 보다. 그런데 평소처럼 아랫도리로 피가 쏠리진 않고, 갑자기 입에 군침이 돌고 있었다. 목에 퍼렇게 서 있는 핏줄기가 눈으로 확 들어오면서 내 입이 절로 그곳을 향했다.

10

큰일 날 뻔했다. 여자가 나타나자마자 덤벼들 줄은 정말 몰랐다. 사람들이 이렇게 왔다 갔다 하는데 여자라고 그냥 덮치면 어떡하겠다는 거냐? 재빨리 뒤통수를 때려서 기절시켜 버렸다. 눈먼 놈을 물어 놓았더니 이거 앞뒤를 못 가리네? 다행히 거지가 쓰러뜨린 처녀는 얼마나 놀랐는지, 거지가 폭 쓰러지자마자 용수철처럼 튀어 일어나더니 계단 밖으로 바람처럼 사라졌다. 고맙다고 인사라도 하면서 들러붙으면 어쩌나 했는데, 그나마 다행이었다. 그 자리를 얼른 벗어나 선글라스를 내던지고 다시 돌아왔다. 누가 거지새끼 때린 걸 기억이라도 하면 귀찮으니까.

이제 분홍색 보자기를 두르고 개찰구 앞에 개구리 모양으로 뻗어 있는 이 거지새끼를 어째야 하나 고민되었다. 아직 1시도 채 되지 않았다.

해가 지려면 여섯 시간 이상 남았다. 저대로 둘 수도 없고……라고 생각하다가 마음이 변했다. 저대로 둬도 괜찮지 않을까? 개찰구 앞이다. 벌써 짜증 내는 사람들이 생겼다. 조금 더 지나면 분명 누군가가 흔들어 볼 것이다. 그리고 119에 신고를 하겠지. 구조대원이 거지새끼를 데리고 나가면, 그걸로 상황 종료다. 아까 공익이 쫓아올 때 왜 이놈을 둘러업고 뛰었는지 후회막심이었다.

그 녀석을 모르는 것처럼 슬그머니 뒤로 물러났다. 선글라스와 더불어 햇반과 김치도 내다 버렸다. 김치를 안 먹는 코리언? 매운 걸 못

먹는 코리언? 그런 놈이 있을 줄은 꿈에도 몰랐다. 이 나라는 살짝 미친 게 아닐까 싶은 정도로 매운 걸 좋아한다. 고추라는 매운 야채를 고추를 주재료로 해서 만든 고추장이라는 더 매운 소스에 찍어 먹는 걸 보면 정말 제정신이라고 할 수가 없다. 뿐만 아니라 모든 음식이 정도의 차이가 있을지언정 다 맵다. 심지어 서양에서 들어온 게 분명한 음식들조차 '핫 뭐시기' 라고 하면서 매운 소스를 가미해서 판다. 말이 나왔으니 말이지만, 매운 것뿐만 아니라 마늘도 더럽게 좋아한다. 고춧가루 범벅인 김치에 마늘이 들어가는 건 물론이고 심지어 햄버거도 마늘을 넣은 빵으로 만들어서 팔고 있다. 생각해 보니 어쩌다 이런 데까지 온 내가 불쌍한 놈이다. 으흑!

나는 지하철 계단참으로 물러나서 빨리 의인이 나타나 불쌍한 거지의 삶에 종지부를 찍어 주길 기원했다. 이런 일에 별 희망이 없긴 하다. 그럴듯하게 차려입은 인간이 자빠져 있다면 서부의 건맨처럼 휴대폰을 꺼내 들 인간들이지만, 보자기를 두른 꾀죄죄한, 거지일 것이 분명한 사회의 잉여 자원이 자빠져 있는 모습에는 자기 전화 배터리를 낭비할 생각 따위가 들지 않는 법이다. 역시나 모두 욕을 하면서 지나갈 뿐, 신고하는 기적은 일어나지 않았다. 성경 말씀에 틀린 말 없다더니, 정말 그런가 보다. 의인은 없나니, 하나도 없나니…….

내가 짜증이 심하게 나긴 난 모양이다. 뱀파이어 주제에 성경 말씀을 인용하다니. 사실 점점 더 초조해지고 있었다. 어느새 사람들이 늘어나기 시작했다. 퇴근 시간이 된 것이다. 이제는 누군가가 신고하면 그게 더 귀찮아질 수 있다. 지금 신고해서 구급차가 오고, 응급조치를 하네 어쩌네 하다 보면 해가 질 수도 있다. 이렇게 되면 생체 실험용 뱀파이어를 갖다 바치는 꼴이 된다. 단지 그것만이 문제가 아니다.

우리 뱀파이어들을 추적하는 집단도 있다. 이들은 검은 양복에 검은 선글라스를 끼고 다니면서 눈부신 광선을 내뿜는 만년필 같은 작은 장치를 가지고 다닌다. 이들은 검은 양복이라는 특징 때문에 '맨인블랙'이라 불린다는 이야기도 있다. 이들을 가리키는 용어인 MIB가 바로 그 말의 약자라고도 한다.

만일 저 거지가 병원에 실려 간다면 금방 MIB 놈들이 나를 찾아낼 것이다. 대체 어떻게 알아내는지는 모르겠지만 병원에 갔다 하면 순식간에 MIB 놈들이 달려오게 되더라. 귀신같은 놈들. 다행이라면 다행인 것이 이곳 사우쓰 코리아에서는 도통 MIB 놈들을 만나 보지 못했다. 그렇게 생각하면 뱀파이어의 천국과 같은 곳이라고 할 수도 있겠다. 4천만이 넘는 인구를 가진 이 넘실거리는 피밭의 영주가 나 홀로니까. 불행과 행복은 같이 다니는 쌍둥이라 했는데, 그 말 하나 틀린 게 없다. 마늘이 넘실거리긴 하지만 MIB도 없는 이곳은 복락과 형벌이 교차하는 만화경 속의 세상인 셈이다.

하긴 만화경이나 마나 당장은 눈앞의 쓰레기를 치워야 하는 허드레꾼일 뿐이다. 이제 남은 방법은 하나뿐이었다.

말뚝.

녀석의 가슴에 말뚝을 박는 수밖에 없었다. 그것은 생각만 해도 욕지기가 나오는 일이지만, 독살이 실패한 이상 방법은 그것뿐이었다.

해가 졌다. 이제는 밤을 지배하는 뱀파이어의 세상이다. 더 이상 지체할 필요가 없었다.

나는 녀석을 둘러업고 택시를 탄 뒤, 종로구에 있는 내 아지트로 갔다. 한옥 형식의 단독주택이다. 집주인이었던 노인네들은 이미 30년 전에 내 먹이가 되어 버렸다. 살아 있다면 아흔 살이 넘었을 이 부부 때문에 가끔 방송국에서 연락이 오기도 한다. 백년해로하는 부부를 찾고 있다던가 하면서. 나는 아직 백 년 되려면 멀었으니 나중에 연락하라고 끊어 버린다. 정말 백 년이 되면 다른 아지트를 알아봐야 할 것 같다. 그때가 되면 전화가 아니라 PD가 찾아와 대문을 두드리고 있을 것 같으니까.

그곳에는 마루를 통해 내려가는 근사한 지하실이 있다. 거지를 그곳에 데려가서 심장에 말뚝을 박는 게 내 막연하고 막연하며 막연한 계획이었다. 여태 이런 일이 없었다. 사우쓰 코리아에 온 이래 한 번도 김치 먹이기에 실패한 적이 없었는데. 좀비 내다 버리려고 할 때 말고는 지하실을 쓰지도 않았었다. 기분이 찜찜했지만 이놈도 어떻게든 처리한 뒤에 묻어 버리면 되겠지.

영화처럼 뱀파이어가 죽어 화르륵 재가 되어 버리면 얼마나 좋을까? 하지만 현실은 냉혹하다. 이 끔찍만발한 일을 위해서는 준비할 게 몇 가지 있었다.

우선 해머가 필요했다. 말뚝을 박으려면 해머가 있어야 하니까. 그리고 밧줄도 필요했다. 이놈이 혹시라도 반항을 하면 심장을 못 때릴 수도 있으니까. 이것들은 쉽게 찾기는 어려워도 아무튼 다 구할 수 있을 것인데, 가장 중요한 물건은 어찌해야 할지 감이 오지 않았다.

다들 뭔지 알았겠지만, 바로 '말뚝'이다. 이제 솔직히 말하자면 대략 450년 전에 말뚝을 한 번 써 보고 써 본 일이 없었다. 그리고 그 시대에는 주변에 말뚝이 많았다. 아무 데서나 뽑아서 쓰면 됐단 말이다. 지금은 대체 어디서 이걸 구할 수 있는지 모르겠다.

집에 돌아와 일단 놈을 지하실에 던져 놓은 뒤(다행히 지하실 문은 마루짝에 붙어 있는 여닫이문이다. 그리고 자물쇠가 달려 있어서 마루에서 잠글 수 있다) 동네 철물점에 가서 밧줄 대신 노끈을 사고 적당한 크기의 해머도 샀다. 동네 PC방에 들러서 말뚝을 파는 데가 있는지 포탈 검색을 통해 찾아봤다. 필요한 건 나무 말뚝인데, 몇 개 나오지도 않는 데다가 모두 쓸데도 없는 철제 말뚝들이었다. 네이버 지식인이고 구글 검색이고 간에 답이 없다. 하긴 인간들 하는 일이 다 그렇지, 뭐.

방법이 없었다. 나는 집으로 돌아갔다가 다시 철물점으로 갔다. 마당으로 들어서다가 좋은 생각이 났기 때문이다. 사실 좋은 생각이라고는 할 수 없는, 어쩔 수 없는 선택이었다. 마당에 있는 나무 하나를 잘라 직접 말뚝을 만들면 되겠다.

그래서 톱을 하나 샀다. 어차피 그놈 업어 놓고 구걸했던 돈으로 산 거긴 하지만, 이 빌어먹는 거지 덕분에 지출이 장난 아니었다.

11

뭔가에게 뒤통수를 맞아서 정신을 잃었던 모양이다. 정신이 들고 보니 알 수 없는 곳에 와 있었다. 정신을 잃을 때마다 깨어나는 장소가 바뀌는 것은 정신줄 놓을 때까지 술 처먹을 수 있었던 그 옛날의 호시절 이후 처음이다.

뒤통수를 만져 보았는데 생채기 하나 없고 아프지도 않다. 그 정도로 맞으면 혹이 나는 게 정상이고 혹이 없어도 손만 대면 아플 정도가 되어야 하는데, 웬일인지 하나도 아프지 않으니 참 다행이었다. 이곳에 분명 불빛은 하나도 없는데 희한하게 앞은 잘 보였다. 장님 노릇을 오래하다가 드디어 눈이 밝아지기라도 한 걸까?

일어나는데 아랫도리가 허전하다. 내려다보니 여전히 분홍색 보자기. 바지 하나 입혀 주지 않다니 너무하는 거 아냐? 하지만 따질 놈도 없었다.

사방은 거친 콘크리트 마감으로 막혀 있다. 바닥은 그냥 흙이었다. 바싹 말라 물기 하나 없었다. 지하실로는 물이 잘 올라오는 법인데 방수 처리도 안 된 바닥이 이렇게 바싹 말라 있다니 재수가 좋은 집이었다. 천장은 역시 거친 회벽 마감이 되어 있었다. 한쪽 구석에 매트리스가 있었는데 척 하니 이불까지 올라가 있는 것이 꼴에 침대라도 되는 모양이었다. 그리고 다른 쪽 구석에는 사다리가 있었다. 사다리가 있는 것을 보니 여긴 어느 건물의 지하실인 모양이었다. 그러고 보니 옛날 나 살던 집에도 이런 지하실이 대청마루 밑에 있었다.

사다리, 그리고 낡은 침대. 그 외에는 아무것도 찾을 수가 없었다. 목이 타는 듯이 말랐지만 마실 것이든 먹을 것이든 아무것도 없었다. 바싹 마른 바닥의 흙을 만져 보니 더더욱 목이 탔다. 생각해 보니 만 하루 넘게 아무것도 먹지 못한 것 같다. 그런데도 배는 고프지 않고 목만 마르니 이것도 희한한 일이었다. 어찌 되었든 일단은 이놈의 감옥 같지 않은 감옥에서 빠져나가고 볼 일이었다. 사다리 쪽으로 걸어갔다.

천장이 높은 편은 아니어서 절반쯤 올라가자 나무로 된 문이 나타났다. 밀어 보았지만 열리지 않았다. 몇 번 더 밀어 보다가 포기했다. 밖에서 잠근 것이 분명했다. 씨바, 이젠 납치 감금된 신세다. 나를 납치한 놈은 분명 그 변태 양놈일 것이다. 금발에 파란 눈. 나이도 20대의 한창 때처럼 보이고 키도 190쯤 되어 보이던데…….

반면에 나로 말하자면 아직 군살은 붙지 않았지만(살찐 거지 봤냐?) 벌써 40대가 넘었다. 마흔 이후로는 숫자를 세지 않고 있어서 나도 잘 모르겠다. 올해가 몇 년이지? 하여간 맞붙어 싸우면 이길 수 없을 것 같다. 그럼 이젠 꼼짝없이 그놈의 성 노예가 되는 걸까? 〈완전한 사육〉 호모판이라도 찍는 거냐?

아니다! 그럴 순 없지! 이대로 당할 수는 없다. 그놈이 날 강간하려고 들지 못하게 어떤 방법이라도 강구해야 했다.

놈을 힘으로 이길 수는 없으니 머리를 써야겠지. 아마도 잠시 후면 그놈이 내려올 거다. 침을 질질 흘리면서. 그럼 날 저 더러운 매트리스 위로 쓰러뜨리려 하겠지? 난 침대를 노려보았다. 그놈이 저 침대로 끌어들여 강간하려 든다면 그걸 막을 방법이 대체 뭐가 있을까? 있을 거다. 있어야 했다.

그래서 나는 침대 위에 똥을 쌌다! 설마 제아무리 변태라도 똥 위에서 날 강간하지는 못하겠지!

어제부터 제대로 먹은 게 없어서 잘 나오지도 않는 똥을 똥꼬 찢어져라 누고 있는데 달칵거리는 소리가 들렸다. 변태가 돌아온 게 틀림없다. 얼른 사다리로 기어 올라갔다. 치마, 아니 보자기를 두르니 이런 좋은 점이 있다. 바지였다면 바지 올리느라 지체되었을 것이 분명했다. 하지만 그럴 필요가 없이 그냥 일어나서 뛰면 되니 앞으로 애용해야겠다는 생각까지 들 정도였다.

달칵거리는 소리를 따라 사다리로 올라간 나는 밖으로 나가겠다는 열망에 사로잡혀 문을 있는 힘껏 밀어 올렸다. 빡 하고 뼈 부러지는 소리 같은 게 들렸다. 고개를 내밀어 보니 변태 시키가 문짝에 턱주가리를 받혀서 나자빠져 있었다. 고거 쌤통이다.

얼른 지하실에서 빠져나왔다. 가만 보니 이놈이 날 묶어 두려고 노끈을 사 온 모양이다. 그 옆에 해머도 있다. 이건 뭐지? 노끈으로 묶어 놓고 해머로 무슨 짓을 하려고 한 걸까? 노끈이야 날 묶는 데 사용한다 해도 해머라니? 해머가 대체 여기 왜 있는 거야?

순간적으로 옛날에 보았던 영화가 생각났다(나도 한때는 영화도 보러 다니던 시절이 있었다). 조난당한 작가를 가둬 놓고 도망치지 못하게 다리를 부러뜨리는 괴물 같은 여자가 나오는 영화. 그래, 뻔한 일이지. 날 묶은 뒤에 내 팔다리를 부러뜨리고 평생을 성 노예로 삼으려고 했던 게 틀림없다. 더러운 놈.

나는 이에는 이, 눈에는 눈이라는 말을 신봉하는 사람이다. 노끈으로 이 자식을 묶어서 팔다리를 부러뜨려 줄까, 하는 생각이 잠시 내 이성을 어지럽혔다.

하지만 결론은 간단. 놈을 발로 차서 지하실로 던져 넣었다. 문 잠그면 그만인데 뭐 때문에 귀찮게시리 묶기까지 한단 말이냐? 그렇게 부지런했으면 거지가 됐을 것 같냐? 거기다 그런 일보다 더 급한 일이 있었다. 당장 물을 마시지 않으면 죽을 것 같았다.

이미 밤이었다. 내가 있는 곳은 낡은 한옥 집 대청마루. 기역자로 생긴 전형적인 한옥 집이었다. 꼬맹이 시절에 내가 살던 곳과 닮았다. 그래, 안방과 사랑채 사이에 부엌이 있었지.

지하실 문짝을 잠근 다음 부엌으로 달려갔다. 수도꼭지를 돌리자 물이 콸콸 쏟아져 내렸다. 그런데 아무리 마셔도 소용이 없었다. 씨바, 갈증이 해소되기는커녕 마시면 마실수록 갈증이 더 났다. 뱃속에서 물이 출렁거리는 게 느껴지는데도 갈증은 하나도 풀어지지 않았다. 오늘 희한한 일이 정말 많이 일어났지만 그중에서도 이게 제일 희한한 일이었다. 그리고 남들에겐 단지 희한한 일일지 모르겠지만 내게는 생사가 걸린 일이었다. 정말 그대로 말라죽을 것 같았다. 출렁이는 배를 안은 채.

아니야. 그냥 더위를 먹은 건지도 모르지? 그래, 시원한 물이 필요했다. 시원한 물. 나는 냉장고를 찾아봤다.

부엌 안에는 냉장고가 없었다. 설마 냉장고도 없는 집이 21세기 세계 경제의 한 축을 담당한다는 대한민국 수도 서울에 있는 것은 아니겠지? 아니었다. 냉장고는 마루 구석에 있었다. 그것도 상당히 큰 놈이었다. 냉장고를 열어 보니 물은 보이지 않고 생수병 같은 데 든 포도 주스 같은 것만 잔뜩 들어 있었다.

먹을 것도 하나 보이지 않았다. 나 원 참. 아무튼 포도 주스라도 마시는 게 낫겠다는 생각에 한 병을 꺼냈다. 뚜껑을 열고 냄새를 살짝 맡아 보았는데, 와우, 머리가 띵할 정도로 멋진 냄새가 났다. 얼른 한 병을 마셨다. 숨도 쉬지 않고 마신 것 같았다. 목의 갈증이 마치 실 가닥 하나씩 떨어져 나가는 것처럼 사라지는 것을 느낄 수 있었다. 한 병을 다 마시자 온몸이 나른해지면서 아무 생각이 들지 않았다. 어디선가 뭐라고 지껄이는 소리가 들리는 것 같기도 했지만 황홀감에 취해서 아무것도 분별할 수 없었다.

12

지하실 문 아래서 거지새끼가 기다리고 있을 줄은 꿈에도 몰랐다. 하긴 이놈은 장님이니 깜깜한 곳이라 해도 별문제가 안 되었을 거다. 그 생각을 못 한 내가 한심했다. 하필 턱을 세게 받히는 통에 혀가 반쯤 잘리고 말았다. 이런 경우는 회복에 시간이 좀 걸릴 수밖에 없다. 미처 정신을 차리지 못하고 있는데, 이 매정한 녀석은 날 지하실 안으로 걷어차 버렸다. 인간이라면 갈비뼈라도 부러졌을 높이에서 떨어졌지만 뱀파이어라면 그 정도로는 다치지 않는다.

한때 사우쓰 코리아에 자해 공갈단이 유행하던 때가 있었다. 먼저 망치로 팔다리를 때려서 골절시킨 뒤 지나가는 차에 슬쩍 받히면 되는, 아주 돈 벌기 쉬운 일이었다. 쉽게 보여서 나도 한번 해 보려고 했다. 해 보려고 했다는 말에서 이미 짐작들 하겠지만, 나는 그 일을 할 수가 없었다. 내 팔이든 다리든 도무지 부러지지가 않는다. 뱀파이어가 달리 불사인 게 아니다. 나는 처음으로 내 불사의 신체를 저주했다. 일단 부러진 다음에 한두 시간 뒤에 붙어 주면 얼마나 좋겠냐? 이 빌어먹을 몸은 왜 부러지지도 않느냔 말이다! 그러니 거지 목을 부러뜨린다는 게 불가능하다는 이야기, 이제 이해가 될 거다.

왜 그렇게 팔다리를 부러뜨려서라도 돈을 벌려고 했냐 하면, 당연한 말이겠지만 돈이 없었기 때문이다.

뱀파이어라고 하면 근사한 저택에 살면서 인간 집사를 부리며 명품으로 도배를 하고 있을 것 같은가? 뱀파이어가 되는 것만으로 그런 일이 가능하다면, 세상 사람들이 모두 달려와 목덜미를 드러내고 "한 번만 물어 주셈"이라고 외쳤을 거다.

나는 외모상 갈데없는 외국인이었고, 취업 비자도 없어서 정식으로는 취직을 할 수 없었다. 식량이야 어떻게든 해결할 수 있었지만, 피를 빠는 일이 내게 돈을 벌어 주지는 않는다. 사람도 밥만 먹고 살 수는 없듯이 뱀파이어라고 해도 피만 빨고 살 수는 없다. 살아가는 데는 다 돈이 드는 법이다.

나는 한 집에서 오래 살지 않는다. 오래가면 무조건 꼬리가 잡히기 때문이다. 이 한옥 집은 오래 가지고 있지만, 여기는 내 비밀 별장 같은 것이다. 실제 내 본거지는 PMP 주인이 살던 오피스텔로 무려 강남에 있다. 한옥 집이나 오피스텔이나 모두 재산세를 내야 하고, 심지어 강남 오피스텔은 관리비도 내야 한다.

하긴 뱀파이어가 인간에게 세금을 내야 한다는 것이 우습긴 하다. 하지만 별수 없다. 카이사르의 것은 카이사르에게. 인간은 문제가 드러나지 않으면 문제가 없는 것으로 간주하는 습성이 있다. 일부러 사람들의 시선을 끄는 일을 할 필요가 없다.

사람을 잡아먹으면 노획물이 생기기도 한다. 하지만 정말 궁핍한 상태가 아니면 깨끗하게 피만 빨고 남은 찌꺼기는 버리는 것이 좋다. 장물을 취득하면 뒤끝이 좋지 않기 때문이다.

돈 벌려고 자해 공갈도 하려고 했지만 내 단단한 뼈 덕분에 실패했고, 결국 적성에 맞지 않는 직업을 계속 유지해야 했다. 바로 학원 강사. 사우쓰 코리아에서 외국인이 가장 쉽게 돈을 버는 방법은 학원 강사 중에서도 영어 강사가 되는 것이다. 다행히 나는 외모상으로는 미국인과 별로 다르지 않게 보인다. 내가 차이니즈, 재패니즈와 코리언을 구분하지 못하는 것처럼 한국인들도 미국인과 내가 어떻게 다른지 알지 못했다. 문제는 내가 루마니아 출신인지라 영어는 거의 하지 못한다는 데 있었다.

당연한 일이다. 내가 유럽에 살던 때에 잉글랜드는 진짜 촌 동네에 불과했으니까. 프랑스어라면 몇 마디 지껄일 수 있었지만(지금은 다 까먹었다) 영어라니, 그따위 걸 내가 할 줄 알 리가 없지. 하지만 그런 걸 따질 계제가 아니었다. 나는 성문종합영어를 사서 영어 공부를 시작했다(루마니아어로 된 영어 교재는 구할 방법이 없었다). 동시에 동네 보습 학원에 강사로 취직도 했다. 야간반 영어 교사로. 인간들은 대개 밤에 자기 때문에 내가 야간반을 맡겠다고 하자 다들 좋아했다.

내 영어 실력은 뻔했기 때문에 아이들은 발음이 이상하다고 투덜대곤 했다. 하지만 그럴 때면 내가 이 한마디로 애들을 잠재웠다.

"시꺼! 이게 본토 발음이야!"

영어 강사는 그동안 해 온 돈벌이 중 가장 짭짤했지만, 가끔 무자격 강사를 색출한다는 소식이 들어오면 그만두고 떠나야 했다. 본래 정식 영어 강사가 되려면 E2 비자가 필요하고, 이건 영어를 모국어로 쓰는 나라 애들에게만 나온다. 물론 나는 비자 같은 건 가져 본 적이 없다. 뱀파이어는 국가에 소속된 한낱 인간이 아니니까. 나는 인간이 아니기 때문에 늙지 않는다는 또 하나의 문제도 가지고 있다.

13

한 번은 이런 일이 있었다. 길거리에서 어떤 아줌마가 말을 걸어왔다.

"저, 혹시…… 로버트 선생님?"

로버트라는 이름 때문이 아니라 근처에 외국인이 나밖에 없어서 나를 부르는 줄 알았다. 로버트라는 저 이름은 내가 아무렇게나 붙였던 수많은 가명 중 하나다(라고 생각한다. 가명을 다 외울 수가 없다). 내가 돌아보자 50대로 보이는 그 아줌마, 눈이 튀어나올 것처럼 해서 나를 바라보았다.

"어머? 진짜? 어떻게 이렇게 하나도 변하지 않을 수가? 저, 모르시겠어요? 안나예요, 선생님이 늘 통통해서 좋아 보인다고 말씀하시던 안나."

그러고 보니 알 것도 같았다. 혈색이 좋아서 늘 마셔 버리고 싶었지만, 일터에서는 식량을 조달하지 않는다는 원칙 때문에 건드릴 수 없었던 아이다. 결혼하자고 쫓아다니기까지 했지. 아무튼 여전히 혈색은 좋아 보인다. 꿀꺽.

하지만 그렇다고 아는 척을 할 수는 없는 노릇이다. 어깨를 으쓱해 보이고는 그냥 돌아섰다.

"로버트 선생님, 왜 모른 척하시는 거예요? 30년 전의 일이라 기억이 나지 않으시는 거예요? 하지만 전 선생님을 알아볼 수 있어요. 그 금발, 그 파란 눈! 로버트 선생님이 분명해요!"

아줌마는 끈질기게 나를 따라붙었다. 결국 응대해 주고 말았다.

"My name is Herbert. My father' s name is Robert."

뭔가 어색하게 들릴지 모르겠지만, 나는 늘 말한다. 이것이 바로 본토 영어!

"아버지가 로버트였다고요?"

아줌마는 그제야 납득이 가는 모양이었다. 갑자기 눈빛이 변했다.

"내가 그렇게 결혼하자고 졸랐지만 날 걷어차더니, 어떤 년이랑 결혼한 거지? 으, 분해. 으, 억울해! 너 내 말 잘 듣고 니 아부지한테 말해. 길 가다가 나 만나면 그날로 사망이라고!"

한국 아줌마들, 정말 무섭다. 아이고, 소리와 함께 한숨이 절로 나왔다. 내 외모가 서양 세계라 해도 이 빼어난 미모(뭐야, 비웃는 눈길은?)로 눈에 뜨일 판인데, 특히나 여긴 검은 머리에 누런 피부, 모두 똑같이 생긴 사람들이 오락가락하는 세상이라 도무지 감출 길이 없다. 그나마 요새는 머리색은 좀 다양해졌다. 염색하고 돌아다녀도 괜찮은 모양이다. 70년대에는 염색은커녕 머리만 좀 길어도 가위 들고 다니면서 사람들 머리를 자르는 경찰관들이 있었으니까. 처음엔 나도 잡아서 머리 깎이는 줄 알고 졸아 있었는데, 외국인인 내게는 털끝 하나 대지 않더라. 내 머리는 어깨까지 늘어져 있었는데.

지금 생각해 보면 참 웃기는 이야기다. 머리를 짧게 깎아서 퇴폐풍조를 없애자는 게 당시 모토였다. 대체 남자 머리 길이가 길면 퇴폐라는 논리는 어디서 튀어나온 것인지 알 도리가 없다. 사우스 코리아의 전신이라는 조선이라는 나라 때는 머리를 자르라는 명에 머리를 자르느니 목을 자르겠다고 개겼다는데, 불과 백 년도 되지 않아서 머리를 안 자르면 퇴폐네 뭐네 하고. 나도 한때 인간이기는 했지만 참 인간이란 족속들은 어쩔 수 없는 존재들이다.

그러고 보니 얼마 전에는 학생들이 두발 자유화를 부르짖으며 데모를 하고 있던데, 아직도 머리를 기르면 퇴폐라는 생각이 이 나라 지도자들 머릿속에 있는 모양이다. 퇴폐는 모텔 방에 성 접대 받으러 들어가는 인간들에게 있는 거지, 어디 머리 길이에 그런 게 있겠는가? 사우쓰 코리아의 학생들이 무슨 삼손이냐? 머리칼이 길어지면 성욕이 왕성해지기라도 하나?

애들 공부시키는 데 목숨을 거는 나라에서 머리 길이 가지고 공부할 시간에 데모하게 만드는 게 무슨 이율배반인지 모르겠다. 내가 애 키우는 것도 아니니 참견할 일은 아니겠지만, 사실 나와 아주 관련이 없는 것도 아니다. 스트레스 많이 받은 음식은 맛이 떨어진다는 사실. 뱀파이어가 피를 마시는 순간 최대한 로맨틱하게 보이게 되는 데는 다 이유가 있는 거다. 보기 좋은 음식이 맛도 좋은 것처럼, 행복한 생각을 많이 한 인간의 피가 더 맛있다.

지금 내 머리는 최신 유행답게 깔끔하게 깎여 있기에 고개를 흔든다 해도 머리가 전혀 흩날리지 않는다. 5백 년을 살아온 뱀파이어로서 나는 클래식하면서도 현대 문명의 패션에 뒤처지지 않는 패션을 추구하고 있다. 패션이라고 하면 바로 '명품' 이 생각날 것이다. 오랜 세월 살아오면서 참 많은 명품들을 만나 보았다. 사실 요새 여자들은 명품이라는 것이 영원불멸의 생명을 가진 것처럼 생각하겠지만 그건 천만의 말씀이다. 명품도 유행을 타고 시간의 흐름에 따라 변한다. 그리고 그런 패턴이 읽히기 시작하면 가장 최첨단의 멋을 만들어 내는 것도 어려운 일은 아니다. 하지만 물론 그런 일은 하지 않는다. 사람들 눈에 잘 띄는 것은 결코 내가 바라는 일이 아니니까. 나는 석양이 질 때 몸을 일으켜 어둠 속을 돌아다니는 사냥꾼일 뿐이다. 그리고 이제 드디어 자야 할 시간이 다가오고 있었다.

밤파이어들은 시계 없이도 본능적으로 시간을 잘 알고 있다. 녀석은 날 완벽하게 이곳에 가뒀다고 생각하고 있겠지만, 그건 천만의 말씀. 퇴로가 없는 소굴이란 만들 필요도 없는 거다. 물론 곧 해가 뜰 테니 나갈 필요는 없었다. 해가 뜨면 밖에서는 빛을 피할 곳이 없다. 여긴 원래 그런 용도로 만든 곳이니까. 녀석은 자연히 저세상행이다. 놈은 나를 가뒀다고 생각하겠지만 사실은 놈이 갇힌 것이다.

느긋하게 생각하기로 했다. 비록 내 턱을 한 대 녀석이 때리긴 했지만, 내 한 끼 식사 값이라 생각하면 그만이다. 피곤한 하루였다. 침대로 가 그대로 쓰러졌다.

뿌직!

뿌직? 이게 뭔 소리야? 그리고 이 냄새! 그리고 등을 통해 전해져 오는 미끈거리는 이물감이 천을 뚫고 내 피부로 전달되어 오고 있었다! 벌떡 일어나 옷을 벗어서 바닥에 내동댕이쳤다.

이 미친 새끼! 침대 위에다 똥을 싸다니! 세 살짜리도 이런 짓은 안 한다! 이젠 도저히 참을 수가 없었다. 녀석을 응징하지 않으면 사람이, 아니 뱀파이어가 아니다. 감히 내 침대에 똥을 싸 놓다니!

똥 묻은 티셔츠를 벗어던졌다. 구리구리하다. 이 새끼, 걸어 다니는 똥자루였잖아! 어떻게 이렇게 똥을 많이 쌀 수 있지? 뱀파이어는 똥을 누지 않는다. 인간처럼 식사를 하지 않으니까 똥을 눌 일도 없다. 그러니까 이 똥은 놈이 인간으로서 간직하고 있던 마지막 인간성의 산물이기도 하다. 진짜 엄청나게 냄새나는 인간성을 지닌 놈이다!

바지와 팬티도 벗어 버렸다. 어차피 옷을 입은 채 비상 탈출구로 빠져나갈 수는 없었다.

비상 탈출구를 통해 빠져나가기 시작한 지 얼마 안 돼 흥분이 가라앉기 시작했다. 기분이 풀린 것이 아니다. 너무 힘들어서 딴생각이 나지 않았다.

아아, 비상 탈출구가 이렇게 긴 줄 몰랐다. 생각해 보니 이 비상 탈출구를 알았을 때 말고는 이용해 본 적이 한 번도 없었다. 그리고 그때도 이렇게 멀었는지는 기억이 나지 않았다. 기억이 났으면 그냥 포기했을 거다. 다리가 후들거려서 더 이상 앞으로 나가지 못했다. 굴이 워낙 좁아서 날개도 펼 수가 없었다. 갑자기 날개가 웬 말이냐고?

이 방의 비상 탈출구는 쥐들이 이용하던 쥐구멍이다.

처음 지하실로 내려왔을 때 여긴 정말 가관이었다. 3백 년은 묵은 듯한 켜켜이 쌓여 있는 먼지와 그 먼지를 먹고 사는 듯한 쥐들이 마치 주인처럼 찍찍대고 있었다.

즉각 이것들을 분쇄 섬멸했다. 물론 이들을 박멸하기 위해 세스코 같은 회사가 필요하지는 않았다. 쥐가 빨라 봐야 내 손바닥 안이었고 이것들의 피도 아무튼 간식거리로는 별미라 할 수 있었으니까.

사실 어떤 뱀파이어는 집에서 쥐들을 기르기까지 했다. 암컷과 수컷을 넣어 놓으면 무한 번식하는데, 갓 나온 새끼의 피를 빨아먹는 게 나름 일품이라고 좋아하기까지 했다. 잔인한 놈. 그런 짓을 하니까 심장에 말뚝 박혀서 죽는 거야. 새끼 쥐에게 맛이 들렸던 그 친구는 인간 아기만 잡아먹다가 결국 그 습성이 약점이 되어 뱀파이어 사냥꾼에게 잡히고 말았다.

아무튼, 쥐들을 소탕하는 과정 중에 지하실에서 집 마당 구석으로 이어진 쥐구멍을 발견했다. 그 구멍을 막지 않고 비상 탈출구로 쓰기로 한 것이다. 사람이라면 이런 통로는 있으나 마나 한 것이겠지만 나는 사람이 아니다. 필요할 때면 박쥐로 변할 수 있는 뱀파이어다.

하지만 이 빌어먹을 굴, 진짜 너무 길다. 그리고 이젠 해가 떴을 것 같다. 나가기도 틀렸다. 짜증이 이마를 찢고 아테네처럼 튀어나올 순간이었다. 거지새끼의 비명이 들렸다.

갔군.

부디 혀를 잡아 뽑는다는 발설지옥에 빠져 개고생을 하길 바란다. 아니면 야훼가 벼르고 있는 세상으로 가려무나. 야훼를 위해 아멘. 거지는 죽었다. 드디어 해방이다. 나는 새로운 고민에 빠졌다. 되돌아갈 것이냐? 아니면 여기서 자빠졌다가 밤에 빠져나갈 것이냐? 쥐들이 이용하던 굴 바닥에서 잔다는 건 절대 내 패셔너블한 취향일 수 없지만, 돌아가 봐야 거지새끼의 똥 묻은 침대밖에 없다! 차라리 흙바닥이 낫다는 결론을 내렸다. 절대 다리가 너무 아파서 그런 결정을 내린 건 아니다. 순전히 새 시트가 없었기 때문이다.

14

황홀경에 빠져 잠이 들었던 나를 깨운 것은 고통이었다. 고통은 세포 하나하나마다 가해졌다. 온몸의 세포에 각기 한 마리씩의 개미가 올라앉아서 내 살을 파먹고 있는 것 같았다. 나는 개미 떼에게 산 채로 뜯어 먹히고 있었다.

눈을 떴을 때, 안구를 태워 버릴 것 같은 강렬한 빛이 내 눈으로 쏟아졌다. 가짜 장님 노릇하다가 이제 진짜 장님이 될 판이었다. 빌어먹을 내 선글라스! 그 백인 잡놈이 가져갔지! 하지만 화를 낼 기운도 없었다. 두 손으로 얼굴을 가렸다. 그러자 얼굴의 통증이 줄어들면서 대번에 손등이 불타오르듯 아파 오기 시작했다. 내 고통의 근원은 햇빛이었다. 오, 이런! 아무리 내가 지하철에서 구걸 전문으로 다녔다고 햇빛에 이렇게 죽을 고통을 느끼는 체질로 변했단 말인가?

햇빛을 피해서 마루 끝으로 움직였다. 그나마 햇빛을 직접 받지 않으니까 조금은 살 것 같았다. 하지만 고통이 완전히 가신 것은 아니었다. 햇빛이 완전히 사라진 곳으로 가고 싶었다.

이건 분명 어제 마신 그 마약 때문일 거다. 씨바, 내가 먹은 게 마약이 맞긴 맞나 보다. 황홀경이 오자마자 금단 증세가 생기다니, 정말 지독한 마약인 모양이다. 가만, 금단 증상이라……. 니코틴이 부족해서 손가락이 부들부들 떨릴 때 이것을 멈출 방법은? 담배 한 대를 쭉 빨아들이는 거다. 알코올이 부족해서 온몸이 짜릿짜릿할 때 이것을 멈출 방법은? 참이슬 한 병을 들이키는 거지. 그렇다면 마약의 금단 증세를 멈추는 방법은? 마약을 또 하면 되지!

냉장고에서 병 하나를 꺼내 숨도 쉬지 않고 원샷으로 들이켰다. 금방 다시 힘이 솟는 것 같다. 과연 마약 효과는 직빵이다. 뭔가 알 수 없는 그림 같은 것이 휙휙 지나가는 기분도 들었다. 본격적으로 환각이 시작되려는 건가? 그것은 어떤 남자의 그림자 같은 것이었다. 희미하게 지나가는 구질구질한 모습들이었다. 황홀한 기분과 구질구질한 그림은 지독하게 어울리지 않았는데, 그런 것들에 주목할 새가 없었다. 그 죽을 것 같은 고통이 잠시도 쉬지 않고 넘실넘실 내 몸 위에서 파도치고 있었기 때문이다.

이런 식이라면, 고통을 불과 10초도 멈춰 주지 못한다면, 이건 마약도 아닌 셈이었다. 분노의 고함을 내질렀다. 그 붉은색 마약 병들을 모조리 꺼내서 마당에 패대기쳐 버렸다. 고통이 점점 더 심해지고 있었다. 햇살은 거침없이 마루를 타 오르고 있었다. 고통 때문에 서 있을 힘도 없었다. 저 햇살이 내 몸 위로 올라오는 순간이 내가 죽음을 맞이하는 순간일 거라는 생각이 들었다.

이렇게 죽고 싶진 않았다. 그럴 바에는 노숙자가 되었을 때 벌써 죽음을 선택했을 것이다. 나는 살고 싶었다. 못 해 본 일이 너무 많아서, 그리고 꼭 해야 할 일이 있어서 죽고 싶지 않았다. 그러려면 햇살이 닿지 않는 곳을 찾아야 했다. 그런 곳이 보이질 않았다. 이 집에는 방마다 커다란 유리창이 달려 있다. 부엌으로 가면 되겠지만 이미 햇살이 마당을 가득 채우고 있다. 부엌과 연결된 안방으로 가는 통로도 햇살이 점령해 버렸다. 이제 내게는 서 있을 공간도 별로 남지 않았다.

그 순간 햇살을 피할 수 있는 유일한 공간이 내 눈에 들어왔다.

15

해가 졌다. 저절로 눈이 번쩍 뜨인다. 다시 굴을 기어가기 시작한다. 날개가 자꾸 흙더미에 걸려서 신경질이 머리끝까지 치밀었다. 이게 다 맹인 거지새끼 때문이라는 생각에 더더욱 짜증이 난다. 그래, 하지만 이제 나가기만 하면 그놈이 죽어 자빠져 있는 꼴을 보게 되리라. 그 생각이 들자 마음이 좀 진정되었다.

10여 분을 더 기를 쓰고 올라간 끝에 드디어 부엌과 마당 사이의 구멍으로 빠져나올 수 있었다. 아이고, 삭신이야. 일단 사람으로 돌아가자. 나는 사람 형태를 취한 뒤 잠시 기혈을 골랐다. 아직도 온몸이 저린 것 같다. 알몸이긴 하지만 열대야의 밤이라 추위 같은 건 느끼지 않았다.

녀석의 시체가 어디에 자빠져 있나 둘러보다가 숨이 멈출 뻔했다(사실 뱀파이어는 냄새 맡기 위해서 숨을 쉴 뿐이다). 아아, 마당에 널브러져 있는 것은 내 피 같은 피들이었다. 저 소중한 피! 나의 추억이 담긴, 나의 모험이 담긴, 소중하고 소중하게 간직해 오던 피가 마당에 쏟아져 있었다. 아아, 저 피는 내 사랑이고 내 역사다.

피에는 모든 것이 담겨 있다. 사람마다 얼굴이 다르듯이 피 맛도 다르다. 사람의 기억이 피의 맛을 바꾸는 것이다. 내게는 기억할 만한 사람을 만나면 그 피를 보관하는 습관이 있다. 정말 어쩌다 그 사람이 그립거나 생각나면 한 모금 홀짝거리며 추억에 젖어 보는 것이다. 루마니아의 지하 동굴에는 아직도 그 시절의 피가 남아 있을 것이다. 중앙아시아의 호수 밑에도, 차이나 설산의 눈 속에도. 서울에는 피를 보관할 적당한 장소가 없었지만, 다행히 냉장고라는 놈이 만들어졌다. 그 후 한국에서 내가 모은 피들은 모두 냉장고 안에 모셔졌다.

지금 내 발 밑에 떨어져 있는 피, 흐읍, 그 냄새로 주인을 알 수 있다. 그래, 1953년에 마셨던 순이의 피다. 순이는 뱀파이어가 되지 못했다. 북에서 내려온 피난민이었던 순이는 추위와 배고픔으로 죽어가고 있었다. 내 숨결은 순이에게 마지막 따뜻한 기운으로 작동했다. 그 아이는 내 품에서 행복하게 죽었다. 처음으로 따스함을 느껴 본다고 중얼거렸다. 그 핏속에서 그 아이의 슬픔을 고스란히 느낄 수 있었다.

식민지 말기에 태어나 철이 들었을 때는 공출을 맞추기 위해 산에 올라가 송진을 받아야 했다. 늘 배가 고팠지만 먹을 거라곤 풀뿌리와 나무껍질로 끓인 시퍼런 죽이 고작이었다. 해방이 되었을 때 열 살. 물론 여자아이라 학교는 가 보지도 못했다. 전쟁이 터지자 오빠는 전쟁터로 끌려갔다. 사우쓰 코리아 군인들이 몰려왔을 때 마을 이장이 밥 짓고 빨래하게 시켰다. 인민군이 다시 몰려오자 부역자라고 죽임당할까 무서워 도망쳤다. 어디를 가도 먹을 것이 없었다. 차라리 몸이라도 팔았으면 하고 생각했으나 워낙 박색이라 그도 쉽지 않았다. 사우쓰 코리아로 도망치는 사람들 무리에 묻어서 구걸을 했지만 인정은 자꾸만 메말라 가기만 했다. 추운 겨울이었고 배가 고팠다.

나는 그 무렵 미군으로 슬쩍 변신하는 데 성공했고, 먹잇감을 찾아다니고 있었다. 죽어도 상관없는 사람들, 없어져도 누구도 찾지 않는 사람들이 바로 내 식량이었고 그녀는 그 조건에 딱 맞았다. 내가 아니더라도 어차피 며칠 안에 죽을 것이 분명했다. 나는 순이에게 접근해서 초콜릿을 주었다. 그리고 사람 눈이 없는 곳으로 데려갔다.

순이는 아무 말 없이 나를 따라왔다. 나는 흡족하게 피를 빨았다. 앗, 뭔가 다른 이야기를 기대했나? 음, 뱀파이어는 인간 여자와 섹스를 한다든가 하지 않아. 생각해 봐. 너도 먹는 거랑은 하고 싶지 않을 거야.

순이의 피에서는 슬픈 냄새가 났다. 그것은 오랜만에 느끼는 진한 슬픔이었다. 그냥 지나칠 수 없는 일이었다. 이런 근사한 피를 대접받으면 뭔가 보답을 해 줘야 하는 법이다.

"소원이 있으면 들어주마."

그녀는 망설이지 않았다.

"누구든 날 기억해 주면 좋겠어요."

그래서 나는 그녀의 피를 더 뽑아냈다.

"이로써 너는 영원히 기억될 것이다."

순이는 내게 고마워하며 죽었다. 그녀의 고통은 피로 남았고, 그 피를 내게 건네줌으로써 그녀는 안식을 찾은 것이다. 그 피가 있음으로 인해 순이의 고통, 절망, 한숨이 모두 다시 그려질 수 있었다. 그러나 이제 순이는 잊힐 것이다. 나는 오래 살아왔고, 앞으로도 오래 살 것이다. 그렇기 때문에 기억할 수 있는 피가 내 손에 없는 이상, 그 모든 것을 기억한다는 것은 무리다. 아직은 저 희미한 피 냄새로, 더운 여름날 햇빛에 의해 부패해 버린 저 썩은 피 냄새로 기억하지만, 이것이 내 마지막 기억이 될 것이다. 그리고 지금 마당에 쏟아져 있는 저 피들의 기억도 내 머릿속에서 서서히 다 지워져 버리리라. 나는 포효했다.

"이 새끼, 다시 살려서 죽여 버린다!"

나는 미친 듯이 놈의 시체를 찾았다. 정말 살린 뒤 다시 죽이고, 또 살린 뒤 다시 죽이겠다는 마음뿐이었다. 죽은 놈을 어떻게 살리냐고?

차이나에서 모산파의 도사를 잡아먹은 적이 있는데, 그때 사람을 다시 살리는 방법도 터득했다. 한 번도 시도해 보지는 않았지만 이번 기회에 한번 해 봐야겠다. 반드시 살린 뒤 다시 죽여 버리겠다!

그런데 이 눈먼 거지새끼가 보이질 않는다. 용케 집 밖으로 도망이라도 친 걸까? 빌어먹을 새끼(아 참, 그놈은 원래 빌어먹는 놈이었으니 이건 욕도 아니겠네?)!

집 밖으로 도망쳤을 리는 없다. 우리 집은 안에서 자물쇠로 채워져 있으니까. 그건 만에 하나 있을 빌어먹을 일을 대비하기 위한 이유였다. 그 만일의 일 때문에 나라고 해도 끊을 수 없을 튼튼한 쇠사슬로 단단히 무장시켜 놓았다. 하지만 만사는 불여튼튼, 만에 하나라도 잘못되는 일이 있을까 싶어 대문까지 나가 보았다. 튼튼한 쇠사슬에 굳건하게 매달린 자물통은 전혀 문제없이 걸려 있었다. 손을 댄 흔적도 찾을 수가 없었다.

이 한옥 집 담은 꽤 높다. 눈이 멀쩡한 인간이라도 넘을 수 없는 높이였으니 눈먼 놈이 넘는다는 건 당연히 불가능이다. 그럼 이놈이 하늘로 솟아오르기라도 했단 말인가? 아니, 어쩌면 다시 지하실로 기어 들어간 건 아닐까? 내가 비밀 통로에서 잠이 들었으니 그랬을지도 몰랐다. 하지만 지하실에는 똥 구린내만 풀풀 나고 있을 뿐 그놈은 보이지 않았다.

결국 녀석을 찾는 것을 포기하고, 그럴 가능성은 거의 없었지만 그래도 혹시 피가 한 병이라도 남았나 싶어 냉장고 문을 열어 보았다.

16

어디선가 퍽퍽, 육질 좋은 고기가 쥐어 터지는 듯한 소리가 들려온다. 뭔 소릴까? 규칙적인 소리. 확인해 보고 싶은데 눈이 떠지질 않는다. 물에 빠진 듯한 느낌. 몸이 천근만근 무거워 바닥을 뚫고 지구의 중심을 향해 가라앉고 있는 것만 같다. 중력은 이렇게 무서운 것이구나. 다시 퍽퍽, 소리가 들린다. 어쩐지 매우 가까운 곳에서 들리는 것 같다. 하지만 몸이 바닥에 반쯤 잠겨 버려서 돌아볼 수도 없다. 물론 눈꺼풀은 강력 오공 본드로 발라 놓은 듯 떨어지지 않는다.

나는 눈뜨기를 포기하고 신경을 집중했다. 그렇다. 이 소리는 분명 내 등짝에서 나는 소리였다. 내 등짝. 입도 없는 내 등짝이 왜 퍽퍽 소리를 내고 있을까? 하고 싶은 말이 뭘까? 아니다. 내 등짝이 내는 소리가 아니다. 그렇다. 이건 누군가가 내 등짝을 두들겨 패는 소리다. 이마에 빠직 핏대가 섰다. 어느 놈이 감히 날 때리고 있는 거야?

나는 춘향이와 입맞춤이라도 하고 있는 듯 떨어지지 않는 눈꺼풀을 간신히 밀어 올렸다. 댓돌이 보였다. 뭔가 모기 소리 같은 것이 들렸다. 나는 다시 귀에 온 신경을 집중해 보았다.

"죽어! 이 개새끼! 죽어 버려!"

아, 그런 말이었다. 그러니까 개시키보고 죽으라고 하는 말이었다. 왠지 납득이 되는 기분이 되어 다시 눈을 감으려고 했다. 아니지! 씨바, 그러니까 나보고 개시키라고 하는 거잖아!

몸을 뒤틀었다. 온몸이 부서질 것처럼 아팠다. 맞은 건 아픈 줄 모르겠는데, 몸을 뒤트니 너무 아팠다. 그러고 보니 이제야 생각이 났다. 나, 냉장고 안에 있었잖아?

나를 때리고 있는 시키를 올려다보았다. 그 백인 호모다! 아주 작정을 단단히 한 모양인지 홀랑 벗고 있다! 아 놔, 아무리 자기 집이라도 그렇지. 고추를 덜렁거리면서 사람을 패다니! 그나저나 나 이미 따먹힌 거 아냐? 분노에 치를 떨며 양놈에게 외쳤다.

"니가 나 먹었냐?"

"그래, 이 개새끼야! 너 먹었다. 어쩔래? 씹탱구리야!"

왈칵 눈물이 솟았다. 씨바, 마흔이 넘도록 간직해 온 순결을 저 시키한테 뺏기다니. 아직 여자랑도 한 번 못 해 봤는데, 이런 말도 안 되는 경우가 어디 있담. 전생에 무슨 죄를 지었다고 양놈에게 짓밟힌단 말이냐. 더구나 돈도 못 받고!

벌떡 일어나 있는 힘을 다해 양놈의 턱을 날려 버렸다. 음, 정직하게 말한다면 양놈의 턱을 날려 버리고 싶었다. 하지만 양놈은 아주 여유 있게 내 주먹을 피했다.

"씨바, 한 번 당하지, 두 번 당할 줄 알았냐?"

다시 녀석을 향해 주먹을 날렸다. 하지만 이번에도 그놈은 여유작작 내 주먹을 피해 버렸다.

"눈먼 주먹에 맞을 내가 아니라네."

놈은 내 주먹을 조롱까지 했다. 작전을 바꿨다. 녀석의 몸통을 노리고 달려들었다. 일단 자빠뜨린 후에 면상을 박살내 버릴 작정이었다. 하지만 이번에도 실패. 녀석은 슬쩍 허리만 비틀어서 내 태클을 피해 버렸다. 덕분에 털이 숭숭 난 녀석의 몸뚱이를 스치게 되었는데, 그 순간 온몸에 소름이 쫙 돋았다. 벌거벗은 놈의 몸을 깔아뭉갤 생각을 하다니! 내가 미친 게 틀림없나 보다. 전의를 상실하고 쭈그려 앉았다.

"이제 주제를 파악한 모양이군. 뵈는 게 없으면 주제라도 잘 파악해야지."

놈이 또 빈정거렸지만 놈을 쳐다보지도 않았다.

"네놈이 나 없는 동안 죽어 자빠졌을까 봐 걱정했다."

그래, 걱정이 됐겠지. 후장 대 줄 인간이 없어지면 또 잡아 와야 할 테니까. 나, 이렇게 성 노예로 전락하는 걸까?

"네놈은 그렇게 쉽게 죽으면 안 되거든. 내가 죽이고, 죽이고, 또 죽여 줄 테니까 기대하라고."

놈은 내 똥꼬가 찢어질 때까지 하고, 하고 또 할 작정인 모양이었다. 이를 으드득 갈았다. 절대, 절대 그런 꼴은 용납할 수 없다. 나는 비장의 카드를 꺼냈다. 내가 정말 이것까지는 쓰지 않으려고 했는데, 어쩔 수 없었다.

무릎을 꿇고 빌었다.

"살려 주세요! 살려 주세요!"

하지만 피도 눈물도 없는, 오로지 눈앞의 쾌락만을 좇고 있는 놈은 비정한 목소리로 말했다.

"안 돼! 아직 말뚝이 없으니 죽는 건 좀 미루고 일단 좀 맞자."

헉, 녀석은 호모에 사디스트였다. 때리면서 쾌감을 느낀 뒤에는 말뚝을 내 똥꼬에 꽂을 모양이었다. 씨바, 그러고 보니까 언젠가 어떤 변태 시키가 그런 짓을 했다는 말도 들어 본 거 같다. 설마 같은 놈은 아니겠지? 이거 정말 걸려도 더럽게 걸린 셈이었다.

"저, 저는 항문이 얕아서 말뚝은 감당이 안 되는데요. 그런 거 꽂으면 저 바로 죽습니다. 제발 살려 주세요."

손이 발이 되도록 빌었다. 그게 항문에 말뚝 박혀 죽는 것보다 낫지 않겠냐?

17

말뚝을 빨리 장만하지 못한 게 천추의 한이었다. 문을 열기 전에 말뚝부터 만들어 놓았어야 하는 거였다. 그런데 이 거지새끼 하는 말 좀 봐라? 뭐, 학문이 얕아서 말뚝이 감당이 안 돼?

"웃기는 놈이네? 말뚝 꽂았는데 사는 놈이 어디 있냐? 그리고 뭐, 학문이 얕아? 학문이 얕으니까 거지 노릇하지, 학문이 깊은 놈도 거지 노릇하냐?"

내 말을 제대로 알아들었는지 거지새끼의 안색이 거의 나만큼 하얗게 변했다.

18

얼마나 남색질을 해 대면, 거지는 항문이 얕고 일반인은 항문이 깊다는 것도 알게 되는 걸까? 공포에 부르르 몸을 떨었다. 이젠 방법이 없었다. 나는 맞으면서 계속 용서해 달라고 부르짖었다.

진짜 비 오는 날 먼지 나도록 맞고 있었다. 그런데 이상하다. 별로 아프지가 않다. 아픈 곳은 용서해 달라고 하도 부르짖은 내 목구멍뿐이었다. 놈에게 맞을 때 충격이 없는 건 아니지만 그 순간 잠깐 아플 뿐, 그 아픔이 골수를 통해 대뇌로 전달되지 않고 있었다. 생각해 보니 정신이 들던 그때 그 순간에도 아프지 않았다. 퍽퍽 소리만 신나게 들렸을 뿐이다.

녀석이 한심해졌다. 이런 솜방망이 같은 주먹으로 뭘 할 수 있을지, 원. 오히려 두들겨 맞다 보니 뻐근했던 온몸이 시원해지고 있는 것도 같았다. 생각해 보니 처음 깨어났을 때도 맞은 건 아프지 않았고 몸을 뒤틀자 온몸이 깨질 것처럼 아팠을 뿐이었다. 그것도 이렇게 '안마'를 받다 보니 다 풀리는 것 같았다. 냉장고에서 자는 바람에 그렇게 온몸이 굳었던 모양이다. 가만, 그러고 보니 냉장고 안에 들어간 내가 왜 숨이 막히지 않았을까? 아, 몰라. 그딴 게 중요한 게 아니잖아. 몸을 일으켰다.

"씨바, 이제 그만하자."

19

이놈, 맞다가 갑자기 일어났다. 놈이 어울리지 않게 눈을 부라리는데, 젠장 못 볼 것을 보고 만 나는 움찔 놀라 눈을 감았다. 녀석의 하반신을 가리고 있던 보자기가 풀려 양물이 덜렁거리고 있지 않은가!

거지 놈이 장님이라는 게 더럽게 억울했다. 장님만 아니면 놈도 내 물건을 보면서 충격을 먹었을 거 아니겠는가? 일단 크기가 비교되지 않을 뿐만 아니라 내 것이 훨씬 패셔너블하다고.

젠장, 거지를 신나게 때리긴 했는데, 아무 소용이 없는 일이라는 건 나도 잘 알고 있었다. 24시간이 지나서 놈은 이미 엄연한 한 마리 뱀파이어가 되었으므로 구타의 충격 역시 순식간에 회복이 된다. 이제는 웬만큼 때려서는 기절도 시킬 수 없다. 회복되는 힘 이상으로 때려야 하는데, 물론 내 주먹에 그런 힘이 있을 리 없다. 뱀파이어가 뭐 그렇게 허약하냐고? 참 나, 그런 힘이 있었으면 차력사로 먹고살았게?

전설은 엄청난 능력의 뱀파이어가 있었다고 이야기한다. 손바닥만 뻗어도 사람들을 펑펑 날리고 담벼락을 훽훽 날듯이 넘나드는 그런 뱀파이어도 있었을 거다. 그런 인간도 본 적이 있으니까.

하지만 그런 능력이 뱀파이어가 된다고 해서 공짜로 생기지는 않는다. 사실 당연한 노릇이다. 그런 초능력이 필요한 이유가 있을까? 사냥을 잘하기 위해서? 그런데 뱀파이어는 그런 원시적인 사냥법보다 좀 더 진화한 사냥법을 가지고 있다. 자연스럽게 먹이가 찾아오게 만드는 능력이 있는 것이다. 마치 아귀의 발광체를 보고 먹이들이 알아서 꼬여 드는 것처럼. 더구나 이곳에서는 그런 능력을 발휘할 필요도 거의 없었다. 사우쓰 코리아에서는 금발에 푸른 눈, 하얀 피부를 가진 사람을 워낙 좋아해서 여자들을 꾀는 데 지장이 없었으니까.

쉽게 말하자면 나이트에 가서 여자들 꾀기만 해도 먹고살 수 있다. 하지만 그건 위험하다. 위험하니까 그렇게 하지 않는 것뿐이다. 나이트에 오는 여자들은 기본적으로 뭔가 뒷배가 있는 여자들인 경우가 많다. 그런 여자들이 행방불명되었다 치자. 조금만 조사해 보면 외국인 남자와 나갔다는 게 밝혀진다. 요즘은 CCTV도 발달해서 개인의 사생활이 도무지 보장이 안 되니까. 아무튼 그러면 잡히는 건 시간문제.

그냥 여자들 꾀서 재미만 보고 등쳐 먹는 제비족이 되는 건 가능한가? 안 된다. 뱀파이어는 여자랑 섹스하는 데는 흥미가 없다. 필요한 건 오직 피. 피는 온 세계의 쾌락을 다 합친 것보다 더 좋다. 솔직히 까놓고 말해서 나도 제비족이 되어 보려고 한 적은 있다. 여자란 뱀파이어가 손만 대도 자지러지게 마련이라서 꼭 짐승처럼 섹스를 할 필요도 없다.

그런데 문제는, 아무튼 여자를 꾀면 밀폐된 공간에 둘이 있게 된다는 점이다. 먹기도 좋게 홀랑 벗고. 그러면 심장으로부터 퍼져 나가는 모든 피의 흐름이 느껴진다. 그 리드미컬한 소리, 그 황홀한 내음.

못 참는다.

절대로 못 참는다. 내가 아지트를 따로 두는 이유도 여기 있다. 냉장고가 없던 시절에야 저 멀리 깊고 높은 산 같은 곳에 숨겨야 하겠지만 오늘날은 그럴 필요가 없다. 하지만 내 본거지는 강남, 내 아지트는 강북이다. 본거지에는 피를 보관할 수 없다. 참을 수 없으니까.

나는 아지트에 와서는 웬만하면 잠도 안 자고 그냥 간다. 그래도 침대 하나는 있어야 할 것 같아서(도무지 맨바닥에 자는 건 적응이 안 되더군) 매트리스 하나 갖다 놓았을 뿐이고.

그런데 잡아잡수라고 벌거벗은 매력 풀풀 넘치는 여자랑 한방에 있으면서 참을 수 있을까? 그렇다면 난 뱀파이어가 아니라 부처가 되었을 거다. 나무아미타불.

돈을 위해서 피를 포기한다는 건 불가능하다. 돈? 그깐 게 피보다 좋을 이유가 없다. 그래서 결국 다음 날 아침 그 여자는 시체로 발견되는 거다. 그런 이유로 여자 꾀는 능력을 타고 났음에도 그냥 학원 선생을 할 수밖에 없었던 거고.

하긴 다 필요 없다. 지금은 놈을 아프게 때릴 능력을 간절히 원하고 있을 뿐이었다. 거지새끼의 저 빈정대는 입을 막기 위해서!

"아프지도 않으니까 그만 때리라고. 니 마약 병 깨 버린 건 미안한데, 나도 신나게 맞았으니까 비긴 거로 하자."

뭐, 뭐야? 마약 병? 나는 도저히 참을 수 없어 마당에 뒹구는 병 하나를 들어 놈의 머리통을 후려쳤다.

20

병에 맞았는데도 아무렇지도 않다. 이럴 수가! 초인이 된 모양이다. 오오, 놀랍다. 번득 한 가지 아이디어가 떠올랐다. 이제 맹인 행세하며 구걸하는 건 그만둬도 되겠다. 명동에 나가서, "분풀이할 분은 때려 주세요!"라고 팻말을 걸고 만 원씩 받으면 될 것 같다. 조만간 재벌이 될 것 같다.

아니다. 내가 고등학교 중퇴기는 하지만, 그 정도로 바보는 아니다. 이건 그 빨간 마약, 바로 내 머리통을 후려친 그 마약에 들어 있던 약 효과 때문일 거다. 생각이 났다. 그 병들을 다 집어던져 버렸다는 사실이. 씨바, 내 돈을 내가 버린 거다. 그러고 보니 저 양놈이 방

방 뜨는 것도 이해가 된다. 마약을 몽땅 잃어버린 거라 저렇게 화를 내는 거구나. 아마 냉장 보관해야 되는 물건이라 이제는 쓸 수 없게 된 모양이다. 아주 조금 미안해졌다.

"마약? 마약이라고?"

불알을 덜렁대며 뛰는 꼬라지를 보자니, 금방 미안했던 감정이 싹 사라지고 짜증만 10만 배로 밀려왔다. 이게 대체 무슨 꼴이람! 달밤에 체조도 유분수지. 한 놈은 전라에, 한 놈은 반라. 둘이 불알을 덜렁대면서 있는 꼬라지라니, 참 꼴좋다.

"그래, 씨발 약쟁이야! 이제 맞을 만큼 맞았으니까 그만 때려!"

녀석을 걷어찼다. 맞지 않았다. 녀석은 얼른 두세 발짝 물러나더니, 미치기라도 한 것처럼 웃음을 터뜨렸다.

"이 장님 거지 놈이 남의 피를 다 망쳐 놓고는 뭐, 마약이 어째?"

21

이놈, 거지에 약쟁이였다! 정말 더러운 놈을 만난 셈이다. 아마 마약한 지 얼마 안 되었던 모양이다. 만일 마약에 찌든 놈이었다면 피를 빠는 순간 내가 알았을 거다. 그런 피는 마셔 봐야 별 도움이 되지 않는다.

젠장! 녀석의 피를 빨 때 녀석의 과거를 좀 들여다볼 것을 잘못했다는 생각이 들었다. 하지만 나는 원칙적으로 남자의 피를 빨 때는 그 음식의 유래 같은 것에 신경을 쓰지 않는다. 거의 언제나 지저분한 생각들만 들어오기 때문이다. 입맛만 버리기 십상이다. 더구나 저런 홈리스들, 인생의 패배자들, 죽어도 누구 하나 눈물 흘리지 않을 놈들의 기억 따위는 내가 간직해 줄 이유도 없다. 음식점 가서 사진 찍기 좋아하는 블로거들이 천 원 김밥 집에서 사진 찍더냐? 응? 찍기도 한다고? 그야 세상에는 별별 사람이 다 사니까. 너무 따지지 마라.

22

재가 지금 뭐라고 한 거니? 피? 그럼 저 병에 들었던 게 피란 말이야? 말도 안 되는 소리. 피같이 귀한 약이라는 말이겠지. 그 황홀한 맛이 비린내 가득한 피 맛이라는 건 말도 안 되지. 아우~ 그 맛을 생각하자 입에 절로 침이 고였다. 후루룩 침을 삼키며 혀로 입술을 핥았다. 녀석이 다시 두세 발짝을 물러서더니 새된 목소리로 말했다.

"동족끼리는 피 못 마셔!"

저게 자꾸 왜 헛소리를 하는 거야? 동족이라니! 언제부터 한국인과 서양 잡놈이 동족이었어? 미쳐도 곱게 미쳐야지! 저놈은 지가 백인이라는 것도 모르는 모양이다.

아, 그 순간 머리에 번쩍 떠오르는 생각이 있었다. 그렇다. 저놈은 내가 진짜 장님인 줄 아는 거다. 그래서 지가 백인이라는 사실을 내가 모른다고 생각하는 거다. 어떻게 배워 처먹었는지 우리말은 아주 우리나라 놈처럼 잘하니까 목소리만 들으면 모를 수도 있겠다. 그랬구나, 그랬어. 그러니 저렇게 홀랑 벗고도 창피한 줄 모르는 거다. 어차피 보이지 않을 거라 생각하니까. 그래, 네놈이 내가 장님인 줄 안다면 나도 그런 척해 주지.

내 하반신을 가리고 있던 보자기는 바닥에 떨어져 있었지만 눈이 안 보이는 척하기로 한 이상 그 보자기를 집을 수는 없었다.

집을 수 없는 보자기를 보고 있자니 생각나는 일이 하나 있다.

그러니까 80 몇 년도 일인가? 나는 그때 지방에서 상경해서 신촌에 있는 대학교 근처에서 자취를 하고 있었다. 빨래를 널어놓았는데 그게 딱 하나 있는 내 단벌 바지였다. 면으로 만든 싸구려 바지였는데 몇 달을 그냥 입고 다녔더니 거지 바지와 다를 바가 없어서 그날 큰맘 먹고 빨래를 해서 자취집 옥상에 있는 빨랫줄에 걸어 놓았다. 일거리가 없어서 하루 공친 날이었다. 날이 좋지 않아서 공사판 일이 없었던 것 같다. 봄날이긴 했지만 바람 불고 하늘은 곧 비라도 올 듯 먹구름이 몰려오는 중이어서 바지를 널어놓고는 창문을 닫고 방에 틀어박혀 〈공포의 외인구단〉이나 그 비스무레한 만화책을 읽고 있었다. 빤스 바람이었으니 어디 갈 수도 없었다. 그런데 주인아줌마가 방문을 빠끔 열더니 한마디 던지고 갔다.

"총각, 데모하네. 빨래 걷어."

젠장, 데모하면 최루탄 쏘고 옷에 최루탄 냄새 배면 일거리도 못 잡는 법이다. 나는 툴툴대며 바지를 걷으러 올라갔다. 바지가 대충 마른 상태여서 그나마 다행이라고 생각했다. 그러나 빨래집게를 떼는 순간 난데없는 돌풍이 불어오더니 바지가 날아가 도로 위에 내동댕이쳐지고 말았다! 저 바지 잃어버리면 큰일이다 싶어 앞뒤 가리지 않고 달려 나갔다. 간신히 바지를 잡긴 했는데, 어쩐지 이상한 기분이 느껴졌다.

갑자기 무대 한가운데 서서 스포트라이트를 받는 기분.

좌우를 조심조심 살펴보았다. 내 왼쪽에는 다스베이더 투구를 쓰고 곤봉과 사각 방패를 들고 있는 전경, 그리고 그 뒤에 있는 전경들은 유탄 발사기를 45도 각도로 세워 놓고 곧 쏠 것 같은 자세였고, 내 오른쪽에는 손수건과 마스크로 얼굴을 가리고 각목과 짱돌과 화염병을 들고 있는 학생들이 보였다.

무전기를 들고 있는 경찰이 나를 향해 외쳤다.

"넌 뭐야?"

나? 시위대와 전경 사이에 티셔츠 한 장에 빤스만 입고 있는 사람.

"지, 지나가던 사람입니다. 계, 계속하세요."

그렇게 이야기하고 줄행랑을 놓았다. 그날 잡혀갈 뻔했다.

나는 그날처럼 양놈을 바라보지 않은 채 중얼중얼 지껄였다.

"불쌍한 장님을 감금해서 뭘 얻어 낼 거라 그러는 거요? 난 돈도 없고, 가족도 없어요. 뜯어낼 돈도 하나 없으니 이제 그만 돌려보내 주시오."

그리고 얼른 말을 덧붙였다.

"바지 하나만 주시오."

23

"뭐, 인마? 내 보물을 다 작살내 놓고 이젠 바지도 달라고 해? 그런 거 없어!"

멍하니 있던 거지는 부르르 몸을 떨었다. 양물도 부르르 떨렸다.

바지 하나 달라는 놈의 어이없는 말을 쌩까자 놈은 윗도리를 벗어서 자기 양물을 가렸다. 덜렁거리는 놈이 안 보이는 건 다행이었지만, 놈의 상체에 지렁이 기어간 자국 같은 땟국을 보자 기가 막혔다. 더구나 그 위로 이가 지나가는 꼴까지 보고 말았다! 치솟아 오르는 욕지기를 견딜 수가 없었다. 나는 한바탕 토를 하고 말았다.

24

와, 양놈 시키는 폐병쟁이였다! 뭔가 토한다고 생각했는데, 나오는 게 시뻘겋다. 피다! 질겁해서 뒤로 물러났다. 저 폐병쟁이가 날 핥고 깨물고 했구나. 씨바, 나도 폐병 걸린 거 아니야? 그런데 어째 좀 이상한 피다. 피라기보다는 가래 같다. 가만 보니까 보통 피보다 짙은 색에 시큼하고 더러운 냄새까지 난다. 그냥 피비린내가 아니다. 그 냄새를 맡자 바로 속이 뒤집히는 것 같았다.

"너 인마, 왜 그래? 너 폐병이냐?"

양놈은 신경질을 부렸다.

"폐병 아냐!"

폐병이 아니라고? 폐병이 아니면 저게 뭐야? 왜 피가 썩어 들어가? '피가 썩어 들어간다'에 '호모'를 합하면……. 다음 순간 내 몸의 피가 싸늘하게 식어 버리는 것 같았다. 모세혈관을 따라 공포가 손가락 끝, 발가락 끝까지 좌악 퍼져 나가는 것이 느껴졌다.

저 시키, 에이즈구나! 에이즈, '아(A) 이젠(I) 다(D) 살았다(S)'의 약자라고 하지 않던가? 호모라는 걸 알았을 때 눈치 깠어야 하는데!

에이즈라는 게 처음 알려졌을 때가 나 고등학생(다니다 말았다) 때쯤이었을 텐데 그때만 해도 우리나라에는 에이즈 환자가 있네, 없네 하고 다투던 시절이었다. 그러고 보니까 그때 기발한 대가리를 가진 친구 놈이 하나 있었다.

"일단 에이즈에 걸리는 거야!"

그놈이 이렇게 말했을 때 친구들은 다 비웃었다.

"그걸 왜 걸려? 걸리면 죽는 거야. 백약이 무효! 그것도 모르냐, 이 꼴통아!"

"그래. 백약이 무효잖아! 그러니까 군대도 안 갈 거 아냐!"

이젠 비웃는 정도를 떠나 다들 그놈 뒤통수를 한 대씩 갈겨 주었다.

"군대 가기 싫어서 죽냐? 그럴 바엔 손가락을 잘라라, 새꺄."

검지를 자르면 방아쇠를 못 당기기 때문에 군대 면제라는 소문이 있었다. 진짠지 아닌지는 모른다! 알고 싶은 생각도 없고. 그때도 한 마디만 잘라도 된다, 아니다, 두 마디를 잘라야 된다로 싸움까지 났다. 아무튼 녀석은 맞고도 물러나지 않았다.

"아, 그게 아니고. 니들 매독도 처음엔 걸리면 걍 죽는 병이었다는 거 알아?"

"그랬어?"

"그런데 치료약, 그 뭐냐, 페니실린이 나와서 살 수 있게 된 거야."

"그런데?"

"에이즈가 걸려도 3, 4년은 족히 살거든. 그사이에 군대 면제 받고 병 고치고 그러면 되는 거라고."

우리는 고개를 갸우뚱하고 말았다. '천잰데?' 라고 그때는 생각했다. 그 녀석, 정말 에이즈 걸렸으면 지금쯤은 뒈졌겠다. 치료약이 아직도 안 나왔으니.

하긴 그놈 걱정할 때가 아니다. 자칫하면 나도 뒈질 판이다. 빨리 여길 벗어나야 했다. 엉덩이가 훤히 드러났건 말았건 그런 건 아무 문제도 아니었다. 에이즈 옮기 전에 빨리 빠져나가는 것만이 살길이었다. 나는 허둥지둥 대문을 찾아 뛰었다. 아뿔싸! 이 집은 고릿적 한옥이어서 대문으로 나가는 통로 앞에 내 정강이 중간까지 올라오는 큼지막한 문지방이 있었다. 미처 그걸 보지 못한 나는 거기 걸려 그대로 머리통을 세멘 바닥에 꽂고 말았다.

25

장님 새끼가 달아나려 하다가 문턱에 걸려 엄청난 소리를 내며 자빠졌다. 눈깔도 안 보이는 놈이 함부로 설치니 저런 꼴을 당해도 싸지. 어라? 저 새끼 완전히 맛이 가 버렸다. 아싸, 내게 기회가 왔다. 이 절호의 기회를 놓쳐서는 안 된다. 하지만 피를 내쏟는 바람에 힘이 쭉 빠지고 말았다. 빨리 보충해야만 한다. 아, 마당에 널린 저 피들. 바라보는 내 눈에서도 피가 쏟아질 판이었다.

나는 벌벌 떨면서 냉장고로 다가갔다. 제발 한 병만이라도 남아 있기를 바라면서 냉장고 문을 열었다. 아, 하느님이 도우셨나 보다. (헉! 만군의 주 드라큘라 백작님, 용서하소서!) 구석에 미처 놈이 집어던지지 못한 병이 딱 하나 남아 있었다. 피를 마셨다. 기운이 돌아오기 시작했다. 오, 미란이! 그녀가 나를 또 한 번 구해 주었다. 미란이가 누구냐고? 내가 지금 마신 피 임자 되겠다.

아마, 60년대였을 거다. 나는 이 답답하기 짝이 없는 섬 아닌 섬, 사우쓰 코리아를 벗어나 유럽으로 돌아가고 싶어 온갖 방법을 생각하고 있었다. 생각해 보니 방법이 아주 없는 건 아니었다. 휴전선의 철책이 땅을 철통처럼 막고 있었지만 하늘은 뚫려 있지 않은가! 하늘을 날아서 북한 땅을 지나 만주를 지나가면 되는 거 아니겠는가? 나는 박쥐로 변신한 뒤 휴전선을 넘어가려고 했다.

그런데 이 방법에는 문제가 하나 있었다. 낮에는 햇빛을 피해야 하는데 휴전선 안에 그런 안전 장소가 있을 리 만무했다. 숨을 곳을 미리 준비할 수도 없다는 것이 치명적이었다.

결국 나는 동부의 산악 지대를 이용해서 휴전선을 넘어가리라 마음먹었다. 산속이라면 어디든 햇빛을 피할 곳이 있으리라 생각했다. 당시 나는 너무나 빠져나가고 싶어서 물불을 못 가리고 있었다.

첫날, 방향을 잃었다. 박쥐가 되어서 날아가다 보니 어디가 북쪽인지 알 수가 없었다. 산 위로 날아갈 수도 없으니 산을 끼고 돌아야만 했는데, 그렇게 한참을 날다 보니 내가 대체 어디로 가는지 알 수가 없었다. 더군다나 해가 뜰 시간이 가까워지는데도 도무지 몸을 숨길 동굴 하나도 찾지를 못했다.

이러다가는 비명횡사다! 나는 더욱 날갯짓을 거세게 하며 어디든 숨을 곳이 제발 나와 주기만 기도했다. 좀 있으면 해가 뜰 위기일발의 순간에 건물 하나를 발견했다. 그 안으로 숨어들어가야 했는데, 도대체 열린 창문 하나가 없었다. 빙글빙글 건물 주위를 돌며 침입할 곳을 찾다가 그 건물의 굴뚝 안으로 숨어들어 갈 수 있었다.

제발 불을 피우지 않기를 바랐다. 연기를 마신다 해도 죽지는 않지만 괴로운 건 어쩔 수 없는 일이니까. 굴뚝 안의 작은 틈새에 간신히 몸을 끼워 놓고 잠이 들었다. 어깻죽지, 아니 날갯죽지가 아파서 죽을 지경이었다.

산속이라 춥긴 해도 어쨌든 여름날이어서 불을 피우지 않았던 모양이다. 연기 하나 마시지 않고 눈을 뜰 수 있었다. 당연한 이야기지만 눈이 떠졌으니 밤이 된 것이다. 아직도 아픔이 가시지 않은 날갯죽지를 움찔거리며 그 틈에서 빠져나오려고 했다. 그런데 이럴 수가! 자면서 좀 더 안으로 들어갔던 모양인지 몸이 빠지질 않았다.

나는 거기에 낀 채 두 달을 지냈다. 살이 빠져서 구멍을 빠져나올 수 있게 된 뒤에야 그 틈새에서 나오게 된 것이다. 당연히 날 기운 따위는 없었던 나는 굴뚝 아래로 뚝 떨어졌다. 그때 마침 페치카에 불을 붙이려던 참이었나 보다. 군인 하나가 나를 보고 기겁을 해서 비명을 질렀다.

“쥐다! 쥐!”

젠장맞을! 난 쥐가 아니라 박쥐라고. 어찌나 고함을 크게 질렀는지 다른 병사들까지 달려왔다. 이거 난감한 상황에 처했다. 그중 한 병사는 야전삽까지 들고 있었다. 저거 잘못 맞아서 목하고 머리가 분리라도 되면 큰일이다. 박쥐가 잘린 대가리를 들고 뛰는 거 본 적 있는지?

필사적으로 달아나야 했다. 하지만 피 맛을 본 지 하도 오래여서 기운이 없었다. 더구나 두 달을 옴짝달싹 못했던 탓에 온몸이 쑤셔서 제대로 걸을 수조차 없었다. 하지만 이대로 죽을 수는 없는 노릇이어서 일단 날개부터 펼치고 봤다. 말하자면 기지개를 켠 셈이다.

"으악! 날개 달린 쥐다!"

처음 날 발견했던 띨띨한 병사가 그렇게 외치는 통에 사방에서 웃음이 쏟아져 나왔다.

"으이구, 이 고문관아! 이건 박쥐잖아!"

다행히 병사 중에는 인텔리가 있었다. 고문관이라 불린 멍청한 병사에게 지시를 내렸다.

"박쥐는 해충을 잡아먹는 좋은 짐승이니 풀어 줘."

"네?"

"굴뚝으로 잘못 들어왔다가 떨어진 모양이니 밖으로 보내 주라고."

"네? 제가 말입니까?"

"그래, 인마."

병사가 벌벌 떨자 야전삽을 들고 있던 병사가 삽을 건네줬다. 고문관의 눈이 동그래졌다.

"죽입니까?"

"삽에 얹어서 내다 버려!"

"제가 말입니까?"

다른 병사들은 길게 한숨을 내쉬더니 나가 버렸다. 고문관은 벌벌 떨면서 내게 삽을 내밀었다. 그것은 내게는 구원의 손길이었다. 삽을 좀 확실히 밀어 주면 좋을 텐데, 겁에 질린 고문관은 삽을 더 밀지도 못하고 있었다. 나는 죽을힘을 다해 그 위로 기어 올라갔다. 그다음부터는 안 떨어지게 삽을 꽉 붙잡고 있어야 했다. 어찌나 삽을 쥔 손을 덜덜덜 떨고 있던지.

그렇게 나는 밖에 버려졌다. 빨리 피를 찾아야만 했다. 그것도 저항하지 못할 피를. 그러자면 이곳은 빨리 벗어나야 했다. 건장한 20대 남자밖에 보이지 않는 이곳은 아무 도움이 되지 않을 곳이었다.

심호흡을 몇 분이나 하고 나서 간신히 날개를 펴고 하늘로 날아올랐다. 뭐든 붙잡아야 했다. 물론 짐승보다는 인간이 훨씬 잡기가 쉽다. 짐승들에게는 뱀파이어의 매력이 그다지 통하지 않으니까. 인가를 찾아서 정신없이 날았다. 덕분에 내가 다시 남쪽으로 날아가고 있었다는 것도 몰랐다. 그때 문자 그대로 천만다행으로 미란이를 만났다. 음식 냄새를 맡자마자 그리로 내려갔다. 미란이는 뭔가 구시렁대고 있었다.

"죽어야 하는데, 공연히 살아서 오만 민폐만 끼치고 있으니……. 아유, 내 팔자가 왜 이리 사나운지……."

오호, 죽어야 한다면 그걸 해결해 주는 게 바로 이 몸이지.

"죽고 싶은가?"

미란이는 별로 놀라지도 않았다. 박쥐가 말을 하는데도 놀라지 않다니! 아직도 한참을 더 살 수 있을 것 같은 강심장이었다.

"응, 넌 저승사자냐?"

"그렇다고 할 수 있지. 정말 세상에 미련이 없는 거야?"

"미련? 호호호, 그런 거 없어. 이젠 애들에게 피해만 주고 있으니까."

"피해를 주고 있다고?"

"봐, 내 몰골을. 이제 내 몸 하나 건사할 기운이 없어. 너무 오래 산 거야. 죽어야 할 때 죽었어야지."

미란은 뼈만 남은 상태였다. 주름도 어찌나 쭈글쭈글한지 다리미질 잘하면 그녀가 누워 있는 두 평짜리 방을 다 덮을 수 있을 것 같았다. 백발이 된 머리도 반 너머 빠져 쪽도 제대로 질 수 없었다. 사실 피는 제대로 들어 있는 몸인지 걱정이 될 판이었다.

응? 할머니 이야긴 줄 몰랐다고? 내가 뭐라 그랬나? 원래 우리나라 말에는 존댓말 같은 거 없어. 하긴 사우쓰 코리아에서는 나이 되게들 따지더군. 내가 이렇게 생긴 건 미청년이어도 미란이보다 4백 살은 많아. 이제 됐나? 이러니저러니 다 떠나서 어차피 인간은 뱀파이어의 식량일 뿐이라는 거. 인간들이 돼지한테 이름을 붙여 줄 수는 있지만 돈순 님, 돈철 님 하고 부르진 않겠지?

하긴 미란이한테는 내가 좀 애틋한 느낌이 있어. 내 뱀파이어 일생에 그처럼 고생한 적이 없었으니까. 내 생명도 간당간당한 게 아닐까 싶은 때에, 죽고 싶어 하는 애를 만났으니 나야 횡재한 셈이었지. 물론 전에도 말했던 것처럼 남자에서 탄생한 뱀파이어는 기본적으로 여자들이 잘 따르기 마련이기도 하지만.

미란이는 어서 죽여 달라고 재촉까지 했다.

"저승사자가 너무 늦게 온 거지. 난 준비가 다 되었으니, 어서 데려가 줘."

다시 한 번 물었다.

"아이들에게 폐가 되지 않겠다고 목숨을 버리겠단 말인가?"

그녀는 길게 한숨을 내쉬었다.

"내 몸은 이제 밭에 나가지도 못하는데, 애들이 내 약값 대느라 정신이 없어. 그걸로 손주들 괴기나 사 먹이지……."

사실 그녀가 하는 말로는 그녀를 이해할 수 없었다. 나는 그녀를 먹어서 이해하기로 했다. 그녀의 일생이 내 기억 속으로 들어왔다.

그녀는 조선 시대에 가난한 농가의 딸로 태어났다. 나라는 그녀가 나라라는 것이 있다는 걸 채 알기도 전에 재팬에게 넘어갔다. 그녀는 재패니즈를 주인으로 모시고 살아야 했다. 수탈과 일상화된 모욕. 재패니즈의 식민지 사람으로 가장 어려웠던 시기에 그녀는 이미 40대가 넘었고 덕분에 끌려갈 위험은 없었다. 많은 사람들이 그 시기를 견디지 못한 채 사라졌다. 그녀를 견디게 한 것은 그녀 자신의 힘이 아니었다. 그녀에게는 두 명의 아이가 있었고 그 아이들을 지켜 내기 위해 그녀는 살아야만 했다. 그녀는 간절히 바랐다. 아이들이 전쟁터에 나갈 만큼 크기 전에 전쟁이 끝나기를. 그녀의 소원은 이루어지는 것 같았다. 재패니즈는 패했고 코리아에서 물러났다.

하지만 사내아이가 열여섯이 되었을 때 전쟁이 일어났고 아이가 군대에 끌려갈까 무서웠던 그녀는 도망쳤다. 인민군 치하에서 달아나 사우쓰 코리아로 내려갔다. 난리 통에 손톱이 뽑히고 지문이 없어지도록 일을 해서 아이들을 먹여 살렸다. 그녀에게 살아가는 목적이란 그저 아이를 키우는 것뿐이었다. 일찍 사별한 남편도 없는 그 긴 고난의 세월 속에서 오직 아이들을 반듯하게 기르고자 노력했던 삶. 그녀의 피는 아이들을 위한 식량이었다. 그리고 이제 아이들의 피가 그녀의 식량으로 변하게 된 것을 안 그녀는 다시 한 번 달아나고자 했다. 죽음이라는 낯선 땅으로.

그녀는 내 식량이 되어 나를 살렸고, 지금 이 순간 다시 한 번 내게 힘을 불어넣어 주었다. 거지새끼, 이제 진짜 죽었어!

26

눈이 떠졌다. 잠시 내가 어디에 와 있는지 생각이 나지 않았다. 이게 벌써 몇 번째냐? 정신을 잃을 때마다 상태가 변하다니, 내가 두 얼굴의 사나이 헐크도 아니고. 온몸이 뻑적지근해서 기지개라도 켜려는데 몸이 움직이지 않는다. 가만, 이거 심상치 않은데? 고개를 들어 내 몸뚱이를 쳐다보았다. 처음 눈에 들어온 건 내 양물이었다. 아이, 깜짝이야! 나는 의자에 앉은 모습으로 칭칭 묶여 있었는데, 다리를 벌려서 각각 의자 다리에 붙들려 있었다. 말하자면 지하철에서 흔히 볼 수 있는 매너 없는 쩍벌남처럼 앉아 있었다. 그러니 내 양물만 도드라지게 보일 수밖에. 아니, 참 그게 문제가 아니다. 대체 왜 묶여 있는 거지?

"이제 정신이 드는 모양이군."

음침한 소리가 들렸다. 에이즈 약쟁이다. 양놈 주제에 우리말은 꽤나 유창하게 한다.

"이제는 꼼짝할 수 없을 거야. 의자에 목과 허리, 발을 묶어 놓으면 절대 일어날 수 없지. 왜 그런 줄 알아? 일어서려면 무게중심을 바꿔야 하는데 그 상태에선 무게중심을 이동할 수 없기 때문에 절대 일어날 수가 없는 거야."

저 시키, 뭐라 씨불이는 거야?

"이제 두 시간만 있으면 해가 뜬다. 그러면 넌 끝장이야. 가장 비참하게 죽게 되는 거지."

두 시간이라고? 그건 시험 시간보다도 더 길잖아. 가만, 지금 그런 생각할 때가 아니던가? 해가 뜨면 죽는다고? 내 목이라도 칠 작정인가? 아니지, 두 시간 동안 붕가붕가를 할 작정인가 보다. 어이구, 씨바, 그럴 바에는 그냥 지금 죽이지? 하지만 그 말을 입 밖에 내진 않았다. 눈앞에서 손해 보지 않는다는 게 내 인생 철학이니까. 사람들은 때로 스스로 화를 불러들인다. 가만히 지나가면 그만일 일에 굳이 간섭을 하고 시비를 불러일으키는 거다. 다 배때기가 불러서 그러는 거다. 썩을 부르주아지들!

"뭔 말인지 모르는 눈치구먼? 이미 한 번 겪어 봤을 텐데? 그러지 않았으면 냉장고 안에 들어가 있을 이유가 없었을 거니까."

냉장고 안. 아, 그랬다. 햇빛이 비칠 때 찾아온 끔찍한 고통이 생각났다. 그래, 이제 알겠다. 저 자식의 정체를. 고함을 꽥 질렀다. 몸은 움직일 수 없었지만 얼굴을 돌려 녀석을 노려보며 있는 힘껏 고함을 질렀다.

"이 더러운 미제의 스파이!"

자신의 정체가 발각 난 녀석은 어지간히 놀란 얼굴이 되어 찍소리도 내지 못했다. 하긴 놀랐을 거다.

"일제 731부대에서 받은 자료로 온갖 생화학 병기를 만들더니, 이제는 햇빛을 받으면 죽는 세균을 만들어 냈구나! 날 실험용으로 쓰려는 거지? 이 더러운 놈들! 내가 죽어서라도 네놈들을 용서치 않으리라!"

27

미친놈. 아주 제대로 미친놈이다. 날보고 미제의 스파이란다. 하지만 난 웃음이 터져 나오는 것을 꾹 참았다. 이런 대목에서 웃어서 녀석의 긴장을 풀어 주고 싶지 않았다. 녀석은 비참하게 죽어야 한다. 유머 따위는 있어선 안 된다.

미국은 정말 대단한 나란가 보다. 미국제 스파이까지 만들어 내다니. 메이드 인 차이나에 없는 게 없다지만 아직 스파이는 못 만드는 것 같았는데……. 앗, 미안하다. 안 웃으려고 썰렁한 농담을 해 봤다. 아차차, 스파이라고 하면 내게 또 잊을 수 없는 추억이 있다.

6.25라 부르는 전쟁(이 나라는 숫자로 기념일 세는 버릇이 있더라)이 끝나고 나서 이 땅에는 노쓰 코리아의 스파이들이 꽤나 많이 있었다. 원래 같은 말을 쓰고 얼굴도 피부색도 같은 종류의 인간들인지라 스파이라고 해도 표가 나질 않았다. 내가 이것들을 잘 알고 있는 건 다른 이유는 아니다. 잡아먹어도 뒤탈이 전혀 안 나는 종류였기 때문이다.

본래 은밀히 활동하는 애들이라 잡아먹어도 누가 찾지를 않았다. 나는 기억을 흡수하는 능력을 발휘해서 하나를 잡아먹은 뒤에 다른 하나를 찾아낼 수 있었다. 점조직으로 만들어져 있어서 하나를 해치워야 다른 하나를 찾을 수 있었는데, 그거야 어려울 게 없는 일이었다. 나의 이런 대공 수사 능력을 사우쓰 코리아의 정보기관(이름이 하도 바뀌어서 뭔지 기억하지 못한다. 사물에는 바른 명칭 하나만 존재한다는 사실을 인간들은 언제나 알려는지, 원)이 알았다면 나를 수사관으로 특채했을지도 모르는데. 안타까웠던 것은 언젠가부터 노쓰 코리아의 스파이들이 보이질 않아서 이 손쉬운 사냥도 끝나 버렸다는 것이다.

그러고 보니 미국을 미제니 뭐니 부르는 건 노쓰 코리아 스파이거나 386 운동권이라는 애들이나 하는 소리 아니던가? 이거 애초에 잘못된 말이라고! 미국에는 황제가 없다. 황제도 없는데 뭔 놈의 제국이란 말이냐?

아, 황제가 있던 시절이 그립기는 하다. 인간들이 갈수록 망가지는 걸 보면 안 되긴 했다. 인간들은 인간이 평등하다는 망상에 잠겨서 살던데, 신분제가 있던 시절이 훨씬 나았다는 걸 모르는 거다. 그때는 누굴 잡아먹을 수 있는지가 아주 명확했단 말이다.

귀족들은 우리한테 잡아먹힐 걱정이 없었다. 때에 맞춰서 비천한 노예들이나 보내 주면 평안한 세월이 약속되었으니까. 그런데 민주화라는 게 점점 진행되더니 결국은 이 몸이 몸소 먹이를 찾아다녀야만 하게 되었다.

그게 나한테만 안 된 일이냐 하면 꼭 그런 것도 아니다. 신분이 제대로 확인 안 되는 이 세상에서는 고귀한 몸도 때로는 이 몸의 먹이가 되는 것이다. 평등한 사회란 그런 거다. 위험도 같이 감수해야 한다는 거지. 문제는 자기들끼리만 문제를 감수해야 하는데, 뱀파이어 세계까지 그 문제를 파급시키는 것이 문제다. 사회 상류층을 잡아먹은 것이 문제가 되어서 결국 잡혀 죽은 뱀파이어도 있었다.

다 세상이 점점 나빠지기 때문에 생기는 일이다. 멀쩡한 신분의 사람이 우리 먹이가 되는 일은 과거에는 없었다. 어쩌면 미제를 찾는 이 거지새끼도 의외로 대학물 좀 먹은 놈일지도 모르지. 그래서 최대한의 관용을 베풀어 주기로 했다.

"이봐, 장님 거지, 이제 두 시간 후면 죽을 건데 뭐 남기고 싶은 말은 없어? 살아온 이야기라든가."

녀석은 아주 재빠르게 대답했다.

"싫어, 개시키야."

이마에서 빠직 하는 소리가 들리는 것 같았다. 거지새끼가 감히 내 말을 거역해? 가만 두지 않겠어! 언제까지 그렇게 뻣뻣하게 이야기할 수 있을지 두고 보자.

28

지고 싶지는 않았지만, 정말 더 이상 버틸 수가 없었다. 처음엔 물고문이라도 하는 줄 알았는데, 그 이상이다. 이 잔학한 놈의 고문에 이길 자는 아무도 없을 것 같다. 웃으면서 죽고 싶지는 않았다.

"그만둬! 우히히히헤헤후후히히크크켁껙끄끄끄……. 제발, 우히히키키키, 그만둬!"

녀석은 어디선가 가져온 깃털로 내 온몸을 간질이고 있는 중이었다. 난 원래 간지럼을 잘 타는데, 이렇게 간질이는 통에 이제는 더 웃을 기력도 없어졌다. 녀석이 간질이는 것을 멈춘 뒤에도 내 웃음은 멈추지 않았다. 간질이던 몇몇 곳이 계속 간지러웠다. 한번 손으로 문질러 주면 좋겠는데, 당연한 이야기지만 묶여 있으니 그럴 수가 없다. 그러니 더 미칠 것 같았다. 하지만 욕할 기운도 없었다. 나는 패대기쳐진 개구리처럼 부르르 부르르 몸을 떨고 있었다. 정말 천재적인 솜씨였다. 이제 간지러운 단계를 지나서 차라리 바늘로 찔러 대는 것이 나을 정도로 고통스러웠다. 무슨 짓이라도 다 해 줄 수 있을 것 같았다.

"그만! 그만! 항복! 항복!"

"이제 좀 이야기할 생각이 들었나?"

그런데 양놈은 계속 나보고 이야기를 하라고 지랄대고 있었다. 대체 나한테 무슨 이야기가 듣고 싶은 걸까? 뭐? 살아온 이야기를 해 보라고?

내 삶은 졸라 재미없는 이야기뿐이다. 나는 똥꼬 찢어지게 가난한 시골 농가의 집에서 태어나 대학도…… 그래, 못 갔다. 물론 남들한테는 대학을 나온 척했다. 사실 신촌에 있는 알 만한 대학에 들락거린 적도 있었다. 제기랄.

그때 고생한 생각을 하면 이가 갈린다. 무슨 이야기냐고? 미안, 이거 영혼에 금제가 걸려서 쉽게 이야기가 안 나온다. 내가 하필이면 신촌 대학가에서 자취를 한 것은 물론 그곳이 가격이 쌌던 때문이지만 덕분에 뜻밖의 일에 얽혀 들어가고 말았다.

아, 좋아. 솔직하게 말하지. 난 가짜 대학생이었다. 대학은 가고 싶었고 아마 학력고사를 칠 수만 있었다면 분명히 대학에 갔을 거다. 하지만 난 고등학교도 졸업할 수 없었다. 왜냐고? 가난했으니까.

난 열일곱 때부터 품팔이를 해서 집안 살림을 보태야 했다. 기회만 오면 빌어먹을 집구석을 뛰쳐나가고 싶었는데, 도통 그 기회가 오질 않았다. 품팔이를 갔던 어느 집에 아들내미가 와 있었는데 칠칠맞은 그 녀석이 학생증을 방에 던져 놓았다. 그 집 아줌마가 잘 챙기라고 했지만 그 녀석은 귓등으로도 듣지 않았다. 난 그걸 챙긴 뒤에 그 날 품 판 돈을 챙겨서 서울로 올라왔다. 학생증은 왜 훔쳤냐고?

대학 들어갈 때 학생증을 보여 주어야 하는 줄 알았다. 그런데 아무도 안 잡더라. 수위실은 뭣 때문에 있는 건가? 아니, 이놈이 이런 이야기를 들으려는 거야 아니겠지.

니가 듣고 싶은 게 뭔지 모를 줄 아냐, 이 변태 시키야?

욕이 또 목구멍을 막 통과하려는 순간 양놈이 깃털을 흔들기 시작했다. 얼른 욕을 삼켰다. 눈앞에서 손해 보는 짓을 하면 안 되지.

"이야기한다! 이야기한다고!"

그러자 녀석은 내 등 뒤로 돌아갔다. 정말 가지가지 한다. 내 눈앞에서 흥분하는 모습을 보이진 않겠다 이거지?

29

뱀파이어는 웬만해선 죽지 않는다. 고통도 지속되지 않는다. 그러니 뱀파이어를 고문한다는 건 말도 안 되는 이야기다. 하지만 고문 방법이 아주 없는 건 아니다.

나처럼 오래 산 뱀파이어는 여러 가지 약점을 알고 있게 마련이다(라고 생각했다). 뱀파이어가 고통은 금방 극복할 수 있지만 그렇다고 아주 안 느끼는 것도 아니다. 그리고 고통이 아닌 감각까지 상실한 것은 아니다. 말하자면 간지러움은 고통이 아니기 때문에 느낄 수밖에 없다. 고문 방법이야 마르고 닳도록 알고 있는데, 간질이는 고문도 사실 상상을 초월하는 효과를 가지고 있다. 그런데 왜 국가기관이 이런 쉽고 간단한 고문을 하지 않고 물고문이나 전기 고문을 하느냐고? 그건 폼이 안 나기 때문 아닐까? 깃털 들고 들어와서 "고문 시작!" 이런 말 해 봐야 졸지도 않을 거고. 하지만 한번 해 봐라. 어차피 감각의 한계를 넘어가면 때리는 거나 간질이는 거나 마찬가지다. 이쪽이 시간은 좀 더 걸리지만 대신 흔적이 안 남는다는 장점도 있다. 하루 종일 간질여 보아라, 그런다고 멍 하나 생기나.

난 느긋한 마음으로 시작했는데 녀석은 내 생각의 반도 버티지 못하고 항복했다. 참 다행이었다. 녀석이 조금 더 버텼다면 내가 항복했을지도 몰랐다.

그 더러운 몸뚱이를 보면서 간질인다는 건 나에 대한 고문이기도 했다. 시각적인 것이야 눈을 다른 곳으로 돌려서라도 참을 수 있었지만 나를 더 괴롭힌 것은 그 구리구리한 냄새였다. 일단 마당에 있는 수도 호스(원래 붙어 있다)를 가지고 놈에게 물을 흠뻑 뿌렸다. 집안에 세제가 없는 게 한이었다. 찾아보면 비누는 있겠지만 그렇다고 내가 이놈을 비누로 씻어 줄 수야 있나. 그나마 그렇게 한참 물을 뿌리니 냄새는 좀 가셨다. 이제는 피도 썩어 버린 놈이라 살아 있는 피로서의 가치도 없는 그 더러운 몸뚱이를 인내케 한 것은 역시 끝없는 분노였다.

간질이기를 고문으로 하려면 아무렇게나 깃털을 휘두를 수는 없는 노릇이다. 그건 예술 작업이다. 서서히 몸을 달궈 나가면서 반응을 살펴야 한다. 취약 지점만 계속 공격하는 것도 좋지 않다(더 이상의 설명은 생략한다). 하지만 이런 델리케이트한 작업을 해 나가려니 어쩔 수 없이 녀석의 몸을 자세히 들여다보아야 했다. 아주 미치는 줄 알았다. 우욱…….

녀석이 항복 선언을 하자마자 녀석의 등 뒤로 돌아갔다. 그리고 벽을 붙잡고 심호흡을 크게 몇 번이나 했다. 간신히 울렁증이 좀 가라앉았다. 그리고 드디어 녀석이 자기 이야기를 시작했다.

"그러니까 그건 내가 중학교 2학년 때였어. 나는 친구 집에 놀러갔는데, 친구는 없었고 친구 누나만, 아니 친구 형만 있었어. 친구 형은 샤워 중이었지. 친구 형이 목욕 타월을 걸치고 나왔는데……. 젠장, 빌어먹을! 그래서 친구 누나가, 아니 친구 형이 날 보고 깜짝 놀라서는 '어, 너 왔냐?' 라고 하는 거야. 친구 형은 풍만한 가슴…… 아니, 탄탄한 가슴과 잘록한 허리, 아니 잘빠진 허리와 두툼한 허벅지를 가지고 있었지. 나를 보더니 자연스럽게 목욕 타월을 툭 떨어뜨린 거야. 그래서, 우욱, 나는 치밀어 오르는 욕지기를…… 아니 욕정을 주체치 못하고……. 으……."

아니, 저 새끼 무슨 이야기를 하는 거야? 소경 거지인 놈이 뭘 봤다고 설레발이지. 거기다가 호모였던 거냐? 아주 골고루 하는구먼! 더 이상 들을 수가 없어서 녀석의 등짝을 냅다 발로 내질러 버렸다.

30

이 이야기가 아니었나 보다. 내 딴에는 토 나오는 걸 참고 억지로 만든 이야기였는데, 식상한 떡밥이었을까? 하긴 화장실마다 쓰여 있던 이야기였지. 하지만 요샌 본 적이 없는데, 젠장, 이 이야길 알고 있을 줄이야. 저 자식 정체가 뭐야? 화장실 낙서도 다 읽고 다니나?

씨바, 마음에 안 들면 그만이지, 걷어차긴 왜 걷어차냐고! 그런데 이게 전화위복이 되었다.

메이드 인 차이나의 부실한 의자가 충격을 견디지 못해 부서져 버린 것이다. 당연히 결박에서 풀려났다.

이 시키, 이제 죽었다. 나는 부러진 의자 다리를 단단히 움켜쥐고 일어났다. 녀석, 꽤나 놀랐는지 입만 헤, 벌리고 아무 말도 못 하고 있었다.

비록 의자 다리가 뾰족하게 부러지는 바람에 몽둥이 대용으로는 좀 부실해 보였지만 없는 것보다야 한결 나았다. 넌 이제 죽었어!

31

젠장, 놈의 말에 급흥분해 버렸다. 너무 세게 걷어찼다. 이 녀석 풀려났으면 곱게 도망칠 것이지(그런다고 도망칠 수는 없겠지만), 감히 주제도 모르고 내게 덤빌 모양이었다. 더구나 부러진 의자 다리를 손에 들고서. 가소로워서 웃음이 나왔다. 아니지. 유머 없이 가기로 했지. 나는 이를 악물었다. 그깟 걸로 날 상대하겠다고…….

헉, 그런데 저 부러진 의자 다리. 조잡한 형태기는 하지만 무시할 수 없는 무기였다. 저건 바로 나무 말뚝! 이거 자칫 실수하면 저 눈먼 놈한테 애먼 목숨 달아나겠다!

일단 나무 말뚝이나 내려놓게 해야겠다고 생각하고 한마디 하려고 입을 벌렸다가 갑자기 한 가지 사실을 깨닫고 간신히 목구멍 너머로 삐어 나오는 목소리를 다시 잡아서 뱃속으로 밀어 넣을 수 있었다.

녀석은 장님이다. 내가 말을 하지 않으면 날 찾을 수 없는데, 내가 왜 시끄럽게 떠들어야 하느냐고. 조용히 녀석의 뒤로 돌아가 뒤통수나 있는 힘껏 갈겨 줘야지. 같은 뱀파이어라 해도 저런 애송이를 겁낼 필요는 없는 건데, 내가 장님 뱀파이어를 걱정하다니 지나가던 참새가 웃을 일이었다.

나는 조용히 움직였다. 원래 우리 뱀파이어들은 소리를 내지 않고 걸을 줄 안다. 바로 그렇게 아무 소리도 내지 않고 고양이처럼 걸어서 녀석의 등 뒤로 몸을 움직였다.

그런데 이게 웬일인가? 녀석은 내 움직임을 따라 몸을 돌리고 있었다.

이건 뭐야? 정말 재수 옴 붙은 거다. 마땅한 답은 하나뿐이었다. 그리고 그게 해답임이 분명했다. 믿기지 않는 일이긴 했다. 하지만 셜록 홈스도 그런 말을 하지 않았던가. 모든 불가능한 것을 제외하고 나면 남는 것이 아무리 놀라워도 해답일 수밖에 없다고.

녀석이 뱀파이어가 된 것, 한 방에 나를 기절시킨 것, 눈이 보이지 않는데도 내 행동을 알아차리는 것이 모두 해명될 수 있는 답은 이것 하나뿐이었다.

이놈은 '무림 고수'다.

차이나에서 무림 고수들을 실제로 본 일이 있다. 그 생각을 하면 지금도 식은땀이 흐른다.

가만있자, 언제 처음 차이나로 건너갔더라? 동양에 온 것은 차이나로 건너간 것보다 재팬에 간 것이 먼저였다. 나는 네덜란드 암스테르담의 빈민가에서 지내다가 뱀파이어 사냥 부대인 MIB의 집요한 추적에 넌더리가 나서 정박해 있던 상선을 타고 네덜란드를 벗어나려고 했다. MIB, 검은 양복을 입고 뱀파이어에게 치명적인 태양 광선을 담은 만년필처럼 생긴 장치를 들고 다니는 집단. 그들이 날 쫓기 시작했던 것이다.

내가 탄 배는 포르투갈의 리스본에 들렀는데 차라리 신교가 설치던 네덜란드가 나았다는 것을 알게 되었다. 가톨릭의 포르투갈은 훨씬 더 심한 압박을 내게 가해 왔다. 가톨릭은 오랜 기간 존재해 온 종교답게 MIB와 밀접한 관계를 유지하고 있었던 것이다.

견디지 못한 나는 거기서 다시 배를 훔쳐 탔다. 아주 멀리 가기 전에는 나가지 않으리라 생각했다. 당시 신대륙으로 가는 배들도 많았기 때문에 나는 그곳에 가길 바랐다.

그러나 그 배는 신대륙으로 가는 배가 아니었다. 나는 노란 피부를 가진 인간들이 칼을 두 자루씩 차고 다니는 이상한 나라에 도착했다. 재팬이었다.

이곳도 나름 괜찮은 곳이었다. 일단 MIB가 없었다. 이들은 모두 이교도들이라 불경을 외우고 지냈고 뱀파이어도 본 적이 없었다. 하지만 이 작은 행복은 오래가지 않았다. 내가 재팬에 있다는 것을 알아낸 MIB는 특수 요원 하비에르를 파견했다. 빌어먹을 포르투갈 선장 녀석이 나에 대해 꼰질렀다는 것을 나중에 알았다.

하비에르는 교황청 소속으로 자기 신분을 위장하고 나를 쫓아다녔다. 물론 가만히 앉아서 당할 수는 없었다. 나는 부지런히 달아났다. 가고시마에서 야마구치, 사카이, 교토 등지로 달아났는데, 하비에르는 나를 추격하면서 포교하는 척하고 있었다. 덕분에 그 친구는 재팬에 가톨릭을 전파한 성인으로 추앙받았다 하니 날 잡지 못한 원한은 천국에서 잊어버렸을 거다(그런 곳이 정말 있다면 말이다). 그 인간을 피해 차이나로 달아났다.

언제까지나 달아날 수만은 없었다. 차이나로 넘어오는 배에 타고 있던 하비에르를 기습했다. 미리 근처에 배를 몰고 나가 기다리고 있던 나는 박쥐로 변해 하비에르의 배로 건너갔고 하비에르를 물어 버렸다. 늘 철저한 대비를 하고 있던 그였지만 해상에서 나를 만날 줄은 꿈에도 몰랐을 것이다. 하비에르는 열병으로 죽었다고만 알려져 있는데, 그 열병의 원인이 바로 이 몸이시다.

하비에르를 해치운 뒤 뿌듯한 마음으로 차이나로 들어갔다. 이때가 첫 번째 차이나 방문이었다. 그곳은 천국이었다. 먹잇감이 그렇게 많은 곳을 처음 보았다. 어디를 가나 사람이 있었다. 재팬보다 백배는 행복했던 곳이라 하겠다. 그러나 이번에도 행복한 시간은 짧았다. MIB 측은 마테오 리치라는 요원을 보내 나를 찾게 했다. 물론 나를 찾는다는 건 쉬운 일이 아니었다. 나는 마테오 리치를 피해 이리저리 숨어 다니다가 마침 코리아에서 일어난 전쟁에 끼어들었다. 아, 혼동하지 마라. 이건 전에 말한 6.25 전쟁과는 다른 거다. 차이나는 코리아에서 전쟁만 나면 끼어드는 모양이다. 당시 재팬의 태합 도요토미 히데요시가 차이나를 정복하겠다고 먼저 코리아를 쳐들어갔다. 코리아는 엄하게 폭탄 맞은 꼴이었다. 아무튼 그러니 마테오 리치가 날 찾아낼 리 만무했다.

나를 찾지 못하자 마테오 리치는 비상한 생각을 해냈다. 차이나 정부에 접근한 것이다. 권력과 친해진 마테오 리치는 동창이라는 비밀 조직을 동원해 나를 찾기 시작했다. 그때 처음으로 무림 고수들을 만났다.

이들은 보통 인간이 아니었다. 신체를 단련하여 인간의 경지를 초월한 자들로 타격에 견디는 능력은 우리 뱀파이어에 맞먹을 정도였다. 파괴력은? 인간이라 부를 수 없는 지경이었다. 이자들은 맨손으로 바위를 부수고 나무를 뽑아냈다. 나보다 열 배는 빨리 달렸고, 나보다 열 배는 높이 뛰어올랐다. 이런 자들을 피해서 살아남은 내가 자랑스러울 지경이었다. 낮이 되면 이자들에게 잡혀 죽을 수 있어서 나는 늘 박쥐로 변신해 작은 구멍에서 숨어 있어야 했다. 관절염에 안 걸린 게 기적이었다.

견딜 수 없어서 결국은 차이나의 서쪽 변경을 뚫고 달아났다. 그때 햇빛을 피하러 들어간 동굴 안에서 뜻밖의 일에 부딪쳤다.

32

"이런, 이런. 이런 곳에서 동족을 만나다니!"

그는 비쩍 말라 있었고 목쉰 소리로 그르렁댔다. 몸에서는 심한 악취가 났다. 그리고 루마니아어를 쓰고 있었다. 당연히 깜짝 놀라고 말았다. 하지만 그건 말 때문만은 아니었다.

"대체 이건……."

그는 쇠사슬에 묶여 있었다. 쇠사슬은 등 뒤에서 양쪽 어깨의 쇄골 아래를 뚫고 나와 손목을 관통하여 바위를 휘감은 뒤 무릎 슬개골 아래로 들어가 다시 등 뒤의 바위에 단단히 부착되어 있었다. 꼼짝달싹할 수 없게 만들어 버린 것이다. 그는 분명 뱀파이어였다. 쇠사슬이 뚫고 나온 곳에 살과 근육이 재생되어 쇠사슬은 몸의 일부처럼 몸에 붙어 버린 상태였다.

그런 모습을 보니 정말 소름이 오싹 끼쳤다. 안 떨어지는 입을 억지로 벌려 말을 걸었다.

"피를 마셔 본 지 얼마나 되었지?"

이미 말했지만 그는 비쩍 말라 있었다. 아니, 말라 있다는 말은 잘못된 것이다. 뼈와 가죽이 완전 일치된 모습이었다. 본 적이 있었다. 고행하는 싯다르타 태자. 부처라는 동양의 신이 단식을 한 끝에 죽음 직전에 이르렀다는 그 모습과 흡사했다. 몸만.

"피! 피라고 했나? 아주, 아주 오래됐지. 3백 년은 넘은 것 같아. 3백 년."

불쌍하게도 이런 곳에 갇혀서 지내는 바람에 미쳐 버린 것 같았다. 미칠 만도 하지. 이해할 수 있었다. 내가 드라큘라 백작의 선택을 받아 뱀파이어가 된 지 그저 120년쯤 되었을 뿐이다. 3백 년이라니? 그때는 뱀파이어가 없던 시절이었다고.

반 너머 머리가 벗겨지고 남은 머리칼은 본래 색을 잃은 백발이 되어 버린 그는 몇 개 남지 않은 이를 드러내며 웃었다.

"뱀파이어가 없었다고? 크크크, 그럼 네 눈앞에 있는 난 뭐야? 난 뱀파이어가 아니란 말이야?"

"가만있어 봐. 일단 뭐라도 찾아볼 테니, 피를 마시면 정신이 돌아올 거야."

그곳엔 아무것도 없었다. 두 뱀파이어뿐. 이미 말했지만 뱀파이어에게 뱀파이어 피는 아무 소용이 없다. 갈증이라도 조금 달래 줄 수 있을 쥐나 뱀도 보이지 않았다. 나는 알고 있었다. 인근 수백 리 안에 인가라고는 없다는 사실을. 내 눈에서 절망을 읽은 것일까. 그는 자조적으로 웃으며 말했다.

"소용없어. 이 주변엔 화약이 사방을 둘러싸고 있어. 그래서 어떤 생물도 들어오지 못한다고 그러더군. 크크크."

사방이 어차피 황량해서 뭘 하나 살고 있지 않은 곳이라 생명체가 없는 게 화약 탓인지는 모를 일이었다.

"대체 어쩌다 이런 꼴이 된 거야? 누가 이런 짓을 했지?"

"영원히 죽지 않는다는 거, 영원히 내려진 형벌인 거야. 그게 내게 내려진 형벌이야."

내가 들어온 구멍을 다시 올려다보았다. 태양을 피하기 위해 박쥐로 변해 숨어들었던 저 구멍. 저 구멍만이 이 동굴 안과 외부를 연결하는 통로다. 이 동굴에 이자를 가둔 이들은 이곳에 다시 들어올 생각이 없었던 모양이다. 아마도 저 구멍도 세월이 지나면서 우연히 만들어진 균열일 것이다.

"내가 왜 이런 꼴이 됐는지 궁금해? 크크크, 이야기해 주지. 오랜만에 입을 놀리게 되니 좋구먼."

그는 갈라진 목소리로 이야기를 시작했다.

"아직도 천하를 몽골이 다스리고 있는가? 아니라고? 희한하군. 몽골이 무너지다니. 하늘의 도가 살아 있기는 하군. 그놈들은 정말 어마어마한 살인귀들이었지. 지금도 기억이 나는군. 그놈들이 지나간 곳은 냇물을 손으로 떠먹는 것으로 피의 갈증을 풀 수 있었어. 핏물이 강처럼 흐르는 그 장관을 본 적이 있나?"

고개를 저었다. 그런 멋진 광경은 본 적이 없었다.

뱀파이어의 천국에는 젖과 피가 흐르고 피부가 찹쌀떡 같은 인간들이 하얀 목덜미에 파란 핏줄을 자랑하며 한 뱀파이어당 네 명씩 시중을 들고, 아무리 빨아먹어도 언제나 피가 넘쳐흐른다고는 하지만……. 으, 꿀꺽…….

"나는 용서할 수 없었어. 그런 만행이라니! 한정된 자원을 그렇게 남획하면 어떻게 되겠는가! 놈들이 지나고 난 자리에는 아무것도 남지 않았어. 놈들은 사람에는 관심이 없고 사람을 쓸어버린 자리에 목장을 만드는 게 최대 과제인 것 같았지. 그래, 우리 뱀파이어가 말 피나 빨아먹어야 하겠는가?"

몽골이 쳐들어온 이야기는 나도 들은 적이 있었다. 하지만 그때는…….

"놈들을 막아 보려고 했지. 하지만 그놈들 몇을 잡아 죽여도 아무 소용이 없었어. 십부장, 백부장, 천부장을 잡아 죽여도 놈들의 진군을 막을 수는 없었지. 그러다 알게 된 거야. 이것들을 우리 땅에서 몰아내려면 우두머리를 잡아야 한다는 것을. 차이나로 가서 몽골의 지배자라는 우구데이 칸을 죽였지. 단 한 방울의 피도 남기지 않고 빨아들였지."

유후, 대단한 근성이다! 그렇게 하면 뱀파이어건 좀비건 되지 않는다. 그걸로 끝. 하지만 그 전에 내 배가 터질 수도 있다. 그런 대식가가 이 모양이 되다니…….

"하지만 그 후의 일은 잘 몰라. 어떻게 되었지? 몽골인들의 전쟁은 끝이 났던가?"

"그래. 끝났어. 그놈들은 갑자기 나타난 것처럼 갑자기 사라졌다고 하더군."

"크크크, 내 생각이 맞았군. 그렇다면 그걸로 충분해. 내 희생이 보답을 받긴 했군."

"그런데 어째서 이 모양이 된 건가?"

"크크크, 차이나 놈들에게 당한 거야. 말한 것처럼 난 몽골의 칸을 잡아 죽였어. 별로 어려운 일은 아니었어. 그 후가 문제였지. 차이나에는 이상한 놈들이 살고 있더라고. 바위를 부수고 철판을 뚫으며 말보다 빨리 달리는 괴력의 인간들이 있었지. 그것들이 날 추격하기 시작했어. 나는 때로는 박쥐로, 때로는 늑대로 변해 죽을힘을 다해 달려갔지만 이것들은 잠도 자지 않고 내 뒤를 쫓아왔지."

젠장, 그게 바로 내가 처한 처지다. 나는 갑자기 강한 동지 의식을 느꼈다.

"결국 이렇게 되고 만 거야. 잡히고 만 거지. 놈들은 나를 꼼짝 못하게 만들었어. 일순간에 허리가 뻣뻣해지더니 옴짝달싹하지 못하게 됐지. 그리고 여기로 끌려와 온갖 고문을 당했지. 그자들은 내가 이상한 종족이라는 걸 알아차렸어. 내 몸을 꿰뚫은 쇠사슬이 다시 자라난 내 살과 뼈와 근육으로 내 몸에서 자라난 것처럼 뒤엉킨 것을 보았으니까. 아무리 고문을 해도 다음 날이면 몸이 회복되었지. 놈들은 멋진 실험 재료를 만난 것처럼 즐거워했지."

으, 저절로 몸서리가 쳐졌다. 잔인무도한 놈들! 감히 뱀파이어를 실험 재료로 쓰다니. 뱀파이어는 인간의 지배자다. 만물의 영장이고 먹이사슬의 최정점에 서 있는 존귀한 존재가 바로 뱀파이어다.

내 환경이 별 볼일 없어 보이는 건 내가 따로 야심이 없기 때문이야. 난 그냥 정글에서 살아가는 걸 만족하고 있을 뿐이라고. 갑자기 웬 정글이냐고? 내가 사는 사우쓰 코리아의 환경이 내게는 밀림이다. 매일매일 사냥에 목을 매야 하는 정글.

생각해 보라고. 너희가 매일 잡아먹고 있는 돼지들이 갑자기 너희를 잡아다가 어느 부위가 맛있네, 라고 하면서 맛보려 든다면 참을 수 있겠어? 인간 따위가 감히 뱀파이어를 욕보이다니. 이런 천벌 맞을 일이 어디 있단 말이지?

"한번은 놈들 중 하나가 내게 가까이 다가온 적이 있었어. 그때 놈의 목덜미를 물어뜯었지. 잠깐 힘을 되찾을 수 있었지만 그래도 소용없었어. 이 쇠사슬을 끊을 재간이 없었지. 그 이상한 차이나의 인간들도 이 쇠사슬을 끊을 수 없는데, 내가 이걸 어떻게 끊겠어? 덕분에 내 비밀이 피에 있다는 사실만 놈들에게 알려 준 셈이었어."

전에도 말했지만 뱀파이어가 초능력 만화에 나오는 괴물처럼 힘이 센 건 아니라고. 불쌍한 뱀파이어. 나는 절대 잡히지 말아야지.

그는 메마른 소리로 크게 웃었다.

"크크크, 그놈들, 내 피를 뽑아서 영약을 만들 수 있을 것 같다고 좋아했지. 실제로 뭔가를 만들었을지도 몰라. 하지만 점점 놈들은 내게 흥미를 잃었어. 내게서 더 이상 피를 뽑아낼 수 없다는 것을 알았던 거야. 그리고 내가 죽지는 않지만 서서히 회복 기능도 없어졌다는 걸 알게 되었지. 당연해. 피를 마시지 못했으니까. 내 손과 발을 보라고."

그의 손발에는 손가락도 발가락도 없었다. 모두 잘려 나간 것이다. 피가 떨어지면 회복도 되지 않는 것이다! 새로운 사실을 하나 알게 되었다.

"그럼 그 영약이라는 것도 만들지 못한 모양이군. 성공했다면 계속 사람을 바치면서라도 피를 뽑아내려고 했을 텐데."

"그까짓 일이야 나는 알 바 아니야. 알고 싶지도 않고."

하긴 나도 알고 싶지 않았다. 당신의 간이 천형의 환자에게 약이 된다고 하면 당신은 간을 내놓겠는가? 그런 일에는 관심도 없는 것이 당연한 일이지.

"놈들은 굳이 날 죽일 생각도 하지 않았어. 날 죽이면 저주를 받을까 무서워했지. 그래서 그냥 이 모양으로 날 내버려 두고 떠난 거야. 피가 생기면 내가 살아날까 봐 아무것도 들어올 수 없게 봉인을 했지. 햇빛마저도! 죽을 방법이 없어진 나는 그냥 살아 있는 거야. 그냥……."

그를 풀어 주고 싶었다. 하지만 방법이 없었다. 그를 꿰뚫고 있는 쇠사슬은 바위 안으로 파고 들어가 있었는데, 아마도 바위 뒤에 추를 달아서 빠져나오지 못하게 한 것 같았다. 당겨 봐야 소용이 없었고, 그것을 끊을 도구도 없었다. 나한테는 칼 한 자루도 없었고, 칼이 있다고 한들 그 두터운 쇠사슬을 절단할 수도 없었을 것이다.

햇빛을 끌어올 방법도 없었고, 나무 말뚝을 들여올 방법도 없었다. 방법은 하나뿐이었다. 박쥐가 되어 밖으로 나가 마늘을 구해 왔다.

그는 마늘을 마치 미녀의 피나 되는 것처럼 달게 먹었다. 얼른 그곳을 빠져나왔다. 내가 그의 임종을 지켜 줘야 할 의리는 없었으니까.

참으로 많은 품을 팔아야 하는 일이지만 나는 기꺼이 그 일을 했다. 뱀파이어가 뱀파이어를 죽이는 것은 인간이 인간을 죽이는 것만큼이나 당연히, 해야 하는 일이니까. 뱀파이어는 뱀파이어를 싫어한다. 그건 마치 호랑이나 불곰 같은 맹수들이 자기 영역을 지키려고 하는 것과 비슷하다. 내 사냥터를 무엇 때문에 둘로 나눠야 하는가? 혼자서도 충분한데. 수가 불어나면 눈에 잘 띄게 되고, 그러면 인간들의 역습을 받기 십상이다. 그래서 나로 인해 생겨나는 뱀파이어를 절대 살려 두지 않는 거다. 그게 바로 지금 같잖은 몽둥이를 들고 나를 잡으려 드는 저 신참 뱀파이어를 잡아 죽여야 하는 이유다.

33

역시 사람은 도구의 동물이다. 짧은 나무 막대기일망정 꼴에 몽둥이라고 이걸 하나 들자 마음이 무척 든든했다. 더구나 내가 이걸 들자 드디어 저 금발머리 양놈도 나를 무서워하기 시작했다.

하지만 시원하게 놈을 한 방 맞히는 게 쉽지 않았다. 씨바, 이 몽둥이 같지도 않은 몽둥이가 너무 짧은 탓도 있었지만, 덩치에 안 어울리게 놈이 무척이나 재빠른 탓이었다.

거기다가 아무래도 이놈은 제정신이 아니었다. 갑자기 도둑질이라도 나가는 것처럼 발꿈치를 들고 살금살금 내 등짝을 노리고 걸어가기 시작하는 것이 아닌가!

내 등 뒤로 가서 덮치고 싶은 거냐? 차마 눈앞에서 못 할 짓이면 등 뒤에서도 하지 말란 말이다! 겉으로는 안 그런 척하면서 안으로는 할 거 다 하는 세상. 근엄은 근엄대로 떨면서 뒤로는 더러운 짓은 다 하고 있지. 사람들이 무지할 때는 그런 짓이 더 쉽다. 눈앞에서 코를 베어 가도 모르는 시절이 있었지. 아니, 지금도 그런가?

아니다. 암만 그래도 지금은 옛날처럼 대놓고 해 먹지는 못하지. 사람들도 조금씩은 똑똑해지니까. 정보를 모르면 바보가 되는 거다. 재테크를 하려고 해도 정보가 있어야 되지. 거지가 무슨 재테크냐고? 적절하게 사람들이 타고, 동정심도 쉽게 자극되는 동네로 다니는 노선을 잡아야 한다는 거 몰라? 그것도 다 재테크라고. 어디 그뿐인가? 한겨울에는 어디쯤 가야 안 얼어 죽고 잘 수 있는지, 공익들에게 어떻게 개개야 하는지도 알아 두면 다 도움이 되는 거다.

어른들은 입만 열면 아이들에게 거짓말을 한다. 사기를 치고 있는 것이다. 그러니 애들이 니들 말을 귓등으로도 안 듣지. 내가 커서 받은 어른들 사기 행각에 기가 막혔던 걸 들어 보자면 끝이 없다. 마징가 제트 주제가가 마상원이 지은 것이 아니라 일본 노래 그냥 옮겨 놓은 거라든가, 바벨2세를 그린 만화가가 김동명이 아니라든가, 타이거마스크가 군대 가서 만화가 끝나는 게 아니라 교통사고로 뒈져 버리는 것이라든가. 일본을 미워하고 싫어하는 척하면서 일본 문화는 지독하게도 베껴 먹었더라. 이중인격들.

아는 게 힘이라는 말은 진리고, 모르는 게 약이라는 말은 권력자가 자기 종놈들을 속이려고 만든 말이다.

저 양놈도 마찬가지다. 미 제국주의의 용병, 제3세계를 착취하는 흡혈귀! 한 번만 걸려 봐라. 내가 맞은 것을 딱 열 배만 돌려주겠다.

34

내가 어디로 피하거나 거지새끼의 나무 말뚝이 날 위협했다. 자고로 모르는 게 약인데, 도통 속지를 않는다. 세상은 변하고 옛날과는 사뭇 달라진 세계가 되었다. 이처럼 급격한 변화는 그 오래도록 살아온 내게도 처음이었다. 옛날에는 아이들에게 근엄을 떨며 거짓부렁을 늘어놓는 게 참 쉬웠다. 아이들이 올바른 정보를 얻기가 참 힘드니까.

하지만 이젠 비밀이란 게 없다. 아이들이 인터넷이라는 배암 덕분에 선악과를 따먹은 지가 하 세월이다. 연예계 가십난에 실린 A씨가 궁금한가? 포털 사이트에 들어가면 이미 실시간 검색어 1위에 떠 있다. 뇌물을 받아먹은 정치가 B씨가 궁금해? 성 상납을 받은 사회 지도층 C씨가 궁금한가? 포털 사이트에 들어가면 바로 그 기사 밑에 답변이 붙어 있다.

정보의 힘이 얼마나 큰지 법관이 하지 말라고 하는 것도 공개해놓고 보는 나라가 여기 사우쓰 코리아다. 그런 행위에 대해서 여러 가지 해석이 가능하겠지만 나는 그게 조회수에 목말라서 한 짓거리라고 본다. 뱀파이어가 피에 목마르듯이, 인터넷의 저주에 묶인 놈들은 조회수에 목이 마르더라는 것. 사회에서 온갖 근엄을 떠는 놈들이 인터넷에 들어와 찌질이 노릇하는 꼬라지를 한두 번 보던가?

상대의 분노를 야기할 비열한 말을 던지고 그 화를 받아먹고 사는 놈들이 지천이다.

나도 한번 해 볼까? 마당에 있는 깨진 병을 멀리 던져 보았다. 놈이 몸을 돌리면 한 방에 보낼 작정이었다. 하지만 녀석은 그런 내 얕은 수작에 반응을 보이지 않았다. 역시 무림 고수는 인터넷상의 찌질이들과는 뭐가 달라도 다르군.

보통 사람이라면 저렇게 홀랑 벗겨 놓으면 그것만으로도 위축될 텐데, 이 인간은 그런 것도 없이 창피한 줄도 모르고 펄쩍펄쩍 뛰어다녔다. 저놈 윗도리는 저놈의 똥 때문에 못 입게 된 내 윗도리 대신 빼앗아 버릴까, 하는 생각도 있어서 벗긴 거기도 했지만 벗겨 놓고 보니 으……. 그놈의 땟국! 똥이 나을지도 모른다는 생각이 들 지경이었다.

윽!

녀석의 몽둥이에 등짝을 제대로 맞았다. 이 새끼, 내 등짝에 흥미 보이지 말라고. 녀석이 눈만 보였다면 내 등짝에 망사 스타킹 같은 줄무늬를 만들어 두려고 했을지도 모르겠다.

녀석에게 그렇게 몇 대 두들겨 맞고 보니 아무리 나라고 해도 이러다간 큰일 나겠다는 생각이 들었다. 얼마 안 있으면 해도 뜰 텐데, 잘못해서 머리라도 맞아서 기절하는 날에는 만사가 끝장이다. 그렇게 허무하게 죽으려고 5백 년하고도 33년을 더 산 게 아니라고. 나는 진짜 소리 내지 않으려고 애쓰면서 몸을 옮겼다. 얌마, 좀 못 알아들으면 병나냐?

35

저 미친놈 하는 짓 좀 보게. 또 발뒤꿈치를 들고 살금살금 내 등짝을 노리고 있는 중이었다. 아, 진짜 벗고 있는 게 쪽팔려 미칠 지경이었다.

이런 놈을 상대하려니 정말 미칠 노릇이었다. 아랫도리라도 가려야 하는데 내 윗도린 어디 간 거야? 그러고 보니 마당 구석에 버려진 내 윗도리가 보였다. 대체 이렇게 깜깜한데 왜 모든 게 잘 보이는 거지? 그래, 이것도 저 시키가 놓은 약의 부작용일 거다. 일단 급한 대로 주워 입었다. 아랫도리가 허전하긴 했지만 묶어 놓으면 또 풀릴 테니 그냥 입고 있는 게 나을 것 같았다. 하지만 허전한 아랫도리를 보자니, 내 바지를 없애 버린 놈에 대한 끝없는 분노가 치밀어 올랐다. 난 몽둥이를 고쳐 잡았다.

36

여길 떠나려는 시도를 안 해 본 것이 아니다. 휴전선을 넘으려다가 죽을 뻔한 이야기는 이미 했는데, 그런 시도를 한 번만 해 본 건 아니다.

배를 타면 떠날 수 있다. 박쥐로 변해서 밤에 몰래 외국으로 나가는 배에 오르면 된다. 하지만 배에는 이제 다시는 타지 않을 거다. 왜냐고? 무섭기 때문이다. 천하의 뱀파이어가 이렇게 이야기하면 우습겠지만 배를 타는 게 무섭다. 처음부터 그랬던 건 아니다. 유럽에 있을 때는 배를 타고 종종 다녔고 한때는 심지어 아프리카를 돌아서 차이나까지도 왔다. 내가 배 타는 걸 무서워하게 된 것은 그 후의 일이었다.

1601년, 동창의 추격을 벗어나 간신히 달아났던 나는 유럽으로 돌아왔다. 유럽에서는 종교개혁의 반대 여파로 마녀사냥이 한창 진행 중이었다. 마녀사냥이라고 해서 여자만 잡아들인 건 아니다. 남자도 이 이상한 놀음에 많이도 잡혀 죽었다.

일상적인 감시가 생활화되는 것은 괴로운 일이다. 대개의 마을이 낯선 사람에게 의혹의 눈초리를 던지고 그 움직임 하나하나를 주의 깊게 살피고 있었다. 이런 것은 영 좋지 않다. 이래서야 차이나와 다를 것이 뭐 있겠는가? 당분간 유럽에서도 피해 있어야 한다고 생각했다. 이제 아시아도 유럽도 머물 수 없었다.

그래서 나는 신대륙을 향해 떠났다. 정확하게 말하자면 신대륙으로 가는 배에 몰래 탑승했다. 배에 탈 때는 당연히 큰 배에 타야 한다. 배를 타고 얼마나 갈지 모르는데 식량이 부족하면 큰일이니까.

그래서 제일 멋져 보이는 배에 올라탔다. 큰 실수를 한 셈이었다. 연안을 끼고 항해하는 배들의 경우는 설령 무슨 문제가 생겨도, 즉 배가 가라앉는 불상사가 생긴다 해도 걸어서 나올 정도의 거리가 되니까.

저 망망대해에서 그런 사고를 당한다면 그건 좀 곤란하다. 분명 바닷속을 다 지나기 전에 힘이 빠져서 쓰러질 것이고, 햇빛도 안 닿는 곳에서 사막에서 본 정신 나간 뱀파이어처럼 바싹 말라 버릴 게 틀림없다. 물고기들한테는 쓸 만한 피가 거의 없고, 당연히 고래나

상어 같은 것을 잡아먹으려 하다가는 그것들한테 잡아먹힐 게 분명하고…….

그런데 그런 위험을 무릅쓰고 신대륙으로 가는 배를 탄 이유는? 물론 그럴 줄 몰라서였다. 몇 번의 배 여행 때는 종종 육지에 정박했고, 배를 바꿔 타기도 하고 육지에서 며칠 머물기도 했다. 그래서 어떤 일을 생길지 전혀 예측하지 못했다. 문제는 닥쳐야 알게 될 때가 많다.

나는 조용히 지내며 일주일에 그저 선원 하나를 잡아먹고 있었다. 한 달이면 신대륙에 도착할 것이고 그러면 불과 네 명의 선원만 잡아먹으면 된다. 이런 2백 명도 넘게 타고 있는 배에서 불과 네 명 정도야 꿀꺽해도 별탈이 없게 마련이다.

그런데 초짜 선장 배를 탔던 것일까? 폭풍우를 만나 난파하고 말았다. 승무원들 중 일부는 재빨리 구명보트를 타고 달아났다. 멀리 가지 못하고 보트가 뒤집어져 버렸다. 그걸 보더니 남은 선원들은 감히 보트 내릴 생각을 못 하게 되었다. 나는 보트를 묶은 줄을 풀어서 구명보트를 모두 떠내려가게 했다. 식량이 더 줄어드는 꼴은 볼 수가 없었거든.

매우 오랫동안 그 배에서 내리지 못했다. 대체 육지가 보여야 내리지. 그동안 식량은 갈수록 줄어들었고, 특히 시간이 지날수록 품질도 떨어졌다.

인간이란 반드시 죽는 필멸의 생물인 주제에 죽음이 언제 닥쳐올지 알게 되면 급격히 생기가 시들어 버리는 이상한 특징을 가지고 있다. 뱀파이어인 내가 자신들의 주인이라는 사실을 알자 이것들은 산 채로 물에 빠져 죽으려고 하고, 어떤 넋 나간 놈은 내게 대들기도 했다. 지들이 무슨 무림 고수나 되는 줄 알았던 걸까? 일반인들한테는 맞아도 별 상관이 없다. 내 뼈는 부러지지도 않으니까. 결국 놈들을 다 제압하고 나자 이것들이 금방 시들시들해진 것이다. 상하기 전에 빨리 먹어야 했다. 그저 다행이라면 놈들 중에는 뱀파이어가 되거나 좀비가 된 놈이 없었다는 점 정도겠다.

덕분에 무려 6개월을 음식도 없이 망망대해를 헤매고 다녀야 했다. 혼자 힘으로는 배를 어떻게 움직일 도리가 없었다. 그저 침몰하지 않게 최선을 다하는 수밖에 없었다.

그러다 간신히 다른 배를 발견했다. 정말 다행히도 그 배가 내가 탄 배로 다가왔고 그 덕분에 옮겨 탈 수 있었다. 선원들은 아무도 없는 배가 1년이 넘도록 돌아다닌 사실을 알고 기겁을 했다. 그 바보들은 이 배를 '플라잉 더치맨' 이라고 저주받은 네덜란드인이 타고 있는 배라는 헛소문까지 만들어 냈다. 심지어 독일의 바그너라는 작곡가는 이걸 가지고 오페라도 만들었다고 한다. 간신히 죽을힘을 다해 박쥐로 변신한 나는 옆 배로 옮겨 탔고 그 후에는 절대 배를 타지 않는다.

비행기는 한 번도 탄 일이 없는데, 그거야말로 타고 싶지 않다. 비행기 안은 도망칠 곳이 없지 않은가. 자칫하면 끝장이다. 내가 이렇게 오래 산 건 다 그만큼 주의했기 때문이다. 뱀파이어를 잡을 수 있는 첨단의 장비가 다 구비된 비행기에 스스로 들어갈 만큼 바보는 아니다. 비행기에서는 변신을 해 봐야 숨을 만한 곳도 없다.

변신에 생각이 미치자, 저 장님 거지를 혼내 줄 방법이 떠올랐다.

37

미친 양놈 시키가 갑자기 울부짖으며 자기 몸을 할퀴기 시작했다. 역시 내가 벗고 너무 설친 모양이다. 성적으로 과도하게 자극을 받은 녀석이 결국 참지 못하고 자학을 하는 모양이었다. 알몸인 녀석이 저러고 몸을 할퀴니 성할 리가 없었다. 하얀 피부에 붉은 선이 죽죽 가더니 드디어는 갈라지고 말았다. 어라라? 그런데 저 찢어진 상처에서 뭐가 나오는 거야? 피는 흐르지 않고 회색빛의 털이 비죽비죽 나온다?

어어, 저놈 주둥이도 튀어나오기 시작한다. 아니, 이게 도대체 어찌 된 일이지? 내가 미치기라도 한 건가? 멀쩡한 사람이, 아니 저놈 에이즈 환자니까 멀쩡한 사람은 아니지. 하지만 에이즈 환자가 개로 변하는 건 아니잖아. 그런데 왜 저 양놈이 못생긴 회색 개시키로 변하고 있는 거지?

이마를 쳤다. 이런 뻔한 이유를 모르다니! 녀석이 먹인 마약 때문인 거다. 아주 내 정신을 걸레로 만들어 둔 모양이다. 기가 막혀 녀석을 보고 있자니, 이건 아주 제대로 둔갑을 했다. 완벽한 누렁이, 아니 회색둥이가 되었다. 누렁이였다면 더 좋았겠지만 뭐, 회색 똥개라 해도 나쁠 것은 없다.

나도 모르게 주르륵 흘러내리는 침을 얼른 닦았다. 짜식이 둔갑을 해도 아주 저 같은 것으로 했다. 회색 똥개라니. 피둥피둥 살찐 똥개라니.

하지만 금방 반성했다. 아무리 내가 먹을 거에 주렸다곤 해도 사람이 분명한 똥개에게 침을 흘리다니…….

사람이 개로 보이다니, 참 이상한 기분이었다. 저것은 정말 개일까? 내가 어렸을 때만 해도 이웃끼리 개를 바꿔서 산으로 올라가는 일이 흔히 있었다. 개 모가지를 올가미에 걸고 죽을 때까지 때리는 것이다. 그래야 육질이 좋아진다고 그렇게 때리곤 했다.

개들이 얼마나 깨갱거리는지 그 소리는 산 아래까지 들려올 정도였다.

어렸을 때는 뭐든지 신기하게 마련이다. 나는 내 신발에 김칫국물을 떨어뜨렸을 때 그것을 열심히 핥아먹던 우리 집 개, 아폴로를 잊지 못한다. 나는 그것이 정말 똑똑해서 나를 깨끗이 해 주려고 그런 줄 알았다. 언젠가는 그 일을 동네 아이들에게 자랑스럽게 이야기해 준 적도 있었다.

"그게 뭐야? 너 그거 재밌다고 말한 거냐?"

아이들의 반응은 이 모양이었다. 대체로 내가 왜 그런 이야기를 하는지 알아먹질 못했다. 어린 내가 받았을 충격을 생각해 봐라. 난 당시에는 뭐가 잘못되었던 건지 알지도 못했다. 그래서 그 말을 한 놈의 면상을 그대로 쥐어박았다. 감히 우리 아폴로를 모욕하다니! 비록 결국 이웃 아저씨들 배를 채워 주는 운명을 맞이하긴 했다만 아폴로는 정말 훌륭한 개였단 말이다.

그러나 아이들이 제법 공정했다는 게 문제였다. 아이들은 내가 부당하게 폭력을 사용했다고 생각했고 그래서 모두 함께 나를 때렸다. 하긴 그때 그렇게 두들겨 맞은 탓에 아폴로를 영영 잊지 못하는 것일지도 모른다. 그렇게 매라는 건 기억력 향상에 도움을 주는 법이다. 어떤 교훈이건 뼈에 새기게 만들어 주는 것이지. 그리고 이제 그 교훈을 분명히 개시키로 보이는 저 에이즈 걸린 호모 양놈에게 내려 줄 때다.

몽둥이를 굳게 다잡았다. 우리 지랄맞게 위대하신 박정희 대통령 각하께옵서 하신 말씀이 있지 않던가! 미친개에게는 몽둥이가 약이라고.

"씨바, 너 아주 잘 걸렸다. 밧줄 없는 걸 다행으로 알아라, 똥개 시키야!"

38

괘, 괜히 변신했다. 역시 무림의 고수는 남달랐다. 동유럽 음침한 숲 속의 제왕인 그레이 울프로 변신한 나를 패다니……. 꼼짝도 못 하고 두들겨 맞았는데 전직이 늑대 사냥꾼이나 되는 것처럼 정말 잘 때린다.

차이나 무술 중에 개 때리는 방망이라는 '타구봉'으로 패는 무술이 있다더니……. 개방이라는 거지들 모임에만 전해지는 무술이라고 들었는데, 바로 이놈이 개방의 전인인 모양이다. 으헉!

아이고, 삭신이야. 더 맞았다간 최초로 말뚝에 박히지도 않고 죽은 뱀파이어가 될 것 같아서 본래 모습으로 돌아왔다. 웬만큼 맞아서는 고통도 느끼지 않는 나를 이렇게 궁지로 몰아넣다니……. 정말 무서운 놈이다.

39

녀석이 다시 사람 형상으로 돌아왔다. 마당에 발랑 자빠진 모습으로. 그동안 내가 잡아먹은 개만 지구를 일곱 바퀴 반은 돌릴 텐데, 그렇게 패고도 이게 숨이 안 끊어진 걸 보면 요즘 내가 허하긴 허한 모양이다.

40

방법이 없다. 남은 방법은 재빨리 마루 밑 지하실로 뛰어들어 햇빛이 저놈을 해결해 주도록 하는 것뿐이었다. 햇빛이 녀석을 처단하지 못한다 해도 기껏해야 또 냉장고 속에 들어가기밖에 더 하겠는가? 그러면 녀석의 말뚝을 들어다가 심장에 콱 박아 주면 된다. 그걸로 끝이다. 만일 말뚝도 가지고 들어가 버린다면 냉장고 문을 봉해서 땅에 묻어 버릴 테다. 누군가 천 년 후에 녀석을 꺼내 줄 거고, 녀석은 세 가지 소원을 들어줘야 하겠지.

슬금슬금 최대한 조용히 뒤로 물러나 마루로 올라가려고 했다. 녀석에게 들키면 말짱 헛것이니까. 누운 자세 그대로 소리도 내지 않고 뒤로 물러나고 있었다. 놈이 뭐라 뭐라 지껄였지만 신경 쓰지 않았다. 그렇게 가다가 먼지가 눈에 들어가서 눈알이 쓰라려 죽을 것 같았다. 하지만 자칫 손이라도 올렸다가 놈을 자극할까 걱정이 되어서 얼굴만 씰룩거렸다. 그때 놈은 길게 한숨을 내쉬더니 뒤로 물러났다. 그 틈을 놓칠세라 최대한 빨리 움직였다.

41

개로 보이는 게 나았겠다. 놈은 작전을 바꾼 모양인지 노골적으로 나를 유혹하는 자세로 버둥대기 시작했다. 녀석의 심벌이 적나라하게 드러나 있어서 도저히 녀석을 바라볼 수 없었다.

이놈의 변태 시키! 뭐라도 걸치고 설치든지! 하지만 놈은 이제 얼굴을 씰룩이며 되도 않은 윙크까지 한다. 억지로 웃으려고 하는 것처럼 얼굴을 실룩대기까지 한다. 본능적으로 아랫도리를 가렸다. 놈이 유심히 내 심벌을 바라보는 것 같아 기분이 죽도록 더러웠다.

대체 내 바지는 어떻게 해 먹은 걸까? 그 생각을 하자 다시금 분노가 치밀어 올랐다. 없어진 게 어디 바지뿐인가? 내 하루벌이! 내가 그 돈을 벌기 위해 앞이 안 보이는 척 얼마나 열심히 연기해야 하는지 알기나 하는 거냐? 그리고 내 시각장애인용 화이트 케인. 돈 주고 산 건 아니지만 추억이 어린 멋진 제품이다. 케인과 선글라스, 이 둘의 조합으로 벌어들인 돈이 얼마나 많았던가. 이것들은 내 신분을 증명해 주고, 내 안전을 지켜 주는 물건이었다.

설령 지하철의 안전 요원들이라 해도 일단 이 두 가지 물건을 보면 그리 심하게 다루지 않고, 조심스럽게 대해 준다.

이 선글라스와 케인은 선대의 가짜 맹인 거지로부터 물려받은 것이다. 그는 내게 주의해야 할 점을 모두 알려 주었다. 그는 은퇴한다고 했다. 그에게 행운을 가져다준 선글라스라고 이야기했고, 그동안 꾸준히 돈을 모은 끝에 이제 은퇴해도 된다고 이야기했다.

그것은 IMF로 길거리에 나앉은 내가 얼어 죽기 직전에 찾아온 행운이었다. 나는 그의 이름도 모른다. 그가 나를 깨웠을 때, 나는 제정신이 아니었다.

"이봐, 이런 데서 자면 안 되네. 일어나."

사실 난 자는 게 아니었다. 구걸하느라 엎드려 있다가 그냥 잠이 들었을 뿐이다. 그는 나를 깨워서 보통 사람들이 흔히 하는 이야기를 했다.

"젊은 사람이 이러고 있으면 되나?"

"그럼 어쩌라고?"

내 말은 불손하게 나갔다.

"허허, 세상에 불만이 가득한 사람이군그래."

"아, 젠장. 담배나 있으면 한 개비 주고 없으면 꺼져 주셔."

그는 담배를 건네주었다. 손이 언 나는 담배를 떨어뜨렸고 그는 불을 붙여 한 번 쭉 빨아 당긴 후 내 입에 물려 주었다. 약간 정신이 돌아왔다.

"빌어먹을, 내가 뭘 할 줄 아는 게 있어야지. 돈이나 있으면 좀 주시오."

"사람이 왜 할 게 없겠어?"

"할 게 없다니까. 배운 것도 없고 기운도 없고. 뭘 하겠냐고? 난 기술도 없다고."

"거지 노릇은 어때?"

"사지가 멀쩡하다고 호통들이나 치고 가지, 뭘."

"안 멀쩡하게 보이면 되지."

그는 그동안 개같이 벌었고 이제 정승처럼은 아니지만 아무튼 새로 시작할 거라고 했다. 그래서 그의 물건을 물려받았고 그렇게 가짜 장님이 되었다.

42

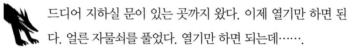

드디어 지하실 문이 있는 곳까지 왔다. 이제 열기만 하면 된다. 얼른 자물쇠를 풀었다. 열기만 하면 되는데…….

"크으~ 크으~"

이게 뭔 소리냐? 소름이 쫙 돋았다. 지하실 문짝 아래에서 좀비가 소리를 지르고 있었다.

기억하는가? 뱀파이어가 사람 피를 빨았을 때, 어떤 사람은 뱀파이어가 되고 어떤 사람은 좀비가 되고 어떤 사람은 죽어 버린다고 했던 것을. 그렇다. 내가 이 땅에서 산 지가 수십 년인데 그동안 좀비가 된 게 하나둘이었겠는가?

좀비는 어찌 보면 뱀파이어보다 더 문제라고 할 수 있다. 뱀파이어는 햇빛을 보면 죽지만 좀비는 햇빛을 보아도 죽지 않는다. 다만 뱀파이어는 인간보다 우월한 포식자의 지위를 유지하지만 좀비는 대가리가 텅 빈 몬스터에 불과하다.

좀비가 되면 지능이 현저히 떨어진다. 다른 생명의 살과 피를 먹고 싶어 할 뿐 다른 생각은 거의 못 한다. 그리고 이것들에게 물리면 원칙적으론 좀비가 되어 버린다. '원칙적' 이라고 말하는 건, 사실은 그렇게 되지 않는 경우가 대부분이기 때문이다.

좀비가 되기 위해서는 꼭 필요한 조건이 하나 있는데, 그것은 뇌가 있어야 한다는 거다. 머리라고는 전혀 쓸 줄 모르는 것들이지만 그것이 있어야만 좀비도 될 수 있다. 따라서 어떤 정치인들은 내게 물려도 좀비가 되지 않을 거다. 뇌가 없는 게 분명하니까.

그런데 좀비가 뭔가를 잡아먹을 때는 다른 것을 좀비로 만들려고 잡아먹는 것이 아니다. 그냥 먹고 싶어서 먹는 것일 뿐. 좀비에게는 인간의 모든 욕구가 다 사라지고 오직 식욕만이 남아 있다.

그리스 신화에 에릭직톤이라는 놈이 나온다. 신의 저주로 언제나 배가 고픈 상태로 머물게 된 불쌍한 사나이다. 피로 바꾼다면 뱀파이어와 다를 것이 없다. 엄청난 굶주림을 가지게 된 에릭직톤은 모든 재산을 팔아 치워서 먹을 것과 바꿨지만 그래도 배가 고파서 결국은 딸도 팔아 버렸다. 딸을 불쌍히 여긴 포세이돈 덕분에 딸은 변신해서 도망칠 수 있었지만, 딸을 팔아서 번 돈으로도 허기를 달랠 수 없었던 에릭직톤은 결국 자기가 자기 자신을 잡아먹어 버렸다고 한다. 다행히 좀비는 에릭직톤보다는 분별력이 있어서 자기 자신을 먹어 치우는 일은 하지 않는다. 하지만 놈의 손에 걸리면 무엇 하나 남지 않는다. 가능하다면 넓적다리뼈도 먹어 치우려는 놈이 바로 좀비다. 사실 그런 이유로 좀비가 세상에 넘치지 않는 거다.

만일 좀비들이 사람을 한입만 물고 자제할 줄 알았다면 세상은 예전에 좀비 천국이 됐을 거다. 하지만 왜 그러겠는가? 그럼 좀비가 먹고살 거리가 없어질 것을. 세상은 제법 합리적으로 돌아가는 거다.

물론 물린다고 해서 사람들이 가만히 죽여 달라고 있지는 않는다. 눈치 빠른 사람일수록 한 번 물렸을 때 달아나는 경우가 더 많다. 그러면 며칠 안에 새로운 좀비가 되어 버리는 문제가 발생한다. 그러니 좀비는 하나 발생했을 때 재빨리 처리해야만 한다. 자칫하면 큰 문제가 될 수도 있다.

뱀파이어와 달라서 좀비는 머리를 떼어 내거나 박살내면 확실히 죽는다. 물론 징그러워서 그런 짓을 하지 못하긴 하지만. 그게 이 집을 노렸던 이유 중 하나였다. 좀비를 지하실에 던져 넣으면 신경 쓰지 않아도 되었다.

수직으로 되어 있는 사다리를 올라온다든가 하는 일을 할 줄 아는 천재 좀비는 지금까지 나온 적이 없었다. 더구나 사다리를 올라온다고 해도 바깥에 잠긴 자물쇠를 부수고 지하실을 탈출할 놈도 있을 리가 없었다. 그럼 그 좀비들이 다 어디 갔냐고? 다 자연으로 돌아갔다. 인간이건 뱀파이어건 좀비건 결국은 다 한 줌 흙으로 변해 버리는 것이다.

말해 놓고 보니 이상하다. 인간이건 좀비건 결국은 다 한 줌 먹이에 불과한 것이다. 이게 맞는 말이다. 무슨 이야긴가 하면 좀비들끼리 가둬 두면 결국은 먹이가 된다는 말이다. 누구의 먹이냐고? 더 센 좀비의 먹이가 된다.

좀비들끼리 서로 잡아먹냐고? 당연한 이야기. 좀비가 먹이를 가릴 만큼 머리가 좋지 않다는 것을 이미 이야기한 줄로 아는데.

시간이 많이 지나서 살이 꾸덕꾸덕 마르고, 식중독 걸리기 딱 좋게 썩어 버린 몸뚱이라도 배고프면 먹어 치우는 판인데, 금방 들어온 싱싱한 좀비를 왜 먹지 않겠는가? 물론 육즙이 뚝뚝 떨어지는 살아 있는 생물의 살과는 비교할 수 없지만 그래도 금방 죽은 시체는 여전히 맛있는 법이다. 잠깐, 오해는 하지 마라. 난 먹어 본 적 없다. 일단 좀비가 되면 피가 흐르지 않는다. 따라서 뱀파이어 입장에서는 아무짝에 쓸모가 없는 것이 바로 좀비다. 말귀를 못 알아들으니 심부름꾼으로도 써먹을 수도 없다.

아, 아니다. 이들을 심부름꾼은 아니지만 아무튼 조종할 수 있는 방법이 한 가지 있었다. 차이나에 있을 때 보았던 것이다.

차이나는 전쟁터에서 죽는 사람들도 장난이 아니게 많았다. 죽은 사람들을 일일이 장사 치르기 지친 차이니즈들은 희한한 생각을 해냈다. 시체를 고향으로 돌려보내는 택배 사업을 개발한 것이다. 영환술사라는 것들이 있어서 시체들을 움직이게 한다.

설명이 그래서 나도 처음에는 시체들을 돌려보내는 줄 알았다. 하지만 그건 사실이 아니었다. 영환술사들이 돌려보내는 것들은 본래 좀비였던 것이다. 아마 엽기적인 뱀파이어 하나가 차이나에 살았던 모양이다. 이 녀석이 얼마나 많은 마을을 통째로 없앴는지는 모르겠다. 그리고 녀석은 뒤처리도 하지 않았다. 사방 천지에 좀비들이 날뛰게 된 것이다.

자기가 저지른 일은 자기가 처리해야지. 더구나 좀비 같은 것들이 날뛰면 뱀파이어로서는 크나큰 손해다. 뱀파이어의 몫이 줄어든단 말이다.

이 문제를 해결하기 위해 차이니즈들도 골머리를 썩였던 것 같다. 무림인들이 좀비들을 처단해 주기도 했지만 처단을 못 하면 더 큰일이었다. 좀비는 심장이 뚫려도 죽지 않는다. 당연히 보통 생명체라 생각하고 덤벼서는 본전도 못 찾게 된다. 싸우다가 한두 번 물리기도 하는 일이야 다반사로 일어나는 법. 문제는 그 상처로부터 독이 퍼져 나가 좀비가 되어 버린다는 사실이겠다. 무림 고수가 좀비가 되면 그건 보통 사람이 좀비가 된 것보다 열 배는 골치 아프게 된다. 물론 무림 고수의 능력을 다 발휘하는 건 아니지만.

그러다 보니 좀비들을 다스릴 방법을 본격적으로 연구했던 모양인데, 이들은 그들을 죽이는 것이 아니라 제어하는 방법을 알아냈다.

이들은 좀비의 이마에 부적을 붙여서 좀비들을 복종시켰는데 이 방법이 제법 그럴듯했다. 그 기술을 배워 두면 좀비들을 제어할 수 있으니 골치 아픈 문제를 사전에 제어할 수 있을 것이라 생각했다. 그래서 몇 날을 찾은 끝에 도사 하나를 잡아 그의 피를 기억과 함께 들이마셨다.

그자의 이름은 샤오창이라고 했다. 모든 사람들은 그들에게 아픈 기억을 간직하고 있는데, 샤오창의 기억에서도 제일 먼저 그 사실이 떠올랐다. 부모가 그를 판 사실이 그의 가장 아픈 기억이었다. 지지리도 가난한 농민의 집에서 태어나 부모는 그를 먹여 살릴 수가 없었다. 결국 떠돌이 도사에게 동전 십 문에 팔아넘기고 말았다. 도사는 샤오창을 제법 잘 대해 주었다. 하지만 속셈이 있었다. 불로장생의 연단을 만드는 제물로 써먹고자 했던 것이다. 도사는 샤오창이 동정인 상태로 열다섯 살이 되면 연단을 만드는 칠성로에 집어넣을 생각이었다. 샤오창은 바보가 아니었다. 열네 살 때 도사를 칠성로에 넣어 버리고 연단으로 만들어 버렸다.

그때부터 샤오창은 도사 행세를 하며 살았다. 녀석은 강시를 다루는 방법을 다른 도사 어깨너머로 익혔다. 그것은 도사들 사이에만 전해지는 비전이었는데, 독정이라는 약이 필요했다. 독정을 바른 종이로 부적을 만들어 좀비의 이마에 붙이는 것이다. 이렇게 되면 좀비는 시전자의 명에 따르게 된다. 사실 좀비가 어떻게 시전자의 명에 따르게 되는지는 알 수 없었다.

샤오창은 내게 피를 빨리며 죽어 갈 때 알아들을 수 없는 말을 중얼거렸었다.

"독정을 먹이고……. 뒤처리를……. 안 하……."

독정을 어떻게 만든 것인지는 샤오창도 알지 못했다. 그가 알고 있는 것은 살아 있는 사람에게 독정을 먹인 뒤 그 피를 뽑아내 황토, 주사와 섞으면 독정이 된다는 사실뿐이었다. 독정을 만들 수는 있지만 오리지널은 아닌 셈이었다. 독정을 먹은 사람은 반드시 죽여야 한다는데, 그 이유는 알 수 없었다.

영환도사들은 이 점을 이용해서 돈을 벌었다. 고향에 데려가 가족들에게 시체 인수비를 뜯어낸 뒤에 슬며시 목을 부러뜨려 완전히 죽여 버리는 것이다. 이 때문에 도사들은 무술을 당연히 익혀야만 했다. 좀비는 본래 목이 부러져도 아무 이상이 없지만 독정에 당한 좀비들은 목이 부러지면 죽었다.

샤오창이 지껄인 소리가 마음에 걸렸지만 그의 피에서 빨아들인 기억에서 독정을 먹이고 뒤처리를 안 한 내용을 찾을 수가 없었다. 독정을 먹인 인간의 뒤처리란 그자를 죽인다는 말일 것은 뻔했는데, 무엇 때문에 굳이 그런 말을 마지막으로 한 것인지는 알 수 없는 일이었다. 피를 통해 기억은 알아낼 수 있어도 생각을 읽을 수는 없는 거니까 나도 어떻게 할 도리가 없었다.

문제는 그것이 아니었다. 알고 보니 이 샤오창이라는 녀석은 반푼이 도사였다. 쉽게 말하면 사이비. 보고 들은 게 있어서 대충 도사 흉내는 낼 줄 알지만 실제 비법은 모르고 있었던 것이다.

그래서 샤오창은 독정을 딱 한 알 가지고 있었다. 제조법만 알면 단 한 알이라고 해도 얼마든지 불려 나갈 수 있겠지만, 제조법을 모르니 그걸 어찌할 도리가 없었다. 본래 좀비를 조종할 수 있을까 싶어서 샤오창을 잡은 것이었지만 결국 아무 소득도 없는 일이었다. 배는 불렀으니까 아무 소득도 없었던 것은 아니겠다.

도사 하나를 더 잡아먹어서 확실한 방법을 알아내지 그랬냐고? 내가 여태 한 말을 뭐로 들었어? 이것들은 원래 무술을 익힌 고수들이라니까. 잘못 걸렸다가는 뼈도 못 추린다고. 내가 달리 샤오창을 노렸는 줄 알아? 고르고 골라서 제일 얼빵해 보이는 놈으로 낚낚했던 건데, 그런 넋 나간 도사가 또 있을 리는 없었다. 그리고 얼마 안 가 동창 놈들에게 쫓기기 시작했고.

결론적으로 말해서 나는 좀비를 강시로 만들지 못했다. 그래서 대신 지하실에 처넣는 방법을 썼다. 그런데 어느 날 세 번째 좀비를 넣으려고 문을 열었더니 한 마리만 어슬렁거리고 있었다. 분명 두 마리가 있어야 하는데? 처음엔 어느 구석에서 잠이라도 처자나 싶었다. 물론 좀비는 잠도 자지 않지만 그때는 다른 생각을 할 수 없었다. 네 번째 좀비를 넣을 때, 확실히 알았다. 한 마리만 살아남는구나!

몇 놈을 처넣어 두건 간에 며칠 후에 열어 보면 한 마리만 남아서 어슬렁거리고 있었다. 호기심이 동했다. 절대 강자가 있는 걸까? 유심히 살펴보니 살아남아 있는 놈이 늘 같은 놈이라는 걸 알게 되었다. 살아서 완력이 대단했던 놈이었는데 좀비가 되어서도 그 완력이 사라지지 않았던 모양이다.

워낙 특이한 놈이어서 기념 삼아 피도 보관하고 있었는데, 빌어먹을 저 눈먼 새끼가 다 없애 버렸다. 젠장.

아무튼 이놈은 다른 좀비가 들어오는 족족 먹어 치우고 있었다. 아무리 좀비라도 이렇게 오래 살고 이것저것 먹어 치우다 보면 지능이 늘어나거나 완력이 더 늘어나지 않을까? 미안하지만 그런 일은 없다.

하지만 물리면 많이 아프다. 보통 사람들에게 맞거나 하는 것과는 비교가 되지 않는다. 다행히 감염이 되어서 좀비 뱀파이어가 된다든가 하는 일은 없다.

그래서 오래전에 녀석의 팔목과 발목에 수갑을 채우고 침대 밑에 묻어 버렸다. 좀비를 죽이려면 뇌를 파괴해야 하는데, 이미 말한 것처럼 말뚝을 구할 수가 없어서 묻어 버린 거였다. 그런데 이놈 흙을 파고 올라왔나 보다.

젠장, 메이드 인 차이나 수갑을 쓰는 게 아니었는데.

43

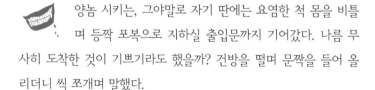

양놈 시키는, 그야말로 자기 딴에는 요염한 척 몸을 비틀며 등짝 포복으로 지하실 출입문까지 기어갔다. 나름 무사히 도착한 것이 기쁘기라도 했을까? 건방을 떨며 문짝을 들어 올리더니 씩 쪼개며 말했다.

"곧 해가 뜨는데 햇빛은 피해야지. 이리 들어가 있도록 하자."

"호, 들어가면 문을 잠그고 날 가둬 버리시겠다 이거지. 그런 수작에 속을 거 같아?"

"천만에. 나도 들어갈 테니 그런 걱정은 접어 두라고."

저 말을 믿어도 될까? 무슨 꿍꿍일까? 저 안에는 이미 들어가 봤지만 별다른 건 없었다.

"걱정 말고 들어와. 일이 어떻게 된 건지 설명해 줄 테니까."

양놈은 그 안으로 들어갔다. 이건 좀 고민되는 일이었다. 이제 곧 해가 뜰 건 틀림없다. 벌써 동쪽 하늘에 검정색이 모두 벗겨졌다. 그러면 또 그 끔찍한 고통이 다시 시작되려나? 이제 약 기운도 떨어진 것 같은데 괜찮지 않을까? 저놈이 더 이상 개시키로 보이지도 않는데 굳이 저길 들어가야 할까?

하지만 아직도 약 기운이 남아서 고통이 계속된다면? 그건 절대 참을 수 없다. 나는 고통을 견디지 못한다. 쪽팔린 고백이지만 사실이다. 나는 이미 고통에 굴복했으니까. 한번 굴복한 사람이 굳이 자존심을 찾을 필요는 없는 거다.

80년대에 내가 신촌에 살았다는 이야기는 이미 했다. 난데없이 빤스 차림으로 학생과 경찰 사이에 낀 후에 나는 조금 유명해졌다. 같은 또래였던지라 대학생들은 내가 자기네 학교에 다니는 줄 착각했다. 그 착각이 내게 나쁠 것도 없어서 그냥 그렇게 믿게 내버려 두었다.

남자 혼자 사는 자취방이라는 게 한심하기 짝이 없어서 어쩌다 내 방을 보게 된 여자애들은 그 후에는 가끔 먹을 것을 사 가지고 와 음식을 만들어 주곤 했다. 그저 소시지나 뎀뿌라 같은 인스턴트만 먹지 말라고 하면서.

"그런데 왜 라면은 퉁퉁 불게 내버려 뒀어요?"

라고 누군가 물어본 적도 있었다.

"조금 더 먹어 보려고."

"질량 불변의 법칙 몰라요?"

물론 모른다. 중고등 때 수학이나 과학은 땡땡이치는 시간이었으니까. 기분만 그럴지 몰라도 라면 먹고 국물 먹는 것보다 라면 불려 먹는 게 좀 더 먹는 것 같다.

아니, 이런 이야기를 하려던 건 아니다.

하루는 송호달이라는 놈이 찾아왔다. 나한테 프락치 노릇을 하라고 했다. 당연히 싫다고 말했고, 나는 두들겨 맞았다. 그래서 프락치가 되었다. 자세한 이야기는 묻지 마라. 생각하는 것도 싫으니까. 결론은 이렇다. 다시는 맞고 싶지 않다. 그런 건 한 번으로 족하다.

다만 이것 하나는 이야기할 수 있겠다. 송호달은 세상의 주인으로 군림하는 개시키라는 것. 놈의 세상은 놈을 중심으로 돌아가야만 했다. 그에 어긋나는 것은 티끌 하나라도 용납하지 않는 인간이 바로 송호달이었다. 그리고 나는 내가 사람이 아니라 티끌이라는 것을 인정하고서야 풀려날 수 있었다.

다시 그 끔찍한 고통이 되풀이되리라는 생각만으로도 내가 택할 길은 한 가지밖에 없었다. 다시 냉장고에 들어가면 되지 않느냐고? 어제 죽지 않은 건 기적이었다. 불확실한 일에 목숨을 걸 수는 없다.

그러므로 선택의 여지가 없었다. 빌어먹을! 내 몸에 손만 대 보라지. 복날 개 패는 것보다 더 무서운 게 있다는 걸 보여 주리라. 지하실 안으로 뛰어들어 갔다. 물론 몽둥이를 단단히 손에 쥔 채로.

44

역시 좀비였다. 오랫동안 흙속에 묻혀 있었던 주제에 여전히 덩치는 산만 하고 기세도 흉흉했다. 즉시 박쥐로 변신하여 예의 비상 탈출 구멍에 살짝 몸을 들이밀었다. 그리고 장님 거지가 들어오는 것을 지켜보았다. 거지는 조심스럽게 사다리를 밟으며 내려왔다. 그걸 가만 보고 있을 좀비가 아니었다.

좀비는 달려가 사다리를 흔들었다. 엄청난 힘이어서 사다리가 부서지는 건 아닐지 걱정이 될 판이었다. 좀비의 기습으로 거지는 사다리에서 뚝 떨어지고 말았다. 하지만 역시 무림의 고수답게 그 와중에도 몽둥이는 놓치지 않았다.

"뭐야, 이 거지발싸개는!"

"크아~ 크아~"

대답이라도 하는 것처럼 좀비는 신음 소리를 흘리며 오랜만에 보는 먹잇감에게 달려들었다. 불쌍한 것, 그동안 흙 파먹고 살고 있었겠지. 생각해 보니 그게 문제였다. 다음에 묻을 때는 입도 완전히 봉쇄해야 하겠다. 저놈 자기 위에 쌓인 흙을 다 먹어 치워서 다시 기어나온 게 틀림없다. 에이, 더러운 놈.

45

양놈이 파 놓은 함정이었다. 놈은 온데간데없어지고 어디서 조폭 똘마니 같은 놈이 날 기다리고 있다가 달려들었다. 그 잡놈은 마술사인가? 분명히 이곳으로 들어오는 것을 보았는데 흔적도 찾을 수 없다. 비밀 통로라도 있는 걸까? 조폭 똘마니를 피해 놈의 등 뒤로 돌아간 뒤에 고개를 들어 벽을 샅샅이 살펴보았지만 비밀 통로 같은 건 보이지 않는다. 쥐구멍이 하나 있는 건 보았다. 쥐시키도 안에 있을지 모르겠지만, 아무튼 사람이 그런 곳으로 빠져나갈 순 없겠지. 침대 곁에 흙구덩이 같은 것도 보였다. 그야말로 구덩이. 역시 비밀통로 같은 건 아니었다.

그럼 이것도 환각일까? 아, 그런 거다. 틀림없다. 아깐 개로 변했는데, 썩어 가는 넝마 조각으로 변하지 못할 이유도 없을 거다.

도망치려고 지하실 문을 열었다가 햇빛을 보고 까무러치게 놀라 굴러떨어졌다. 이로써 모든 것이 증명되었다. 나는 완전히 마약에 빠져 버린 거다. 환각 속에서 영원히 살아가야 한다는 생각을 하자 분노를 참을 수가 없었다.

“이 시키, 내가 호락호락하게 후장을 대 줄 것 같으냐! 어림도 없다!”

46

거지는 뭔 소린지 알아듣기 힘든 말을 지껄이면서 몽둥이를 붕붕 휘두르고 있었다.

"아, 조낸 냄새 나는 놈이네. 넌 인마, 씹 전에 목욕재계하는 것도 모르냐? 너, 그 씨발탱이가 어디 있는지만 불면 목숨은 살려 준다. 그러니까……. 아, 씨바, 다가오지 마!"

냄새 나는 놈이 냄새 나는 놈 뭐라 한다더니. 그나마 네놈 냄새는 내가 한참 지워 준 거야. 고마운 줄 알아야지.

거지는 당황해서 몽둥이를 마구 휘두르고 있었다. 하지만 좀비가 그런 거 무서운 줄 알 리가 없다. 한 발 한 발 착실하게 거지를 코너로 몰아넣고 있다.

"아, 씨바, 뭐 이런 놈이 다 있어? 저리 안 가! 이 씨발탱아!"

"크아~ 크아~"

먹잇감을 앞에 두고 물러나는 좀비는 없다. 임전무퇴의 산 표본이거든. 좀비의 세계관은 아주 단순해. 먹을 것과 못 먹을 것으로 나뉘지. 그중에서도 저놈은 정말 뭐든지 먹는 특제 좀비라 할 수 있지.

그 꼴을 보니 조금 기분이 좋아졌다. 이제 두 놈이 싸우다 한 놈이 죽는 것만 기다리면 되겠다. 미안하지만 거지 놈에게는 승산이 없다. 이제 조금 있으면 해가 뜬다. 해가 뜨면 엄청 졸음이 쏟아질 거다. 힘도 빠지고. 그럼 이제 좀비의 입 속으로 분해되어 들어가는 일만 남는 거다. 생각해 보니 진작 이놈을 꺼내 놓을 생각을 했어야 마땅했다.

무림의 고수답게 거지가 쉽게 당하지는 않았다. 날 패던 것처럼 좀비를 두들겨 패기 시작했다. 빠각! 살벌한 소리가 울려 퍼졌다. 좀비의 어깨뼈가 부서진 모양이다. 하지만 좀비는 그런 것 아랑곳하지 않는다. 드디어 좀비가 거지를 자빠뜨렸다. 이거 흥미진진한걸. 둘은 엎치락뒤치락하기 시작했다. 그 와중에 거지발싸개 같았던 좀비의 윗도리가 다 찢어져 버렸다. 좀비의 피부도 퍼석거리며 부서져 버리기 시작했다. 물론 그래도 좀비는 끄떡하지 않는다.

딱! 좀비의 입이 허공에서 부딪쳤다. 아깝다. 10센티미터쯤 모자랐다. 거지의 목덜미를 아작낼 수 있었는데. 거지는 좀비의 등 뒤로 몸을 옮겼다. 저 자식, 이 상황에서 설마?

갑자기 구역질이 올라와 토할 뻔했다. 녀석은 좀비의 등 뒤에 딱 붙어 고개를 빳빳이 들고 허리를 움찔거리고 있었다. 저 새끼 정말 미친 거 아냐? 좀비를 상대로 그 짓을?

47

아, 냄새 때문에 죽겠네. 난 괴물 놈이 물지 못하도록 놈의 등 뒤에 딱 붙었다. 아무리 괴물이라도 모가지가 180도 회전하지는 않을 테지. 놈은 정말 그러고 싶어 하긴 했다. 있는 대로 목을 비틀어 입을 쩍 벌리는 거다. 그때마다 뿜어져 나오는 환상의 입 냄새. 그때마다 나는 허리가 꺾어져라 뒤로 젖혀야 했다.

48

좀비는 어떻게든 고개를 돌려 놈을 물어뜯으려고 했다. 좀비는 계속 허공을 물 뿐이었다. 그리고 여전히 거세게 허리를 놀리는 거지새끼. 좀비가 불쌍하게 보일 지경이었다. 자기가 무슨 짓을 당하고 있는지도 모를 텐데.

어라? 그런데 거지가 몽둥이를 치켜든다? 거지는 몽둥이를 들어 좀비의 뒤통수, 등허리를 가리지 않고 찔러 대기 시작했다. 그래 봐야 소용없다는 걸 모르고 하는 짓이다. 저 새끼, 이제 보니 조루였구나. 원 토끼도 너보단 느리겠다. 게다가 욕심을 채웠다고 이젠 패 죽이려고 하는 거냐? 아무리 상대가 좀비라고 해도 만리장성을 쌓은 정이 있어야지. 잔인한 놈.

"야, 호모 시키! 죽어라!"

저 새끼, 자기가 호모인 주제에 날 호모라고 죽인다니, 정신분열증이냐?

"여긴 어디야? 넌 누구야? 이 시키 죽여 버린다!"

좀비에게 말을 건다고 좀비가 대답하겠냐? 참 가지가지 한다.

"아, 진짜 냄새 나서 더 못 붙들고 있겠네."

네놈 냄새도 만만치 않았어. 거지는 몽둥이로 찔러 대는 정도로는 좀비에게 타격을 줄 수 없다는 사실을 깨달았는지 이번에는 도망치려고 들었다.

지금이야! 좀비, 파이팅! 힘내라, 힘!

좀비에게는 치명적인 약점이 하나 있다. 너무 느리다는 점이다. 굼

벵이 좀비가 팔을 어정쩡하게 뻗으면서 다가가는 동안 거지는 이 구석에서 저 구석으로 뛰어다녔다.

“이 양키 시키! 내가 또 속으면 사람이 아니다! 너, 어디 한번 죽어 볼래?”

너 이미 사람 아니니까 다음에 또 속아 다오. 아니다. 속지 말고 그냥 좀비 뱃속으로 들어가라, 제발. 그리고 나, 양키 아니야. 도대체가 이 나라 사람들은 백인이면 다 미국인인 줄 안다니까.

그리고 이 좁은 지하실에서 달아나면 어디로 달아나겠는가? 좀비는 울부짖으며 지치지도 않고 거지를 쫓아다녔다.

49

이놈은 아무리 때려도 지치지도 않고 “크아, 크아” 하는 귀에 거슬리는 소리를 내며 다가왔다. 하지만 태연한 척해 봐도 결국 저렇게 신중하게 다가오는 것은 내 몽둥이가 무서운 거다. 까짓 거, 개가 아니면 어떠리. 작신대는 놈에게 몽둥이맛을 화끈하게 보여 주마.

놈은 조폭 똘마니처럼 생기기는 했지만 주먹도 발도 쓰지 않았다. 그저 소름끼치는 “딱!” 소리를 내며 나를 물어뜯으려고만 들었다. 이것도 환각일지는 모르겠지만, 날 먹어 치우려는 듯이 덤벼드는 꼬라지를 언제까지 보아줄 수는 없는 법.

그 옛날 송호달에게 끌려가 맞으면서 크게 깨달은 것이 있었다. 결국은 인간 세상도 약육강식의 세상이라는 것. 나는 힘이 없어서 맞고 있다는 사실을 알았다. 그리고 힘이 없는 인간은 힘이 있는 인간의 뜻에 따라야 한다. 그래야 맞지 않을 수 있는 것이다. 그저 약하기만 한 인간은 아무도 보살펴 주지 않는다. 취할 게 없는 인간에게는 도움의 손길도 오지 않는 거다.

내가 경찰에 맞서는 인물처럼 보이지 않았다면 여대생들이 내게 관심을 보였겠는가? 내가 마치 힘이 있는 인물처럼 경찰과 겨뤘다고 생각했기 때문에 그녀들이 관심을 보인 것이다. 거지가 되어서 힘을 과시할 수 있는 기회를 서민들에게 주었다. 그러자 그들은 힘을 과시했다. 덕분에 먹고살 수 있었다.

"이 씨벌탱! 날 물어 죽이겠다고? 그렇게 내버려 둘 것 같으냐?"

50

좀비의 머리통이 휘청했다. 거지의 몽둥이 일격이 제대로 작동한 모양이다. 좀 더 세게 때렸다면 목이 부러지지 않았을까 싶을 정도였다. 제법 반항을 하는군. 그래 봐야 소용없을걸.

"한번 해 보자! 날 물어 죽일 수 있을 것 같냐?"

거지는 다시 몽둥이로 좀비의 머리를 강타했다. 쉴 새 없이 몽둥이 타작이 작렬했다. 아까 날 개 잡듯이 패던 그 솜씨다. 하지만 백전노장 좀비는 물러나지 않았다. 좀비가 입을 크게 벌리며 녀석의 목덜미를 덮쳤다. 이제 끝났군. 나는 잠시 거지의 명복을 빌었다. 이제 해가 뜬 모양이다. 졸음이 급격하게 쏟아졌다. 나는 녀석의 최후를 보지 못하는 것을 안타까워하며 눈을 감았다.

51

이놈에게 내 힘을 보여 주어야 한다. 이를 악물고 놈을 두들겨 패기 시작했다. 복날 개보다도 더 심하게 팼다. 때리다 지친 걸까? 갑자기 몸에서 힘이 빠져나갔다.

날 물어 죽이려는 놈이 눈앞에 있는데 온몸에서 힘이 빠지며 수마가 나를 덮친다. 젠장, 이렇게 끝나는 건가?

52

나는 심하게 코 고는 소리에 깨어났다. 나는 코를 골지 않으니까 당연한 말이지만 내가 내는 소리는 아니다. 좀비도 코를 골지 않는다. 그놈은 아예 잠을 자지 않으니까 코를 골 일이 없다. 그럼 이 우렁찬 코골이의 주인은…….

진짜 미치겠네. 좀비 중의 좀비 나리께서 장님 거지새끼 하나를 못 해치웠단 말인가?

“크아~ 크아~”

좀비가 부르짖고 있었다. 이건 뭐야? 좀비가 죽은 것도 아니네? 좀비도 죽지 않고 장님 거지새끼도 안 죽다니? 설마 좀비가 전생에 호모여서 장님 호모에게 굴복하기라도 한 거냐?

그러고 보니 좀비의 부르짖음이 어째 한스럽게 들렸다. 더 이상 궁금증을 참을 수가 없어서 구멍에서 삐죽 고개를 내밀어보았다. 거지새끼는 정신없이 자고 있다. 자세가 지극히 편안하다. 좀비가 달라붙어 있는데 거지새끼는 멀쩡하기만 하다. 대체 좀비 놈은 뭘 한 거야? 그런데 좀 더 자세히 보니 거지새끼 몸에 안 보이던 반점이 한가득이다.

"저 새끼 에이즈였나? 그새 웬 반점이 저렇게 생겼어?"

바보 같은 좀비는 크아, 크아 울면서 계속 거지새끼의 살을 물어뜯겠다고 입을 갖다 대고 있다. 그래, 물어뜯어라! 나는 '우적!' 하는 소리가 나길 바라며 좀비를 응원했다.

"뽁!"

좀비가 입을 떼는 순간 뽁 하는 소리가 났다. 뭐지, 도무지 짐작할 수 없는 저 소리는? 좀비는 다시 입을 갖다 댔다. 그래, 이번에는 제대로 해 봐!

"뽁!"

또 알 수 없는 저놈의 뽁 소리! 어라라? 좀비가 입을 뗀 녀석의 넓적다리에 동그란 반점이 생겼다? 뭐야? 저건 키스 마크? 에이즈 반점이 아니라 키스 마크라고?

소름이 쫙 돋았다. 대체 저 시키는 어떻게 좀비마저 동성애자로 만들어 버릴 수 있는 거지? 상상을 초월하는 능력자란 말인가? 저 시키가 깨어나기 전에 여길 빠져나가는 게 낫겠다는 생각이 들었다. 하지만 뒤돌아보니 저 구멍으로 또 빠져나갔다가는 날갯죽지가 떨어져 나갈 거라는 생각이 들었다. 매일 저 구멍을 통과하는 건 미션 임파서블이다!

거지새끼가 깨기 전에 빨리 사다리로 빠져나가는 게 나으리라. 나는 사람 모습으로 돌아갔다.

“크아~ 크아~”

거지에게는 애정을 느끼고 있는 좀비가 나를 보더니 잡아먹겠다고 달려들기 시작했다. 얘야, 하루 이틀 널 본 게 아니다. 너한테 잡힐 몸이 아니지. 슬쩍 딴죽을 걸어 좀비를 자빠뜨렸다. 그다음 사다리로 달려가 얼른 올라가기 시작했다. 문짝에 도착한 뒤 아래를 내려다보았다. 좀비는 사다리를 타고 오를 줄 모른다.

좀비는 내 다리를 물어뜯으려고 있는 대로 입을 열었다. 이제 딱 소리 나게 닫아야 할 차례인데……. 응? ‘딱’ 소리? 딱 소리가 안 났다. 좀비가 다시 입을 벌렸다.

아, 이 미친 거지새끼!

좀비 입에 이빨이 한 개도 없잖아!

53

이빨도 없는 괴물 녀석이 어떻게든 날 먹어 보겠다고 쪽쪽 빨아 대는 통에 간지러워 죽을 뻔했다. 오늘 아주 간지럼 여러 가지로 탄다.

녀석은 이제 나를 물어 죽일 수 없다. 내가 집중 공격한 성과가 있었다. 녀석의 입을 집중 공격했고, 그 결과 녀석의 입속에는 단 한 개의 이빨도 남지 않았던 것이다. 이빨이 없는데 날 어떻게 물 것인가?

인간이란 얼마나 간사한 동물인가? 그것마저도 익숙해지니까 졸음을 참을 수가 없었다. 침대에 똥 싸 놓은 게 좀 후회스러웠다. 물론 나는 거지라 바닥에 자는 것도 익숙하지만 침대가 있는데 굳이 흙바닥에서 자고 싶진 않았을 뿐이다.

눈을 떠 보니 다행히 괴물이 날 애무하고 있지는 않았다. 그 양놈 시키 똥구멍을 빨려는지 사다리 밑에서 울부짖고 있었다. 양놈이 둔갑한 거 아니었나? 그럼 저건 뭐야? 양놈의 애완동물인가?

나 자는 동안 양놈 시키가 내 몸에 부항이라도 떴나 보다. 온몸에 부항 자국 하나 가득이다. 그런 지랄할 시간이 있었으면 옷이라도 찾아 입을 것이지.

가뜩이나 부실한 몸에 뭔 놈의 부항질이람! 가만, 피까지 뽑은 거 아냐? 가뜩이나 부실한 몸에 피까지 뽑았으면 정말 곤란한데.

그러고 보니 부실한 몸이 그동안 도통 먹은 것도 없다는 생각이 들었다. 대체 여기 온 지 얼마나 지났는지 감이 잡히지 않는다. 시간이 꽤나 지난 것 같은데 먹은 거라곤 마약 든 병 하난지 둘인지밖에 없었다. 그런데 왜 배가 고프지 않은 거지? 배는 고프지 않았지만 목이 탔다. 하긴 물도 마신 지 한참 된 것 같다.

목이 마르다는 생각을 한번 하자 걷잡을 수 없는 갈증이 몰려왔다. 당장이라도 목을 적시지 않으면 목이 바싹 마른 해면처럼 구멍 숭숭 뚫린 채 바스라질 것 같았다. 목이 결정화되어 가는 것만 같더니 그 느낌이 온몸으로 퍼져 나가기 시작했다. 온몸이 다 일주일은 말라비틀어진 식빵으로 변해 가는 것만 같았다. 이렇게 부스러져 나가는 건 아닐까?

빨리 여기를 빠져나가야 한다. 시원한 피……. 아니, 시원한 물 한 잔이 간절했다. 그때였다. 지하실 문이 열리는 소리가 들렸다. 벌떡 일어나 사다리로 달려갔다. 양놈이 빠져나가고 문을 잠그면 또 갇히고 만다.

하지만 너무 서둘렀다. 사다리 아래서 목을 길게 빼고 있던 괴물과 정면충돌하고 말았다. 괴물과 블루스라도 추듯이 뒹굴고 말았다. 괴물이 주둥이를 내 입술에 처박았다.

숨이 막혔다. 내 평생 냄새 따위는 신경 쓰지 않고 살았다고 자부했는데 이런 악취는 난생 처음이었다. 이건 한여름 날 썩어 버린 고기를 시궁창에서 건져 올린 것보다 더 독한 냄새였다. 30년간 열어 보지 않은 정화조에서 올라오는 똥물 냄새가 이것보다 나을 것 같았다. 괴물의 입으로부터 내 입으로 분진 같은 것이 쏟아져 들어왔다. 이건 괴물의 썩은 가루?

먹은 것도 없는 위장이 뒤집혀 버렸다. 괴물을 밀어내고 엎드려 헛구역질을 하는데 괴물은 뒤에서 날 덮쳤다. 괴물의 썩은 피부가 생생하게 느껴졌다. 구역질이 더 심하게 나왔다. 뱃속 안팎이 바뀌는 것 같았지만, 실제로는 아무것도 나오지 않았다. 노란 위액조차도 나오지 않았다. 하긴 뭐 먹은 게 있어야 나올 것도 있겠지.

54

좀비가 거지와 그 짓을 하려는 걸까? 거지가 후배위 자세를 취하자 좀비는 얼씨구나 하고 놈을 덮쳤다. 아까는 두 놈이 입을 맞추고 있었지. (우엑!) 더 이상 그 꼴을 지켜볼 필요가 없었다. 얼른 자물쇠를 채웠다.

"휴."

이제 알 바 아니다. 저 안에서 어찌 되든 신경 끊겠다고 막 생각한 참이었다. 거지와 좀비가 빠구리를 틀든, 새끼를 치든 신경 쓰지 않겠다고 굳게 맹세했다. 아예 이참에 이 집을 버려야 하지 않을까? 둘이 5백 년쯤 저 안에서 지내면 둘 중 하나만 살아 있게 되겠지. 그리고 그쯤 해서 문을 열어 주는 거다. 그리고 가볍게 인사를 던지는 거지.

"안녕, 이쁜이."

생각만 해도 뿌듯한 소망이었다. 하지만 이 작은 소망은 순식간에 깨지고 말았다.

55

그때 작게 탕 하는 소리가 들려와 정신이 번쩍 들었다. 양놈이 빠져나간 게 틀림없었다. 괴물과 여기에 갇혀 있게 된다는 건 상상도 할 수 없는 일이었다. 어디서 났는지 알 수 없게 힘이 불끈 솟아올라 괴물을 밀어내고 사다리로 뛰어올랐다. 문짝을 힘껏 밀어 올렸다. 아직 잠기지 않은 상태였는지 문은 활짝 열렸다. 근데 이 와지끈 하는 소리는 뭐지?

56

거지새끼가 자물쇠를 박살내면서 지하실에서 뛰쳐나온 거다.

뱀파이어가 되면 상처 회복력이 빨라지고 그만큼 겁이 없기 때문에 훈련에 따라 보통 사람들보다 뛰어난 능력을 가질 수도 있다. 하지만 그래 봐야 인간의 생물학적 능력을 뛰어넘는 건 아니다. 당연히 튼튼한 문짝을 때려 부술 힘 같은 건 갖고 있지 않다.

하지만 잊어버리고 있었구나. 이놈은 무술의 고수. 이런 나무짝으로 만든 문짝으로 이놈을 가둬 둘 수 있으리라 생각한 내가 바보다. 강철로 만든 감옥에 가두지 않는 한 이놈을 가둘 방법은 없으리라. 처음으로 놈이 좀 무서워졌다.

무서운 놈과 정면 대결하는 건 바보짓이다. 거지 놈에게 말을 걸었다. 내가 먹잇감에게 이렇게 비굴하게 말을 걸게 될 줄이야.

"이, 이봐. 우리 말 좀 할까?"

거지는 거드름을 피며 되물었다.

"넌 누구냐?"

나는 생각에 잠겼다. 난 누구라고 해야 하나? 한오백년을 살아온 뱀파이어. 그동안 수없이 많은 이름을 가졌다. 내 본명보다 가명으로 산 시간이 더 길다. 그렇다면 내 본명이 무슨 의미가 있을까? 지금 내가 쓰고 있는 이름은 사용한 지 채 3년도 되지 않았다. 지난번에 해치운 미국인의 신분을 쓰고 있는 중이다. 내가 그 이름을 말한다면 그건 나일까, 아니면 내가 아닌 무엇일까? 이런 간단한 질문에도 쉽게 대답할 수 없는 것이 필멸의 생물과 함께 사는 불멸자의 운명이다. 그때였다. 내 질문을 대신한 소리가 들려온 것은.

"그 작자의 이름은 기오르기 슈투베."

화들짝 놀라서 마당으로 눈을 돌렸다. 검은 정장에 검정 선글라스를 쓴 인간이 거기 서 있었다. 백인이다. 그런데 이 동네 말을 쓰네? 그자는 감정이 없는 음색으로 줄줄 이야기를 늘어놓았다.

"1483년 루마니아의 하급 기사 페르디난트 슈투베의 자식으로 태어나 1506년에 왈라키아 공 블라드 쩨뻬쉬, 일명 드라큘라에 의해 흡혈귀가 되었음. 이후 동부 유럽 및 서부 유럽에서 흡혈의 만행을 저지르며 숨어 살다가 MIB 교황청 지부에게 정체가 발각되고 1548년 일본으로 도주. 급파된 요원 하비에르를 피해 차이나로 달아나다가 역습을 가해 살해함. 1552년부터 차이나에 살다가 요원 마테오 리치를 피해 달아나 다시 유럽에서 생활함. 1650년 플라잉 더치맨 호의 참극을 일으키는 등 만행을 계속하다가 2차 세계대전 후 행방이 사라져서 죽은 것으로 추정했으나, 뱀파이어 입국 금지 구역인 남한에서……."

검은 정장은 이를 드러내며 소리 없이 웃었다. 검은 선글라스 뒤의 눈동자는 분명 나를 바라보는 중이었다.

"쥐새끼처럼 연명 중이었음."

몸이 부르르 떨렸다. 저거 보통 놈이 아닌 것 같다.

"넌……."

놈은 건방지게 내 말을 잘라먹고 대답을 해 버렸다.

"UN 산하 인류수호위원회 추잡한 동물 단속부 요원이다."

"그, 그게 뭐야?"

"MIB라는 말이다. MIB의 제인 스미스 요원이다."

"제인 스미스? 너 여자였냐?"

"쯧쯧, 뱀파이어라는 것이 남잔지 여잔지도 못 알아보냐?"

저것이 제대로 내 자존심을 건드렸다. 목소리가 하도 쇳소리여서 못 알아챘다. 으, 그럼 저것이 계속 힐끔힐끔 보고 있는 건 내 얼굴이 아니라……. 설마 내 심벌?

나도 모르게 내 심벌 위로 슬며시 손이 갔다.

"됐어. 뱀파이어가 고자라는 걸 내가 모를 줄 알아?"

뭐, 뭐야?

"고자라니! 내가 고자라니!"

저것이 하여간 말을 해도 참 싸가지 없이 한다.

"뱀파이어는 고자가 아니라 단지 먹을 것과 성행위를 하지 않을 뿐이야. 정상적인 인간도 돼지나 소와 섹스를 하진 않지."

"뭐, 아무려나 난 땅콩만 한 거시기에는 흥미가 없으니까 안 가려도 돼."

"뭐, 땅콩! 너 이만한 땅콩 봤어! 이게 땅콩이면 호두는 수박만 하겠다!"

열 받은 내가 심벌을 들이대자 제인이 인상을 찌푸렸다.

"아, 됐어. 하여간 추잡해. 그러니 추잡한 동물 단속부에 속해 있는 거지."

언제까지 까불 셈인가? 일격을 가할 때가 되었다.

"한국어가 제법이군."

제인의 입가가 씰룩였다.

"한국에서 지낸 지가 몇 년이나 됐지? 한 10년쯤 됐나? 뱀파이어 입국 금지 구역에 있는 MIB 요원이라……. 푸하하, 요원 시험 꼴찌였지?"

"닥쳐. 내 뒷조사라도 한 거냐? 이 로또 같은 자식아!"

"응? 정말 10년 있었어? 아무렇게나 한 말이었는데?"

제인의 얼굴이 찌그러졌다. 근데 저 계집 기껏해야 20대 초반으로 보이는데, 10대 초반에 MIB 요원이 되었단 말인가?

"빨가벗고 창피한 줄도 모르는 주제에 입만 산 놈 같으니라고!"

냉정한 척, 있어 보이려고 노력한 모습이 일순간에 날아가 버렸다. 보통 놈이 아닌 것 같다는 내 짐작이 맞았다. 저 계집은 팔푼이다.

"그런데 너 뭘 믿고 설치는 거냐? 뱀파이어가 둘이나 있는데 혼자 납죽 들어와서는?"

"둘?"

제인의 눈이 그때서야 거지에게 돌아갔다.

"뱀파이어가 둘이라니? 뱀파이어가 동시에 둘이 있는 경우는 극히 드문데?"

제인의 눈이 거지의 아랫도리로 내려갔다. 그리고 뭔가 깨달았다는 듯이 고개를 끄덕이고는 거지와 내 심벌을 번갈아 쳐다보기 시작했다. 저 미친 것이 뭘 생각하는 거야?

57

웃고 말았다.

"너희 영화 찍냐?"

"뭐?"

"어디서 귀신 씻나락 까먹는 소리를 하고 자빠졌어? 뱀파이어? 이게 미쳤나?"

살다 살다 별 미친 연놈을 다 본다. 가만 보니 둘이 반말 까고 있는 게 서로 아는 사이인 모양인데, 대체 나한테 뭐가 있다고 이런 사기를 치는 걸까? 정말 나한테 뭐가 있을까? 돈도 없고, 집도 없고, 와이프도 없고……. 당연하게도 애시키도 없다. 있는 거라곤 이 몸뚱이 하나뿐이다. 몸뚱이 하나. 갑자기 등골로 전류가 한 줄기 흘렀다.

장기 매매를 위한 인신 유괴범들 아닐까? 생각해 보니 저 밑에 있는 정신 나간 시키도 분명 어딘가 심하게 장기를 빨려 버린 게 틀림없다. 내 생각엔 뇌를 절반쯤 꺼내 간 것 같다. 그래, 그게 분명하다. 나같이 없어져도 아무도 찾지 않을 사람들을 잡아다가 콩팥이니 간이니 심장이니 다 떼 간다는 이야기는 나도 들은 적이 있다.

아, 젠장. 이렇게 끝나는 건가? 앞에 앉은 녀석 하나라면 어떻게든 해 보겠지만 저런 덩치가 둘이라면 그건 너무하잖아. 벌떡 일어났다. 아니, 벌떡 일어나려다가 엉거주춤했다. 생각해 보니 쪽팔리게도 여전히 아랫도리를 벗고 있었던 것이다. 앞에 양놈 시키는 홀랑 벗고 있긴 했지만(그놈 이름은 들었는데 도무지 기억할 수가 없다. 이름도 참……) 지금 나타난 제인이란 년은 넥타이까지 똑바로 맨 정장 스타일이었다. 그 앞에 아랫도리를 드러내 놓고 있으려니 이건 쪽팔려도 이렇게 쪽팔릴 수가 없는 경지에 도달한 셈이었다. 그냥 허리에 묶어 놓을걸, 이라는 때늦은 후회가 뒤통수를 때렸다.

사타구니를 가리고 제인에게 어정거리며 다가가 말했다.

"제, 제발 살려 주십시오!"

제인이 내 쪽을 보는 것 같았다. '선글라스 뒤의 눈동자가 보이지는 않았지만.' 이라고 생각했으나 어쩐지 그 안의 눈동자가 움직이는 것을 본 것만 같았다. 자꾸 왜 이럴까? 하긴 허한 몸에 마약이나 집어넣었으니 자꾸 헛것이 보이는 것도 당연한 일이겠지.

"살려 달라고?"

제인의 입가에 미소가 매달렸다.

"살려 줄 수도 있지. 하긴 그건 네 손에 달린 거야."

납작 엎드렸다.

"뭐든 하겠습니다!"

"뭐든 하는 것이 문제가 아니라 뭐를 할 수 있느냐는 것이 관건이야."

무슨 소린지 몰라 멍청한 얼굴이 되었을 것이 틀림없었다. 제인은 한껏 비웃음을 띠며 말했다.

"과거 전설의 시대, 인간과 야수 사이의 경계선에 걸쳐 있는 종족들이 있었지. 그걸 우리는 라이칸스로프라고 불렀어. 지금 뱀파이어들은 늑대와 박쥐로 변하는데, 꽤나 특이한 짐승들이지. 원래 두 종류로 변할 수 있는 놈들은 없었으니까. 아마 본성은 늑대였을 거야. 박쥐랑 뭔 짓을 해서 박쥐로도 변하는지, 원. 하여간 그래서 이것들을 추잡하다고 하는 거지만."

제인은 침을 찍 뱉었다. 놈이 뭔 소리를 하는지 알아들을 수가 없었다. 뭐라고 한마디 해야 하지 않을까 싶어서 입을 벌리려는데, 놈이 손가락을 코앞에 흔든다.

"아아, 좀 들어봐. 다 피가 되고 살이 되는 이야기니까."

성질 같아서야 들어 볼 이유가 하나도 없는데, 장기 다 들어내고 빈 가죽 부대로 죽으면 곤란해서 꾹 참고 더 들어주기로 했다.

"뱀과 인간의 경계에 서 있는 종족들이 제일 유명했지. 이브를 유혹했다는 뱀도 바로 그런 종류였어. 말도 할 줄 알고, 심지어 인간과 교접을 하는 놈들도 있었지. 그리고 호랑이와 곰, 돼지와 여우, 심지어 고양이와 개까지 모두 인간과 야수의 경계까지 진출한 것들이 있었어. 분명 물고기 종에도 있었을 텐데, 인어는 1783년 이후로는 포획되지 않아서 정확히 어떤 종에서 인간화가 시도되었는지 알 수가 없어. 좀 안타깝군."

"말도 안 되는 소리!"

양놈이 소리를 버럭 질렀다. 뒤돌아보니 일어서서 씩씩거리고 있었는데, 확실히 양놈인지라 내 물건보다 큰 물건을 덜렁대고 있었다. 분명 물건을 과시해서 제인을 꾀 볼 작정인 모양이었는데, 그게 아무한테나 통할 리가 없다. 제인은 신경도 쓰지 않는 눈치였다.

"뭐가 말이 안 되는데?"

"드라큘라 백작님 이전에는 뱀파이어가 없었단 말이야!"

제인은 노골적으로 비웃음을 흘렸다. 아주 대놓고 바보 취급을 하며 웃었다.

"이미 기원전에도 뱀파이어에 대한 그림, 기록이 남아 있다는 걸 모르고 하는 소리지? 하여간 뱀파이어 놈들은 자기가 누구인지에 대한 고민이라고는 쥐뿔도 없다니깐."

그 말이 좀 충격적이었나 보다. 양놈은 아무 말도 하지 않고 다시 자리에 주저앉았다.

"그러나 MIB의 노력으로 대부분의 라이칸스로프들은 중세 시대를 지나면서 절멸되었다. 뱀파이어들만 끈질기게 살아남았지. 그것들이 박쥐로 변한다는 사실을 눈치채지 못한 탓이었을지도 몰라. 우리들은 신세계가 발견되고 구세계도 지금까지 알려지지 않았던 저 끝이 새롭게 등장하면서 라이칸스로프들이 그곳에 살고 있는 것은 아닐까 걱정하게 되었어."

"저, 잠깐만요."

도저히 더 참지 못하고 입을 열었다. 제인이 나를 바라보았다.

"그 이야기 왜 하는데요?"

"살려 달라며?"

"네."

"그럼 들어!"

"네."

얌전히 경청하는 자세로 앉았다. 하지만 이미 제인의 말은 내 머릿속에는 더 이상 들어오지 않았다. 나는 어금니까지 올라온 하품을 참느라 죽을 똥을 싸고 있었다.

"신세계에서는 퓨마 잡종을 발견할 수 있었지만, 뜻밖에도 동방에는 라이칸스로프가 살지 않는다는 사실을 알게 되었다. 물론 뱀파이어도 살지 않았어. 특히 코리아에는 아예 씨가 없었지. 마늘을 상식하는 버릇이 영향을 주긴 했겠지만 라이칸스로프가 아예 없다는 것은 이해할 수 없는 일이었어."

양놈이 입을 쩍 벌려 송곳니를 슥 내보이더니 군침을 삼키며 말했다.

"그래서 너도 뱀파이어가 되고 싶은 거냐? 그럼 내가 살짝 물어 줄게. 마침 배도 고프니까."

양놈 녀석의 가당찮은 말을 들은 순간 나도 배가 고프다는 생각이 들었다. 배가 고픈 게 너무나 당연했다. 제대로 먹은 게 없으니까. 그때였다. 코끝을 간질이는 혈향에 넋이 나간 것은.

와락 제인을 덮쳤다. 제인의 심장에서 뇌로 올라가는 퍼런 핏줄기가 꿀떡꿀떡 소리를 내며 나를 부르고 있었다. 나도 내가 미친 것 같았다.

58

거지의 작전이 나쁘진 않았다. 상대에게 비굴한 자세를 보여서 슬금슬금 접근한 다음에 바로 경동맥을 노려서 달려들었던 것인데, 일반인이었다면 꼼짝없이 당했을 기민한 자세긴 했다. 하지만 상대는 뱀파이어를 상대로 수백 년간, 아니 저것들 말에 따르면 수천 년을 뱀파이어와 싸운 집단의 전승자들이었다. 속아 주는 척하면서 긴장을 놓치지 않고 있었고, 오히려 제인의 덫에 거지가 걸린 셈이었다. 하긴 거지는 눈이 멀었으니 다른 작전을 펼 수는 없었겠다.

아무튼 거지는 한 번에 목덜미가 잡혀서 버둥대고 있었다. 제인이 냉소를 띠고 말했다.

"짜샤, 살려 준다고 했잖아. 참을성이 그렇게 없으면 사람이 될 수 없는 거야."

저건 뭔 소리야?

"사람이 되다니? 그게 무슨 소리지?"

제인이 나를 보고 썩은 미소를 지었다.

"이제 너도 관심이 좀 생기냐? 코리아에 그렇게 오래 살아 놓고도 그 방법을 발견하지 못하다니, 쯧쯧쯧."

"방법이라니? 무슨 이야기냐?"

다시 사람이 된다? 글쎄, 내가 사람이 되고 싶어 하는지는 모르겠다. 하지만 어쩌면, 정말 어쩌면 사람이 되고 싶어 할 때가 올지도 모르잖은가? 그냥 햇빛 속에 걸어 다녀 보는 그런 일을 어느 날 해 보고 싶을지도 모른다. 그러다가 강렬한 태양빛 아래 길 가던 낯선 이를 옛날 생각을 하며 물어뜯을지도 모르지.

"간단하게 결론만 말해 주마. 코리아에도 수천 년 전에는 라이칸스로프가 살고 있었다. 그것도 엄청난 놈들이었지. 워베어, 워타이거들이 횡행하고 있었던 거지. 그들을 제압하고 인간으로 만든 영웅이 코리아에 살고 있었으니, 그 이름 하여 환웅!"

침을 꼴깍 삼켰다. 코리아의 비사에 그런 것이 있을 줄이야.

"환웅은 워베어와 워타이거를 잡아다 동굴 안에 가두고 마늘과 쑥을 먹여서 다시 인간으로 되돌리는 데 성공했다고 한다."

"뭐야, 마늘! 미친 거 아냐? 그런 말도 안 되는 이야기를 믿으라고?"

제인이 다시 썩은 미소를 날렸다.

"물론 너희는 마늘만 먹으면 뒈지니까 그렇게 생각하겠지. 그건 마늘이 너희 몸과 격심한 화학반응을 일으키기 때문이야. 너희가 그 반응을 못 버티는 거지. 이겨 내면 사람이 된다 이 말이야. 그리고 그 화학반응을 중화시켜 주는 약재가 바로 쑥이었던 거야."

"그거 진짜냐?"

"짜식, 속고만 살았냐? 이 방법으로 워타이거는 실패해서 달아나 버렸지만 워베어는 참을성이 있어서 다시 사람이 되었다고 하더군. 사람이 되었을 뿐만 아니라 환웅과 결혼하여 애도 낳았다고 하더군. 사실 환웅의 본명은 다른 건데 곰을 되돌렸다고 환웅(還熊)이라는 이름이 붙었다고 하더라. 그리고 애 이름은 굴속의 일을 잊지 말자고 '땅굴' 이라고 붙였다고 하지."

진짠가? 하지만 의심의 불길은 쉽게 사그라지지 않았다.

"그걸 실험은 해 봤어? 그냥 전설일 수도 있잖아?"

"실험?"

제인은 음흉하게 웃었다. 제인이 뭔가 이야기하려는 참에 거지 새끼가 신음을 내뱉는 바람에 말이 끊겼다. 일생에 도움이 안 되는 새끼.

59

"내가 살짝 돌았었나 봐요."

라고 빌고 싶었다. 하지만 당장은 숨쉬기도 힘든 상태였다. 웬 계집애 손아귀 힘이 이리도 세단 말인가? 제인은 나를 한 손아귀로 잡은 상태에서 태연하게 양놈과 대화를 나누고 있었다. 이 미친년이 살려 주겠다고 하더니 이젠 날 골로 보낼 작정인가?

내 목을 누르고 있는 손을 떼 내려면 그 손목을 잡아야 하는데, 어찌 된 영문인지 도통 팔이 움직이질 않는다. 단지 목을 잡혔을 뿐인데 어째서 이런 일이 생기는 건지 알 수가 없었다. 그리고 다음 순간 소름 끼치는 일을 깨달았다.

숨을 쉴 수 없는데, 아무렇지도 않은 거다! 뭔 말이냐고? 말 그대로다. 계집의 손에 목이 꽉 잡혀 있는 것이 분명하고 그래서 숨이 쉬어지지 않는데, 아무렇지도 않은 거다. 얼굴이 붉게 달아오르거나 숨이 애타게 찬다든가 하는 일이 없다. 그냥 평상시와 똑같은 거다. 최소한 숨에 관해서는. 숨을 쉬지 않아도 살 수 있다는 이야기 들어 봤나? 숨 이퀄 생명! 숨은 생명이다! 이건 내가 장호철이라는 사실처럼 너무나 분명한 거다! 그런데 지금, 이 자리에서, 그 분명한 사실이 무너지고 있었다.

"이거 놔! 이거 놔! 이거 놓으라고!"

소리는 제대로 나오지 않았다. 아마 내가 무슨 말을 한 건지 알아듣지 못했을 거다. 하지만 제인은 픽 웃더니 내 목을 놓아주었다. 난 지지대를 잃어버린 마네킹처럼 뻣뻣한 자세 그대로 자빠지고 말았다. 제인이 빙글빙글 웃으며 말했다.

"목을 너무 꽉 잡았나 보다. 니들이야 숨을 안 쉬어도 살 수 있지만, 아무튼 말을 하려면 허파의 도움을 받아야 하는데 내가 말도 못하게 세게 잡고 있었구나. 호호, 미안."

저게 대체 무슨 소리지? 이 집에 끌려온 후로는 도무지 말도 안 되는 말만 듣고 있다. 아니다. 말만 들은 건 아니다. 지하실에 썩어 가고 있는 괴물도 있었잖은가.

"니들, 니들 정체가 뭐야?"

양놈도 덩달아 외쳤다.

"너, 진짜 정체가 뭐냐?"

저런 식으로 은근슬쩍 빠져나가는 꼴은 절대 용납할 수 없지!

"미친 호모 시키! 너도 정체가 뭔지 밝혀야지?"

제인이 묘한 웃음을 떠올렸다.

"오호라, 그랬구나? 어쩐지 이상하다 했어."

제인은 양놈과 나를 번갈아 바라보면서 계속 야릇한 웃음을 흘리고 있었다. 우리 둘이 동시에 고함을 질렀다.

"아냐! 그런 게!"

할 수만 있다면 고개를 돌려 양놈을 바라보았을 것이다. 똑같이 지껄이다니! 갑자기 녀석의 팔뚝을 꼬집으며 "꽈배기!"를 외쳐야 할 것만 같았다.

"그런 게 아니라고? 뭐가 그런 건데?"

그 말에 또 우리는 똑같이 외치고 말았다.

"난 호모가 아니라고!"

"둘이 아랫도리를 홀랑 벗고 그런 말을 해 봐야 아무 설득력이 없는데? 안 그래?"

그러고 보니 몸이 뻣뻣해져서 심벌을 가리지도 못하고 활짝 노출시킨 상태였다. 아, 쪽팔려 죽겠네. 하긴 쪽팔린 게 문제가 아니다. 풍이라도 온 건가?

60

제인은 유심히 거지 놈의 아랫도리를 들여다보다가 다시 내 아랫도리를 들여다보았다. 겉모습은 여자로 차린 주제에 창피한 줄도 모른단 말인가? 다시 심벌을 가렸다. 이렇게 스스로가 바보 같을 수가 없다.

"핏, 호모가 뭐 어떻다고들 그러는 거야?"

"뭐, 뭐?"

"남자들끼리 좋아할 수도 있는 거지, 그게 뭐 창피한 일이야?"

"그거 아니라니까!"

"아니거나 말거나. 동성애자라는 건 인간이 가진 여러 가지 정체성 중의 하나일 뿐이야. 벌써 30년도 더 전에 정신 질환 목록에서도 빠졌지. 아, 물론 미국 이야기."

"갈수록 뭐라 그러는저 알 수가 없는 소리만 하는군."

제인이 한숨을 내쉬었다.

"촌구석에 처박혀 사느라 인터넷도 안 했냐?"

인터넷을 왜 안 해? 할 일 없고 잠도 안 오는 밤에 인터넷이 얼마나 위안이 되는데. 세상의 온갖 찌질이들 구경 다니느라 밤을 샌다. 하지만 동성애 같은 하나 관심도 없는 이야기를 찾아볼 필요가 어디 있어? 세상에 재미있는 게 얼마나 많은데. 하여간 저런 것들은 꼭 자기 위주로 세상을 본다니깐.

"네덜란드나 벨기에 같은 나라에는 동성 결혼도 허락되어 있지. 그러니까 너무 떨지 마라. 너희들이 좋아하면 그것도 다 인정받을 수 있어. 물론 남한은 유교 문화가 짙어서 호모니 뭐니 하면서 사람 취급도 안 하는 모양이긴 하지만 뭐, 요새 보니까 코리아에서도 변화의 흐름이 좀 보이는 것 같기도 하더군. 니들도 자꾸 호모, 호모 하지 말고 게이라고 말하도록 해."

거지가 발랑 자빠진 자세 그대로 고함을 꽥 질렀다.

"저 미친 양년, 대체 뭐라고 지껄이는 거야! 난 아니라고, 이년아!"

"쯧쯧, 뱀파이어도 많이 타락했어. 예전엔 그래도 여자 앞에서는 품위도 지키고 했다고 하던데. 이건 뭐 양아치보다도 더하는군."

헉! 이건 좀 아픈 공격이었다. 생각해 보니 매너 없는 뱀파이어가 되었군. 아무 말도 못하고 씩씩대고만 있는데, 거지가 고함을 빽 질렀다.

"저 시킨 단순히 호모가 아니야! 에이즈라고! 이젠 다틀렸어! 망했다고! 호모 시키들은 다 에이즈 걸려 죽는 거 몰라!"

제인이 재밌다는 듯이 웃었다.

"호호, 아이고 재밌어라. 에이즈 걸린 뱀파이어라니. 그런 게 어딨어? 그리고 네가 잘 몰라서 그러는 거야. 에이즈는 동성애자에게만 걸리는 병이 아니거든. 아직도 그런 미신이 돌아다니나?"

"그러니까 에이즈가 아니라고?"

"그래, 그러니 그렇게 흥분하지 말고. 요샌 남한에도 똘레랑스라는 말도 좀 돌고 하니까, 너희 게이 커플도 용납될 수 있을 거야. 너희가 용납되지 못하는 건 너희가 뱀파이어라는 괴물이기 때문이지, 결코 동성애자이기 때문은 아니야. 그렇긴 해도 사실 오늘 여기서 본 건 좀 의외긴 하네. 난 니들은 연애는 안 하는 줄 알았거든."

아, 저 계집, 진짜 사람 말을, 아니 뱀파이어 말을 뭐로 듣는 거야?

"아니라고 했다!"

이쯤 되면 참는 데도 한계를 느끼게 되는 법.

"정말 피를 보고 싶다면 피를 보여 주지."

최대한 음산하게 이야기했는데, 제인은 뭔 개소리냐는 듯 웃어 넘겼다.

"너 아이큐 검사는 해 봤니? 머리 진짜 나쁘다, 그치?"

제인은 거지를 가리켰다.

"쟤가 왜 뒤집어진 거북이마냥 저러고 있을까? 왜 그럴까?"

진짜 왜 그런지 궁금하긴 했다.

"거지! 일어나라!"

거지의 목에 핏대가 섰다. 일어나고 싶기는 한 모양이었다. 하지만 꼼짝도 하지 못하고 있었다.

"씨바, 내가 일부러 이러고 있는 줄 알아!"

내 등골에 식은땀이 흘렀다. 이거 심상치 않은데?

"너 몸이 마비된 거냐?"

"그래! 보면 모르냐? 이 빙충아!"

이젠 전율이 내 몸을 감쌌다. 저거 본 적이 있다. 그것을 깨닫는 순간 나도 모르게 뒷걸음질을 치고 있었다. 잘못 걸렸다. 완전히 잘못 걸렸다.

61

"너, 너 점혈술을 쓰냐?"

양놈이 양년한테 한 말이다. 점혈술? 헛웃음이 나왔다. 이것들이 계속 귀신 씻나락 까먹는 소리들만 한다. 그런데 제인이 하는 말이 더 걸작이다.

"이제야 알았나 보지? 뱀파이어를 잡으러 다니려면 이 정도는 갖춰야 하는 법이지."

뱀파이어. 또 그 이야기다. 하긴 참 그럴듯한 이야기다. 견딜 수 없는 햇빛. 어둠 속에서도 잘 보이는 눈. 개시키로 변하는 양놈. 더구나 숨을 못 쉬어도 살 수 있다니. 그래, 뱀파이어라면 가능한 이야기겠다.

하지만 지금은 21세기다. 그런 게 있다면 벌써 신문에 대서특필 되었겠지. 내가 비록 장님으로 위장해서 사기를 치면서 살지만 지극히 상식적인 인간이다. 본래 사기꾼일수록 이상한 것을 믿지 않는 법이다. 이상한 것을 믿는다는 건 결국 사기에 걸린다는 이야기일 뿐이다. 그래서 고급한 사기일수록 평범하게 위장하는 법.

그런 사기도 몇 번이나 쳐 봤다. 그럴듯하게 사람들의 욕심을 부추기고 패가망신으로 이끄는 일도 안 해 본 것이 아니다. 하지만 그렇게 들어온 돈은 그렇게 나갈 뿐. 그 돈을 잃고 괴로워하는 바보들을 보았고, 나는 그걸 무시할 정도로 강심장이 아니라는 것을 알았다. 가장 악질적인 것은 사기를 당한 사람들을 비웃는 행위였다. 사기꾼들은 모여 앉으면 이번엔 어떻게 낚시질을 해서 사람들을 낚아

올렸는지, 낚인 사람들이 얼마나 한심하고 바보 같았는지 이야기하며 낄낄댔다. 피해자들은 자기 돈을 뺏길 만큼 바보라는 사실이 사기꾼들을 안심시켜 주었다. 어차피 내가 털지 않으면 남이 털 돈이라는 것이 우리들 주장이었다. 그 바보들은 주위에서 이건 사기다, 걸려들지 마라라고 말하는 데도 우리 아가리에 돈을 털어 넣었다. 정말 어쩔 수 없는 바보 멍청이들이다. 하지만 내게는 그것이 위안이 되지 않았다. 그만큼 그 사람들이 순수했던 것이다. 그리고 이제는 더 이상 순수한 사람들이 아니게 되었다. 그렇게 만든 사람이 바로 우리들이었다. 그런데 그런 주제에 그 사람들을 낚시에 걸렸다고 비웃고 있는 것이다. 모든 것이 환멸스러웠다. 괴로웠다. 내 괴로움을 달래는 데는 돈이 들었고, 그건 악순환이었다. 사기를 칠수록 돈은 더 모이지 않았다.

반면에 거지 노릇은 사기라고는 해도 양심에 거리낄 게 없는 사기였다. 엄밀히 말하자면 사기도 아니었다. 나는 지하철에서 허용하지 않고 있는 잡상인 중 하나였다.

내가 판 것은 선심이고 그 대가로 받는 작은 금전으로 파산하는 사람이 있을 리 없었다. 사람들은 천 원으로(때로는 100원으로도) 그날의 작은 위안을 내게서 샀다. 나는 아직 저렇게까지는 되지 않았어. 나는 아직 자선을 베풀 여유가 있어. 나는 아직 착한 사람이야. 그날 엄혹한 일을 행해야 했던 사람이라면 내가 오히려 반가웠을 것이다. 나는 선심을 파는 장사꾼이었다.

중세 시대에는 사람을 죽이고 성당에 나아가 고해성사로 죄 사함을 받은 뒤, 다시 길거리의 거지들을 거리낌 없이 채찍질했다고 한다. 나는 중세 시대의 성당이고 면죄부였다. 나는 양심을 달래 주는 진통제였다. 아니, 양심을 속이는 마약이었을지 모르겠다.

내 스스로 사기꾼이고 마약이었을지는 모르지만 남의 사기극에 놀아나지는 않겠다. 더 이상은, 더 이상은 말이다. 그런 뼈아픈 일은 일생에 한 번으로 족하다. 그리고 나는 이미 그 한 번의 혹독한 대가를 치른 바 있었다. 사반세기 전에.

아마 내가 하지 않았어도 누군가 그 일을 했을 것이다. 아니, 내가 하고 있는 그 일을 다른 많은 프락치, 정보 요원 들이 했을 것이다. 하지만 80년대에 그런 일을 하면서 살아가야 했던 것은 결코 잊을 수 없는 괴로움이었다.

그들은 내게 그렇게 말했다. 이것이 나라를 위한 길이라고. 그 말을 하는 그들은 그 말을 믿고 있었을까? 그것이 나라를 위한 일이었다면 왜 그만두었을까? 그 이유가 궁금하긴 했지만 굳이 그 이유를 알고 싶지는 않았다.

나는 그냥 도망쳤다. 1987년 6월이 지났을 때, 도망쳤다. 더 이상은 그런 짓을 하고 살 수 없어서. 그 후의 세상은 나와는 아무 상관이 없는 세상이었다. 내가 만든 세상이 아니고 내가 지키던 세상도 아니었으니까.

나는 절망에 빠져 있었다. 반년간 뭘 하고 살았는지도 기억에 없다. 나는 벌레처럼 뒹굴고 있었다. 세상이 내게 손가락질하고 있는 것만 같았다. 나는 모두에게서 잊힌 사람이 되고 싶었다. 아무도 나를 기억하지 않기를 바랐다.

그 상태가 조금만 더 지속되었다면 죽었을지도 모른다. 생명을 지탱할 아무 힘도 없었으니까. 하지만 나는 벌레 같은 목숨을 어찌어찌 이어 갔고, 그리고 구원을 얻었다.

군부독재의 주역이 대통령에 당선된 것이다. 나는 물론 투표 따위는 하지도 않았다. 당선되었을 때도 몰랐다. 내가 그 사실을 안 건 겨울이 다 지나간 뒤였다. 세상이 바뀔 것처럼 그 난리를 쳤지만 세상은 바뀌지 않았다. 왜 그렇게 되었는지는 모른다. 알고 싶지도 않다. 난 정치와는 십만 팔천 리를 떨어져서 살았으니까. 앞으로도 그럴 거고. 하지만 단 하나, 확실한 걸 알게 되었다. 가진 놈은 언제나 이긴다는 것.

나도 언제나 이기는 인간이 되고 싶었다. 하지만 가진 것이 하나도 없었다. 그게 문제였다. 가지기 위해서 훔치는 것은 제일 바보 같은 짓이다. 가진 자들은 빼앗기고 싶어 하지 않는다. 훔쳐서는 곤란하다. 빼앗겨도 할 말이 없게 만드는 것이 중요했다. 사기를 당해도 사기를 당했다고 신고할 수 없게 만들어야 한다고 생각했다. 그래서 불법적인 일인 줄 알면서 더 큰 이익을 위해 돈을 내놓게 만드는 방법을 사용했다. 하지만 이것이 하책이라는 것은 금방 알 수 있었다.

궁금하면 한번 해 봐라. 당신도 피 토하게 얻어맞으면 생각이 바뀔 것이다. 애초에 불법적인 일이라는 걸 알고도 투자하는 사람은 다른 불법적인 일도 할 수 있는 사람인 거다.

그 뒤에는 차라리 고소할 수 있는 방법을 사용했다. 사람이란 합법적인 통로를 뚫어 주지 않으면 폭력적으로 변한다는 사실을 알았기 때문이다. 잘 알아 둬야 한다. 물은 가만히 있지 않는다. 막힌 물도 언제까지나 막혀 있지는 않는다. 어디론가 나갈 수 있는 통로를 만들어 줘야만 한다. 그렇지 않으면 넘쳐서 제방까지 무너뜨리는 법이다.

투자를 명목으로 돈을 받는다. 어디까지나 자발적인 투자다. 그리고 투자금이 다 모이면 폐업이다. 망해 버리는 거다. 고소가 들어와도 상관없다. 투자 실패로 망한 거니까. 물론 법정에 나가는 건 우리 일당이 아니다. 바지 사장은 언제든지 구할 수 있다.

나는 붙임성이 있다는 말을 많이 들었다. 그래서 사람들을 꼬드기는 역할은 늘 내 몫이었다. 그 자리는 가장 원망도 많이 듣는 자리였다.

그들은 울고불고 내게 매달렸다. 그 돈은 딸아이 시집보낼 돈이라고, 그 돈이 없으면 아내의 암 수술비를 댈 수 없다고, 그 돈이 노후를 위한 퇴직금이었다고. 나도 같이 화를 냈다. 나도 망했다고. 새파란 나이에 벌써 망해 버렸다고. 그들보다 더 화를 냈다.

난 도망칠 거라고. 빚쟁이들이 내 신체를 갈라 먹으려고 달려오는 중이라고 말했다. 그리고 진짜 도망쳤다. 우리 일당들이 기다리는 곳으로. 신체가 아니라 돈을 갈라 먹는 곳으로.

내가 그동안 친 사기극이 얼마나 되는데, 이런 시시껄렁한 수작에 속을 줄 아는가? 그건 나를, 이 장호철을 완전히 잘못 보는 거야. 너희 같은 아마추어 수작에 넘어갈 사람이 아니라고. 너희는 사람 잘못 골랐어.

62

"대체 이런 일을 꾸미는 이유가 뭐예요?"

여전히 몸을 움직일 수 없었지만 아무튼 말은 할 수 있으니까 말을 했다. 저들이 날 두려워할 이유는 이제 하나도 없으니까 이쯤 되면 뭔가 말이 될 이야기를 하리라 생각했다.

제인이 히죽 웃었다.

"이런 일을 꾸미는 이유라……. 그래, 저 친구가 핵심을 찌르는 질문을 했네."

제인은 걸음을 옮겼다. 덕분에 내 시야에서 사라져 버렸다. 있는 힘을 다해 고개를 들었다. 목이 끊어지는 것 같았다. 빌어먹을 계집! 끝까지 사람 속을 썩인다니까. 제인은 은색 만년필 같은 것을 꺼내 들고 있었다.

"기오르기, 넌 이게 뭔지 알고 있겠지?"

기오르기? 아, 저 양놈 이름이라고 했던가? 이름도 참. 중간에 '어' 자만 넣으면 '기어오르기'가 된다. 정말 잘 어울리는 거지발싸개 같은 이름이다. 거지발싸개가 신경질을 내며 말했다.

"빌어먹을! 물론 잘 알고 있지. 왜 안 쓰는 거냐? 난 지금 옷도 안 걸치고 있어서 한 방에 확실히 보낼 수 있겠군그래."

"호호호, 그래서 안 쓰는 거야."

대체 저게 뭐 하는 물건이지?

"그게 뭔데?"

제인이 힐끔 나를 보았다.

"기오르기, 신참이 이게 뭔지 궁금하시단다."

"그 신참한테 직접 사용해 주면 고맙겠군."

"연인한테 그렇게 하면 곤란하지 않나?"

이건 또 무슨 짜증 나는 이야기야? 공손하게 이야기해야 한다는 걸 잊어버리고 성질을 부리고 말았다.

"시꺼! 또 그딴 소리 하면 껍질을 홀랑 벗겨 버린다!"

"훗, 아직 혼이 덜 난 모양이네? 주제 파악 되게 안 되는 놈일세."

혼! 혼이라고? 역시 그랬던 거구나. 내 목을 조르면서 마취가 되는 약을 주사한 게 틀림없다. 성질이 머리끝까지 났지만 이 마취가 풀릴 때까지는 참는 수밖에 없다. 눈앞에서 손해를 보는 건 대장부가 할 일이 아니지. 입을 다물었다.

"그래, 구시렁대지 마. 이 물건으로 말하자면 '발광 라이트'라고 할 수 있지. 이걸 켜면 빛이 번쩍하기 때문에 붙인 이름이기도 하고, 니들이 발광하기 때문에 붙인 이름이기도 하다고."

빛? 빛이 어쨌다고?

"말로 해서 저 꼴통이 알아듣겠어? 실전으로 보여 주라고."

"자꾸 그딴 소리하면 너한테 써서 보여 줄 거야."

"해 보시지?"

제인이 다시 피식 웃었다.

"옛날 생각하고 있는 모양인데 이거 새로 개량된 거야. 2차 세계대전 이후로는 본 적이 없지? 그 시절하고야 하늘과 땅보다도 더 차이가 나지. 이번 것은 태양빛보다 더 밝아. 너희는 즉사야, 즉사."

즉사? 태양빛? 아하, 이제 좀 이해가 되는구나. 저 여자는 마약과에서 나온 모양이다. 양놈의 마약이 태양빛과 극성이라는 건 이미 경험해 봤다. 저 만년필 같은 데서 태양빛과 같은 빛이 나오는 모양이다.

"이봐요! 난 저 벌거벗은 놈과 한패가 아니에요! 그러니 나 좀 구해 주세요!"

63

드디어 거지 녀석이 투항의 깃발을 올렸다. 바보 같은 놈. 잡혀 가면 엄청난 고문을 당할 텐데. 차라리 내 손에 죽는 게 행복했을 거다.

제인이 히죽히죽 웃으며 말했다.

"드디어 이야기가 원점으로 돌아왔군. 내가 살려 준다고 했잖아. 그러니 내 말만 들으라고."

"네, 네. 듣겠습니다. 제발 제 장기만 떼 가지 마세요."

아주 간 쓸개 다 빼 줄 놈이구먼. 정말 뱀파이어계의 수치다. 그런데 그 말에 제인의 얼굴이 살짝 굳었다. 이것 봐라?

"아까 실험 이야기 나왔을 때 말을 얼버무렸지? 이제 털어놓아 보지그래."

살짝 유도신문을 펼쳤다.

"그게 그리 궁금했나?"

제인은 얼른 웃음기 머금은 얼굴로 돌아왔다.

"코리아는 오랫동안 CV존이었기 때문에 이런 정보는 우리에게 수

집되지 않았어. 그러니 이번에 실험을 해 봐야지. 실험체가 두 개나 있으니, 이 얼마나 멋진 일인지 모르겠는걸."

"씨비존이라니 어감이 매우 안 좋은걸. 그게 뭔데?"

제인이 깔깔거리며 웃었다.

"클린 뱀파이어 존(Clean Vampire Zone)이라는 이야기지. 아까 이야기했잖아. 뱀파이어 입국 금지 구역이라고. 코리아에는 뱀파이어가 없지."

제인이 음흉하게 웃으며 한마디 덧붙였다.

"공식적으로는."

이런 '씨비' 같으니라고.

"그런 곳에 MIB 요원이 왜 있는 거냐?"

"나야 네가 있으니까 있는 거지. 잡아가려고."

나도 썩은 미소를 보내 주었다.

"눈먼 거지야 한 손에 잡았겠지만 날 잡겠다고? 욕심이 과하시잖아?"

대체 뭘 믿고 있는지 깜장 양복의 제인은 여전히 헛웃음을 짓고 있었다. 젠장! 부아가 치밀어서 안 되겠다. 생각대로라면 당연히 몇 대 때려 주고 생각할 일이었지만 여자에게 손을 쓴다는 건 뱀파이어 체면에 할 수 없는 일이었다. 이미 매너 없는 놈이라 찍혔는데, 손찌검까지 하는 놈이 된다는 건 곤란하지. 허세라고 해도 좋다. 난 허세 쩌는 뱀파이어니까. 흠, 절대로 그 빛나는 도구가 무서워서 그러는 건 아니다.

그 도구를 저들이 뭐라 부르는지는 모르겠지만, 그곳에서 쏟아져 나오는 강렬한 빛은 우리 뱀파이어를 그 자리에서 태워 죽일 정도였다. 그 옛날에도 성능이 좋았는데, 아까 말하는 걸 보니 성능이 더 좋아진 모양이다.

이게 다 에디슨 때문이다. 배를 탔던 그때 신대륙으로 건너갈 수만 있었으면 우리 뱀파이어의 역사가 바뀌었을 텐데! 시간을 거슬러 다시 돌아갈 수만 있다면 에디슨을 잡아먹을 테다. 이 모든 일이 에디슨이 전구를 발명한 때문이다!

"호호, 벌써 까먹은 거야, 점혈술을? 너는 알고 있겠지? 중국에서도 한참이나 살았으니까. 무공이라는 것을."

"설마 정말로 무공을 익혔단 말이야?"

"우리의 도움 없이 최소한 차이나 땅까지 흘러들어 갔던 뱀파이어 두 마리 이상을 차이나의 무림인들이 해치웠다는 것을 나중에 알았지. 무공이라는 거, 총 앞에서는 별 효용이 없어서 총기가 들어가면서 쇠퇴하기 시작해서 중국 본토에서는 실전되고 말았지만, 뱀파이어 타격에는 제격이라는 걸 알게 되어서 우리 MIB에 전승되고 있단다."

빌어먹을! 그걸 어떻게 알았지?

"특히 점혈술이 압권이었어. 그 전에는 뱀파이어는 죽이는 수밖에 없었지. 하지만 점혈술로 마혈이나 혼혈을 짚으면 뱀파이어도 저렇게 마비되어 버리거나 기절해 버리거든."

제인은 거지 녀석을 힐끔 쳐다보았다.

"그래서 우리는 샘플을 하나 얻었지. 그놈을 해부해서 정말 많은 걸 알 수 있었어."

화가 머리끝까지 났다. 하지만 최대한 말을 가려냈다.

"안다고? 뭘 안단 말이지? 너희 인간이란 뱀파이어의 먹을거리에 불과해. 먹을거리가 농부를 알아서 뭐 하겠어? 벼와 보리가 농부에 대해서 뭘 알겠어?"

제인이 히죽 웃었다.

"뭘 아느냐고? 모든 걸 알고 있지. 너희에 대해서는 너희보다 우리가 더 많이 알고 있어."

큰소리로 웃어 버렸다.

"그걸 말이라고 하는 거냐? 뱀파이어에 대해서 뱀파이어보다 너희가 더 많이 안다고? 그거 코미디라고 하는 거냐?"

"한번 어깨 위에 있는 물건으로 생각을 좀 해 봐라. 하긴 너희가 무슨 생각을 하겠니? 그냥 처먹을 것만 찾아다니는 짐승 주제에."

"짐승?"

"그래, 짐승. 너희가 먹이사슬의 최상층에 위치한 포식자 같으냐? 인류의 역사상 그런 짐승들은 적지 않았어. 백수의 왕으로 서방과 동방에서 각각 군림했던 사자나 호랑이라든가, 덩치로 압도하는 불곰, 파충류 중 최고의 맹수인 악어와 같은 것들도 있었지."

저게 날 진짜 짐승과 비교하네? 목울대에 핏대가 서려던 참이었다.

"그것들이 자기들에 대해서 얼마나 알고 있었을까?"

뭐?

"호랑이가 호랑이에 대해서 뭘 얼마나 알고 있었겠냐고?"

"그깟 것들이 알긴 뭘 알아?"

"그래. 호랑이에 대해서 가장 많이 알고 있는 건 바로 우리 인간이야."

제인은 의미심장하게 웃었다.

"너희 뱀파이어에 대해서도 우리가 가장 많이 알고 있지."

"야, 그것들은……."

"사고 능력이 없는 짐승이라고 말하고 싶은 거야?"

제인은 다시 얼굴 하나 가득 비웃음을 떠올렸다.

"그건 너희도 마찬가지야."

"그게 말이 되냐? 우린……."

"말을 할 줄 안다고? 우린 개하고도 의사소통을 할 수 있어."

"우린 인간……."

"인간의 단계를 거쳐 온 생물이라고? 침팬지와 유인원이 인간과 공통의 조상을 가지고 있다고 해서 그것들을 인간이라고 하지는 않지."

빌어먹을 계집! 나도 말 좀 하자!

"너희는 단지 생물의 피를 마심으로써 살아가지. 어떻게 그럴 수 있는지 알아?"

모른다.

"피에는 별 영양분이 없어. 78%가 물인데 열량이 들어 있으면 얼마나 있겠어? 그걸 먹어서 젊음을 유지할 수 있다? 이거 좀 이상하지 않아?"

이상하다.

"더구나 너희는 숨도 쉬지 않아. 신체가 파괴되어도 재생되지. 팔이 떨어져 나가도 재생이 돼. 사람은 손가락 하나 떨어져도 재생이 되지 않는데. 왜 그런지 생각해 봤어?"

생각 안 해 봤다.

"너희는 생각만 하면 박쥐나 늑대로 변신할 수 있지. 늑대든 박쥐든 인간과는 질량이 달라. 인간 무게를 가진 박쥐가 날 수 있을 것 같아?"

못 날 것 같다.

"너희는 마늘과 햇빛으로 죽음에 이르게 되지. 왜 그런지 모르지?"

모른다.

"너희는……."

"그만!"

고함을 질렀다.

"그래서 너희가 우리에 대해서 다 알고 있다고? 좋아. 십자가와 뱀파이어의 관계는 뭔지 설명 좀 해 보지?"

제인이 까르르 웃었다.

"십자가를 들이대면 뱀파이어가 무서워한다거나 성수를 뿌리면 녹아 버린다는 것?"

최대한 차갑게 이야기했다.

"그래."

"사기야."

그래, 사기겠지. 작대기 두 개 걸친 것에 영향을 받는다는 건 말도 안 된다. 그런 모양은 세상에 얼마든지 있다. 더구나 신앙이라는, 믿음이 믿음 그 자체로 생명을 앗아 갈 수 있다는 것도 말도 안 된다. 하지만 말도 안 된다는 생각 다음에 나도 모르게 피식 웃고 말았다. 말도 안 되는 것으로 치자면 뱀파이어도 말도 안 되는 것은 마찬가지 아닌가?

"너희는 이상한 존재야. 하지만 이상한 존재가 너희만 있었던 건 아니지. 뭘 예로 들 수 있을까? 드래곤, 동양에서는 용이라 불린 존재는 어때? 바다에 있던 인어는 어때? 우리가 달리 추잡한 동물 단속부라고 불리는 줄 알아?"

"뜬금없이 무슨 소리야?"

"너희 같은 괴물과 싸워 이기기 위해 우리는 오랜 세월, 수천 년간 노력해 왔어. 하나씩 하나씩 쓰러뜨려서 이 세상을 인간들의 것으로 바꾸는 데 성공했지. 우리 비밀결사의 역사는 꽤나 오래되었어."

"오래되었다? 역사에는 기록되지 않은 채 말이지?"

"역사에는 남지 않았지. 우리가 세심하게 조정했으니까. 하지만 전설에 남는 것까지는 통제할 수 없더군."

"전설에 남았다?"

제인은 슬그머니 말을 돌렸다.

"그런데 너 아무리 그래도 창피하지 않냐?"

"뭐가?"

"넌 홀랑 벗고 있고, 저건 아랫도리를 내놓고 있잖아. 배에 초콜릿 복근도 없는 것들이 그러고 있으면 좋아?"

좋지야 않지. 하지만 그따위 말에 넘어갈 내가 아니다. 아무리 MIB의 요원이라고 해도 남성 뱀파이어가 뿜는 성적 매력에 슬슬 끌리기 시작한 모양이다. 나는 매력적인 미소를 뿜어냈다.

"갑자기 왜 썩소를 날리고 그래? 너희 추잡한 꼴 때문에 남자에 대한 환상이 무너지니까 뭐 좀 걸쳐라."

"먼저 십자가 문제부터 답변하시지그래. 그럼 바지는 입어 주지."

제인은 한숨을 푹 내쉬었다.

"그래그래, 오래 사는 놈들이면서도 조급증은 하늘을 찌르는군. 특이한 존재들이 넘쳐흐르던 시대에는 그 반대를 상정하기도 쉬웠어. 무슨 말인지 알겠니?"

모르겠다.

"하긴 니네 머리로 그런 걸 이해한다는 것 자체가 무리지. 믿을 수 없는 위력의 괴물이 넘쳐흐르니, 어딘가에는 선량한 인간을 보호하는 초월적 존재가 있어야 한다고 믿기가 쉽잖아."

이제야 제인이 무슨 말을 하는지 알 수 있었다.

"신?"

"그래. 너희 같은 악령의 존재는 사실 신이 존재한다는 반증으로 그럴듯했다 이거야."

"그럼 사기라는 말은 뭐야?"

제인이 피식 웃었다.

"신의 상징 앞에 뱀파이어가 굴복하면 그건 바로 신이 존재한다는 증거가 되는 거지. 알겠어?"

이번에는 알아들었다.

64

백인 놈은 마루 쪽으로 걸어가더니 벽의 한쪽을 잡아 뜯었다. 아니, 잡아 뜯는 것처럼 행동했다. 그러자 벽이 움직였다. 그건 교묘하게 만들어진 벽장이었다. 그 안에는 옷들이 하나 가득 걸려 있었다. 빌어먹을 놈! 저런 곳이 있으리란 생각을 했어야 하는데. 양놈이 바지 없다고 한 거짓말에 그냥 속아 넘어갔다니. 아 놔.

사람 사는 곳에 옷장이 있는 것은 당연한 일이다. 그건 거지들이 돈을 숨기는 장소를 가지고 있는 것과 다를 바가 없다.

어떤 바보가 돈을 남의 이름으로 넣어 두었다가 금융실명제가 되는 바람에 찾지 못했다는 이야기도 들은 적이 있다. 나는 은행 같은 건 절대로 믿지 않는다. 내 돈은 절대 못 찾을 곳에서 잘 지내고 있다. 양놈처럼 저런 장소를 만들지는 못했지만.

그런데 저놈, 지 바지만 챙겨 입네?

"야, 나도 바지 줘!"

양놈이 홱 돌아섰다. 그러더니 내게 성큼성큼 다가온다. 이런, 온몸이 마비된 상태인데 괜히 반말로 불렀나 보다.

놈은 내 앞에 오더니 얼굴을 바짝 들이댔다. 나도 모르게 침을 꼴깍 삼켰다. 이 호모가 드디어 발동이 걸린 건가? 여자가 보고 있는데 설마 뽀뽀라도 하는 건 아니겠지? 제발!

놈은 슬슬 고개를 왼쪽으로 움직였다가 다시 오른쪽으로 옮겼다. 한 번도 아니고 몇 번을 이리저리 얼굴을 옮기더니 드디어 입을 열었다.

"너, 내가 보이냐?"

식은땀이 삐질 흘렀다. 아, 나 원래 장님이었지. 하지만 이 마당에 거짓말을 할 수는 없었다. 이미 내 눈동자가 자기를 따라 움직이는 걸 똑똑히 보았을 테니까.

"그, 그러니까……."

"그러니까 뭐?"

에라, 모르겠다.

"하, 할렐루야! 눈이 보인다! 눈이!"

65

이 새끼! 가짜였다! 5백 년을 내가 공으로 산 줄 아냐? 눈먼 놈이 뱀파이어가 됐다고 눈이 보이는 일 따위는 없다고! 만군의 주 드라큘라의 이름으로 이 새끼를 저주한다! 아니, 내 우둔한 대가리를 저주해야겠다. 거기다가 뭐? 할렐루야? 아주 지랄 염병을 한다.

66

양놈은 굉장히 화가 난 모양이었다. 뭔가 알아들을 수 없는 소리를 내뱉으며 발을 구르고 허공에 주먹질을 해 댔다. 그 꼴을 보더니 제인이 빈정거리며 말했다.

"자빠져 있는 친구는 시각장애인이었던 모양이군그래."

파이팅 제인! 양놈이 홱 돌아보며 제인을 야렸다.

"뭐?"

"시각장애인이었던 모양이라고."

"갑자기 뭔 소리야?"

제인은 다시 한숨을 쉬었다.

"맹인, 봉사, 소경, 장님. 네놈이 아는 단어는 뭐야?"

"장님. 그러면 됐지, 웬 시비야?"

"정치적으로 공정한 표현이 '시각장애인' 이니까 그렇게 써야지."

양놈이 피식 웃더니 제인을 야렸다.

"그럼 심청이 아버지는 심 봉사가 아니라 '심 시각장애인' 이라고 부르나?"

저것들, 세상 다 아는 척하면서 가짜 장님이 있다는 건 모르는 거야?

"시각장애인이건 눈먼 새끼건 간에 저 새끼가 날 속였다고! 가짜였단 말이야!"

"가짜가 아닐 수도 있어."

제인이 코웃음을 쳤다.

"아까 말했잖아. 너희들은 무한한 재생 능력을 가지고 있다고. 뱀파이어가 된 이상 눈이 보이게 되는 것도 있을 수 있는 거야."

바보 계집애가 날 도와주는군. 아무렴 어때? 좋을 대로 생각하려무나.

67

티셔츠도 입었다. 아무래도 눈치를 봐서 제인을 떨치고 도망쳐야 할 것 같은데, 벌거벗고 달아날 수는 없으니까 미리 옷을 챙겨 입는 것이 좋을 것 같았다. 물론 장님 거지, 아니 이젠 장님이 아닌 거지에게는 옷을 주지 않았다. 제인이 알아서 저놈을 처리해 주겠지. 덕분에 내 힘은 덜 들겠다. 그동안 그놈을 죽이려고 그렇게 애를 썼지만 실패했는데, 다행히 제인이 나타나 한 손으로 놈을 제압하는 걸 보니, 이젠 안심해도 될 것 같다.

"쟤도 입혀."

제인이 턱짓으로 거지를 가리켰다.

"미쳤어? 입히고 싶으면 니가 입혀."

"내가 왜?"

"코리아에서는 목마른 자가 우물을 판다잖아."

제인이 한 걸음 앞으로 나왔다.

"맞고 입힐래, 그냥 입힐래? 선택해."

웃음이 나왔다.

"뱀파이어에 대해서 잘 안다면서? 우리는 맞아도 안 아파."

"그렇지. 보통 사람한테 맞아서는 안 아프지."

제인은 다시 한 걸음을 내딛었다. 아니, 한 걸음을 내딛은 것처럼 보였다. 분명히.

"자, 잠깐!"

어찌 된 영문인지 알 수 없는데, 다음 순간 정말 죽도록 얻어터지고 있었다. 제인의 손이 보이지가 않았다. 그냥 아프다는 생각밖에는.

"그, 그만!"

제인이 뒤로 물러서는가 싶더니, 어느 틈에 처음 자리로 돌아가 있었다.

"아파, 안 아파?"

"아파! 졸……(아 놔, 매너) 엄청 아파!"

이럴 수가 있나. 왜 아프지?

"아프지? 봐, 내가 너희보다 너희를 더 잘 안다니까."

제인은 고소해 죽겠다는 표정이다.

"너희는 회복 속도가 굉장히 빨라서 웬만한 충격에는 아프지 않아. 하지만 회복 속도 이상의 타격을 주면 그때는 안 아플 수 없지. 알겠어?"

그건 나도 아는 사실이지. 문제는 그게 아니라 어떻게 네년이 그렇게 때릴 수 있느냐는 거다. 알겠다, 알겠어. 저거 괴물이구나. 대체 어떻게 저렇게 빠르지? 하긴 한가락 하던 거지 놈도 한 방에 갔구나. 무공의 고수가 왜 이렇게 널려 있는 거지?

"뭐 해, 빨랑 안 입히고?"

"시, 싫어."

"싫어? 덜 맞았다 이거야?"

"그, 그게 아니고……. 조, 좋아. 그럼 한 가지 더 답변해 주라. 그럼 내가 입히지."

제인이 또 코웃음을 쳤다.

"뭔데?"

잠시 망설였다. 이걸 물어보는 건 정말 창피한 일이었다. 저들이 나에 대해서 나보다 더 알고 있다는 것을 인정하는 질문인 셈이었으니까.

"말 안 해?"

제인은 주먹을 폈다가 다시 쥐었다. 우두둑 소리가 울려 퍼졌다. 괴물 같으니라고.

"한다, 해."

심호흡을 하고 질문을 빠르게 내뱉었다.

"뱀파이어에게 물린 사람의 반응은 세 가지로 나누어진다."

"죽거나 뱀파이어가 되거나 좀비가 되지."

"아, 좀! 나도 말 좀 하자!"

제인이 웃으며 손사래를 쳤다.

"오, 오. 그래. 말해라."

"왜 그런 일이 벌어지는 거냐?"

"뱀파이어에게 물리면 왜 세 가지로 그 반응이 달라지는지 모른단 말이지?"

그래, 모른다.

"너희가 불완전한 존재라서 그래."

"그게 무슨 소리야?"

"모든 생물은 그 피가 생명과 일체라. 그러므로 내가 이스라엘 자손에게 이르기를 너희는 어느 육체의 피든지 먹지 말라 하였나니 모든 육체의 생명은 그 피인즉 무릇 피를 먹는 자는 끊쳐지리라."

"레위기 17장 14절."

"오, 이건 뜻밖인데. 성경을 외우고 있을 줄은 몰랐어."

쳇, 나도 뜻밖이긴 했다.

"난 중세 유럽 출신이야. 몸에 밴 습관이 쉽게 지워지지 않는군. 뱀파이어가 되기 전, 하찮은 인간 신세였을 때는 나도 매주 성당에 나가던 몸이었으니까. 공부도 꽤 열심히 했고. 그래, 그 성경 구절이 뭐 어쨌다는 건데?"

"릴리트라고 알아? 전설에 따르면 아담의 첫 번째 아내 이름이야."

"아담한테 이브 말고 아내가 있었어?"

"그래서 남자 갈비뼈가 좌우 대칭인 거야. 릴리트 만들 때 하나 빼서 쓰고, 이브 만들 때 또 하나 빼서 썼거든."

"그거 지금 웃으라고 한 말이냐? 안 웃긴다."

제인은 신경 쓰지 않고 계속 말했다.

"릴리트는 아담이 성적으로 시원찮은 것에 실망해서 악마에게 가버리지. 그리고 사람의 피를 빨아먹는 괴물이 되었다고 해."

"뭐야? 그게 내 조상이라도 된다는 거냐?"

제인이 씩 웃었다.

"맞아. 그 괴물들은 라미아, 엠푸사 같은 이름으로 불렸지. 변신하는 능력과 피를 빨아먹는 능력을 가지고 있었어."

갑자기 무슨 생각을 했는지 제인이 눈살을 찌푸렸다.

"그리고 다 여자들이었지."

"그게 뭐?"

"뱀파이어에 뭔 놈의 성별이 있어? 전설은 못된 건 다 여자 탓으로 돌린다니깐! 남자들은 피해자로만 등장하지. 이게 말이 되냐, 말이 돼?"

이걸 맞장구를 쳐 줘야 하나? 다행히 거지 놈이 먼저 아부를 떨었다.

"말도 안 되죠. 남자란 건 다 여자 몸에서 태어나는데, 주제를 모르고 설치죠. 맞아 죽어도 싼 족속입니다요!"

제인이 코웃음을 쳤다.

"주제 파악이 좀 되는 애도 있군. 넌 좀 사정을 봐주마."

"고맙습니다! 고맙습니다!"

거지를 째려보아 주었다. 자존심도 없는 새끼.

"당시만 해도 뱀파이어는 완전한 생명체에 가까웠단다. 낮에도 돌아다닐 수 있었지. 밤에 다니는 걸 더 좋아하긴 했지만 그건 방해를 받지 않고 식사하려고 했기 때문에 붙은 습성일 뿐이었어."

"그래서?"

"인간은 이런 무서운 괴물에게 감히 대항할 생각을 못 하고 이들을 신으로 섬겼지. 시시때때로 공양을 바치면서 말이야."

"그 시절엔 좀 편했겠군."

"그래. 처음엔 뱀파이어들이 인간만 먹는 줄 알고 늘 사람을 바쳤지. 하지만 곧 꼭 그럴 필요는 없다는 걸 알았지."

"꼭 그럴 필요는 없다?"

제인이 고개를 끄덕였다.

"너희가 인간을 잡아먹는 이유는 그저 그게 제일 편하기 때문이야. 짐승을 잡는 건 생각보다 어렵거든. 그다지 많지도 않고."

맞는 말이다. 인간은 어디나 득시글댄다. 그리고 말을 알아듣는다. 세상에 제일 잡기가 쉬운 게 인간이다.

"그게 어디 너희만 그렇겠니? 늙어서 짐승을 사냥하지 못하게 되는 사자나 호랑이는 사람을 잡아먹는 놈으로 변하지. 그것들은 살인 후에 인간들 사이로 사라질 수도 없는데도 그렇게 하지. 너희는 외형이 같으니 훨씬 편하지."

"흥, 그래서 어쨌다는 거냐?"

"그래서 너희는 점점 약해지기 시작한 거야. 사냥이 쉬워지는 만큼 전투력은 떨어지게 마련이거든. 그게 바로 진화의 법칙이지."

그, 그런가.

"하긴 죽어라고 인간만 바친 멍청이 집단이 없었던 건 아니야. 대표적으로는 카르타고 같은 곳이 그랬지."

"카르타고? 로마와 싸웠던 나라?"

"그래. 그 바보들이 자기 아기를 몰록에게 바친 이유를 역사학자들은 아직도 모르고 있지. 그 꼭대기에 뱀파이어 몰록이 있었다는 걸 어떻게 알겠어? 왜 로마가 그처럼 무자비하게 카르타고를 파괴했는지도 역사학자들은 모르지."

"뱀파이어 때문이라는 건가?"

제인은 고개를 끄덕였다. 그래, 여자는 남자 탓을 하고 남자는 여자 탓을 하지. 그리고 인간은 뱀파이어 탓을 하는 거야.

"초기 뱀파이어들은 신 흉내를 냈지. 하긴 그때는 신들 과잉 상태였어. 산 하나에만도 신이 몇 마리씩 살고 있었지."

비웃음을 담아 말했다.

"마치 살아 본 것처럼 이야기하는구나."

제인도 한껏 비웃음을 담아서 말했다.

"우리에겐 기록이 있지."

"알렉산드리아 도서관도 불타서 없어졌지. 너희 기록이 정확하다는 보장이 어디 있겠어?"

제인은 신경 쓰지 않는 눈치였다.

"우리는 신들끼리 싸움을 살짝 부추겨 주었어. 그것만으로도 상당한 수의 괴물들이 알아서 자빠져 주었지. 뱀파이어 족속들만이 위험성을 알아차렸어. 그래서 너희들이 아직도 살아남은 거긴 하지."

"그게 무슨 말이지?"

제인은 천천히 내 쪽으로 움직이기 시작했다. 나는 제인이 움직이는 만큼 그 반대쪽으로 몸을 돌렸고 잠시 후에 그녀와 나는 정반대 위치에 서 있게 되었다. 제인은 마루에 걸터앉았다.

"뱀파이어들은 자신의 신성을 조금 양보하기로 했지. 대신 자신의 능력을 전이할 수 있게 되었어. 그것이 전멸하는 것보다는 낫다고 판단한 거야."

여전히 믿기 어려운 이야기였다.

"뱀파이어는 낮을 잃어버렸어. 하지만 그렇다고 뱀파이어들을 무한정 늘려 나갈 수도 없었지. 그랬다가는 뱀파이어가 인간보다 많아질 수도 있으니까."

그렇다. 다른 뱀파이어는 없는 게 낫다. 나 하나면 족하단 말이다.

"그래서 뱀파이어들은 사람을 물면 그 몸 안에 독소도 조금씩 흘려 넣기 시작했어. 독에 면역이 없으면 바로 죽어 버리지. 독에 면역이 부족하면 좀비가 되어 버려. 독에 면역이 있다면 새로운 뱀파이어가 된다. 이제 알겠니?"

그럴듯했다. 최소한 내게 설득력이 있는 이야기였다.

"알긴 알았지만……."

제인은 또 내 말을 잘랐다.

"그럼 빨리 바지 입혀. 갈 길이 멀다고."

갈 길? 어디를 간단 말이지?

68

어디를 데려간다고 하면서 바지를 입히라고 하는 건 알아들을 수 있었다. 저 양놈 양년이 한국어로 떠들고 있기는 했지만 다른 말은 도통 무슨 말인지 알 수가 없었다.

벽 속에 벽장이 있는 줄 진작 알았으면 옷 챙겨 입고 벌써 도망쳤을 것이다. 그 생각을 하니 가슴속에서 울화가 치밀어 오르는 것만 같았다.

"내 몸에 손대면 죽인다!"

하지만 양놈은 신경도 쓰지 않았다. 놈은 아무렇게나 바지를 대충 끌어올렸다. 다시 고함을 빽 질렀다.

"내 몸에 손대면 죽인다고 했지?"

양놈이 심드렁하게 대답한다.

"그러든지."

다시 가슴속에서 불길이 끓어올랐다. 으르렁대듯이 말했다.

"날 어쩌려고 그러는 거지?"

양놈이 바지를 엉덩이 위로 끌어올리면서 고개를 숙이더니 속삭이듯이 말했다.

"정신 차려. 나도 저년 꿍꿍이가 궁금하니까."

"뭐?"

"쉿! 정신 못 차리면 골로 가는 수 있다."

녀석은 내게 입을 다물라고 하고 바로 계집에게 말을 걸었다.

"우릴 어디로 데려가려는 거지?"

"흥, 너희에게 그걸 들을 권리 따위는 없어."

걷잡을 수 없이 짜증이 났다. 가슴속에서 치밀어 오른 불덩어리 같은 것이 위아래로 움직이기 시작했다. 불덩어리는 점점 커져 가며 가슴속을 꽉 누르기 시작했다. 어째 숨쉬기도 불편해지고 있었다. 불덩어리가 목구멍을 넘어오려는 것을 뭔가가 방해하고 있는 것처럼 답답했다.

토라도 쏠리는 것처럼 답답했지만 몸을 움직일 수가 없으니 죽을 맛이었다. 누운 채로 토하면 토사물이 기도를 막아서 질식한다고 하지 않던가? 나는 몸을 뒤틀려고 용을 썼다. 하지만 소용없었다. 대체 저 미친년이 무슨 짓을 해 놓은 거지? 마치 특정 부분만 마취해 놓은 것처럼 힘이 전달되다가 장애 지점에 걸려 사라지는 것만 같았다. 그 사라진 아래 부분에서는 불덩이가 치받으면서 속을 울렁울렁하게 만들고 있고.

"권리가 없다? 그러는 너는 우리를 잡아갈 권리가 있나?"

우리, 우리 하지 마라. 너랑 나랑 왜 우리야? 넌 양놈이고 난 자랑

스런 한국인이라고.

"MIB는 권리가 있지."

"네놈들에게 뭔 놈의 권리가 있단 말이야?"

"그건 뱀파이어 로드, 그러니까 네놈이 알고 있기로는 드라큘라라고 불리는 뱀파이어와 맺었던 계약에 의해서 생겼지."

드라큘라? 안에 빨간 천 댄 검정 망토를 입고 다니는 송곳니 기다란 그 흡혈귀 이야기하고 있는 거지? 그 이름에 양놈은 꽤나 당황했던 모양인지 바라보지도 않은 채 바지 지퍼를 찍 올렸다.

"으악!"

내 거시기가 지퍼에 끼이고 말았다. 저 바보 자식! 이럴 줄 알았어. 난 너무 아파서 벌떡 몸을 일으키고 말았다. 아 놔, 피까지 내비치고 있었다.

"너……. 너……."

이제 와서 미안하다고 말해 봐야 소용없다! 난 녀석을 거칠게 밀어 버렸다. 양년도 놀란 눈으로 날 보고 있었다. 쪽팔려 죽겠네.

"너, 제압된 혈도를 풀다니……."

제인은 놀라서 눈을 동그랗게 뜨고는 내게 다가왔다. 얼른 손으로 내 거시기를 가렸다.

"미쳤어? 저리 못 가?"

"피, 지금까지 벗고 있던 놈이 별걸 다 따지네."

그렇긴 하다.

"시꺼! 그건 그거고! 너, 여자가 맞긴 맞냐?"

"흐흠, 내 성별이 궁금해?"

제인은 갑자기 혀를 내밀어 입술을 훑었다. 이런 식상한 동작 같으니라고……. 식상한 동작, 식상한 동작이 분명한데 식상하지가 않다! 식상하지 않은 정도가 아니라 죽을 정도로 신선하다. 심장이 화끈 달아오른다. 아까까지 치솟던 불덩이와는 전혀 다른 느낌이다. 그러고 보니 토할 것 같던 기분은 언제 사라진 것인지 온데간데없다. 아니, 지금 그런 건 중요하지 않다. 지금 중요한 건 제인의 저 빨간 입술, 그리고 분홍빛 혀. 촉촉한 혀. 촉촉한 혀 밑으로 지나가는 혈관. 혈관?

혈관을 생각하자 다시 숨이 가빠졌다. 하마터면 다시 제인에게 뛰어들 뻔했다. 오, 그랬다면 정말 역사에 남을 바보가 되었을 거다. 금방 그렇게 대책 없이 뛰어들었다가 한 손에 모가지가 잡혀서 패대기쳐진 개구리 꼴이 되었는데, 또 한 번 당할 뻔한 것이다.

"해혈법을 알고 있나? 말 좀 해 보시지?"

제인은 알 수 없는 소리를 하며 검은 양복을 벗어던졌다. 양복을 입고 있을 때는 몰랐는데 저거 제법 글래머다. 글래머. 툭 튀어나온 가슴. 젖가슴. 그리고 그 하얀 가슴 위로 지나가는 푸른 핏줄. 핏줄?

필사적으로 다른 생각을 하려고 노력했다. 왜 혈관 속에 흐르는 피는 빨간색인데 살 밑으로 보이는 색은 파란색일까? 어려서 배웠던 생물 책에는 정맥은 빨간색으로, 동맥은 파란색으로 표시해 놓았다. 그래서 살갗 아래 보이는 혈관은 모두 동맥이라고 생각했다.

"제법 오래 버티는데?"

제인은 끈적거리는 목소리로 말하며 넥타이를 느슨하게 잡아당기더니 와이셔츠 단추까지 하나씩 풀기 시작했다.

"뭐, 뭐 하는 거야?"

제인은 문자 그대로 요염하게 웃더니 와이셔츠를 와락 젖혔다. 핑크색 브래지어 사이로 부풀어 오른 젖무덤이 그대로 보였다. 20대 시절 영등포 홍등가에서 혜자의 가슴을 본 이래 이런 광경은 처음이었다.

그런데 브래지어 안쪽은 궁금하지 않았다. 나를 미치게 잡아당기는 것은 그 젖가슴 위로 지나가고 있는 혈관이었다. 순간적으로 그 혈관이 쇄골을 지나 목을 타고 올라가 귀 뒤편을 통과해서 뇌까지 도달하는 전체 모습이 보이는 것만 같았다. 혈관을 타고 올라가는 피가 꿀떡거리는 소리까지 들리는 것만 같았다. 그 혈향도 향긋하게 내게 전해져 왔다.

마시고 싶었다. 미치도록.

들어갈 수만 있다면 그녀의 심장 속으로 들어가 심장이 두근거릴 때마다 쏟아지는 그 핏물을 단 한 방울도 남기지 않고 마셔 버리고 싶었다. 혀가 바짝 마르고 머릿속이 텅 비어 버렸다.

"얌마, 정신 차려!"

그 순간 양놈이 내 뒤통수를 때리는 바람에 역사에 남을 바보가 될 두 번째 기회를 놓칠 수 있었다.

"잘 들어."

양놈은 한껏 목소리를 깔고 빠르게 말했다.

"저계집은우릴죽이려고온거야우리가힘을합하면절대지지않으니까내가시키는대로만하라고."

"뭐?"

하도 말을 빨리 해서 무슨 말인지 알아들을 수가 없었다.

"말했잖아."

"너무 빨라서 뭔 말인지 모르겠어. 좀 천천히 해 봐."

제인이 가슴을 흔들면서 말했다.

"헤이, 지금 너희들끼리 이야기할 때가 아니잖아? 아니면…… 너희 진짜 동성애자냐?"

즉각 양놈을 밀어 버렸다. 녀석은 과장스럽게 몇 바퀴를 굴러가고서야 머리를 흔들며 일어났다. 뭐 하자는 수작인지…….

"너 뭐냐?"

일어서자마자 나한테 하는 말이다.

"또 무슨 개소리야?"

"너 산삼 뿌리라도 삶아 먹었냐? 무슨 힘이 이렇게 좋아?"

힘이 좋다고? 늘 비실비실하게 살아온 나한테 저건 또 무슨 소리람?

"이제 그만."

제인이 와이셔츠 단추를 잠그며 말했다.

"이제 가야 할 시간이다. 그만 놀자."

아, 제인의 말에 약간 감이 왔다. 그러니까 저 양놈은 내가 천하장사라도 되는 것처럼 허세를 부려 보고 싶었던 모양이다. 하긴 저년이야말로 힘이 보통이 아니다. 내가 좀 비실비실하긴 해도 한 손에 내 목을 잡아서 날 제압하고 한 방 질러서 날 꼼짝도 못 하게 만들어 버리기도 했으니까.

무슨 원한이 있어서 양놈을 찾아온 건지는 몰라도(하기야 계집이 사내를 찾아온다면 그거야 뻔한 일이겠지) 날 이용해서 이 위기를 벗어날 생각인 모양이다. 동정이 가지 않는 건 아니었다. 남자라면 그럴 수도 있지. 그러니 고추 끝을 잘 놀려야…….

황급히 내 아랫도리를 바라보았다. 왜 안 아픈지는 잘 모르겠지만, 통증이 사라지는 바람에 내 물건은 여전히 지퍼에 낀 채로 덜렁대고 있었다. 아, 이런 개망신이 있나.

지퍼를 내리고 얼른 물건을 집어넣었다. 제인은 눈 하나 깜짝하지 않고 그걸 다 쳐다보았다. 서양 계집들은 다 저렇게 뻔뻔한 건가?

"자자, 이제 옷들도 다 입었으니까 그만 가자고. 이 누나는 너희가 얌전히 쫓아오기를 바라지만 너희가 그럴 리는 없겠지?"

제인은 언제 들고 왔는지 알 수 없는 가방 하나를 척 들어 올리더니, 그 안에서 은색으로 은은히 빛나는 밧줄을 꺼냈다.

"그러니 좀 묶여 주어야겠다."

그럴 수야 없지!

"잠깐만!"

제인이 돌아보았다.

"물론 처자의 억울한 심정을 내 이해 못 하는 건 아니지만 그래도 이렇게 경우 없이 나오면 곤란하지."

"뭐?"

"남녀 간의 일이라는 게 다 서로 좋아서 생긴 일이지, 어디 일방적으로 한쪽에만 잘못이 있다고 할 수가 있나?"

"뭐?"

"저놈이 딱 생긴 걸 봐도 족제비 사촌처럼 생겨서 사기꾼처럼 보이는 건 사실이지만 그렇다고 이렇게까지 하는 건……."

"미친 거냐?"

미친 거냐? 그 소리에 꼭지가 돌아 버릴 뻔했다. 하지만 나는 그 위기를 잘 참아 냈다. 옛말에 흥정은 붙이고 싸움은 말리라고 했잖은가. 자칫 중간에서 나까지 덤터기를 쓸 수도 있지만 내게 닥친 위험을 모른 척 눈 감지 않으리라 다짐했다. 불끈!

생각해 보면 늘 위험에서 도망친답시고 더 나쁜 길로 들어서곤 했다. 몽둥이찜질을 당하더라도 버텼어야 하는데 굴복해서 프락치가 되었고, 빚을 못 이겨 남의 등을 쳐 먹는 사기꾼이 되었고, 굶주림을 못 버티고 결국 거지가 되고 말았다. 점점 더 나빠지기만 한 것이 바로 내 인생이다. 즐거웠던 적이 아주 없었던 것은 아니다. 아주 작은 핑크빛이었지만 내게 빛이 비칠 때도 있었다. 그것은 즐거웠던 기억만큼 더 괴로웠다.

"노선이 양에 차지 않는 모양이죠?"

현애는 처음 그렇게 내게 말을 걸었다. 데모를 하는 여학생 중에 이렇게 예쁜 여학생이 있을 줄은 꿈에도 몰랐다. 그리고 그런 여학생이 내게 말을 걸 줄도.

"마르크스레닌주의에 입각한 원천 혁명을 기획한다는 건 제 생각에도 문제가 있어요. 현 남한 체제를 처음부터 다시 시작해야 한다는 제헌의회론은 너무 과격한 발상 같지 않아요?"

"네, 네. 그, 그렇죠."

뭔 말인지 알아듣지도 못하면서 무조건 그녀의 의견에 동의했다. 하긴 주제도 모르고 마치 내가 대학생인 것처럼 착각을 하고 있었다.

시위 때마다 나타나고, 집회 때 비록 발언은 하지 않지만 한마디도 빼놓지 않고 귀를 기울이며, 유인물도 알뜰하게 챙겨 가는 내 모습에서 현애는 과묵한 청년 학도의 모습을 발견했다고 말했다. 내가 발견해 달라고 한 건 절대 아니다. 그게 내 임무였으니까. 열심히 들은 것뿐이다. 돌아가서 문건 정리해서 보고해야 했단 말이다. 물론 태반은 못 알아듣는 말이어서 내 보고서는 도통 무슨 말인지 알 수 없는 내용으로 뒤범벅이 되어 있긴 했다.

그렇게 해서 우리는 사귀게 되었다. 그녀는 자주민주화투쟁위원회의 간부급에 있는 학내 거물이었고, 덕분에 경찰들이 원하는 정보에 좀 더 빨리 접근할 수 있었다. 나는 그냥 빨대와 같은 사람이었다. 경찰이 나를 대학에 꽂았고 나는 꽂혔을 뿐이다. 경찰이 그 빨대를 통해 뭔가를 빨아들였고 나는 그것들이 내 몸을 지나 대학에서 경찰로 가는 것을 지켜보았을 뿐이다.

그것이 다 지나가고 났을 때 나는 그녀를 떠났다. 데모대가 파출소를 습격했고, 부서진 파출소의 캐비닛 안에서 나에 대한 자료가 나왔다는 말을 들었다. 경찰은 그날 이후 나를 찾지 않았고 위원회는 나를 찾을 수 없었다. 그리고 그녀는 분명 나를 원망했을 것이다. 그 원망을 몸으로 받을 자신이 없었다.

그 후, 그녀를 한 번도 보지 못했다. 지금쯤은 아이들 두셋은 낳은 아줌마가 되어 있겠지. 어느 놈팽이가 꿰찼을지는 모르겠지만 복 받은 거다. 그녀의 탱글탱글한 엉덩이가 지금도 눈앞에 어른거린다. 어쩌면 내가 그 엉덩이의 주인이 되었을지도 모르지. 하지만 당시에 나를 변호해 준 사람이 하나도 없었다.

나는 단지 빨대에 불과했다는 것을, 시대가 나를 그렇게 만들어 버렸다는 것을 변호해 준 사람은 하나도 없었다. 나는 안다. 평소 데모라고는 하지도 않았던 그 많은 대학생들을. 데모가 벌어지면 최루탄 냄새, 시끄러운 꽹과리 소리에 이를 갈면서 도서관에 앉아 영어 공부하던 그 많은 인간들을.

고3 학생 중 불과 30%만이 대학에 가던 시절, 그중 10%도 채 안 되는 대학생만이 데모를 했다. 하지만 망각의 깊은 수렁을 지나간 뒤에는 그 시절 대학을 다닌 사람들이라면 다 데모를 한 것처럼 이야기한다. 아니, 이제는 그 세대 전체를 싸잡아서 386이라는 이름으로 불러 대고 있다. 웃기는 소리 하지 말라고.

그럼 나는? 나도 그들과 같은 세대다. 나는 프락치였다. 나는 시대의 배반자, 빨대에 불과했다. 그런 나도 386이냐? 같은 시대를 살았다고 같은 사람들이 되는 줄 안다면 그건 내가 바보요, 라고 말하는 것과 다를 게 없다.

내 시대를 저주한다. 내게서 인성을 빼앗아 간 그 시대를 저주한다. 나를 죄인으로 만들어 버린 그 시대를 저주한다. 하지만 그렇다고 내가 할 수 있는 일이 뭐 있겠는가? 내가 어떻게 했어야 하나? 빨대로서 겪은 내 괴로움, 나 자신에 대한 그 치욕과 모멸감은 누가 보상해 주나? 차라리 386입네 하고 같잖은 명예라도 누릴 수 있는 놈들과는 비교도 안 되는 내 더러운 삶은 누가 보상해 주느냐고!

다시 건잡을 수 없는 분노에 몸을 떨었다. 몸 안에서 잊어버리고 있던 불덩이가 다시 끓어오르기 시작했다. 이제는 아까와는 달랐다. 거치적거리는 것 없이 그 불덩이는 온몸으로 퍼져 나갔다. 가슴에서 시작해서 손가락 끝, 발가락 끝까지 거침없이 뻗어 나갔다. 불길이 몸을 구워 버리는 것만 같았다. 그리고 믿을 수 없을 만큼 기운이 솟아오르기 시작했다. 손가락으로 돌 조각도 부서뜨릴 수 있을 것 같은 생각이 들었다.

물론 돌조각을 들어 올리거나 하진 않았다. 나, 그렇게 바보는 아니다. 불덩이가 온몸을 훑고 지나가자 기분 또한 그렇게 상쾌할 수가 없었다. 분노가 불덩이와 함께 몸을 빠져나간 모양이었다. 이제는 세상 모든 일을 용서할 수 있을 것 같은 기분이었다. 그래서 제인에게 말해 주었다.

"아가, 오빠가 말할 때 잘 들어라. 남녀 간의 애정이라는 게 그때는 죽고 못 살 것 같지만 다 시간이 지나면 뭔 일인가 싶어지게 마련이다."

자신감이 넘치자 말투도 바뀌었다. 나는 멋진 중저음을 내며 계속 말했다.

"그리고 솔직히 까놓고 말해서 너희 문제는 사실 너희가 해결해야지, 이 오빠를 왜 거기에 끼워 넣는 거냐? 오빠는 이만 가 볼 테니 싸우지들 말고 말로 해라, 말로."

이런 감동적인 대사가 안 먹힐 리야 없겠지. 흡족한 미소를 지으며 뒤돌아섰다. 그리고 멋진 포즈로 오른손을 들어 흔들었다. 작별 인사다. 그리고 이제 감격한 제인이 울먹이는 소리로 말하겠지.

"아주 죽으려고 용을 쓰는구나."

뭐?

다음 순간 뒷목이 뻣뻣해졌다. 제인이 내 뒷목을 잡아 버린 것이다.

"하여간 이것들은 말로 하면 도통 알아먹지를 못해요. 왜 이렇게 수고를 끼치냐고? 이게 다 민폐라는 거 몰라? 얌전히 가자, 그러면 네, 알겠습니다. 이러면 얼마나 좋아? 꼭 힘을 쓰고 밟아 버리고 그래야 그때서야 존경심을 가지게 된다니까."

제인은 내 옆구리를 쿡쿡 쥐어박았다.

"어디 이번에도 혈도를 푸는지 한번 보자. 어디 풀어 봐라."

다시 땅바닥에 패대기쳐지고 말았다. 아, 씨바! 뒤돌아서지 말걸. 폼 잡다가 다 버렸네.

"기오르기. 너도 기어오를 작정이냐?"

가만, 또 말도 안 나온다. 이거 처음하고 똑같네? 누가 리와인드 버튼이라도 누른 거냐?

"제인, 넌 5백 년 살아온 뱀파이어를 너무 얕보고 있어. 어제 만들어진 놈하고 비교하지 마라."

그래, 배짱 좋다. 빨리 저년 좀 때려눕히고 나 좀 구해 주라.

"훗, 큰소리치는 거 봐라. 그래 봐야 흰소리 늘어놓다가 박쥐로 변해서 날아갈 생각이겠지?"

기오르기는 꿀 먹은 벙어리가 되어 버렸다. 하긴 나라도 저런 황당한 말에는 꿀 먹은 벙어리가 될 수밖에 없겠다. 힘내라, 기오르기! 계집을 때려눕히라고!

그리고 잠시 후 기오르기도 내 옆에 와 얌전히 누워 있는 자세가 되었다. 가자미눈을 하고 바보 녀석을 바라보았는데, 이 바보 녀석도 가자미눈으로 날 보고 있었다. 둘이 눈으로 한 이야기는 뻔한 것이었다.

"이 바보야!"

제인이 우리 위에 있었다.

"꼭 힘을 써야 말을 듣는다니깐."

제인은 밧줄을 꺼내 우리를 이리저리 굴려 가며 묶었다. 말이 안 나오니 어차피 움직이지도 못하는 우리를 왜 묶느냐고 따질 수도 없었다.

"자, 이제 혈도는 풀어 주마."

그러더니 공연히 또 몇 번 옆구리를 찌르듯이 때렸다.

"아파! 그만 때려!"

어라? 이제 말이 나오네? 말만 나오는 게 아니라 몸도 움직일 수 있었다. 벌떡 일어났다. 하지만 양팔이 단단히 묶여 있어서 그저 일어날 수만 있었을 뿐이었다. 기오르기도 덩달아 일어났다.

"헛된 수고는 하지 마. 그 밧줄은 너희 변신을 억제하는 안티트란슬라티오라는 물질로 만들어진 거니까."

기오르기가 으르렁댔다.

"어림도 없는 수작!"

하지만 그놈이 늑대로 변한다거나 하는 일은 일어나지 않았다. 이 밧줄은 마약 치료 효과를 가지고 있는 건지도 모르겠다. 그렇다면 저 여자는 이놈의 옛날 애인이 아니라 경찰이었던 건가? 국제경찰? 마약반 형사?

그렇다면 말이 된다. 그러니까 기오르기는 국제마약밀수조직의 일원이고, 나는 졸지에 그 똘마니 내지는 한국 조직책쯤으로 분류된 모양이다. 그래서 저 여자가 이런 무술도 하고 그러는 거구나. 모든 것이 이해가 되어서 고개를 끄덕였다.

"훗, 이제 너도 뭣 좀 알게 된 모양이구나."

지금 기회를 놓치면 안 된다. 나는 빠르게 말했다.

"저는한국마약조직책이아니고요.그냥기오르기저놈한테납치당해서끌려온것뿐이에요.제발살려주세요.저놈이내게강제로약도먹였어요.저도피해자라고요."

"뭐?"

제인이 미간을 찌푸렸다.

"너무 빨라서 뭔 말인지 모르겠어. 좀 천천히 해 봐."

"저는 한국 마약 조직책이 아니고요. 그냥 기오르기 저놈한테 납치당해서 끌려온 것뿐이에요. 제발 살려 주세요. 저놈이 내게 강제로 약도 먹였어요. 저도 피해자라고요."

제인이 갑자기 배를 잡고 웃었다.

"뭐? 뭐라고? 이거 미친 거 아냐? 미친 뱀파이어? 아하, 아하하, 아이고, 배야."

저년이 왜 웃는 거지? 왜?

"야야, 너 말이야, 다시 한 번 말해 봐. 뭐라고? 마약이 뭐?"

그 순간 내 안에서 뭔가가 뚝 하고 끊어졌다.

"이 줄 풀란 말이야, 씨발 년아!"

그리고 내 좌우명을 또 어겼다는 걸 깨달았다. 정신을 차렸을 땐 오뉴월 개 맞듯이 맞고 있었다. 그렇게 때려 봐야 내 육질이 좋아질 리는 없다고요!

제인은 아까 내가 기오르기를 때릴 때 썼던 몽둥이로 날 패고 있었다.

"내가 맘만 먹으면 너희는 바로 죽음이야. 너희의 그 저주받은 몸뚱이가 쓸모 있는 곳도 있다는 사실에 감사하도록 하라고."

제인은 또 가방에서 뭔가를 꺼내 들었다.

69

제인이 그걸 꺼내 들기를 기다리고 있었다. 광선 펜. MIB 요원이 뱀파이어를 제압하기 위해 가지고 다니는 그것. 광선 만년필. 주머니에서 나올 줄 알았더니 그걸 가방에 넣고 있었군. 녀석이 만년필로 나를 제압하려 들 줄은 뻔히 알고 있었다.

"죽이지는 않을 테니 너무 걱정하지 마라."

제인이 만년필을 들어 올렸다. 그 순간 몸을 움츠려 밧줄에서 벗어났다. 밧줄에 묶일 때는 최대한 어깨와 팔에 힘을 주어 몸을 부풀린 다음 묶여야 한다. 진작 밧줄을 풀 수 있었지만 지금까지 기다리고 있었다. 아까 옷을 꺼내며 함께 꺼내서 숨겨 두었던 선글라스를 얼른 썼다. 거지새끼가 끼고 있던 싸구려 선글라스와는 비교도 안 되는 명품 선글라스다. 흠, 폼 좀 나겠다. 이것이야말로 완벽한 작전 아니겠는가. 저절로 웃음이 터져 나왔다.

그때 제인이 피식 웃으며 말했다.

"너, 뭐 하냐?"

"나도 선글라스 썼다. 이제 까불지 마라."

"그래서 뭐 어쩌라고?"

저게 뭘 믿고 저렇게 큰소리지?

"선글라스 끼면 네 광선총이 무효가 되잖아. 그러니까 그건 소용이 없다고!"

제인이 깔깔 웃었다.

"누가 그래?"

"누가 그런 건 아니지만……."

"그래. 그럼 실례."

번쩍! 만년필의 불빛이 번쩍였다. 하지만 이번에는 정말 제인이 내게 속았다. 재빨리 옷깃을 올려 목덜미를 보호하며 지하실로 뛰어들었다. 노출된 손가락과 미처 가리지 못한 뒤통수에 격렬한 통증이 느껴졌다. 아프긴 해도 죽는 것보다야 낫지.

이제 그 빌어먹을 거지는 처치되었겠다.

"크아, 크아!"

여긴 또 다른 골칫거리가 하나 있긴 하다. 이빨, 손톱 다 빠진 썩어 문드러진 좀비. 이젠 시취 말고는 무서울 것도 없는 놈이다. 일단 박쥐로 변해 비상 통로로 숨어들었다. 지하실 문이 벌컥 열리는 소리가 나더니 제인이 뛰어들었다.

"이 새끼! 감히 날 속여?"

깜깜한 지하실로 들어왔으면 선글라스는 벗을 만도 할 텐데 제인은 선글라스를 벗지 않았다. 눈에 엑스레이라도 붙였나? 뱀파이어도 아닌 주제에 이 어두운 곳에서 선글라스까지 끼고 뭘 보겠다는 거지?

그때 좀비가 제인에게 달려들었다.

"크아, 크아!"

좀비는 평소 보기 드물 정도로 재빠르게 제인을 덮쳐서 제인을 자빠뜨리는 데 성공했다.

"이건 뭐야? 읍!"

좀비는 제인을 따라 같이 자빠지고 말았다. 좀비가 겁탈을 할 리는 없으니 별문제는 없겠지. 뭐 좀비와 뽀뽀 좀 한다고 죽기야 하겠어? 장님 거지 녀석하고도 뽀뽀를 했지만 아무 문제가 없었지.

"좀비?"

제인이 놀라는 목소리. 아, 통쾌해. 키득키득 웃었다. 그러나 다음 순간 벌린 입을 다물 수 없게 되고 말았다.

제인이 좀비를 걷어찼는데, 좀비는 총알처럼 튕겨져 올라가 천장에 철퍽 소리를 내며 부딪쳤다가 다시 떨어졌다. 완전히 곤죽이 되어 버렸다. 척추가 끊어졌는지 일어나지도 못하고 있었다. 이제 저 질긴 좀비 놈도 끝장이겠다. 언젠가 새로 들어온 좀비에게 먹혀 버리겠지. 잘 가라, 좀비.

어라? 그런 인사를 할 필요도 없었다. 제인은 벌레처럼 꿈틀대는 좀비의 머리통을 그대로 밟아 버렸는데, 마치 수박 터뜨리듯 간단하게 좀비의 머리통을 부숴 버렸다.

제인은 고개를 들어 천천히 벽을 살피기 시작했다. 꼼짝할 생각을 못 하고 입을 벌린 채 그대로 굳어 버렸다. 저거 로봇 아닐까? 좀비가 비록 좀 썩었다 치더라도 60킬로그램은 족히 나갔을 것이다. 그런 놈을 걷어차서 3미터는 될 천장에 처박은 것이다. 사람이라면 할 수 없는 일이다. 뱀파이어인 나도 물론 할 수 없다.

좀비의 머리를 완전히 묵사발을 만든 제인이 내 쪽을 향해 손가락을 까닥까닥 움직였다.

"나와."

설마 내가 보인다고?

"빨리 안 나오면 박쥐 튀김으로 만든다."

들켰군. 저 계집은 확실히 동창 놈들을 연상시킨다. 재빨리 몸을 돌려야 했다. 그런데 굴은 좁고 날개는 거치적거리고……. 허둥대며 파닥파닥 몸을 돌리고 있을 때 제인은 굴 안으로 손을 집어넣어 내 뒷덜미를 낚아챘다.

"잔꾀 부려 봐야 아무 소용없다는 걸 이제 좀 알겠냐?"

"넌 대체 뭐냐?"

"MIB 요원 제인 스미스."

"진짜 정체가 뭐냐고!"

박쥐 목으로 사람 소리를 내는 건 쉽지 않다. 하지만 지금 변신하면 또 홀랑 벗게 된다. 차라리 찢어지는 목소리를 내는 게 낫지.

"됐고. 사람으로 안 돌아오면 날개 찢어 버린다."

사실은 여차하면 날아갈 생각이었다. 눈치챈 모양이다.

인간 형태로 변신한 뒤 얼른 옷을 챙겨 입었다. 이 지랄맞은 년은 눈 하나 깜짝하지 않고 내 엉덩짝을 노려보고 있었다.

"뭘 새삼스레 뒤돌아서긴. 하긴 땅콩만 한 거시기를 또 보여 주긴 싫겠지."

"아 씨, 땅콩 아니라니깐!"

"하긴 땅콩이건 아니건 뭔 상관이야. 흐물흐물 아무짝에도 못 쓰는걸."

"아, 진짜!"

제인이 또 비웃음을 담아 말했다.

"양심이 있으면 너도 생각을 좀 해 보렴. 지난 5백 년간 한번이라도 그게 선 적이 있어?"

없다.

"하지만 그건……."

"그럴 필요가 없다고 말하고 싶겠지?"

당연한 이야기다. 어떤 쾌감도 피를 마시는 것에 비교할 수가 없다. 그건 바닷물 앞에 한 컵의 물을 들이대는 것과 같다. 뱀파이어가 된 이래 한 번도 성욕을 느낀 적이 없다. 흡혈의 욕구는 모든 것을 압도한다.

"좀비는 왜 둔 거야? 침입자 대비용이었나?"

"침입자 대비용이라니? 뱀파이어를 뭐로 보는 거야?"

"그럼 좀비를 왜 둔 거야? 너희는 좀비를 살려 두지 않는 걸로 아는데?"

죽이기 무서워서 내버려 둔 거라고는 쪽팔려서 이야기할 수 없었다.

"뭐, 아무렴 어때. 어차피 너희가 하는 일에는 합리성이라고는 하나도 없는걸."

제인은 내 엉덩이를 툭 찼다.

"올라가."

"먼저 올라가라고?"

"또 구멍으로 도망치면 찾기 귀찮아."

흥! 올라가면 가만있을 줄 알고? 난 제인의 바보스러움에 감사드리며 재빨리 사다리를 타고 올라갔다. 거지와 좀비를 모두 해결해 준 바보 제인. 이제는 진짜 안녕이다. 튀려는 모션을 취했다.

퍽!

내가 왜 마룻바닥에 얼굴을 묻고 있는 거지? 뒤통수를 누르고 있는 건 또 뭐지?

"그새를 못 참고 또 튀려고 그랬어?"

제인이다. 어떻게 된 거지?

"분신술이라도 쓰고 있냐?"

"분신술? 네가 사다리로 올라오느라 어기적거리는 동안 뛰어올랐을 뿐이야."

3미터를? 이거 완전히 괴물이네.

"이렇게 능력 좋은 요원일 줄이야! 그런데 왜 이런 데서 썩고 있는 걸까?"

"시끄러!"

그런데 거지는 어디 있는 거지?

"그놈은 어쨌어?"

순간 제인의 발이 움찔하는 것을 느낄 수 있었다. 발이 치워졌다. 나는 일어나서 마당으로 내려섰다. 없다. 거지가 없다.

꽁꽁 묶여 있었는데. 이 녀석도 나처럼 결박을 푸는 속임수를 썼던 걸까? 그게 아니라는 것은 금방 알 수 있었다. 마당에 놈이 끊어 버린 그 이상한 밧줄이 널브러져 있었기 때문에.

"이 밧줄, 종이로 만든 거였어?"

밧줄을 걷어차며 투덜댔다.

"천만의 말씀. 이건 절대 못 끊어. 나도 힘들다고."

"그 이야긴 넌 끊을 수 있다는 거잖아."

"끊을 수도 있다는 거지. 실험은 안 해 봤어."

제인은 갑자기 자기 머리를 한 방 쳤다.

"좀비! 빌어먹을 좀비!"

제인은 내 멱살을 잡았다.

"좀비를 먹었나? 좀비를 먹었어?"

"무슨 미친 소리야? 그따위 걸 왜 먹어? 좀비한테는 피도 없어."

제인은 작게 한숨을 폭 쉬더니 말했다.

"좋아. 넌 안 먹은 거 알아."

그러더니 더 세게 내 멱살을 끌어당기더니 자기 코앞으로 나를 당겨서 으르렁댔다.

"그 아랫도리 벗고 있던 놈! 그 노랑이 놈은? 그놈은?"

"몰라."

"생각해 봐!"

"모른다니깐! 거지가 좀비랑 뽀뽀하는 건 봤다. 다른 건 몰라! 누가 좀비 같은 걸 먹는다고 그래?"

"뽀뽀를 해?"

제인은 이해가 안 되는 얼굴이었다. 나도 이해가 안 되는 일이었으니까. 그런데 이 계집, 겁도 없이 나한테 너무 바짝 붙은 거 아냐? 이런 기회를 놓칠 순 없지.

70

제인이 꺼내 든 만년필에서 빛이 번쩍였을 때 딱 죽는 줄 알았다. 햇살이 내게 비치던 그때의 그 죽을 것 같았던 그 고통의 열 배쯤 되는 고통이 내게 몰려왔다. 고통에 몸부림치며 혼자 결박을 풀고 달아난 기오르기를 저주했다. 그놈은 이런 일이 일어날 것을 알고 있었던 거다. 그런데 혼자 달아났다.

빌어먹을 놈! 이번에는 분노로 몸을 떨었다. 욕을 하자 분노는 더 커지기 시작했다.

고통과 분노를 느끼자 가슴에서 치받는 불덩이가 또 생겨났다. 치사한 놈, 혼자 도망친단 말이지. 난 이런 데 처박아 둔 채로. 그래 놓고는 뭐라고 했지? 우리가 힘을 합하면 지지 않는다고? 시키는 대로 하라고?

이번에도 또 속은 거다. 나는 늘 이용만 당하고 살았다. 먹고살아야 해서 나는 계속 계속 세상에 나를 내주었다. 속는 줄 알면서도 자꾸 속아 줄 수밖에 없었다. 그리고 점점 더 밑바닥으로 떨어져서 거지가 되었다. 세상에 속하지 않는 잉여 인간이 되고 말았다.

꼼짝도 못 하고 당하기만 하는 신세. 지금은 눈에 보이는 밧줄에 묶여 있지만 과거의 나는 보이지도 않는 거미줄에 묶여 있었다.

내가 선택한 게 뭐가 있지? 내 앞의 갈림길은 있는 척만 했을 뿐, 내 갈 길은 이미 정해져 있었다. 이 빌어먹을 대한민국이 그런 나라인 것이다. 힘없고 빽 없고 연줄 없는 놈은 죽을 수밖에 없는 그런 구조다. 그리고 이제는 한국 사람도 아닌 저런 양놈들에게까지 당하고 있는 신세가 되었다. 이렇게 꽁꽁 묶여서 꼼짝도 못 하고 있다. 분명 나를 토막 내서 피부, 눈깔, 간, 콩팥을 다 떼어 가겠지. 그리고 껍질만 남은 나는 어느 뒷골목에 변사체로 버려질 거야. 아니, 어느 야산에 묻힐지도 모르지. 그래, 그게 나 같은 얼치기에게 딱 어울리는 최후겠지. 난 그러려고 이 세상에 태어난 거야. 좋게 생각하자. 최소한 내 장기의 일부는 어떤 부자의 뱃속에 들어가 천년만년 살지 않겠어?

그게 뭐가 좋아! 나는 없는데 내 몸의 일부는 살아 있다고? 그래서 그게 좋다고? 미친 거 아냐? 고함을 질렀다. 무슨 소리가 아닌 그냥 분노의 괴성이었다. 가슴속의 불덩이가 빠져나가도록 고함을 질렀다. 소리는 점점 더 커졌다. 커지는 것 같았다. 정말 소리가 났는지도 모르겠다. 나는 미치는 중이었다.

나 스스로에 대한 혐오감. 나 자신에 대한 경멸감이 나를 죽이고 있는 중이었다. 나는 인생을 걸고 세상을 바꿔 보겠다고 노력하는 사람들을 잡아 넘겼다. 그것도 나를 쓰레기 취급하는 놈에게 갖다 바친 거다. 그래, 난 쓰레기다. 쓰레기 맞다.

"쓰레기!"

그 순간 날 묶고 있던 밧줄이 끊어져 나갔다. 내 혈관으로 히야시 잘된 콜라가 흐르는 것 같은 기분이 들었다. 온몸의 세포가 살아서 팔딱팔딱 뛰고 있었다. 근육 한 가닥 한 가닥마다 힘이 뭉쳐 있다는 생각이 들었다.

나는 뛰어올랐다. 비록 맨발이었지만 새 신을 신고 뛰어 보자 팔짝! 노래를 부르듯이 가볍게 뛰어 보았다. 다음 순간 담장에 서 있는 나를 볼 수 있었다.

이건 꿈일 거야. 아니면 내가 슈퍼맨이 된 거든지.

어렸을 때 본 무협지에는 수수를 심어 놓고 싹이 나올 때부터 매일 그 수수를 뛰어넘으면 자연스럽게 자기 키보다도 더 높이 뛸 수 있게 된다고 했다. 그 짓을 해 보기도 했다(안 되더라). 6백만 불의 사나이처럼 유리창을 깨면서 길거리로 뛰어내려 보고도 싶었다. 이건 해 보지 못했다. 어른이 되면 그런 일을 할 필요가 없다는 걸 자연히 알게 된다. 하지만 그래서 그런 일을 못 하게 되는 건 아닐까? 그래, 그런 걸 거다. 봐라, 나를. 단 한 번의 도약으로 내 키보다도 높은 담장 위로 뛰어올랐다.

"아하, 아하하, 아하하하하!"

갑자기 걷잡을 수 없이 웃음이 터져 나왔다. 이렇게 통쾌한 기분은 생전 처음이었다. 담장 위에서 몸을 똑바로 폈다. 폭이 15센티미터도 안 되는 담장 위였지만 널찍한 대로를 걷는 것처럼 편안하게 담장 위를 오갈 수 있었다. 그 위에서 뛰는 것도 가능했다. 깜깜한 한밤중이었지만 그 어둠을 뚫고 저 멀리까지 마치 망원경을 쓰고 있는 것처럼 또렷하게 볼 수 있었다. 귀에 주의를 기울이자 한참 떨어진 곳에 있을 듯한 도로에서 차들이 다니는 소리가 들렸다. 모든 신체 기능이 수십 배로 증폭된 것 같았다.

내게 주어진 수명의 일부를 능력으로 바꾼 것만 같았다. 하지만 무슨 상관이랴. 지금까지처럼 남에게 선택되어진 병신 같은 삶을 40년 더 산다는 게 무슨 의미가 있으랴! 차라리 불꽃처럼 1년을 살다 가면 그만이다.

힘! 내게는 힘이 생겼다. 이제 이 힘으로 무엇을 해야 할까?

미처 내가 그 행복한 고민을 하기 전에 내 귀가 쫑긋 움직였다. 지하실에서 기오르기가 기어 나오고 있었다. 얼른 담장 아래로 몸을 옮겼다. 기오르기는 원래 내 상대가 아니었지만 제인은 껄끄러웠다. 무슨 사특한 방법을 쓰는지 알 수 없지만 사람을 꼼짝하지 못하게 만드는 희한한 재주를 가지고 있으니까.

제인은 기오르기를 쥐 잡듯이 다루고 있었다. 좀비가 어쩌고저쩌고 하는데, 지하실에 내려갔다가 그 이빨 빠진 괴물을 만난 모양이다. 기오르기가 이번에도 잔꾀를 부린 모양이다. 통하지도 않는 잔꾀를 부리기는. 힘을 얻기 전의 나한테도 상대가 안 된 그런 수작을 제인에게 부려 봐야 아무 소용없다는 걸 모르다니. 아주 대가리가 차돌로 이루어진 모양이다.

이제 조용히 자빠져 있다가 날이 밝으면 달아나야겠다.

날이 밝으면?

날이 밝으면 그 고통이 또 찾아올지도 모른다. 방금 전에도 제인이 빛을 날리자 고통에 뒤집어지지 않았던가. 하긴 당연한 일일지도 모르겠다.

전신을 다 싸매면 낮에 다녀도 되지 않을까? 빛이 침투하지만 않으면 되잖아. 냉장고 안에 들어갔을 때처럼. 우주복 같은 걸 입으면 어떨까?

슈퍼 히어로 스페이스맨! 폼 나는데?

그런데 우주복은 어디 가서 구하지?

71

제인의 목덜미를 덥석 물었다. 아, 향긋한 살 냄새. 그리고 그 밑으로 요동치는 혈향이 내 몸을 녹진녹진하게 녹이기 시작했다. 온몸이 곧 벌어질 환희의 식사를 기대하는 짜릿한 기분이 정수리에서 발바닥까지 관통했다. 인간들의 섹스란 이 느낌의 만분의 일도 되지 않는다. 생명이 고스란히 옮겨 오는 그 기분을 어찌 인간들이 알 리가 있겠는가.

으잉? 그런데 뭔가 이상하다?

피가 나오지 않는다. 분명히 정확하게 목의 경동맥을 찔렀는데? 그때 알았다. 찌르기야 정확하게 찔렀다. 내 입술 위로 동맥이 요동치며 지나가고 있는 것이 느껴졌으니까. 그런데 단 한 번의 실수도 겪어 보지 않았던 나의 튼튼한, 5백 년을 아무 문제없이 써 온 이 튼튼한 송곳니가 보드랍고 보드라운 여인네의 피부를 뚫지 못하고 있는 것이다.

마치 씹어도 씹어도 끊기지 않는 잉글랜드 요리사의 심줄 요리를 먹고 있는 것 같았다. 송곳니는 제인의 살을 파고들어 갔지만 그녀의 피부를 뚫지는 못한 것이다. 우째 이런 일이?

"간지러우니까 그만해라."

간지럽다고? 어떤 비술을 쓰고 있는 건지 모르겠지만 뭔가 정신을 집중해서 내 송곳니를 방해하고 있는 거겠지. 그렇다면 정신을 분산시키는 게 최고의 방법이다. 얕은 신음 소리를 흘리며 제인의 젖가슴을 덥석 잡았다. 조금 무례하게 보이긴 하겠지만 정공법으로 나가자.

차밍 능력을 극한으로 끌어올렸다. 내 숨결만 느껴도 뿅 갈 정도로. 목덜미에 살짝 혀를 갖다 대었다. 이제 제인의 입에서는 자지러지는 교성이 나올 것이다. 제인의 와이셔츠 단추를 살짝 풀며 제인의 브래지어 안으로 손을 옮기려고 했다.

그 순간 예상한대로 제인의 입이 열렸다.

"더럽게 어따 침을 묻혀!"

헉! 이건 무슨 소리냐?

제인이 내 뒷덜미를 잡는가 싶더니 니킥이 작렬! 거푸 세 차례의 니킥이 내 배에 터지자 반쯤 까무러치고 말았다.

"니가 몇백 년 MIB를 못 만나 보더니 겁대가리를 상실했구나?"

제인은 발로 나를 툭툭 굴리며 말했다.

"어디에 좀비 또 묻어 뒀냐? 심장에 말뚝 박기 전에 곱게 불어라."

필사적으로 고개를 저었다. 말이 나오지 않았다.

"없다고?"

이번에는 필사적으로 고개를 끄덕였다. 나, 이러고 살아야 돼?

"일단 너라도 잡아가야겠다. 가자."

제인은 가방에서 다시 밧줄을 꺼냈다.

"이번에도 잔머리 굴리면 모가지만 가져간다."

컥컥거리며 한마디 던졌다. 찢어지는 목소리가 나왔다.

"나, 나만 잡아가서 무사할 수 있을까?"

제인의 손이 흠칫 떨렸다.

"뱀파이어가 하나 더 있는데 그걸 놔주고 왔다고 하면 정말 무사할 수 있을까?"

"놔주긴 누가 놔줘!"

걸려들었다.

"잡을 수 있는데 잡으려고 하지 않으면 놔준 것과 뭐가 다르지?"

"입 닥쳐."

"솔직히 말해 보지그래. 대체 뱀파이어를 잡아가려는 이유가 뭐야?"

"도망간 놈이 어디 갔는지 알고 있다는 거야?"

협상이 시작되었다.

"뱀파이어에 대해서는 모르는 게 없다면서?"

"그래서?"

"피의 기억을 알고 있겠지?"

제인이 고개를 끄덕였다.

"당연하지."

"내가 만든 뱀파이어야."

제인의 눈이 가늘어졌다.

"다 알고 있다 이거군."

"당근."

당근 거짓말이다. 피를 통해 기억을 빨아들일 수는 있지만 그것은 그렇게 하겠다고 마음먹어야 가능하다. 거지는 단지 일회용 식사에 불과했고, 그 피는 이미 내 몸속에서 모두 녹아 버렸다. 남은 건 아무것도 없다.

"피의 기억. 대단한 거지."

제인이 히죽 웃었다.

"너희들 덕분에 인간의 역사가 상당수 복구되기도 했다는 걸 알아?"

"인간의 역사를 복구해?"

"수백 년 전의 역사를 기억하고 있는 인간은 없어. 단지 기록에 의존할 뿐이지. 하지만 그 기록이 진실이라는 건 어떻게 알지? 기록은 내려오면서 왜곡되게 마련이야. 그 시대를 이해하지 못하기 때문에 자신이 살고 있는 시대를 가지고 과거를 견주어 보게 마련이지. 하지만 뱀파이어들은 그렇지 않아. 해내려고만 하면 과거를 정확하게 다시 기억해 낼 수 있지. 더구나 피의 창고를 가지고 있는 경우라면 말할 나위도 없고. 너도 가지고 있겠지?"

고개를 끄덕였다. 말이 안 나왔다. 거지 자식이 날려 먹은 내 피의 창고가 너무 아까워서. 그러고 보니 거지 자식은 사우쓰 코리아의 역사를 날려 먹은 셈이다.

"가만, 그럼 수도원이 지식을 보관했다는 이야기가……."

내 말에 제인이 깔깔 웃으며 말했다.

"그래, 너희들 머리통에서 짜낸 걸 보관했던 거야. 차이나에도 대단한 뱀파이어가 하나 있었는데, 칭기즈칸의 몽골 엠파이어 시절에 사라져 버렸지."

숨이 콱 막혔다. 설마 그때 그 사막의 미친 뱀파이어?

"뱀파이어는 드라큘라 백작 전에는 없었어!"

제인이 코웃음을 쳤다.

"너, 여태 내가 해 준 말 항문으로 들은 거냐?"

"어디로 들었건 상관없잖아?"

"한심한 녀석."

"한심한 녀석한테 의지해야 하는 한심한 여자는 어때?"

"좋아. 한 가지씩 교환하기로 하자. 알고 싶은 게 뭐야?"

잠깐 생각했다. 제인이 물어볼 말은 뻔하다. 나는 뭘 얻어 낼 수 있을까?

"뱀파이어를 생포하려는 이유는?"

제인은 잠깐 망설였다. 거짓말을 할지 참말을 할지 생각하는 거다.

"영생의 비밀. 그 코리언 뱀파이어는 어디 있지?"

나도 모르게 고함을 지르고 말았다.

"영생의 비밀이라니! 그게 무슨 소리야!"

제인은 차갑게 말했다.

"내 차례야."

"좋아. 뱀파이어 하나 놓쳤다고 이야기하지 않을게. 영생의 비밀이라는 게 무슨 소리야?"

"오스왈드가 왜 죽었는지 알아?"

"오스왈드라니? 케네디 암살범?"

제인이 고개를 끄덕였다.

"그따위 놈이 왜 죽었는지 내가 알 게 뭐야?"

"정보를 다 내놓았기 때문이야."

갑자기 등골에 전율이 흘렀다. 설마?

"정보를 다 빼앗겼기 때문이겠지?"

제인이 다시 고개를 끄덕였다.

"CIA 지하에는 뱀파이어 '들'이 있어. 얼마나 있는지는 우리도 몰라."

"피를 통해 기억을 훔치고 있는 건가?"

제인은 대답하지 않았다. 고개도 움직이지 않았다. 빌어먹을!

"어느 개새끼가 거기 있는 거지? 누구야? 어떤 놈이야?"

제인이 고개를 흔들었다. 젠장, 또 매너를 까먹었다.

"왜 화를 내는 거지? 너희는 원래 그런 놈들이잖아. 새삼스럽게 왜 이래?"

원래 그런 놈들이라고?

"너희는 먹을 것만 있으면 돼. 그게 어떻게 주어지든 별 상관없다고. 너희는 인간이 아니야. 그저 맹수일 뿐이지. 세상에서 가장 쉽게 잡을 수 있는 인간을 사냥하는 맹수. 너희는 너희가 동물원에 갇혀 있다고 해도 아무 신경도 안 쓴다고. 배만 고프지 않으면 되니까."

"시끄러!"

"너희가 사는 목적은 피를 빨기 위해서지. 다른 무슨 목적이 있어? 피를 빨 때 느끼는 그 쾌감이 너희를 움직이고 있을 뿐이야. 너도 뭔가 다른 걸 해 보기는 했겠지?"

"입 닥쳐!"

"섹스? 그건 애초에 불가능했을 거고. 도박, 마약 안 해 본 게 없지?"

그랬다.

"호호, 여기 찾았을 때 이미 알아봤지. 텔레비전도 없고 라디오도 없고 냉장고 말고는 가구도 없고."

여긴 내가 사는 곳이 아니니까 그렇지. 여기는 처형장이자 수용소라고. 하지만 어디 한번 장단을 맞춰 주마.

"그딴 게 왜 필요해?"

"그래. 필요 없지. 그런 거에는 아무 흥미도 생기지 않을 테니까. 그저 인간을 잡아먹는 것 말고는 아무 흥미가 없지?"

대답하지 않았다. 꼭 그렇다고 이야기할 수는 없다. 하지만 또 아니라고 하기도 애매했다. 어딘가에는 인간을 사육하는 뱀파이어가 있을지도 모르잖은가.

가능하면 우아하고 멋있게 사는 게 좋다. 나는 패션을 사랑한다. 인간이 만든 것 중 가장 나은 것이 그거겠다. 거지새끼가 입은 바지만 해도 무려 '테이크 투' 라는 거 아니냐. 거지새끼는 알지도 못하는 브랜드겠지만.

너무 쉽게 구하면 가치가 없다. 명품을 하나하나 구할 때의 희열이라는 게 있다. 내게는 무한한 시간이 있으니 천천히 골라도 별 상관은 없다. 그리고 어차피 너무 많이 구해도 소용이 없다. 결국은 다 버리고 이동해야 하는 순간이 오게 마련이다. 미련도 없고 집착도 없는 삶이 뱀파이어의 삶이다. 그것을 그저 흥미가 없다, 라는 말로 요약하기는 쉽지 않다. 흥미는 있지만 집착은 없는, 그런 지고지순한 경지를 인간에게 설명한다는 것은 참으로 어려운 일이다.

이미 제인은 뱀파이어에 대해서 지나치게 많은 것을 알고 있다. 더 알려 줄 필요는 없다.

"너희처럼 오래 산 뱀파이어일수록 모든 일에 흥미가 없어지지. 점점 잠은 더 늘고 깨어나서는 그저 피를 빨아 댈 생각밖에 들지 않지. 사람들의 기억을 엿보는 일도 점점 시들해져 가고. 너도 아마 최근에는 피를 보관한다든가 하는 일을 하지 않았을 거다. 그렇지?"

홍미를 어떻게 생각하는가의 문제다. 결국 제인은 뱀파이어에 대해서 아는 척하지만 자신이 알고 있는 범위에서만 알고 있는 것이었다. 조금 안심이 되었다. 삶에서 궁극적으로 남는 것은 재미다. 가장 큰 재미는 피를 빠는 것이지만, 그건 하루 종일 섹스를 할 수 없는 것처럼, 하루 종일 담배를 피우고 있을 수 없는 것처럼, 하지 않을 때는 참는 수밖에 없는 종류의 것이다. 나머지 시간을 보람차게 보내는 방법은 재미있는 일을 구경하는 것뿐. 재미를 위해 목숨을 걸 필요는 없다. 나는 이 세상에 속한 생명이 아니다. 보고 즐기면 된다. 세상이 어지럽고 혼란스러울수록 나는 편하고 즐겁다. 진실을 알고 있다 해도 내가 굳이 알릴 필요를 느끼진 않는다. 하지만 그렇다고 내가 인간 세상에 홍미를 느끼지 않는다는 말은 아니다.

세상은 넓다. 이쪽에서 안 되면 저쪽으로 가면 그만이다. 신대륙은 가지 않았지만 나는 마르코 폴로보다 더 많은 여행을 한 몸이다.

"그게 뭐가 어때서?"

제인은 목소리에 서릿발이 내렸다.

"너는 점점 사람이 아닌 모습으로 변하고 있는 거야."

"사람이 아니라고? 난 원래 사람이 아냐."

"원래는 사람이었지."

아, 그래. 원래는 사람이었다. 하지만 지금은 사람이 아니다. 뱀파이어일 뿐. 뱀파이어는 사람이 아니다. 사람처럼 생겼다고 사람이라고 한다면 원숭이도 사람이겠다. 뱀파이어는 사람보다 우월한 존재다.

그거 아는가? 예수도 죽었다가 부활해서 신이 되었다. 예수가 부활하지 못했다면 예수는 신이 아니다. 그런데 이건 아는가? 죽었다가 부활해야 뱀파이어가 된다는 사실을.

뱀파이어에게 물리면 일단 죽는 거다. 그 후에 다시 살아나면 좀비가 되거나 뱀파이어가 되거나 하는 거고. 그러기까지 대략 하루가 걸린다는 이야기는 벌써 했던 것 같다.

그래, 아무튼 죽었다 살아난 사람이 보통 사람일 리는 없다. 예수를 봐라. 제인의 말이 사실이라면 예수도 우리 일족이었을지 모른다. 사람 눈에 잘 나타나지 않고 인적이 드문 곳에서 모습을 드러내서 자기 상처를 보여 주고 그랬다고 하지 않던가? 뱀파이어들이 흔히 하는 짓이다. 물론 나도 내가 신의 아들이라거나 신의 손자라고 주장하는 건 아니다. 다만 인간을 초월한 존재라는 걸 말하고 싶을 뿐이다.

그리고 인간이라는 건, 한때 나도 인간이긴 했지만 지금은 아니라는 것. 현재의 나에게 인간이란 그저 내 식량에 불과할 뿐이다. 본래 자기였던 것을 어떻게 먹느냐고? 원숭이 골 요리를 먹는 차이나까지 갈 필요도 없이, 인간은 본래 자기와 같은 조상을 지닌 온갖 동물들을 먹고 있지 않던가?

아, 채식주의자시라고? 인간은 원래 식물과도 같은 조상을 두고 있지. 뭐, 조상의 조상의 조상으로 거슬러 올라가면 결국 한 마리 아메바로 치환되지 않던가?

"이야기 돌리지 말고 매너 좀 지키지그래. 코리언 뱀파이어는 어디 있지? 몇 번이나 물어야 대답할 생각이야?"

그따위 놈 어디 있는지 내가 알 게 뭐야.

"그놈에게 가장 소중한 장소에 있지."

제인의 인상이 구겨졌다. 하긴 나라도 그따위 대답을 들으면 인상이 구겨지긴 하겠다.

"그걸 대답이라고 하는 거냐?"

딴청을 부렸다.

"영생의 비밀보다는 구체적인 대답일 거야."

제인이 이를 가는 소리가 들렸다.

"역시 신사적으로 해서는 소용이 없군. 일단 네 모가지를 비틀어 놓고 시작하자."

제인은 손가락 관절을 꺾어 우두둑 소리를 냈다. 유치하게시리. 단지 힘으로 하겠다면 아무리 무공의 고수라 한들 내가 지지는 않을 거다. 저런 비린내 나는 계집에게 질 거였으면 5백 년을 버텨 냈을 리가 없다.

하얀 송곳니를 드러내며 으르렁댔다. 그 순간 제인이 스트레이트 한 방을 날렸다. 눈앞으로 날아드는 계집의 주먹. 살짝 고개만 돌리면 피할 수 있다.

퍽!

고개가 펀치볼처럼 뒤로 젖혀졌다.

"피, 피했는데……."

"한 번 더 해 볼까?"

제인의 주먹이 또 날아왔다. 그래, 전혀 빠르지 않다. 분명히 이 시점에서 고개를 젖히면…….

퍽!

내 머리는 또 한 번 펀치볼이 됐다.

“왜 그래? 못 피하겠나?”

“잠깐!”

72

귀가 이상하게 밝아졌다. 담장 너머에서 그리 큰소리로 이야기하는 것이 아닌 게 분명한 두 사람의 소리가 바로 옆에서 속삭이듯이 또렷하게 들려왔다. 그 이야기를 들으려고 집중할수록 소리는 점점 커져서 나중에는 그들이 내뱉고 들이쉬는 숨소리까지 들리기 시작했다.

생각해 보니 처음으로 기오르기가 하고 있는 말에 귀를 기울이고 있었다. 지금까지 단둘이서 있었는데도 도무지 하나도 알아듣지 못했던 이야기가 벽을 하나 사이에 두고는 모두 알아들을 수 있다는 사실이 참으로 야릇했다.

저들의 이야기로 미루어 보건대, 그래, 나는 이제 더 이상 인간이 아닌 모양이었다. 그 사실이 하나도 놀랍지 않았다. 말 그대로 전혀 놀랍지 않았다. 제인은 기오르기에게 원래는 사람이었다고 말해 주었고, 아마 기오르기도 그렇게 생각하나 보다. 하지만 난 원래 사람이 아니었다.

나는 그냥 낙오자였고 패배자였을 뿐이다. 그건 사람이 아니다. 적어도 대한민국에서는. 늘 그렇게 가르치지 않던가? 밟고 앞으로 나가라고. 하지만 나는 다른 사람들에게 밟히는 입장이었다. 한 번도,

단 한 번도 누구를 밟아 본 적이 없었다.

처음 밟아 본 '사람'이 기오르기였다. 그런데 '기오르기'는 사람이 아니었다. 이거야말로 내 인생을 그대로 보여 주는 일이 아닌가? 난 사람으로서 사람 위에 서 본 적이 없었다.

그런 건 아무래도 좋다. 나는 이제 인간이 아니니까. 나는 그 사실이 너무 좋다.

"그놈에게 가장 소중한 장소에 있지."

기오르기의 말이었다. 여기가 내게 가장 소중한 장소라고? 왜?

주위를 둘러보았다. 여기는 어디일까? 정신을 잃고 이곳으로 실려 왔다. 여기가 어딘지 모른다. 기오르기의 집이 서울에 있는 건지, 아니 대한민국에 있는 건지도 모르겠다. 더군다나 기오르기의 옆집이 어디 붙어 있는 건지 알 리가 없다.

이건 누구 집일까? 내게 가장 소중한 장소에 살고 있는 사람은 누구지?

비록 부모님이 이젠 다 돌아가시긴 했지만 본래 고아로 태어난 건 아니니 내 친부모가 사는 집일 리는 없고. 혹시……. 아니, 그럴 리가 없지. 그래도 모르잖아. 확인해 봐야 해.

천천히 집 쪽으로 움직였다. 이 집은 기오르기의 집과는 다르다. 기오르기의 집은 대청마루가 개방되어 있는, 그야말로 무방비 상태의 집이었지만 이쪽 집은 현관이 굳게 닫힌 70년대식 '문화주택'이었다. 마당도 잔디가 깔려 있고 화단도 예쁘게 다듬어진 집이었다. 집주인은 깔끔한 성격에 고상한 취미를 가지고 있는 사람이 분명했다. 마치……. 아니, 그럴 리가 없지.

하지만 확인해야 했다. 확인하지 않을 수가 없었다.

현관문을 잡고 조용히 손잡이를 돌렸다. 당연히 잠겨 있을 것인데, 그걸 왜 굳이 확인하려고 했을까? 그건 분명 운명의 예감이었을 것이다. 그 증거로 손잡이는 아무 데도 걸리지 않고 자연스럽게 돌아갔던 것이다.

그리고 조용히 집 안으로 스며들어 갈 수 있었다. 어둠 속에서 태어난 생물처럼 흑암 속에 나를 묻었다. 전생에서 배워 온 것처럼 어둠이 익숙했다.

"누구세요?"

심장이 떨어지는 줄 알았다. 여자 목소리였다. 천천히 소리가 난 쪽으로 돌아섰다.

"전 수상한 사람이 아닙니다."

사실이었다. 난 '사람'이 아니었으니까.

"수상한 사람이 아니라면 새벽 4시에 남의 집 마루에 서 있진 않겠지요. 뭐가 필요한가요? 돈은 거의 없는데."

"난 도둑이 아니에요."

그렇게 말하며 나도 모르게 침을 꼴깍 삼켰다. 갑자기 엄청난 허기가 몰려왔다. 그리고 방문 뒤에서 모습을 드러내지 않고 있는 그 여자의 혈관이 눈앞에 있는 것처럼 느껴졌다.

내가 미쳤지. 왜 여길 들어왔을까? 내게 가장 소중한 장소를 망치기 위해서? 그냥 사라졌어야 한다. 그랬어야 한다. 하지만 내 발은 내 마음과 상관없이, 내 의지와도 상관없이 앞으로 한 발자국씩 이동하기 시작했다.

내게는 이제 확인 같은 건 중요하지 않았다. 저기 있는 게 현애건 아니건 아무 상관없었다. 혹시 이 집에 현애가 살고 있는 건 아닐까 생각했다. 내게 가장 소중한 장소라는 말을 듣자 반사적으로 떠오른 생각이었다. 하지만 이제는 아무래도 좋다. 저기 있는 건 그냥 내 먹이일 뿐이다. 맛있는 먹이. 내 입에는 진득한 침이 고였다. 예민할 대로 예민해진 내 귀에는 그녀의 심장이 뛰는 소리는 물론 혈관을 달리는 적혈구들의 소리까지 들리기 시작했다.

"도둑이 아니겠지요. 도둑이 이렇게 이야기를 나눌 리는 없으니까요."

여자가 모습을 드러냈다. 현애가 아니었다. 내가 아는 그 누구도 아니었다. 눈이 먼 할머니라고는 하나도 몰랐으니까.

"아직 젊은이 같군요. 거기 앉아요. 손님이 앉아 본 적은 참 오래된 소파지만 다행히 두 개가 있으니까."

그녀는 하얗게 멀어 버린 눈으로 나를 바라보면서 말했다. 창피하지도 않은 모양이다. 저런 모습으로 낯선 사람을 만나다니.

하지만 다음 순간 새삼 깨달았다. 나는 '사람'이 아니라는 것을. 일반 사람이라면 저 할머니의 눈동자까지 보이진 않을 거다. 어둠은 그 정도는 될 만큼 짙었다.

할머니라고 해서 식욕이 식은 건 아니었다. 하지만 장님이라는 문제는 좀 미묘했다. 덕분에 약간 정신을 차릴 수 있었다. 혹시 현애의 할머니일지도 모르지. 나는 소파에 앉았다.

"정원용 오후 의자에 앉았군요. 좋은 자리예요. 지금이 낮이 아닌 게 아깝지만. 거기서 보이는 정원은 정말 예쁘답니다."

이건 무슨 소리야? 저 눈으로 뭐가 보인단 말인가?

"그럼 난 오전 의자에 앉죠. 어차피 지금은 볕도 느낄 수 없긴 하지만. 그러니까 서로 피장파장인 셈이에요."

할머니는 내 맞은편 의자에 앉았다. 너무 자연스럽게 앉아서 나는 이번에도 이 할머니가 장님인지 의심스러웠다. 혀를 날름 내밀어 보았는데, 표정에 아무런 변화가 없다. 확실히 장님이긴 한 모양이다.

"도둑은 아니라면 무슨 일로 여길 온 거죠?"

"배가 고파서요."

솔직하게 말했다. 할머니, 할머니의 희생정신이 필요해요.

배가 고프다고 했지만 할머니는 일어나려고 하지 않았다. 하긴 눈도 안 보이는데 밥을 챙겨 줄 수는 없겠지. 물론 나도 밥은 필요 없다는 걸 느끼고 있었다. 할머니가 뭔가 말을 꺼내기 전에 내가 먼저 질문을 던졌다. 잡아먹기 전에 이곳이 내게 왜 가장 중요한 장소인지 알아야 할 것 같았다.

"혹시 저 아세요?"

나를 가리키며 묻다가 쓴웃음을 지었다. 장님 생활을 몇 년이나 한 주제에 진짜 장님 앞에서는 왜 이리 어설프게 굴고 있는지.

"모르겠군요. 젊은 양반이야말로 이 늙은이를 알고 있는지요?"

"왜 이런 곳에 혼자 사십니까?"

"누가 혼자 산다고 그랬나요?"

"다른 가족이 있습니까?"

"나무도 있고 꽃도 있고 풀도 있고 새들도 오고 다람쥐도 오지요."

"그게 무슨 가족입니까?"

"이 늙은이가 언제 가족이 있다고 했나요?"

할 말이 없었다.

"젊은 양반은 너무 눈에 보이는 것만 믿으려고 하는군요."

"눈에 안 보이는 것은 뭔가요?"

"자기에게 정말 중요한 것은 눈에 보이지 않는답니다."

정말 중요한 것. 그래, 이제 대화가 핵심에 접근하고 있다.

"그게 뭔가요?"

할머니는 말하지 않는다. 배는 자꾸 더 고파진다. 그런데 정말 할머니를 먹어야 하는 걸까? 동물이 말을 하지 않는 이유를 알겠다. 고양이가 쥐를 잡아서 먹으려는데, 쥐가 고양이 말로 종알대고 있다면 고양이가 정말 쥐를 먹을 수 있을까? 기오르기와 내가 서로의 말을 알아들을 수 없던 이유도 알았다. 먹고 먹히는 관계에서 무슨 대화가 가능한가?

애초에 저 말을 듣는 게 아니었다. 무슨 말을 하는지 알아들을 수 없었다면 "이게 무슨 개소리야"라고 생각하고 그냥 해치웠을 텐데, 때를 놓치고 말았다.

듣고 싶은 말만 듣는 사람들이 있다. 다른 소리는 그저 개가 짖는 소리로만 들리는 사람들이 있다. 지하철에서 구걸 다니다 보면 그런 사람들 많이 본다. 누가 말을 걸든 말든,

"주 예수를 믿으라. 그리하면 너와 네 집이 구원을 얻으리라. 주 예수는 빛과 생명이니 누구든 주를 통하지 않고는 천국에 이르지 못하니라."

운운하며 십자가를 들고 왔다 갔다 하는 인간들. 술 취해서 정부

와 대통령 욕을 하며 누가 말이라도 걸면 버럭 화를 내며 더 목소리 높이는 인간들. 김일성과 김정일 욕을 하고, 핵 문제에 대해서 장광설을 늘어놓으며 얼굴이 벌게지는 인간들.

어디 그뿐이랴? 서민들이 하는 이야기는 대체 무슨 이야기인지 하나도 알아듣지 못하는 국회의원 나리들, 정치가들, 장관들, 대통령까지. 다들 말을 알아들으면 잡아먹을 수 없기 때문에 안 들으려고 하는 걸까? 다들 자기는 잡아먹는 존재라고 생각하고 있는 걸까? 사실은 다들 뱀파이어였던 걸까?

나만 인간이어서 아무도 내 목소리를 못 들었던 걸까? 나만 인간이어서 다들 내 피를 빨아먹고 있었던 것일까?

가르릉, 코 고는 소리가 들렸다. 할머니는 잠이 들었다. 그 앞에 있는 포식자를 몰라보고 잠이 들었다. 심장이 두근대기 시작했다. 참을 수 없었다. 몸을 일으켰다. 이제 움직여야 할 시간이었다.

"잠깐만."

73

잠깐만이라고 외친 것은 아무 소용이 없었다. 나는 여름날 개구리 패대기쳐 놓은 모양으로 마당에 쫙 뻗어 있었다.

"대가리 잘라서 가져가면 되지 않을까?"

제인이 중얼거리고 있었다.

"그럼 입을 못 열 테니까."

정말 실행하기 전에 빨리 말려야 하는 방법이었다.

"그, 그건 조, 좋은 방법이 아니지."

"글쎄, 난 무척 좋은 방법 같은데?"

"아, 아니라니깐. 머리를 자르면……."

"대가리."

저런 미친년!

"아니, 너한텐 대가리지만 나한텐 머리……."

제인은 눈 하나 깜짝하지 않고 냉랭하게 말했다.

"대가리."

정말 말하고 싶었다.

"이 쳐 죽일 년아, 그래 대가리 잘라 가라!"

물론 그렇게 말할 수는 없었다. 이젠 매너가 아니라 아파서 그렇게 할 수가 없었다.

"그래그래, 대가리거나 머리거나 뭐가 중요해? 그러니까 내 머리로 말하자면……."

제인이 내 말을 또 툭 잘라먹었다.

"그냥 자르자. 그 대가리."

"어허, 왜 이래? 그러니까 내 대가리에 대해서 말하고 있는 중이잖아."

최대한 비굴하게 웃으며 말했다. 그래 봐야 내가 고개를 바짝 들어도 그 쳐 죽일 년의 얼굴이 보이지 않아서 아무 소용도 없었겠지만.

"일반적으로 잘 모르는 사실인데 말이야. 뱀파이어는, 특히 나처럼 오래 묵은 뱀파이어는 머리가 잘려도 말이야."

"대가리가 다시 나오지. 그깟 이야기는 상관없는데? 당장 조용해

질 테니까."

"아, 진짜! 말 좀 자르지 마. 잘라 버리면 내 머리……. 젠장, 대가리는 어디다 두고 갈 건데?"

"뭐, 마당에 던져두면 썩어서 없어지겠지."

헉! 그럴 줄은 몰랐다. 지하실에나 처넣지, 정도의 대답을 기대했는데. 하지만 말을 꺼냈으니 어쩔 수 없이 마저 말해야 했다.

"그러니까 모르는 거잖아. 대가리(이젠 이 말이 술술 나오는군!)에서도 재생이 된다는 걸."

"뭐야? 너희가 지렁이냐?"

말을 해도 연체동물에 비교를 하다니. 하지만 끝까지 비굴한 어조로 말했다.

"중요한 건 그게 아니지. 그러니까 대가리를 잘라도 소용없다는 이야기를 해 주는 거잖아."

제인이 발로 나를 걷어차 하늘을 보고 눕게 만들었다.

"보여?"

하늘이 보이냐는 말이었다. 물론 잘 보인다. 내가 거지 놈처럼 장님인 것도 아니고.

"벌써 부옇게 변했지? 이제 조금만 있으면 해가 뜬다. 잘린 대가리가 햇빛 아래 어떻게 변하는지 볼만하겠지?"

억지로 미소를 지으며 말했다.

"그런 걸 꼭 봐야 아는 건 아니잖아?"

"재밌을 것 같은데? 잘린 대가리가 '살려 줘, 살려 줘' 하고 떠들면 말이야."

"저기, 잘린 대가리는 말을 못 해. 허파가 없으면 말이 안 나온다고."

"호, 그 말을 들으니 진짜 자르고 싶은데?"

이런 젠장, 완전히 조졌다.

"설마 진짜 내 목을 자르진 않겠지?"

"널 살려 둘 이유는 있지만, 그게 꼭 네 대가리가 필요한 일은 아니야."

그럴 리가 있나. 뻥카를 심하게 치는데?

"하지만 너도 말했다시피 난 살아 있는 역사잖아. 무려 5백 년의 역사를 알고 있는……."

제인이 피식 웃었다.

"그래, 그렇지. 5백 년이나 산 괴물이지. 그런데도 더 살고 싶어서 이 안달이냐?"

"그건 네가 몰라서 하는 소리야."

"뭘 모른다는 거야?"

"인간은 몰라. 영원히 사는 삶이 어떤 건지. 어차피 죽을 수밖에 없는 필멸자들이 영원히 산다는 걸 이해나 할 수 있을 것 같아? 그거야 니들이 오래 안 살아 봐서 그러지. 인간이 불꽃처럼 산다고? 밀도가 더 높다고? 웃기지 마."

제인은 웃었다. 비웃는 것이 아니었다. 진짜로 웃었다. 해맑게.

"그래, 맞아. 인간은 몰라. 인간은 몰랐지. 그냥 너희들이 무서웠어. 참 바보들이었어. 안 그래?"

이건 또 무슨 소리야?

“영생의 비밀이라고 말해 줬잖아. 영생의 비밀. 그걸 가지고 있는 게 누구지?”

말문이 막혔다.

“자원이 유한하다는 건 서글픈 일이지. 자원이 있을 때는 그게 소중하다는 걸 잘 모르거든. 우리는 정말 오랫동안 뱀파이어 사냥을 해 왔어. 그냥 없애 버리기만 한 거지. 우리에게 주어진 소중한 자원이라는 걸 꿈에도 몰랐어.”

“지금 그 말은, 그렇다면 너희는…….”

74

“너희들을 생체 실험하고 있다는 이야기겠지.”

앞의 이야기는 못 들었지만 가장 중요한 이야기를 들은 모양이다. 물색 모르고 제인이 반색하며 외쳤다.

“아, 돌아온 거냐? 하긴 도망쳐 봐야 내 손바닥 위의 손오공이지. 잘 돌아왔다.”

담벼락에 웅크리고 앉은 채 끅끅대며 웃었다.

“네가 부처님이라도 되냐? 부처님 손바닥 위의 손오공이라고 하는 거다.”

제인은 아랑곳하지 않았다.

“뭔 상관이야? 어차피 마찬가지야. 내려오지.”

“그따위 소리 하지 않아도 내려갈 참이다.”

내려가지 않았다. 그대로 제인을 덮쳤다. 개구리가 팔짝 뛰듯이 도

약해서 그대로 제인을 덮친 것이다. 거리가 상당해서 제인도 전혀 예상하지 못한 모양이다. 제인을 덮치면서 바람 소리가 날 정도로 주먹을 세게 날렸다. 빠각, 소리가 나는 것이 마땅한 주먹질이었는데 제인은 아슬아슬하게 고개를 숙여 주먹을 피했다. 아깝게도.

하지만 나와 충돌하는 것은 피할 수 없었다. 우리는 우당탕탕 요란한 소리를 내며 뒹굴었다.

75

둘은 마루까지 굴러가 쿵 소리를 내며 기둥을 뒤흔든 다음에 멈췄는데 누가 더 피해를 봤는지는 알 수 없었다. 나는 제인의 수작 덕분에 온몸이 마비되어 움직일 수 없는 상황이었고 아무리 눈알을 굴려 보아도 둘이 보이지를 않았다.

잠시 후 상황을 짐작할 수 있는 소리가 들리기 시작했다. 퍽, 퍽! 살집 좋은 인간을 두들겨 패는 소리가 들리기 시작한 것이다. 바로 조금 전에 내 살들이 냈던 소리인지라 보이지 않아도 훤히 알 수 있었다.

"이제 말해 보지?"

어라? 맞는 놈이 심문하기도 하나? 저건 분명히 거지 놈의 목소리인데? 제인의 목소리도 들렸다.

"너, 너, 어떻게 된 거냐?"

그래, 나도 거지 놈에게 그걸 묻고 싶었다. 퍽, 퍽, 퍽!

"다시 묻지. 이제 말할 기분이 드나?"

"너, 진짜 좀비를 먹은 거냐?"

퍽, 퍽, 퍽!

"또 헛소리할 거냐?"

"좀비를, 먹은, 게, 틀림, 없군."

퍽, 퍽, 퍽! 제인의 목소리에 기운이 빠지기 시작했다. 잘한다, 거지! 힘내라, 거지! 시간이 별로 없다. 조금만 더 있으면 해가 뜰 거다. 이미 훤하게 밝아진 상태였다. 마비된 몸을 풀려고 버둥대기 시작했다. 하지만 등판 어딘가가 땅바닥에 볼트로 고정이라도 한 것처럼 도통 움직이지를 않았다. 힘이 척추에서 사지로 전달되지 않았다.

"이 씨발 년이! 날 뭐로 보는 거야! 이 죽일 년! 찢어발길 년!"

그러더니 정말 찢어발기는 소리가 들렸다. 물론 보이지 않았다. 지금 그러고 있을 때가 아니야.

"야, 거지! 곧 해가 뜬다! 해가 뜬다고!"

그 순간 뭔가가 날아와 내 얼굴을 덮었다. 눈을 덮어 버리니 초점이 맞지 않아서 그게 핑크색 물건이라는 것밖에 알 수가 없었다.

"닥쳐!"

거지는 바로 다음 말을 붙였다.

"쌍년, 너한테 한 말 아니야!"

"뭘 말하란 거야?"

거지가 웃음을 터뜨렸다.

"흐흐, 역시 벗겨 놓으니까 얌전해지는군. 너도 별수 없는 계집년이구나."

그러니까 지금 내 얼굴을 덮은 건 제인의 핑크색 브래지어군.

"의미 없는 시간을 줄이려고 하는 거다. 내가 맞는다고 아플 줄 알아?"

퍽, 퍽, 퍽!

맞는데 안 아프다고? 저거 마조히스트 아냐? 하긴 남의 성적 취향을 고민할 때가 아니었다. 내 신체 시계는 시시각각 위기를 알리고 있었다. 이렇게 되면 남은 방법은 하나뿐이다. 될지 안 될지 모르겠지만.

나는 변신을 시도했다. 인간 상태에서의 마비가 변신이 되면 풀린다는 보장은 없었지만 어차피 밑져야 본전. 늑대로 변신. 네발을 하늘로 올린 모습으로 변신했다가 바로 몸을 뒤집었다. 성공이다.

해가 곧 떠오를 것이다. 이미 동쪽에 붉은 기운이 번져 오르고 있었다. 얼른 지하실 문으로 달려가 뾰족한 주둥이로 문짝을 밀어 올렸다.

거지야, 고맙다. 네 덕에 달아나는 데 성공하겠구나. 이제 곧 해가 떠오르면 네 목숨도 끝장이다. 날 원망하지는 마라. 난 분명히 이미 이야기해 줬다. 듣지 않은 건 네 탓이야.

지하실에는 좀비의 시체가 역한 냄새를 풍기며 자빠져 있었다. 딱히 죽어서 나는 냄새는 아니다. 좀비는 본래 죽어 있는 놈이니까.

좀비 시체 앞에서 멈춰 섰다. 제인은 분명히 말했다. 좀비를 먹었냐고. 그걸 몇 번이나 물었다. 좀비는 끝없는 식욕의 화신이다. 부딪히면 먹히지 않기 위해 노력해야 하는 물건일 뿐인데, 반대로 그걸 먹는다는 생각은 전혀 해 본 적이 없었다. 물론 식욕을 돋우는 물건도 아니다. 썩은 고기를 먹고 싶을 리가 없지 않은가. 특히 뱀파이어라면 피도 없는 좀비에 끌릴 이유는 아무것도 없다. 하지만, 이걸 먹으면 뭔가 특별한 일이 일어난다. 나는 망설였다.

76

이미 날이 훤히 밝아 있어서 제인의 알몸은 구석구석 또렷하게 보였다. 20대의 팔팔한 여자 알몸을 본 게 얼마 만인가? 미친 듯이 돈을 아끼고 아껴 영등포 사창가 앞에서 서성이며 망설이던 지난날이 생각났다.

그날 영등포에서 데모가 있었다. 나도 거기 있었는데 전투경찰들이 진압을 나오는 바람에 학생들은 사방으로 달아났다. 나도 덩달아 같이 뛰었는데……. 왜 내가 거기 있었냐고? 프락치가 데모도 하고 다녔냐고? 당연히 가지. 안 가면 의심받잖아. 그날 데모하다가 떠밀려서 도망친 곳이 영등포 창녀촌이었다. 우리는 우르르 창녀들의 쪽방으로 도망쳐 들어갔다. 그때 혜자라고 하는 계집애를 만났다. 대학생은 처음이라며 좋다고 가랑이를 쫙 벌리는 바람에 하마터면 총각딱지를 뗄 뻔했다. 하지만 미처 하기도 전에……. 이하 생략이다. 나도 자존심 있는 몸이다. 그 후에도 몇 번을 그 애를 다시 만나 볼까 해서 그 동네를 왔다 갔다 했는데, 결정적으로 길치였던 탓에 어느 집인지 찾지를 못해서 다시는 만나지 못했다.

그날 이후 벗은 여체를 실물로 접한 것은 처음이다. 기회가 없었던 것은 아니다. 사기를 치고 룸살롱에도 몇 번이나 갔다. 하지만 2차를 가려고 하면 당기지가 않았다. 갔다가 또 문전에서 실수라도 하면 혜자에게 당한 그 꼴을 또 당할 게 틀림없었다. 그렇게 쓰레기 취급을 당할 수는 없었다. 제일 좋은 방법은 그런 일을 당할 기회 자체를 만들지 않는 것이다.

허세에 쩔어서 돈을 뿌려 대다가도 여자가 팔짱 끼고 따라 나오면 급한 일이 있다고 돈만 찔러 주고 달아나 버렸다. 여자가 뭐 중요해! 사랑을 나누는 게 아니라 욕정을 푸는 거라면 다른 방법도 얼마든지 있게 마련이다! 여자가 뭐 중요하냐고!

그런데 벗겨 놓은 제인을 보니까 지난 청춘이 좀 아쉽기는 했다.

풍만한 가슴과 잘록한 허리, 그리고 튼실한 허벅지와 날씬한 종아리. 하지만 이런 환상적인 장면에도 불구하고 아랫도리에 영 힘이 들어가지 않았다. 얼굴이 피떡이 된 탓이라 생각해 버리기로 했다. 하지만 피가 좀 나긴 했지만 제인의 얼굴은 하나도 부어오르지 않았다. 바위라도 깰 것 같은 내 주먹이다. 이렇게 두들겨 맞으면 당장 피멍이 들어 얼굴이 부풀어 올라야 할 텐데, 아주 멀쩡하다.

그러니 얼굴이 망가져서 아랫도리에 힘이 들어가지 않는 것도 아니다. 너무 오래 쓰지 않았더니 망가져 버린 건가?

그럴 리가 없다. 바로 엊그제만 해도 저녁을 굶고 자도 아침이면 늠름하게 텐트를 치던 놈인데. 더구나 미치겠는 건, 그녀의 멜론 같은 가슴에 달린 젖꼭지나 갈색의 체모 사이에 숨겨진 비경보다 그녀 입에서 새어 나온 피에 훨씬 흥분이 되고 있는 나 자신이었다. 그걸 바라보다 보니 점점 숨이 가빠지고 심장에서부터 쾌감이 정액처럼 흘러나오기 시작했다.

나는 그녀의 허리를 깔고 앉았다. 옷 위로도 그녀의 맨살이 느껴졌다. 아니, 정확하게 말하면 그 맨살 아래를 흐르고 있는 핏줄기가 느껴졌다.

그녀에게 마치 입이라도 맞추려는 듯 천천히 허리를 숙였다. 어디서 그런 용기가 생겼는지 모르겠다. 비 오는 날 먼지 나도록 팬 놈이 할 말은 아니겠지만 나는 마치 연인에게 깊은 애정을 담고 키스하는 그런 마음가짐으로 고개를 숙인 것이다. 따라서 그녀도 당연히 내 깊은 헌신에 응대하여 입을 살며시 벌려야 했다. 그러나 떨리는 내 혀가 그녀의 달콤한 피에 닿기 전에 그녀의 주먹이 내 아구창을 돌려놓았다.

"그따위 '차밍' 이 내게 통할 줄 알아?"

얼얼한 볼따구니를 쓰다듬으며 말했다.

"차밍? 그게 뭔데?"

"지금 네놈이 하는 짓이야."

제인은 몸을 부르르 떨면서 말했다. 내가 하는 짓? 그러고 보니 내 왼손은 그녀의 오른손을 제압하고 있었지만 오른손은 그녀의 젖꼭지를 희롱하고 있는 중이었다. 어느 틈에 그랬는지 알 수가 없었다. 오른손이 생명을 가진 것처럼 혼자 움직이고 있는 중이었다.

"이, 이런다고 내가 굴복할 줄 알아?"

하지만 이미 그녀의 말 속에는 비음이 섞여 있었다. 그것은 내게 성적 흥분과는 다른 쾌감을 불러일으켰다. 배꼽 아래가 찌릿찌릿해지는 것이 아니라 심장이 찌릿찌릿해지는 것이다. 이러다간 아무래도 심장에서 정액이 뿜어져 나올 것 같았다. 어쩌면 그게 입 밖으로 쏘아지면서 사정의 쾌감을 맛보게 해 줄지도 모르지.

다시 한 번 그녀의 몸 위로 내 몸을 기울였다. 제인은 이미 온몸에 힘이 빠진 듯 더 이상 주먹을 들어 올리지 못했다. 그녀의 몸에 힘이 빠진 것은 본능적으로 알 수 있었다. 입안에 침이 고였다. 이제 저 피는 내 것이다. 머릿속에서 누군가가 그렇게 외치고 있었다. 피를 빨아들여라! 생명을 지배하라!

그러나 그 순간 내 등에 강한 타격이 왔다. 온몸이 타들어 가는 듯한 충격. 이미 한 번 겪어 본 바 있다. 빛이다. 그러고 보니 아까 양놈이 뭐라 지껄였던 게 생각났다. 그 자식은 어디로 갔지?

제인을 번쩍 들어 어깨에 걸쳤다. 벗은 여자를 이렇게 안아 본 적이……. 생각해 보나 마나 물론 없다. 이렇게 훤한 때 벗은 여자를 본 적도 없는데, 이런 일이 있었을 리가 없지. 그런데 어쩐지 이런 일이 있었던 것만 같은 생각이 든다. 왜지?

그것도 한 번이 아닌 것 같다. 지하실 계단을 내려가는데도 그 생각은 없어지지 않는다. 아니, 지하실에 무슨 계단이 있어? 그런데도 분명히 이렇게 벗은, 축 늘어진 여자를 안고 계단을 내려간 적이 있다. 누가? 내가?

나는 계단을 내려간다. 여자를 지하실의 침대에 누인다. 여자는 가늘게 숨을 쉬고 있다. 정신을 잃은 것 같다. 여자는……. 제인이 아니다. 모르는 얼굴이다. 한국인으로 보인다. 마치 영화를 보듯 그 장면을 보고 있었다.

여자를 날라 온 사람도 내가 아니었다. 역시 모르는 얼굴이다. 하지만 분명히 나였다. 나는 흥분한 상태였다. 여자를 눕혀 놓고 자세를 바꿔 본다. 여러 가지 포즈를 취하게 한다. 여자는 낮게 신음 소리를 흘린다. 나는 그 앞에 무릎을 꿇고, 수음을 시작한다.

이제 확실하게 미친 모양이다. 희뜩희뜩 정신이 돌아온다. 그러면 나는 아직 지하실로 내려가는 사다리에 발을 걸치고 있다. 분명 제인을 어깨에 올려놓은 상태다. 그러나 다시 정신이 아찔해지면, 침대 옆에 앉아 용두질 중이다.

내 정신이 두 개로 분리된 것 같다. 용두질을 치던 나는 절정을 맞이했다. 침대 밑에서 뭔가를 꺼낸다. 양쪽이 뭉툭한 망치다. 저런 걸 왜, 라고 생각하는 순간 나는 망치를 휘둘러 여자의 '대가리'를 부숴 버린다. 붉은 피가 튀어 오르고 뼈가 함몰되면서 그 안에 뇌수가 내비친다. 여자는 아직 죽지 않았다. 비명을 지른다. 눈이 튀어나올 것 같다. 그 순간 다시 한 번 망치를 내리친다. 눈이 튀어나온다.

평소 같으면 눈 뜨고 못 볼 광경이다. 나는 공포 영화도 보러 가지 않는다. 남들이 고통 받는 것을 지켜보기만 해도 젊은 시절의 그 고통이 되살아나기 때문이다. 하지만 이번에는 아무렇지도 않다. 저건 남의 문제가 아니라 내 문제다. 남이 하고 있는 게 아니라 내가 하고 있는 것이니까.

아니, 그럴 리가 있나? 나는 살인을 저지른 적이 없다. 그야말로 선량한 시민이다. 투표는 한 적이 없지만.

나는 다시 백인 여자를 어깨에 걸머지고 사다리를 내려가고 있는 거지로 돌아왔다. 바닥에 닿았다. 내 온몸이 흠뻑 젖어 버렸다. 마치 침대에 누워 있는 여인의 피를 뒤집어쓴 것처럼.

그리고 다음 순간 새로운 장면이 눈앞에 펼쳐졌다. 나는 또 다른 여자를 짊어지고 계단을 내려가고 있었다. 지하실로 통하는 문을 열었을 때, 내 앞에는 한 사람이 서 있었다. 이번에는 아는 얼굴이다.

기오르기! 서양 놈이 눈앞에 있었다. 뭐야, 왜 이놈이? 하지만 다른 생각을 할 겨를이 없었다. 기오르기는 입을 쩍 벌려 하얀 이를 내보이며 내 목을 노리고 덤벼들었다. 나는 여자를 집어던져 기오르기를 막았다.

기오르기는 여자를 받아서 아무렇게나 던져 버렸다. 여자는 약에 취한 듯 정신을 차리지 못했다. 기오르기가 흐르는 군침을 닦고 말했다.

"아깝군. 하지만 여자부터 잡숴 버리면 널 마셔 버릴 수가 없으니까 이번만은 참겠어."

"누구냐, 넌? 여길 어떻게 온 거지?"

저 목소리. 저 목소리는 내 목소리가 아니다. 하지만 내 목소리기도 했다.

"그런 거 알아? 한 산에는 두 호랑이가 살 수 없다는 말."

"그따위 걸 알 게 뭐야?"

"하긴 넌 호랑이는 아니지. 그냥 승냥이야. 하지만 내 먹이를 자꾸 빼앗아 가고 있단 말이야."

내 눈빛이 달라졌다. 내가 내 눈빛이 달라지는 걸 보다니, 이건 대체 뭐지?

"너도 그러니까……."

"인간 사냥꾼이냐고? 너는 스스로를 그렇게 부르는 것 같던데?"

나는 웃었다. 내가 봐도 섬뜩한 웃음이었다. 하지만 기오르기가 웃자 내 웃음은 아무것도 아니었다. 처음으로 기오르기에 대한 공포심이 생겨났다.

아니, 왜? 저건 멍청한 양놈이라고. 전혀 무서운 놈이 아니야! 나한테 작살나게 쥐어 터지던 허접이라고!

하지만 나는 뒷걸음치고 있었다. 무기가 없어서일까? 물러나던 나는 얼른 곡괭이를 집어 들었다.

하지만 기오르기는 두려워하지 않았다. 아까 나와 부딪쳤을 때와는 전혀 딴판의 모습이었다. 마치 다른 사람 같았다. 그는 마치 한 마리 호랑이 같았다. 우리에 갇혀 있는 풀 죽은 호랑이가 아니라 거대한 산을 등 뒤에 두고, 자신의 먹잇감을 당당히 요구하고 있는 호랑이 같았다.

기오르기와 나는 같은 생명체가 아니었다. 기오르기는 포식자였고 나는 먹잇감에 불과했다. 그리고 그 순간 섬광 같은 깨달음이 내 머리를 관통했다.

나는 이미 먹잇감이 아니었다. 그래서 기오르기는 나를 겁줄 수도 없었고, 나를 함부로 할 수도 없었던 것이다. 나는 이미 그와 같은 포식자의 위치에 올라선 것이다. 나는 어깨에 걸머지고 있는 제인의 몸무게를 다시 느꼈다. 이것은 내가 포식자로서 누리는 권리였다. 이제 다시는 남의 발밑에 설 일이 없다는 것을 알려 주는 상징이었다. 정신을 차리자 나는 여전히 제인을 어깨에 메고 있는 장호철이라는 것을 알 수 있었다. 어느새 기오르기의 모습은 사라져 버렸다. 대신 낮게 울리는 소리가 하나 있었다.

<u>크르르르르</u>.

길들지 않은 짐승의 울음소리였다. 아까 두들겨 팼던 개시키가 지

하실에 있었다. 나는 제인을 침대에 집어던졌다. 던지는 순간, '똥!' 이라는 생각을 했지만 이미 늦었다. 미안, 제인.

똥개를 바라보았다. 비록 내 손에 몽둥이는 없었지만 포식자인 이 몸이 한낱 똥개를 두려워할 이유는 없었다. 오른쪽 발목을 슬슬 돌리며 개시키를 걷어찰 준비를 했다.

그때 개시키가 나를 돌아보았다. 눈에서 푸른 인광이 뚝뚝 떨어졌다. 어라? 저거 보통 개시키가 아니네?

개시키는 자빠져 있는 뭔가를 우걱우걱 먹고 있던 중이었다. 저건 분명…….

사람 형상이다. 설마 기오르기가 저놈한테 잡아먹혔단 말인가? 포식자를 잡아먹는 상위 포식자였던 거냐? 개시키가 나를 돌아보았다. 재빨리 사다리를 올라갔다.

뚜껑을 열어 버리려는 순간에 깨달았다. 밖으로 나가면 죽는다는 것을. 햇빛 충만한 곳에 나가 죽고 싶지 않다면 이 문은 절대 열 수 없었다. 개시키가 천천히 사다리 밑으로 걸어왔다. 야, 이리 오지 말고 침대 위에 있는 야들야들한 계집을 먹어 치워!

77

제인은 큰 실수를 한 것이다. 거지 놈이 희한하게 힘이 세진 이유가 바로 좀비에 있었다니! 좀비를 먹으면 왜 힘이 세어지는지는 모르겠지만 일단 먹어 치우고 볼 일이다. 그러다 식중독이라도 걸리면 어떡하냐고? 뱀파이어가 식중독에 걸릴 일도 없지만, 걸린다고 죽기야 하겠냐?

그렇게 생각하긴 했지만 이건 근육 키우려고 먹는 닭고기 가슴살도 아니고, 정말 죽을 맛이었다. 입안에 넣는 순간 목탄 가루처럼 퍽 부서지는 좀비의 그것. 도저히 '살' 이라고 부를 수도 없다. 좀비들이 웬만해서는 자기들끼리 먹지 않는 이유를 알겠다. 이 모양이니 기피하는 건 당연한 일! 정말 늑대 상태니까 그나마 입이라도 댈 수 있었다. 지하실 문이 열리는 소리가 들렸지만 돌아볼 새가 없었다. 제인이 쫓아온 거라면 더 급하다. 한시라도 빨리 먹어 치워야 한다. 사람 이에 비한다면 단연 날카로운 이, 그리고 맛을 느끼지 못하는 혀. 덩어리째 그대로 삼키는 개과 동물의 특성 덕분에 좀비 시체를 배가 꽉 찰 때까지 꾸역꾸역 밀어 넣었다.

정말 강해지겠다는 일념이 없이는 먹을 수 없는 물건이었다. 거지 놈이 그저 가루 좀 먹었을 뿐인데 그만한 힘을 가졌으니 이제 슈퍼맨 부럽지 않은 초능력의 소유자가 되었으리라.

더 이상은 때려 죽여도 못 먹을 것 같았다. 이제는 속이 울렁거려서 토하고만 싶었다. 심호흡을 크게 하며 더럽기 짝이 없는 좀비 시체로부터 몸을 돌렸다. 그러자 지하실 문을 열고 내려오던 게 누구였는지 알 수 있었다. 거지 녀석이 매달려 있었다. 햇빛을 피하려면 들어오는 수밖에 없겠지. 그럼 제인은 어디 있는 거지? 그때 녀석이 소리쳤다.

"야, 이리 오지 말고 침대 위에 있는 야들야들한 계집을 먹어 치워!"

거지의 말에 침대를 보니 울랄라, 이게 웬일인가. 제인이 홀랑 벗고 누워 있다. 꿀꺽, 침이 넘어간다. 어둠 속에서도 하얀 피부가 또렷이 떠오른다. 입가에 말라붙은 피가 보인다. 저 계집도 피를 흘리긴 흘리는군. 그것을 본 순간 제인의 얇은 살갗 아래 흐르고 있는 혈관이 나를 끌어당기기 시작했다.

고개를 돌린 순간이 실수였다. 나는 뒤통수에 까무러칠 것 같은 충격을 받았다.

78

"이 개시키! 어디서 또 나타난 거야! 사람을 먹다니! 죽어봐라!"

개시키도 여자를 밝히는 건지 넋을 잃고 제인을 쳐다보기에, 기회는 이때다 싶어 놈의 뒤통수를 이단옆차기로 날아가 그대로 때려 박았다. 개시키 대가리가 얼마나 단단한지 "깽!" 소리 한 번 났을 뿐 별로 다치지도 않은 모양이었다. 개시키는 네 다리가 안 보이게 튀기 시작했다. 하지만 뛰어야 벼룩이지, 이 좁은 지하실 안에서 지가 어디로 가겠는가?

개시키들에게는 그저 선빵이 중요하다. 상대가 자기보다 세다는 것을 깨닫는 순간 골로 가는 거다. 꼬리를 말아 버리고 더 이상 잇몸을 드러내며 으르렁대지 못하게 되는 것이 바로 개시키의 속성.

79

거지 놈이었다. 기습을 당한 탓에 어떻게 할 수가 없어서 마냥 두들겨 맞았다. 사람으로 변신할 틈을 찾지 못하고 있었다.

"이놈의 자식! 안 그래도 요즘 몸이 허해져서 큰일인데, 복날은 아니지만 먹어 치워 주마!"

몸이 허한 놈이 이렇게 잘도 패냐?

지하실 안이라는 것이 뻔한 공간이어서 어디 피할 곳도 없었다. 이러다 정신이라도 놓으면 놈에게 잡아먹힐지도 모른다는 생각이 들었다. 아무리 뱀파이어라 해도 조각조각 나 버리면 재생이 되겠냐? 그런 이야기도 들어 본 적이 없고 내 몸으로 실험을 해 보고 싶은 생각도 없다.

급한 김에 피할 수 있는 유일한 장소인 침대 위로 뛰어올라 제인의 품을 파고들었다. 그러나 코를 찌르는 냄새. 큰 덩어리는 옷에 싸서 구석에 던져 버리긴 했지만, 아직도 남아 있는 '그것' 의 냄새였다. 거지새끼가 배설해 놓은 그 똥 냄새! 머리가 어질어질하고 구토가 밀려온다.

"똥개 시키, 똥 냄새 맡고 올라갔구먼?"

크오오오! 저 거지새끼를 안 죽이면 내가 뱀파이어가 아니다!

80

그런데 이놈 봐라? 냉큼 침대 위로 뛰어오른다? 개시키 주제에 밝힘증이 생기기라도 한 건가? 아예 제인 밑으로 파고들어 가기라도 할 것처럼 주둥이를 제인 옆구리에 들이밀기 시작했다. 하긴 개시키니까 저렇게 제인이 천장을 보고 누워 있는 자세에서는 그게 불가능하겠지. 제인을 뒤집으려고 하는 거군.

워낙 원한이 사무쳤던 계집인지라 개시키가 침을 흘리건 말건 내버려 둘 생각이었지만, 아무리 그래도 인간은 만물의 영장인데 개시키한테 당하는 걸 두고 보는 건 도리가 아니리라. 더구나 저 빌어먹을 개시키는 기오르기도 먹어 치운 식인견 아니겠는가? 다시 마음을 굳게 먹고 개 꼬랑지라도 잡고 끌어내려야겠다고 생각한 순간!

또 다른 생각이 번득 들었다.

"똥개 시키, 똥 냄새 맡고 올라갔구먼?"

그 말을 듣기라도 한 건가? 개시키는 갑자기 구역질을 시작하더니 게우기 시작했다. 으, 더러운 개시키. 대체 뭘 먹었는지 시커먼 죽 같은 것을 게워 내는데 하얀 제인의 얼굴이며 가슴에 쏟아붓고 있어서 더 선명하게 보였다.

대체 뭘 먹으면 저런 걸 게우게 되는 건가 싶어 처음 개시키가 있던 곳으로 가 보았다. 머리통이 박살나고 가슴부터 배까지 파먹힌 시체 하나가 거기 있었다. 백 년은 썩은 듯한 그 모습. 지하실에 있던 이빨 빠진 괴물 시키였다. 어지간히 배가 고팠던 모양이다. 저런 걸 먹었으니 안 게우면 그게 이상한 거지. 처음으로 개시키가 조금 불쌍해졌다. 그리고 돌아보았더니 더욱 불쌍하게 보였다.

그러나 다음 순간 갑자기 이유를 알 수 없는 현기증이 다시 일어났다. 정신이 아득해졌다.

"이제 발악은 다 한 거냐?"

기오르기! 나는 천천히 뒤돌아섰다. 나는 분명 움직이지 않았는데, 내가 뒤돌아섰다. 기오르기가 다가오자 가슴속에서 참을 수 없는 공포가 피어올랐다. 저절로 무릎이 꿇렸다. 기오르기의 손이 내 머리 위에 얹혔다. 나는 꼼짝도 할 수 없었다. 그의 손으로부터 차가운 기운이 머리통으로 밀려들어 와 심장에 꽂혔다. 피가 얼어붙어 흐르지 않는 기분이었다.

"걱정하지 마. 피가 콸콸 나오게 해 주지."

기오르기는 허리를 숙이며 입을 쫙 벌렸다. 길고 날카롭고 하얀 송곳니가 번쩍였다. 뭐야, 저거? 드라큘라잖아?

기오르기는 내 목에 이빨을 박아 넣고 피를 빨아내기 시작했다. 손발이 오싹오싹해지면서 한편으로는 극도의 쾌감이 몰려왔다. 그건 생명이 소멸되어 가는 지독한 쾌감이었다.

"이게 미쳤나? 감히 어디다가!"

제인의 새된 목소리였다. 나는 다시 지하실에 서 있는 장호철로 돌아왔다.

81

똥 냄새 때문에 더 이상 참지 못하고 토하고 말았다. 아, 젠장! 어떻게 먹은 썩은 살인데 그걸 다 토해 버리다니!

다시 먹을까? 아주 짧은 순간 그렇게 생각했다. 어이구, 내가 미쳤지. 그보다 토하는 바람에 더 안 좋은 일이 생겼다. 정신을 잃었던 제인이 얼굴에 쏟아진 토사물을 쩝쩝거리면서 잠에서 깬 거다.

"으, 이게 뭐야!"

제인은 화가 난 것 같았다. 하긴 나래도 남이 토해 놓은 걸 쩝쩝 받아먹는다면 당연히 화가 날 것 같다.

"이게 미쳤나? 감히 어디다가!"

늑대가 된 것이 인간이나 박쥐보다 유리한 점이 있었다. 제인의 필살기인 한 손으로 목 잡기가 불가능했다. 하지만 좋아한 것도 잠시, 제인의 당수가 콧등에 작렬했다.

"깽!"

비명이 저절로 나왔다. 이거야 정말 못살겠네. 5백 년을 살아온 드라큘라 백작의 전인인 기오르기 슈투베가 오만 잡것들한테 날이면 날마다 복날 개 맞듯이 맞고 있다는 게 말이나 되나?

길게 포효했다. 아니 하려고 했다. 다음 순간 다시 콧등을 맞아서, 깽 하고 비명을 내지르고 말았다.

"내 옷은 어쨌어?"

제인은 별로 가슴을 가릴 생각도 하지 않고 있었다. 이미 말한 것처럼 뱀파이어는 인간 여자에게 정욕을 느끼진 않지만, 설령 느낀다 해도 지금은 아닐 것 같았다. 시체 썩은 물을 뒤집어쓴 여자한테 껄떡댈 놈 있으면 나와 보지?

"너, 빨리 사람으로 안 돌아와?"

제인은 두리번거리다가 바닥에 있던 내 바지를 집어 들고는 토사물을 닦기 시작했다. 저년이 왜 남의 바지에다가……. 억울해서 고함이라도 치고 싶었지만 그건 불가능했다. 제인이 손만 들어 올려도 움찔하는 조건반사가 일어나는 거다. 빌어먹을! 약한 자여, 그대 이름은 늑대니라.

"뭘 먹고 토해서 이렇게 썩은 똥 냄새가 나는 거지? 닦아도 소용이 없네."

제인은 투덜대더니 내 티셔츠를 집어 들었다.

"이, 이게 뭐야?"

묵직했을 거다. 거지새끼 똥 무더기지 뭐긴 뭐겠냐?

"아, 이런 더러운 놈. 잠자는 곳에서 똥도 싸냐!"

왜 이래? 그건 내가 한 짓이 아니라고! 하지만 제인은 내가 미처 항변하기도 전에 달려와 내 콧잔등을 다시 두들겨 팼다. 거기서 그친 것이 아니었다. 자기 몸을 닦은 바지를 들고 오더니 내 대가리, 아니 머리에 뒤집어씌웠다. 제인이 속삭이듯 말했다.

"노란 놈 잡을 때까지 조용히 있어라."

뭐라 반박을 할 수가 없었다. 늑대의 코는 인간보다 수천 배나 민감하다. 토사물과 똥 냄새가 함께 작동하는 통에 나는 반쯤 정신이 나가 버렸다. 살아남는 길은 변신에 성공하는 것뿐이다. 나는 필사적으로 변신하려고 용을 썼다.

그사이에 둘은 한판 붙은 모양이었다. 푹팍, 푹푹팍, 푹팍, 푹팍, 푹팍! 소리가 장난이 아니었다.

“이제 얌전히 말을 들을 때가 되었지?”

맙소사, 이번에도 거지가 이겼다. 빌어먹을! 좀비 보약의 효과가 그렇게나 좋단 말이지! 이를 악물고, 아니 입을 억지로 벌리고 바지에 묻어 있는 토사물을 핥아먹기 시작했다. 거지 놈의 똥까지 먹는 셈이었지만 이 수모를 천 배로 갚아 주려면 그 방법밖에 없었다.

82

나는 혼란에 빠져 있었다. 뭐지? 나는 지금 죽은 건가? 기오르기에게 죽임을 당한 건가? 채 정신을 차리지 못하고 있을 때 제인이 기습을 가해 왔다. 옆구리에 한 방 얻어맞았지만 별로 아프지 않았다. 어쩐지 여자에게는 절대 지지 않을 것이라는 자신감이 있었다. 그런 자신감이 나한테 있을 이유가 없는데도.

나는 제인의 주먹을 피하지 않았다. 별로 아프지도 않으니 무서울 것도 없었다. 맞으면서 계속 제인을 구석으로 몰아붙였다. 제인이 빠져나갈 곳이 없어졌을 때 제인을 패기 시작했다. 평생 여자를 패면서 살아온 것처럼 능숙하게 패기 시작했다.

싸움이라고는 변변히 해 본 적도 없는 사람이었는데 어느새 구타의 달인이 되어 있었다. 물론 많이 맞아 보기는 했으니 잘 때리게 되었을지도 모른다. 하지만 그런 정도가 아니다. 그건 분명했다.

제인이 쓰러졌다. 아니, 쓰러지려고 했다. 무릎으로 그녀를 세워 두면서 계속 때렸다. 제인이 드디어 항복 선언을 했다.

"그만, 그만!"

그 순간 제정신이 돌아왔다. 내가 대체 무슨 짓을 한 거지? 나는 그저 때리기만 하고 있는 게 아니었다. 분명히 제인을 죽이려 하고 있었다. 비틀거리며 뒤로 물러났다. 하지만 다음 순간 제인을 죽여야 한다는 생각이 다시 머릿속에 가득해졌다.

그리고 알았다. 내 머릿속에 뭔가 다른 게 들어 있다는 것을. 뭐지, 이건? 뒤로 물러났다. 물러나다가 뭔가 물컹한 걸 밟았다.

"깽!"

그 개시키였다. 추잡한 놈. 바지에 묻은 토사물에 고개를 파묻고 먹고 있었다. 똥이건 된장이건 가리지 않고 먹어 치우는군. 하지만 밥 먹을 땐 개도 안 건드린다고 했잖은가. 밥 먹는 걸 방해받았다고 성질이 꽤 난 모양이었다.

"크르르르."

그 소리에 신경이 툭 끊어졌다. 사다리를 때려서 부서뜨린 뒤에 몽둥이를 들고 개시키를 패기 시작했다.

"자, 잠깐만!"

뭐야? 이젠 개시키가 말도 하는 건가? 난 완전히 미친 게 틀림없다. 개 패는 것을 멈추고 말하는 개를 물끄러미 쳐다보았다. 내가 미친 게 아니라면? 저 개가 정말 말을 하는 거라면?

그렇다면 대박이겠다. 생각해 보라. 말하는 개라니! 전 세계를 떠르르 하게 만들 일대 사건이 아니겠는가? 돈을 갈퀴로 긁게 될 것이 분명했다. 흥분에 몸을 떨었다.

"말을 하네?"

"그래, 이 빌어먹을 장님 거지새끼야!"

가만, 이 개시키……. 내 정체도 알고 있잖아? 이거 뭐야? 말만 하는 게 아니라 아예 신까지 들린 거야? 긁어모을 돈이 금방 두 배로 뻥튀기 되었다.

"날 알아? 앞으로 내 운명은 어떻게 될 거 같아?"

"뭐야? 이 병신이 무슨 소리를 하는 거야?"

이 개시키가 아직 주인이 누군지를 모르는구나. 몽둥이를 움켜쥐었다. 개시키를 길들이는 데는 몽둥이가 최고다. 너 한번 죽어 봐라. 개시키가 당황한 모양이었다.

"이, 이봐. 말로 하자. 말로."

83

하지만 거지새끼는 말로 할 생각이 전혀 없었다.

"제대로 이야기할 거냐?"

녀석은 신나게 나를 팬 뒤에 그렇게 말했다. 누가 뭐라던? 처음부터 내가 말로 하자고 했잖아. 내가 고개를 끄덕이자 놈이 물었다.

"이번 주 로또 번호를 불러라."

"그걸 내가 어떻게……."

까지 말하다가 놈이 몽둥이를 번쩍 치켜드는 통에 얼른 숫자를 읊었다.

"2, 8, 12, 33, 36, 44."

놈은 흐뭇한 미소를 머금었다가 다시 물었다.

"적어 놓을 데가 없구먼. 번호 좀 다시 불러 봐."

"2, 8, 16, 20, 24, 28."

순간 눈앞에서 불이 번쩍했다.

"앞에 이야기한 거랑 다르잖아. 이 시키가 누굴 물로 알아?"

앞에 내가 뭐라고 했지? 그딴 걸 누가 기억해? 하지만 놈은 그런 걸 고려하지 않았다. 그냥 몽둥이를 들어 올렸을 뿐이다.

질끈 눈을 감았다. 해가 이젠 한참 떠올랐을 것이다. 그런데도 저 거지새끼는 졸리지도 피곤하지도 않은 모양이었다. 사디스트 같으니라고!

"그만하지."

제인이 거지의 팔목을 잡았다.

"덜 맞았구나?"

거지가 돌아서는 순간 제인의 발이 녀석의 발목을 걷어찼다. 녀석은 정말 멋지게 반원을 그리며 쿠당탕 자빠졌다. 정말 5백 년을 살아온 동안 이렇게 통쾌한 순간은 처음이었다.

거지가 채 일어나기도 전에 제인의 무릎이 놈의 목을 짓눌렀다.

"좀 희한해. 너 벌써 사람 피를 먹은 적이 있냐?"

거지는 버둥대며 말을 하지 못했다. 내가 대신 대답했다.

"그럴 리가 있나. 뱀파이어가 된 걸 바로 잡아 왔는데."

제인이 머리를 흔들었다.

"정말 이상해. 단지 좀비를 좀 먹었다고 해서 이런 힘을 가질 수는 없어. 그의 기억과 생명, 확장된 능력을 모두 가져야 하는 법이거든."

"그, 그게 무슨 소리야?"

아, 젠장. 그럼 나 헛짓거리 한 거야? 제인은 내 말에는 대답하지 않고 다시 거지에게 물었다.

"말해 봐! 사람을 잡아먹은 적이 있어?"

"걔한테는 뭘 물어도 모른다니까. 천하제일의 바보인데, 뭐."

제인이 내 쪽으로 홱 고개를 돌렸다.

"좋아. 그럼 네가 말해 봐. 이 자식이 먹은 게 대체 뭐지? 피를 먹은 적이 있어?"

그건 알 수 없다. 하지만 내 피를 작살낸 건 사실이니까 그중 한두 개는 먹었을 수도 있다.

"잘 모르겠는데."

하지만 내 패를 미리 깔 필요야 없지.

"그럼 여기 있던 좀비가 이 새끼가 만든 좀비야?"

"천만에. 그건 내가 만든 거야. 한 20년은 된 놈이지. 여자만 납치 강간 후에 때려죽이던 놈이지."

"대단한 놈이었군."

"좀비 중의 최강 좀비로 군림했지."

"최강 좀비?"

제인이 코웃음을 쳤다.

"원래 살인마였단 말이지. 그래서 정의를 실현한 건가?"

"천만의 말씀. 내 먹잇감을 자꾸 노리니까 없애 버린 거야."

84

제인은 여전히 내 목을 강철 같은 무릎으로 누르고 있었다. 그런데 과연 말하는 개시키는 범상한 놈이 아니었다. 연쇄살인범을 자기 나와바리 침입으로 간주해서 죽여 버렸다는 이야기를 서슴없이 하고 있었다.

"그럼 이 코리언이 어디서 그 피를 먹었을까?"

"피를 먹다니?"

제인이 짧게 한숨을 내쉬었다.

"어떤 놈이 좀비가 된다고 했는지 기억하냐?"

"독에 면역이 조금 있는 놈."

이것들 뭔 소리를 하고 있는 거야? 그래, 마음대로 헛소리하고들 있어라. 찬스만 오면 다시 신나게 패 주마. 흐흐, 이거 점점 더 흥분되는데? 정말 오랜만에 느끼는 짜릿함이다.

"좀비가 되면 거의 뱀파이어에 준하는 능력을 가지게 되지. 자기 동족을 번식시킬 수도 있고 고통도 느끼지 않게 되고 불사의 생명도 가지게 되지."

"어디 좀비를 뱀파이어에 비교해? 그것들은 대가리가 텅 빈 상태라고."

제인이 씩 웃었다.

"그것뿐일까?"

"당연히 아니지. 죽지는 않지만 재생 능력은 없어."

제인이 손뼉을 쳤다.

“브라보. 그래, 너희 뱀파이어는 마치 뿔도마뱀처럼 손이 잘려 나가도 손이 그대로 재생되지. 하지만 좀비는, 손이 잘려 나간다면 그냥 손이 잘려 나간 상태대로 있을 수밖에 없지.”

“흥. 잘 알고 있군.”

“하지만 좀비의 장점도 그것만은 아니지. 다른 건 너희와 비슷하지만, 너희가 간절히 원하지만 손에 넣지 못하는 능력 하나를 좀비가 가지고 있지. 그게 뭔지 알겠지?”

개시키가 간절히 원하지만 갖지 못한 능력이라……. 그런 게 뭐지? 말하는 거? 하지만 저 개시키 말하는 걸로 보아서 그런 건 아닐 거고. 복날 살아남기?

“빛을 무서워하지 않는 능력.”

뭐야? 개시키가 빛을 무서워한다고? 개가 원래 야행성이라고 하긴 하지만 그걸 왜 간절하게 원한단 말이야?

“대가리가 빈 대신에 낮에 다니는 능력을 얻는 건 사양하겠어.”

“당연히 그렇게 말하겠지. 하지만 그냥 그 능력만 플러스되는 거라면?”

“뭐야?”

“본래 뱀파이어들이 자신들의 능력을 약화시킨 것은 자신들의 능력을 전이시키기 위한 것이었다고 했지?”

“그랬던 것 같군.”

“뱀파이어라는 개체가 아니라 뱀파이어라는 속성이 죽지 않는다는 것이 무슨 의미가 있을까?”

“그건 또 무슨 개소리야?”

저런, 개가 사람보고 개소리라고 하다니.

"네놈이 지금 이 코리언을 뱀파이어로 만들긴 했어. 전이된 거지. 뱀파이어가 둘이 되었으니까 뱀파이어라는 생물의 생존 확률은 두 배로 늘었다고 하겠지. 하지만 그게 의미가 있어? 너보고 죽으라고 한다면 넌 뱀파이어의 생존 가능성이 있으니 종의 번성을 위해 기꺼이 죽겠어?"

"미쳤어? 그럴 리가 없잖아."

"그렇지? 그런데 왜 뱀파이어 선조는 그런 길을 택했을까? 이상하지 않아?"

"이상해."

제인은 날 완전히 제압한 줄 알고 방심했다. 기회가 온 것이다.

85

이제 드디어 비밀이 밝혀지려는 찰나였다. 침을 꼴깍 삼켰다. 제인이 입을 열었다. 하얀 치아가 보이고 그 사이로 붉은 혀가 움직이는 것이 보였다. 그러나 제인의 입에서 나온 소리는 전혀 엉뚱한 것이었다.

"으악!"

젠장! 거지 놈이 벌떡 일어난 것이다.

"야, 좀!"

내가 손가락질하자 살기등등한 눈으로 나를 노려보았다. 순간적으로 찔끔해 버리고 말았다. 아니, 누가? 내가? 드라큘라 백작으로부터 직접 뱀파이어가 된 이 몸이? 5백 년간 산전수전 다 겪은 내가, 이제 갓 뱀파이어가 된 놈 때문에 움찔했단 말인가?

이런 자존심 망가지는 일이 있나.

"너 어따 대고 눈을 부라리는 거야?"

거지도 지지 않고 소리쳤다.

"니가 먼저 지랄했잖아!"

지, 지랄! 저게 아주 겁을 상실했구나, 라고 생각했다가 지금까지 저놈에게 쩔쩔맨 것은 바로 나라는 사실이 떠올라 한숨이 나왔다. 집에 데려올 때까지는 내가 우위에 있었다. 하지만 지하실에 넣었다가 기습을 당했다. 그 생각을 하자 턱이 또 얼얼한 것 같다. 놈이 달아나려다 자빠져 잠깐 승기를 잡는가 했지만 곧 복날 개 맞듯이 맞고 지하실로 도망쳤다가 피 보관소를 털리는 끔찍한 일도 겪었다. 그리고 저놈이 좀비와 뽀뽀해서 괴력을 얻은 후에는 상대가 되지 않았다. 연전연패한 건 나였다.

빌어먹을! 저놈은 좀비와 뽀뽀만 했지만 나는 좀비를 먹어 치웠다. 그런데 왜 나한테는 괴력이 안 생기는 거지?

거지새끼는 제인의 목을 무릎으로 누르고 있는 중이었다. 자세 완전 역전. 하지만 저렇게 내버려 두면 죽을 건데? 속으로 숫자를 세 보았다. 한 30초는 목이 졸려도 버틸 수 있지 않을까? 저년이 완전히 뻗은 다음에 수를 내 봐야지.

"거지새꺄, 그러다 죽겠어."

"죽거나 말거나."

"그냥 죽이면 쓰냐, 피라도 빨아먹어야지."

"미친놈."

거지는 코웃음을 쳤다. 하지만 정말 간절히 제인의 피를 빨아먹고 싶었다. 그럼 귀찮은 질문 따위 필요 없이 그녀의 기억 속으로 직접 접근할 수 있다. 그녀가 알고 있는 모든 것을 내 것으로 만들 수 있다.

하지만 벌써 경험했다. 저 계집의 피부에는 뭔가 요상한 주문이 걸려 있다. 내 송곳니가 뚫지 못하는 걸로 보아 고대의 마법이라도 걸린 게 틀림없다. 위험을 두 번 무릅쓸 필요는 없다. 그러니 이번에는 거지가 물도록 꼬드기는 거다. 거지가 뚫을 수 있다면 거지가 뚫은 곳을 통해서 피를 빨면 그만이다. 거지가 못 뚫는다면? 그건 그때 가서 생각하자. 뱀파이어가 된 뒤 남는 건 시간인지라, 길게 계획을 세우는 일 따위는 해 본 적이 없었다. 실패하면 다시 하면 되는 거다.

"이제 현실을 인정하지그래. 넌 뱀파이어가 됐어. 아주 훌륭하게 업그레이드 된 거지."

"지랄한다."

"피를 마신 지 한참 되었지? 아니, 마시긴 했나? 네놈이 내 피를 다 버리는 통에 나도 이제 가진 게 없어. 제인이 우리의 마지막 희망이지. 둘이 마셔도 충분하니까 나눠 먹자고."

이번에는 즉각적인 반응이 나오지 않았다. 거지는 뭔가 생각하는 모양이었다. 거지가 물었다.

"그럼 냉장고에 들어 있던 게 피였나?"

"먼저 목에 힘 좀 풀어. 그러다 저년 죽는다. 죽으면 피는 아무 소용도 없어."

제인의 눈은 이미 돌아갔고 입에서는 거품이 흘러나오고 있었다.

완전히 정신을 잃은 거다. 거지는 그때서야 무릎을 치웠다.

"냉장고에 들어 있던 게 피 맞냐고?"

"야야, 먼저 저 무서운 년부터 처리하자. 피만 빨아먹으면 끝나. 너부터 마셔."

행여 제인이 정신이라도 든다면 제압하기가 만만치 않을 수도 있다. 하지만 여기에는 제인을 묶을 변변한 도구도 없다. 제인의 괴력도 만만치 않으니 옷 같은 걸로 묶어 봐야 금방 찢어 버릴 것이고. 역시 방법은 바로 피를 빨아먹는 것뿐이다.

"시꺼! 내 말에 대답이나 해!"

"큰소리칠 입장인가?"

거지의 입가에 미소가 떠올랐다. 섬뜩했다.

"조금 전에 난 이상한 환각을 보았지. 내가 그, 그, 그러니까 기오르기라는 양놈 손에 죽는 환각이었어."

어이구, 머리야. 기오르기는 나야, 나.

"그래. 내가 널 뱀파이어로 만들었지. 네게 새로운 삶을 준 거야. 난 네 영혼의 아버지인 셈이지."

"개코같은 소리! 개시키가 뭘 만들어. 주제를 알라고. 내가 아닌 나를 양놈이 죽였어. 그건 내가 아니지만 내 일부가 된 무엇이라고! 그게 뭐지? 대체 무슨 짓을 한 거야?"

쯧쯧, 완전히 돌았군. 무슨 소리를 하는지 알아들을 수가 없었다. 나는 왈왈왈 세 번 짖었다.

"내가 몇 번 짖었는지는 아나?"

"죽고 싶나?"

"죽일 능력은 있고?"

"복날 잡은 똥개가 몇 마리인 줄 아냐?"

아 놔, 저 거지새끼, 당당한 늑대를 똥개로 알고 있는 거야?

"양놈이 내 몸 안에 한 짓거리에 대해서 속속들이 알고 싶을 뿐이다."

그까짓 걸 알려 주는 건 어려울 것도 없지.

"널 물었고, 피를 빨아먹었다. 끝."

"거짓말!"

"진짜야."

거지의 얼굴이 붉어졌다.

"지랄 염병할 개시키! 뜨거운 맛을 보아야 입을 열겠다 이거지?"

두어 걸음 뒤로 물러났다. 지하실 벽에 부딪쳤다. 이놈의 지하실, 왜 이렇게 좁아?

"이, 이봐. 말로 하자고."

"말 같은 소리 하네. 왜? 히히힝 하지."

으윽. 저거 진짜 미쳤나 보다. 이런 썰렁한 농담을! 하지만 비굴하게 웃으며 말했다.

"히히힝."

그때였다. 제인이 몸을 뒤척였다.

"야야, 지금 이럴 때가 아니야! 제인이 깨어났다고."

거지가 웃었다.

"내가 뒤돌아서면 뒤통수치려고 하는 거지?"

86

"아, 이것들."

씨바, 제인의 목소리다. 개시키의 말은 거짓이 아니었다.

"아주 죽으려고 용을 쓰는구나."

뒤로 돌아섰다. 눈앞에 별이 번쩍했다. 싸다구에 제인의 손이 지나간 것. 이게 죽으려고! 그렇게 맞고도 정신을 못 차리는구나.

나는 여유를 부리며 제인 쪽으로 한 발 다가갔다. 그런데 이것 봐라? 아까와는 다르다. 나는 계속 제인에게 두들겨 맞고 있었다. 다행인 것은 맞는다고 해서 그다지 아프지는 않다는 정도? 하지만 이러다가 또 몸이 굳어 버리는 그 점혈술에 당하는 거다.

"이 미친놈. 그래서 진작 먹어 치우자고 했잖아!"

개시키가 투덜댔다. 정말 그래야 하나? 사람 목을 물어뜯는 것 같은 일을 할 수 없는 건 너무 당연하지 않나? 개시키는 가능하겠지. 하지만 개시키한테 사람을 내주는 건 할 짓이 아니잖아!

"멍멍이는 찌그러져 있어!"

그 말에 개시키가 삐친 모양이다. 바로 제인에게 말을 건다.

"제인, 저놈 잡는 걸 도와줄 테니까 나는 놔줘."

"이 개시키!"

좀 신통한 곳이 있는가 싶어 봐주려고 했더니 이렇게 나온다 이거지?

"제인, 먼저 저 개시키를 죽여 버린 뒤에 말 좀 하자."

제인이 히죽 웃었다.

“좋아. 그럼 둘이 한번 박 터지게 싸워 보시지? 이기는 놈은 남겨두고 지는 놈은 잡아가도록 하지.”

내가 개시키에게 돌아서자 개시키가 다급하게 말했다.

“그런데 그 전에 한 가지만 묻자.”

“싫어.”

“너 말고!”

개시키가 제인에게 말했다.

“뱀파이어 선조들이 번식의 길을 택한 이유가 대체 뭐냐?”

제인이 훗, 웃어 버렸다.

“지금 너희가 하는 것과 똑같은 이유지.”

저건 또 무슨 소리야? 대체 개시키가 왜 그렇게 뱀파이어에 관심이 많은 거야? 저 시키, 그래서 내 약점을 알아내려고 하는 건가?

“서로 싸우기 위해서 번식의 길을 택했다고?”

“누가 그래? 바보 녀석.”

개시키가 바보인 거야 새삼 강조할 필요도 없는 일.

“지금 너희들이 하는 걸 기껏 ‘싸운다’ 라는 것으로밖에 풀지 못하는 거야?”

“그럼 뭔데?”

제인이 차가운 목소리로 대답했다.

“하나는 잡혀가고 하나는 산다.”

대체 이것들이 하는 이야기는 뭐야? 하지만 이런 기회를 놓칠 순 없지.

“나도 궁금한 게 있다.”

"좋아. 형평성을 맞춰 주지. 말해 봐."

"내 기억 속에 뭔가 다른 게 들어 있다. 나지만 내가 아닌 것. 그게 뭐지?"

제인이 어리둥절한 얼굴이 되었다. 개시키를 가리키며 다시 말했다.

"아까 지하실로 내려올 때, 나는 내가 아닌 다른 사람이 되었어. 시간도 장소도 사람도 달라졌다고! 그게 뭐지?"

개시키가 중얼거렸다.

"피의, 기억……."

제인이 고개를 끄덕였다.

"피의 기억 맞아."

"피의 기억이 뭔데?"

"피를 통해 희생자의 기억을 훔치는 거지."

제인이 말하자 개시키가 토를 달았다.

"피를 통해 정보를 얻는 거야."

"생명을 정보로 바꾸는 일이지."

"생명이 정보도 남기지 못하는 것보단 낫지."

"처음부터 생명을 보존하는 게 낫겠지."

내가 고함을 질렀다.

"그만!"

둘이 나를 쳐다보았다.

"이것들이 보자 보자 하니까 지들끼리 난리네?"

개시키가 제인을 보며 말했다.

"역시 저놈을 잡는 게 좋지 않아?"

"편 안 든다고 했지?"

"잠깐! 그만이라고 했다."

제인에게 물었다.

"좀 더 자세히 말해 봐. 피의 기억이 뭐야?"

제인이 한숨을 내쉬었다.

"뱀파이어는 피를 빨아들이면서 희생자의 기억도 빨아들일 수 있어."

또 개시키가 토를 달았다. 그래, 조금만 기다려라. 푹푹 삶아 주마.

"원할 때에 한해서."

"그럼 내 기억도 양놈이 훔쳐 갔을까?"

"아니. 거지 기억 따위를 뭐 하러 훔치……. 아니, 정보로 만들겠어?"

"만들어?"

이번에는 제인이 대답했다.

"그걸 다시 피로 만들 수 있거든."

"뭐야? 그럼 마신 피를 다시 뱉는단 말이야?"

"그래."

이건 뭐 소 시키도 아니고 되새김질도 가능하단 이야기네?

"그럼 내가 그런 피를 마셨다는 건가?"

냉장고에 있던 게 양놈의 토사물이었다니. 아, 내가 이러다가 미쳐.

"그런 모양이군. 어떤 기억이었는데?"

머릿속이 또 혼란스러웠다.

"어떤 여자를 데리고 있었어. 넋이 나간 듯한. 그리고 양놈, 기오르기를 보았지. 여자를 집어던졌어. 뭐, 그런 기억이야."

기억이 자꾸 나를 지배하려는 것만 같아 내뱉듯이 빨리 말했다. 개시키가 킥킥 웃으며 말했다.

"좀비 놈의 피를 마셨군."

"좀비 놈이라니?"

"너한테 키스 애무를 퍼붓던 놈 말하는 거야."

저 개시키, 확실히 신통력이 있다. 별걸 다 알고 있네. 제인이 새된 목소리로 말했다.

"그거 확실해?"

"뭘?"

갑자기 뭔 소린지 알 수가 없었다.

"너 말고!"

개시키에게 물었던 거다. 개시키가 말했다.

"확실하지. 그놈은 연쇄살인마였다니까. 윤락녀를 상대로 살인을 저지르고 다니는 놈이었지. 그런 놈이 설치면 내가 작업하기가 힘들어진단 말이야. 그래서 제거해 버린 거지."

뭐야, 저 말은? 그럼 그 피를 개시키가 만들어 놓았다는 거야, 뭐야?

"그래! 그런 거군!"

제인이 펄쩍 뛰었다.

"이제야 아귀가 맞는구나. 그래, 좋았어! 잘못된 건 하나도 없어!"

"대체 뭔 소리야?"

제인이 차갑게 웃었다.

"이제 질문은 사양이야. 둘이 싸운 뒤에 승자에게 질문할 기회를 하나 더 주지."

87

5백 년 묵은 괴물은 나였지만 엊그제 뱀파이어가 된 저놈이 더 센 것이 사실이었다. 나도 모르게 침이 꼴깍 넘어갔다. 제인, 저 얄미운 년. 힘을 합해서 더 위험한 놈을 제압하는 것은 당연한 일일 텐데도, 내 편을 들지 않을 줄은 꿈에도 몰랐다.

사람들의 원한이란 매에 비례하는 법이어서 제인도 저놈에게 꽤나 두들겨 맞지 않았던가! 그런데도 내 편을 들지 않을 줄은 몰랐다.

거지 놈이 한 발 한 발 내게 다가왔다. 나지막하게 말을 건넸다.

"이봐, 저년 속셈을 알아?"

거지는 그게 궁금하지 않은 모양이었다. 다짜고짜 주먹을 휘둘렀다. 그래, 좀 맞더라도……. 윽, 윽, 윽!

"자, 자, 잠깐!"

손을 휘둘렀다. 하지만 소용없었다. 거지는 아무 말 없이 묵묵히 나를 패기만 했다.

"저년 속셈은, 윽, 우리를, 윽, 하나씩, 윽, 잡아 버리는, 윽, 거야, 윽, 윽, 윽."

거지가 처음 입을 열었다.

"그런 건 상관없으니 빨리 자빠져라. 난 묻고 싶은 게 있으니까."

"내가 대답해 주면 안 될까?"

윽, 윽, 윽!

"네놈 말은 뭐가 뭔지 알아먹을 수가 없더라."

"최선을, 윽, 다해서, 윽, 대답할게!"

그 말에 거지는 아주 짧은 시간 생각에 잠기는 것 같았다. 그 틈에 박쥐로 변신해서 날아오르려고 했다. 하지만 아뿔싸, 박쥐로 변신할 힘도 남아 있지 않았다. 나는 자리에 길게 뻗어 버리고 말았다. 이걸로 끝이다. 5백 년 역사의 종지부를 맺는구나. 그것도 늑대로 변신한 모습으로. 죽은 뒤에야 인간의 형태로 돌아가겠지.

거지가 제인에게 물었다.

"나, 확실히 뱀파이어가 된 거야? 아니, 아니! 이건 질문이 아니야."

"너 뱀파이어 맞아. 이건 답변으로 안 쳐주마."

"널 이길 방법을 말해 봐."

저런 미친놈! 지금 무슨 애들 동화책에 나오는 이야기를 하는 거냐? 약속이라는 신성한 주술에 얽매여 자신의 약점을 털어놓는 괴물. 그리고 그것을 이용해서 승리하는 얍삽한 영웅. 그런 게 어디 있어! 에라이, 거지새끼!

"훗, 그런 게 있을 리가 있냐?"

뻔한 대답.

"그럼 내 약점은 뭔데?"

"그건 너무 많아서 뭐라 말할 수가 없는데?"

"많긴 뭐가 많아? 아까 좀 때렸다고 기고만장한 거냐? 그거 모기가 문 것보다도 안 아프더라. 네년은 코너에만 몰리면 끝장이야."

그래, 그거야! 힘내라, 거지!

"아까도 죽을 뻔한 걸 저 개시키 헛소리 때문에 살아났을 뿐이고."

돌연 제인이 웃었다.

"아, 그래? 내가 거품 좀 무니까 죽은 것 같았니?"

이건 또 무슨 소리? 그럼 그게 연극이었단 말이야? 그럴 리가 있나? 하지만 가슴 한구석이 서늘해지는 것을 느꼈다. 마지막 기운을 짜내서 고함을 질렀다. 하지만 소리는 얻어터진 개새끼의 깨갱 소리처럼 흘러나왔다. 제인이 내 쪽을 바라보았다. 아직 살아 있냐는 눈초리로.

"가만, 가만! 그럼 너 혹시, 너 혹시, 너도 뱀파이어냐?"

제인이 고개를 저었다.

"아니."

"하지만……. 그렇다면 너, 사람도 아니지?"

"닥쳐."

제인의 말로 확실해졌다. 저거 사람이 아니다. 뱀파이어도 아닌 것 같다. 뭔지는 몰라도 뱀파이어의 송곳니가 통하지 않는 존재인 것은 틀림없다. 그럼 저게 뭘까?

여자 몸을 하고 있는 건 분명하니, 저게 바로 말로만 들어 본 서큐버스일까? 하지만 그 종류는 날개가 있어야 한다. 날개를 숨기고 다니는 것 같지는 않다. 그럼 라미아일까? 하지만 그건 하반신이 뱀이어야 한다. 다리가 있는 것도 분명하다. 벗겨 놓았으니 숨기는 것도 없겠다. 완벽한 글래머 백인 여자다.

"넌 뭐냐?"

"넌 졌어. 질문할 권리가 없다."

젠장! 피가 모자라다. 변신하기에도 모자라고, 기력을 되찾기에도 모자라다. 이런 수모를 벗어날 길이 없다.

"너희는 여기 좀 있어라. 난 너희 같은 괴물이 아니어서 뭐 좀 먹고 와야겠다. 배고프다."

"그동안 여기 얌전히 있을 것 같냐?"

"그럼 어쩌려고? 햇빛 속에 나가서 장렬히 전사할 테냐? 끌려가면 물론 죽을 수도 있겠지만 탈출할 기회가 있을지도 모르지. 그게 낫지 않냐? 너희는 이제 해 질 때까지는 여길 빠져나갈 수 없어. 얌전히 기다려라."

거지가 발끈했다.

"네 맘대로는 안 될 거다!"

호기롭게 외친 것은 좋았지만 그 말이 끝나기도 전에 제인은 뛰어올랐다.

"다녀오마."

제인이 지하실 문을 닫아 버렸다. 햇살이 사라졌다. 이로써 제인은 자신이 뱀파이어가 아니라는 것을 눈앞에서 증명했다. 하긴 햇빛이 없어도 기운이 없어서 쫓아가지 못할 판이었다. 처량한 목소리로 거지에게 물었다.

"혹시 피 가진 거 없나?"

정말 바보 같은 질문. 피가 있을 리 없지. 거지도 어이가 없었는지 대답조차 하지 않는다. 대체 어째야 하나? 5백 년을 살면서 산전수전 다 겪었다고 생각했는데, 이런 경우는 처음이었다. 너무 피곤한 탓인지 잠도 오지 않았다. 나는 속절없이 지하실 안만 오락가락했다. 거지는 만사태평, 내가 대책을 세우자고 했지만 신경도 쓰지 않고 구석에 앉아서 잠이 들어 버렸다. 이 기회에 콱 물어뜯어 버릴까 했지만 내가 다가서자 갑자기 번쩍 손을 치켜든다. 어이구, 잘못 걸렸다가는 본전도 못 거둘 판. 나도 반대편 구석으로 가 꼬리를 말았다. 잠이 드나 마나 하는데 피 냄새가 어디선가 흘러들었다. 번쩍 고개를 쳐들었다. 지하실 위에 누군가 나타난 것이다.

"여긴가?"

지하실 문이 열렸다.

"아이고, 이게 무슨 냄새야?"

썩은 좀비 냄새에 거지새끼 똥 냄새가 풀풀 날 것이다.

"젊은이, 여기 있어요?"

저게 대체 누구지? 그때 거지가 대답했다.

"네, 할머니. 정말 와 주셨군요."

"그래요. 내가 눈은 멀었지만 마음까지 멀어 버리진 않았으니까. 자, 받아요."

툭 소리를 내며 뭔가가 떨어졌다.

"자리라고는 그것뿐이 없던데. 그걸로 괜찮은지 모르겠어요."

자리가 뭔지는 관심이 없었다. 오직 피가 저기 있다는 사실밖에는.

"할머니."

마지막 기력을 짜내서 할머니를 불렀다.

"어머, 또 다른 사람도 있었구먼. 젊은이는 또 누구신지?"

"전 다쳤어요. 좀 도와주세요. 일어날 수가 없어요."

목소리에 마력을 담았다. 그 누구라도 이런 목소리에는 움직일 수밖에 없다. 동정심이 풍부한 할머니라면 더더욱.

"아유, 저런. 가만있어요. 내가 내려가 볼 테니까."

거지가 외쳤다.

"내려오지 마세요!"

"걱정하지 말아요. 다 잘될 거예요."

물론이다. 다 잘될 것이다.

88

사다리의 아랫부분은 부서져 있었다. 아까 내가 부쉈다. 제인은 가볍게 뛰어올라 사다리 윗부분을 잡고 나갔지만 할머니는 발을 헛딛고 굴러떨어졌다.

개시키가 순식간에 할머니를 덮쳤다. 내가 정신없이 달려갔지만 소용없었다. 이미 할머니의 목에는 개시키의 이빨이 깊숙이 박혀 있었고 내가 그렇게 힘껏 걷어찼지만 개시키는 꼼짝도 하지 않았다.

문제는 그뿐이 아니었다. 할머니 몸에서 피어오르는 혈향이 나를 사로잡았다. 고개를 저으며 무릎을 꿇었다. 그리고 울면서 할머니의 목덜미에 입을 갖다 대었다. 그때 할머니는 괜찮다고 말한 것 같았다. 아니면 양심이 나를 속이기 위해서 해 준 말이었을까?

정신없이 피를 마셨다. 피가 들어갈 때마다 정신이 부쩍부쩍 성장

하는 것처럼 느껴졌다. 나는 인간이 아니라는 사실, 나는 인간보다 우월한 정신을 가진 생명체라는 사실이 머릿속에서 각인되었다. 하마터면 또 한 번 정신을 잃을 뻔했다. 하지만 이번에는 황홀경에 빠져서도 제정신을 유지할 수 있었다. 그 덕분에 개시키가 인간으로 변하는 모습을 똑똑히 볼 수 있었다.

이제 알았다. 저놈은 개시키였던 것이다. 인간으로 변신할 수 있는 개시키. 할머니를 죽인 개시키. 놈이 인간으로 변하자마자 놈의 목을 움켜쥐었다. 제인이 내게 했던 것처럼.

"이 씹숑새야! 왜 할머니를 해친 거냐! 나를 도와주러 온 분인데!"

놈은 말을 하지 못했다. 그건 당연한 일이었다. 목이 내 손아귀에 단단하게 붙잡혀 있었으니까. 하지만 그다지 힘들어하는 기색이 없었다. 놈은 천천히 내 손가락을 하나하나 풀었다. 목이 졸린 놈이 어떻게 이럴 수가 있지?

"바보 짓 좀 그만해라."

놈은 목을 우두둑 소리 나게 돌리며 말했다.

"뱀파이어가 숨 못 쉰다고 죽을 것 같냐?"

아 참, 그랬지. 제인에게 붙잡혔을 때도 숨을 쉴 수 없었지만 멀쩡했다. 다만 힘을 쓸 수 없었을 뿐이었다.

"입 닥쳐!"

나는 놈의 아구창을 날려 버렸다. 놈이 지하실 구석으로 날아가 쓰러졌다. 쓰러질 때 쓰러지더라도 다리 사이는 좀 가려라, 이 노출증 환자 같은 놈아! 놈의 덜렁거리는 심벌 탓인지 놈에 대한 증오심은 전혀 사라지지 않았다.

"그래그래, 날 죽이고 싶겠지."

양놈은 천천히 일어났다.

"이제야 뱀파이어의 본능에 눈을 떴군그래."

"본능이라니?"

"상대 뱀파이어를 죽여야 한다는 본능."

알 수 없는 소리였다.

"그런 게 본능이라고?"

양놈은 고개를 끄덕였다.

"호랑이는 심지어 짝짓기가 끝나면 짝하고도 헤어지지. 왜 그런지 알아?"

호랑이가 그러는지 안 그러는지는 내 알 바 아니다.

"한 산에는 두 호랑이가 살 수 없는 법이니까."

"그게 뭔 소리야?"

"자기 사냥 구역에 다른 맹수가 어슬렁거리면 내 몫이 줄어든단 말이다."

목이 줄어들어? 가능한 한 길게 목을 뽑았다. 별로 큰 키도 아닌데 목이 줄어들면 곤란하다.

"아 놔, 그런 게 아니라……. 에이, 빌어먹을. 관두자고. 아무튼 너랑 나랑은 둘 중 하나는 죽어야 하는 운명이다 이거야."

그거야 당연하지. 저놈이 내 육체를 한 번 죽인 바 있고 지금은 할머니도 죽였다. 철천지원수라는 게 바로 이런 거지.

"그딴 건 모르겠고 넌 죽었어."

양놈은 할머니가 던져 준 자리를 잡더니 만지작거렸다.

"그래, 이거군. 이런 엉성한 자리로 햇빛을 막을 수 있을 것 같아? 은박지? 그 정도로 햇빛을 막을 수 있었을 것 같으면 우리는 달나라에도 갔을 거다."

소름이 쫙 끼쳤다.

"햇빛 가리는 데 쓰려고 하는 걸 어떻게 알았지?"

양놈이 웃었다.

"피의 기억이라고 했잖아. 핏속에는 기억이 있어. 저 늙은 암탉의 기억은 다 이리로 넘어왔지."

늙은 암탉? 할머니? 이런 빌어먹을 시키! 나는 꼭지가 돌아서 놈에게 달려들었다. 놈은 내가 마치 투우라도 되는 것처럼 자리를 흔들며 몸을 슬쩍 피했다.

"올레!"

"이 시키, 죽인다."

녀석이 혀를 찼다.

"방금 피를 마신 뱀파이어를 죽일 수 있을 것 같아? 저장해 둔 피도 아니고 살아 있는 인간의 피를 마신 뱀파이어가 그리 쉽게 죽을 것 같냐고."

"그딴 거야 내 알 바 아니고."

아까 개시키를 팰 때 썼던 몽둥이를 다시 집어 들었다.

"이 시키, 이번엔 확실히 골통을 빠개 버리겠어!"

어라? 눈이 두 배로 커졌다.

"어디 갔지?"

기오르기, 이 잡놈이 감쪽같이 없어져 버렸다. 여기 어디에 비밀 통로가 있는 것도 아니고, 가 아니라 비밀 통로가 있는 것 아닐까? 그렇지 않고서야 크아크아 괴물 놈이 어디서 튀어나오거나 이 안에 잡아 가뒀던 놈이 마당에서 설치고 다니거나 할 수는 없는 것 아니겠는가? 아까 그놈이 있던 자리가 저기쯤이었으니까 그 어딘가에 비밀 통로가 있는 게 분명했다.

나는 잠깐 그곳을 뒤지다가 포기하고 말았다. 원래 끈기라는 말 자체가 나와는 별로 관계가 없는 말이다. 우리 민족은 은근과 끈기가 어쩌고저쩌고한 민족이라던데, 그게 맞는 말이면 난 우리 민족이 아닌 모양이다.

비밀 통로를 찾는 걸 포기하고 할머니 곁으로 돌아왔다. 햇빛을 반사할 수 있도록 은박이 둘린 자리 하나 달라고 부탁했는데, 당장은 기력이 없어서 꺼내기 어렵다고 하시더니 찾는 대로 가져다주겠다 하셔서 옆집 지하실로 가져다 달라고 말했다. 그냥 빈말이었다. 그런데 대체 어떻게 여기를 들어오실 수 있었을까? 그 잡놈이 대문을 쇠사슬로 칭칭 감아 놓았는데. 아 참, 제인이 나가면서 열어 놓았겠지.

아무튼 그 덕분에 목숨까지 잃고 말았다. 할머니 목숨 빚에는 제인도 한 다리 걸치겠군. 나는 할머니를 안아서 침대 위로 옮겼다. 시트를 걷어 냈다. 우욱, 시트를 걷어 내도 내 배설의 흔적이 진하게 남아 있군. 할머니를 누인 다음 명복을 빌었다. 양쪽 목을 물린 자국이 선명하다. 하지만 표정만은 편안하시네.

한밤중에 집에 뛰어든 낯선 남자를 대체 어째서 그렇게 따뜻하게 대해 주셨던 것일까? 그 마음을 알 수만 있다면 죽어도 좋을 것 같다는 생각이 들었다.

그리고 그 순간 갑자기 할머니의 생각이 머릿속에 하나 가득 들이찼다. 그것은 비디오테이프를 거꾸로 돌리는 것 같았다. 하지만 거꾸로 돌아가는 와중에도 그 하나하나가 모두 내가 겪었던 과거처럼 생생하게 전달되었다.

이것이 바로 피의 기억.

89

영자는 1920년에 태어났다. 유복자였다. 아버지는 삼일운동 때 참가했다가 옥사했다고 한다. 아버지에 대해서 아는 것은 별로 없었다. 다만 아버지가 물려준 것 하나만은 분명해서 아버지를 늘 생각하게 해 주었다. 야맹증. 아버지는 밤눈이 어두웠고 그 야맹증이 딸 영자에게 유전되었다. 아버지는 야맹증이 눈을 완전히 집어먹기도 한참 전인 20대 중반에 운명을 달리했지만 딸은 오래 살아남아 장님이 되고 말았다.

어려서부터 밤이면 잘 보이지 않았기 때문에 정작 빛을 완전히 잃었을 때도 그저 그러려니 하는 생각을 하고 말았다. 20대에 이미 눈이 급속도로 나빠진 탓에 이혼을 당하고 말았다. 출가외인으로 고향에 돌아가지도 못한 채, 그래도 사람 많은 곳이 동냥이 편하다고 서울에 그냥 남았고, 6.25로 모두 피난길에 나섰던 때에도 무슨 일이 생긴 것인지 잘 몰라 동냥을 다니고 있었다. 다행히 무산계급의 불행한 인민이라고 하여 공산군과도 충돌이 없었다. 오히려 뭔가 얻어먹기는 편한 세월이었다. 하지만 불과 석 달이 되지 못해 공산군은 쫓겨났다. 정말 잠깐은 부역으로 처벌이라도 받지 않을까 걱정했지만 소경 거지를 부역으로 고발하는 사람은 없었다. 그러나 아예 관심 밖으로 나가서 여전히 거지인 것에는 변함이 없었고, 난리 통의 거지란 정말 굶어 죽기 딱 좋은 처지인지라 몇 날을 밥을 빌지 못하는 날이 계속되고 있었다. 그나마 인심 후한 미군을 만나 약간의 먹을 것을 얻고는 뛸 듯이 기뻐하며 추위를 피하고 있던 빈집으로 향하던 영자는 돌연 낮은 신음 소리를 듣고 말았다.

장님의 날카로운 귀가 아니었다면 들을 수 없었을 그 신음 소리를 따라간 영자는 중풍에 걸려 누운 반신불수의 할아버지를 만났다. 피난길에 떠나며 할아버지만 두고 가 버린 매정한 가족들은 그 후 어찌 된 일인지 올라오지 않은 상태였고 할아버지는 돌보는 이도 없이 석 달 넘게 살다가 그만 기력이 다해서 쓰러진 상태였다.

영자는 어렵게 얻어 온 음식을 모두 할아버지에게 주었다. 보답을 바란 것이 아니라 그냥 두면 죽을 것이기 때문에 행한 자선이었다. 그날부터 영자는 할아버지의 집에서 살게 되었다. 다른 가족들은 영영 돌아오지 않았다. 어찌 되었는지 할아버지는 알았을 것 같지만 아무 말도 해 주지 않았다.

할아버지는 난을 좋아했다. 난을 기르는 법을 영자에게 가르쳤다. 난이 돈이 된다는 것도 알게 되었다. 할아버지는 말했다.

"넌 사람이 착한 데다가 앞도 보지 못하니 사람들에게 속아 넘어가기 일쑤일 것이다. 거래는 무조건 박 영감하고만 할 것이고 다른 사람은 일절 만나지 마라. 다른 사람을 만나면 너는 반드시 배반당하고 거리로 쫓겨나게 될 것이다."

영자는 할아버지의 말을 따랐다. 외롭지는 않았다. 난은 사람들보다 정직하게 말을 걸었고, 기울인 정성만큼 보답을 주었다. 할아버지는 오래 살지 못했다. 하지만 영자가 혼자 난을 기를 수 있을 만큼은 살았고, 그 몇 년의 짧은 기간이 60 평생보다 즐거웠다고 말했다.

그리고 박정희가 사라지던 해, 박 영감 내외도 함께 사라졌다. 어찌 된 영문인지 알 수 없었지만 박 영감은 더 이상 난을 가지러 오지 않았다. 어쨌든 옆집에 살기 때문에 가끔 먹을 것을 가지고 와 주던 박 영감댁도 더 이상 오지 않았다. 한 번은 크게 용기를 내서 박 영감이 살던 옆집에 가 보았다.

햇살이 숨 쉬어질 만큼 좋은 날이었지만 옆집에는 음습한 죽음의 기운이 머물러 있었다. 그곳은 더 이상 박 영감 내외의 고적하지만 아늑한 보금자리가 아니었다. 30년 가까이 보아 왔던 사이지만 정말 사람 속은 알 수 없는 거란 생각이 들었다. 그들이 없어졌다고 어디 연락할 곳도 알지 못했다.

그리고 뭔가 알 수 없는 공포감에 두근거려서 그 집에 더 있을 수도 없었다. 영자는 자기 집으로 돌아왔다. 그리고 두 집 사이를 연결하고 있던 담벼락의 쪽문을 굳게 닫았다. 난을 가져가기 편하게 박 영감이 만들어 둔 문이었다. 사람들을 꺼리는 것을 뻔히 알기 때문에 박 영감 마당에서는 도무지 보이지 않는 곳에 문이 만들어졌다.

30년간 꼬박꼬박 모아 둔 돈이 있어서 죽을 때까지 먹고살기에는 걱정이 없을 것 같았다. 자기가 죽은 뒤에 남은 재산은 모두 기부할 수 있게 서류를 만들었다. 그것이 마지막으로 사람을 본 것이었다. 젊은 변호사는 예의 바르게 앞으로의 안부까지 물었다. 그런 것은 걱정할 필요가 없다고 웃으며 말하고 돌려보냈다. 어쩌면 그 변호사는 영자가 앞을 보지 못한다는 사실도 깨닫지 못했을지도 모른다.

그 후 평생 인간과는 거의 아무런 대화도 하지 않았다. 아침마다 복지기관에서 안부 전화가 걸려 왔지만 그냥 대답만 하는 정도였다. 먹을 것은 배달되어 왔고 세상이 얼마나 변했는지 알지도 못했다. 앞이 보이지 않으니 다른 사람의 소리를 듣는 것은 라디오로 족했다.

말은 꽃과 풀과 새와 다람쥐와 나눴다. 난은 조금밖에 기르지 않았다. 꽃과 풀은 사람의 손을 엄청나게 필요로 한다. 심심할 때가 없었다. 조금만 방심하면 잡초들이 날아와 정원을 어지럽혔다. 하지만 이제 서서히 기력이 떨어지는 것을 느끼고 있었다. 잠시 쉰다고 소파에 앉아 있다가 스르르 잠이 들어 버리기도 한다. 이제 그만 다른 세상으로 옮겨 갈 때가 되어 가고 있다는 것을 알 수 있었다.

그리고 한 청년이 찾아왔다. 그가 바로 영자의 죽음이라는 것을 바로 알 수 있었다.

"아니야. 아니야."

고개를 흔들었다. 내가 할머니의 죽음이라니, 그럴 리가 있나! 분명 할머니는 나와 이야기를 나누다가 잠이 들었다. 나는 피에 대한 욕망으로 갈등하다가 몸을 일으켰다. 그대로 나올 수도 있었지만 나는 이불을 찾아 할머니를 덮어 드렸다. 벌써 돌아가신 내 할머니 같은 생각이 들었던 탓이다. 임종도 지키지 못했던 회한이 조금은 덜어지는 것 같았다. 그때 내 머리에 한 가지 생각이 떠올랐다.

이불은 추위를 막는다. 햇빛을 막을 수 있다면 낮에도 돌아다닐 수 있는 것이 아닐까? 한쪽에 은박이 되어 있는 자리. 그런 자리라면 빛을 반사해서 안전할 수 있지 않을까 싶어 할머니에게 물어보았다. 반쯤 잠이 든 할머니는 나중에 찾아 주겠다고 했다.

할머니는 그 점을 분명히 기억하고 있었다. 그래서 30년이나 봉인해 두었던 문을 열고 지하실로 왔던 것이다. 죽음의 천사의 부탁이므로 그곳에서 죽으리라는 것을 알고. 대문으로 온 것이 아니었다. 그러니 제인의 죗값은 삭제해 준다, 가 아니지! 어차피 이 모든 일이 다 그년 때문이다. 죗값을 두 배로 얹어 주리라!

지하실 문을 열었을 때 맡은 그 냄새를 죽음의 냄새로 기억하고 있었다. 다행히 죽는 순간 다른 고통은 없었다. 그냥 담담하게 올 것이 왔다는 느낌으로 죽음을 맞이했다. 어떻게 그럴 수 있는지는 알 도리가 없었다.

"빌어먹을!"

90

이 여자에게는 남은 재산이 없다. 죽으면 재산이 모두 사회복지기관에 넘어가게 되어 있었다. 그리고 매일 안부 전화를 복지기관이 걸고 그걸 받지 않으면 확인하러 오게 되어 있었다. 아주 철저하구먼.

뒤탈이 날 재산에는 아무 미련이 없다. 그보다는 더 놀라운 사실에 신경이 쓰였다. 이 집 부부와 알고 지내던 사이에 내왕하던 통로까지 있었다니, 정말 놀라웠다. 주의 깊게 살폈다면 이 집 부부를 해치웠을 때 알 수 있었을 텐데. 이참에 옆집으로 이동해 볼까나? 이 집은 이제 제인한테 들켜서 사용할 수 없을 것이니. 아 참, 분명히 집도 기부했겠지?

거지 놈은 마치 좀비처럼 울부짖으면서 나를 찾는 중이었다. 백날 찾아봐라. 날 찾을 수 있는지. 나는 얌전히 날개를 접은 채 비밀 통로에 짱 박혀 있는 중이었다. 피를 마셨기에 변신도 자유자재로 가능해졌다. 제인이 용빼는 재주가 있다 해도 이젠 팔을 들이민다 해도 날 잡을 수 없을 것이고 밤이 되면 여기를 떠나 다른 곳을 찾아가면 그만이다. MIB에 들킨 이상 이제 진지하게 이 땅을 떠나는 것도 생각해 볼 문제겠다.

사우쓰 코리아와 노쓰 코리아의 긴장도가 낮을 때 휴전선을 돌파해서 러시아쯤으로 빠져나갔어야 하는데, 편하다고 그냥 여기에서 퍼질러 있었던 게 큰 잘못인 것 같다. 그래, 백인들의 피 맛을 본 지도 오래되었다. 오랜만에 제인을 통해서 그 맛을 좀 보는가 했는데, 쩝.

나는 백인 여성들의 피 맛을 생각하며 스르르 잠이 들었다. 막 깊은 잠으로 빠져들려는 순간, 섬뜩한 기분에 눈을 뜨고 말았다.

"이, 이게 뭐야!"

절로 비명이 나왔다. 물! 물이 밀려들고 있었다. 좁은 구멍 사이로 사정없이 물이 쏟아지니 버틸 재간이 있을 리 없었다. 물에 밀려서 다시 지하실로 떨어지고 말았다. 어떻게 된 일인지는 금방 알 수 있었다.

"돌아왔니?"

제인이 돌아온 것이다. 얼른 기오르기의 몸으로 돌아갔다. 제인 같은 괴물을 상대로 몸집이 작은 박쥐로 있는 건 자살행위인 셈이니까.

기오르기로 변하면 거지새끼도 조심해야 한다. 그런데 거지 녀석은 어디 간 거지? 정말 그 자리 하나 믿고 밖으로 나간 건가? 그렇다면 명복을 빌고.

그때 쿵 소리가 나며 물건 하나가 지하실 입구에서 아래로 사정없이 떨어졌다.

“죽으려면 뭔 짓을 못 하겠어?”

뒤이어 제인이 내려왔다. 그럼 저 물건의 정체란 보나 마나 뻔한 것이겠다.

“네년을 갈아 마시고 말겠다.”

거지 녀석이 이를 갈고 있었다.

“능력 되면 해 보든가.”

제인은 할머니 시체를 바라보며 건성으로 말했다.

“니들도 참 징하다. 어떻게 이 안에 있으면서 사람을 잡아먹을 수가 있나? 근데 이 할머니 확실히 죽은 거 맞니?”

제인은 시체를 툭툭 쳐 보고 있었다. 거지가 으르렁대며 물었다.

“확실히 안 죽었으면 어쩌게?”

“뱀파이어 샘플이 세 개나 되면 좋지, 뭐. 각자 무슨 능력이 생겼는지도 체크해 보고.”

“능력?”

제인은 다시 양복을 차려 입고 있었다. 검정색 슈트 차림. 그런 것으로 보아 자기 차에라도 다녀온 모양이다. 아니, 그 정도가 아니다. 샴푸 냄새와 비누 냄새. 아주 목욕까지 하고 온 모양이다. 그래서 시간이 이렇게 오래 걸렸구나.

"뱀파이어가 되면 인간과 다른 능력이 생겨나는 법이지. 기오르기, 네 능력은 예전에 파악되어 있는데 설마 또 다른 능력이 있진 않겠지?"

"내 능력이 뭔데?"

"뱀파이어들이 기본으로 갖는 재생 능력, 기억 이전 능력, 차밍 능력, 변신 능력은 빼도록 하고. 그러면 너한테 있는 특수한 능력은 뼈가 부러지지 않는 능력이구먼."

훗, 하고 웃어 버렸다.

"그게 무슨 특수 능력이야. 그건 뱀파이어들이 다 갖고 있는 거야."

"그럴까?"

제인은 거지를 붙잡더니 한 바퀴 빙글 돌렸다. 그러다가 팔꿈치로 거지의 팔뚝을 사정없이 내리쳤다. 거지가 비명을 질렀다.

"파, 팔이 부러졌어!"

거지의 팔이 부러진 건 분명했다. 보통 생각할 수 없는 각도로 팔이 휘어졌으니까. 제인은 비명을 지르고 있는 거지에게 냉정하게 한마디 던졌다.

"똑바로 맞추지 않으면 그 상태로 뼈가 굳는다."

거지는 눈물을 흘리며 뼈를 맞췄다. 제인이 나를 보며 한마디 더 말했다.

"뱀파이어들의 재생 능력은 얼마나 뛰어난지 부러진 뼈도 순식간에 다시 붙는다니깐."

바보처럼 입을 딱 벌리고 말았다.

"변신도 뱀파이어들이 박쥐나 늑대로 변하는 건 기본적인 능력이라 할 수 있는데, 다른 동물로 변신하는 뱀파이어도 좀 있긴 하지. 아, 개중에는 날개가 뻗어 나오는 종류도 있지."

정신을 가다듬고 질문을 던졌다.

"그, 그럼 거지 놈의 특수 능력은 뭐지? 그놈의 힘이 그렇게 센 것도 특수 능력인 건가?"

제인이 고개를 흔들었다.

"그건 아닌 것 같아. 이놈은 좀비를 먹어서 그런 힘을 가진 것 같은데……."

"거짓말!"

그 퍽퍽한 썩은 살이 생각나서 몸을 부르르 떨었다.

"좀비를 먹는다고 그런 능력이 어떻게 생겨나냐!"

이번엔 고개를 끄덕였다.

"맞아. 좀비만 먹는다고 그런 능력이 생겨나지는 않지. 이건 본래 능력의 회수거든. 피와 살을 같이 먹어야 한다고."

중얼거리던 제인이 내게 물었다.

"너, 그 좀비 놈의 피를 보관하고 있었지?"

고개를 끄덕였다.

"냉장고에 넣어 두었지. 워낙 특이한 경력의 소유자여서……."

"맞아!"

거지가 부르짖었다.

"그거였구나! 그랬구나! 이제 알겠다!"

하여간 처음부터 생각한 거지만, 저 새끼는 완전히 미친놈이야.

"냉장고에 있던 피를 마셨지?"

거지가 고개를 끄덕였다. 제인의 입가에 미소가 떠올랐다.

"그렇게 피도 마시고 좀비도 먹은 거였군. 그렇다면 완벽하게 설명이 되지. 능력의 회수!"

그건 또 뭔데?

"1231년 교황 그레고리오 9세는 종교재판소라는 것을 세웠어. 뭐, 내가 이 말을 하면 뻔히 짐작할 수 있겠지만 이 종교재판소는 실제로는 MIB의 지부였지. 종교재판소라는 이름을 걸면 뱀파이어들을 추적하기 쉬웠기 때문이야. 하지만 부작용도 있었지. 도미니코 수도회와 프란체스코 수도회가 이 종교재판소를 기회로 서로 세력을 확장하려고 든 거야. 초기에는 제법 엄격하게 진행되었지만 뒤로 갈수록 멀쩡한 사람들을 잡아다가 마녀로 몰아서 화형시키는 일도 발생했지. 하지만 그건 개네들 문제고, 우리는 뱀파이어 잡느라 바빴어. 사실 우리는 곧 뱀파이어들을 절멸시키고 전설의 장으로 넘겨 버릴 수 있으리라 믿었지."

코웃음을 쳤다.

"인간 따위에게 그럴 힘이 있을 리가 없지."

제인도 히죽 웃었다.

"그럴까? 뱀파이어 둘이 여자 하나 못 이기는데?"

저런 쳐 죽일 년.

"1240년에 유럽의 문명 세계는 커다란 재앙에 직면했는데, 바로 몽골의 대군이 쳐들어온 사건이었어. 유사 이래 일어난 적이 없었던 일이었지."

"훈족의 아틸라는 어쩌고?"

내 빈정거림에 제인이 움찔했다.

"시끄럽다. 훈족은 유럽 문명에 동화될 만큼 소수였고 그 시대는 아직 미개한 때였다고. 몽골 엠파이어와 함께 논할 수 없다고."

제인은 눈가를 바르르 떨더니 신경질을 내고 말았다.

"아, 내 더러워서. 그래도 친절하게, 심지어 빨가벗고 있는 놈 앞에서(황급히 내 심벌을 가렸다), 너희들이 모르는 이야기를 내가 해 주겠다는데, 뭐 불만 있어? 왜 자꾸 이야기에 초를 치는데?"

"그래, 알았어. 조용히 들을게. 몽골이 쳐들어온 게 뭐 어쨌다는 거야?"

제인이 눈을 흘기더니 다시 입을 뗀다.

"몽골군은 무자비하게 사람들을 잡아 죽였지. 흘러내린 피가 강이 된다는 말 그대로였어."

니가 봤냐, 라는 소리가 목구멍까지 올라왔다가 사라졌다.

"유럽인들도 공포에 질리긴 했지만 그보다 더 놀란 족속이 있었지."

어라? 이것 봐라?

"바로 뱀파이어였어. 종교재판소, 그러니까 MIB의 추격에 씨가 서서히 말라 가던 뱀파이어였지만 아직은 소수가 숨어서 살아남은 상태였지. 그중 하나가 몽골에 대한 분노로 일어선 거야."

"그럴 리가 있나!"

나도 모르게 한소리를 하고 말았다. 제인은 그럴 줄 알았다는 눈치였다.

"물론 무슨 인도주의적 감상으로 일어섰다는 이야기는 아니야. 자기 먹잇감을 앗아 가는 다른 강자에 대한 분노였지."

이야기가 점점 수상해지고 있다. 조금 불편한 느낌을 받았다.

"그 뱀파이어는 몽골로 잠입해서 몽골의 칸, 그러니까 우구데이 칸을 죽여 버렸지."

"피 한 방울 남기지 않고 모조리 빨아먹어서 죽인 거겠지?"

제인이 눈을 동그랗게 떴다.

"그걸 어떻게 알고 있지?"

"그리고 그 후에 그 뱀파이어는 몽골과 중원의 무림인들에게 쫓기기 시작했겠지?"

제인이 물었다.

"어디까지 알고 있는 거지?"

"거기까지야. 쫓기던 뱀파이어는 결국 무림의 고수들에게 붙잡혔다지. 그래서 동굴에 유폐되었지."

제인이 고개를 흔들었다.

"너, 분명 어제는 드라큘라 이전에는 뱀파이어가 있었다는 사실 자체를 믿지 않았잖아? 그런데 그 이전의 뱀파이어에 대해서 알고 있다? 어떻게 된 거지?"

아주 짧은 시간만 망설였다.

"언 놈의 기억에서 찾은 이야기야. 그때는 그냥 전설 나부랭이로 알았어."

제인이 의심하기 전에 얼른 다음 말을 덧붙였다.

"그런데 그 뱀파이어가 어찌 되었단 이야기야?"

그때였다. 부러진 팔이 붙은 거지가 복수의 일념으로 벌떡 일어났다가 제인의 발차기 한 방에 다시 나가떨어졌다.

"너도 조용히 들어. 피가 되고 살이 되는 이야기니까."

살은 모르겠고 피는 되면 고맙기는 하겠다.

"네 말대로 그 뱀파이어는 몽골제국의 무사들에게 붙잡혔지. 그리고 그 인간들은 자신들이 인간이 아닌 것을 잡았다는 것을 금방 깨달았어. 그때까지도 용이 실재할 것이라 믿고, 온갖 희귀한 동물과 식물로부터 영약을 얻을 수 있으리라 믿던 시대였으니 뱀파이어를 믿는 것은 더 쉬운 일이었을지도 모르지."

그랬을 수도 있겠다. 사실 요새야말로 뱀파이어라고 밝혀도 깔깔깔 웃으면서 "그래서요?"라고 비웃는 세상이다.

"그자들은 뱀파이어에게 온갖 실험을 했지. 가장 크게 관심을 가진 것은 재생 능력이었어. 처음엔 손가락을 잘라 보았지. 손가락이 재생되는 것을 보고 그자들이 얼마나 놀랐을지 가히 짐작이 가지."

물론 놀랐겠지. 하지만 그 정도로?

"그 정도에 그치지 않았지. 손을 자르고, 팔을 잘랐지. 배와 가슴에 구멍을 내 보기도 했어. 그래도 살 수 있다는 확신만 있었다면 머리도 잘라 봤을 거야."

"용하게 심장을 파 볼 생각은 안 했군그래."

"생각이야 했겠지. 하지만 그것도 마찬가지야. 그랬다가 진짜 죽으면 아까우니까 안 했을 뿐이야."

"잔인한 놈들."

제인이 비웃었다.

“그건 너희 뱀파이어가 할 이야기가 아니지. 그리고 몽골제국의 무사들은 뱀파이어의 피로부터 특수한 능력을 가진 약을 개발해 냈어. 뭔지 알고 있어?”

신음을 흘렸다.

“독정…….”

제인이 손뼉을 쳤다.

“그래, 역시 알고 있었군. 좀비를 다스리는 특수한 약이지. 그런데 이 약에는 부작용이 있었어. 그것도 알고 있나?”

고개를 저었다. 독정을 먹인 자를 꼭 죽여야 한다는 것밖에는 알지 못했다.

“독정을 먹은 자는 일정 시간이 지난 뒤에 라이칸스로프가 되어 버려.”

뭐야?

“덕분에 차이나에는 그런 전설이 많이 남았지. 잉어가 된 관리라든가, 호랑이가 된 선비라든가 하는 것 말이야.”

“변하는 동물에 대한 규칙이 있는 건가? 잉어도 된다니…….”

“그런 건 몰라. 우리는 독정을 만들지 못했으니까. 하지만 라이칸스로프 하나를 잡는 데는 성공했지. 중국인들은 이런 면에서 후대에는 매우 깔끔하게 뒤처리를 했던 것 같은데, 나중에는 딱 한 번 실수를 한 거야. 그래서 우리는 라이칸스로프 하나를 확보하게 되었지.”

“뭐로 변하는 놈인데?”

“표범이야.”

"언제 발견한 거지?"

"1615년."

다행이다. 그때라면 내가 차이나에 있던 때가 아니다. 대략 10여 년 전에 차이나를 떠났으니까. 내가 안심하는 눈치를 보인 것이 실수였을까? 제인이 피식 웃으며 말했다.

"독정을 먹었다고 바로 라이칸스로프가 되는 게 아니야."

뭐, 뭐냐? 이 말은?

"너, 알고 있었던 거냐?"

제인이 한심하다는 듯 혀를 찼다.

"당연하지 않냐? 이 바보야. 동창의 고수들은 MIB의 요원들이었어. 네놈이 뭘 하고 다녔는지는 다 조사했지. 우리는 그 엉터리 도사 샤오창이 독정을 먹인 사람을 확보해서 일찌감치 감금했어."

"감금했다고?"

"물론이지. 라이칸스로프는 보름달이 뜰 때만 변신하게 되고, 이때 반드시 사람의 피를 빨아들여야 해. 그렇게 하지 못하면 급속도로 약화되어 버리지. 대신 꼬박꼬박 의식을 치르면 평상시에도 막강한 힘을 발휘할 수 있어."

제인이 고개를 흔들었다.

"지금 그게 중요한 문제는 아니고……. 우리는 네놈 뒤를 쫓다가 바로 그 친구를 만나게 되었어."

"그 친구라니? 누구?"

시치미를 뗐지만 제인은 아랑곳하지 않았다.

"우구데이 칸의 암살자. 이거 왜 이러셔? 너도 알잖아. 네가 마늘을 가져다준 것도 알고 있어."

"대체 그걸 어떻게 알아냈지?"

제인이 빙그레 웃었다.

"알 수밖에 없었어."

고함을 질렀다.

"그럴 수는 없어. 난 완벽하게 흔적을 지웠다고. 대강 내 진행 방향을 파악하는 건 가능할지도 몰라도 내 뒤를 졸졸 따라다닌다는 건 불가능해!"

"후후, 그렇긴 하지만 이미 네 태도에서 능히 알아낼 수 있었어."

거지가 미련을 버리지 않고 다시 한 번 제인에게 달려들었다. 제인은 거지의 팔을 잡아 뒤로 꺾은 뒤 우두둑 소리가 나게 만들어 버렸다. 팔을 뽑아 버린 것이다.

"노력은 가상하지만 날 따라오려면 아직 백 년은 더 남았어."

거지가 신음 소리를 흘렸다.

"이 거지 같은 계집! 내가 반드시 후회하게 만들어 줄 테다."

거지의 용기 하나는 가상했다. 제인은 다시 거지를 걷어차 구석으로 밀어 버리고는 말했다.

"물론 너는 잘 해냈어. 사실 당시 기록을 보면 추적대는 사막에 들어간 뒤에는 널 찾는 걸 거의 포기하고 그저 길을 따라 달리기만 했다고 나오더군. 하지만 그것과 보그단, 그리고 네가 방금 털어놓은 걸 종합해 보면 답이 뻔한걸."

내 스스로 정보를 넘겨준 셈이었다. 그나저나 보그단은 뭐야?

"이름도 모르고 있었어? 네가 죽인, 아니 네가 되살린 사람인데."

내가 죽였다고는 할 수 있을지 모른다. 마늘을 주었으니까. 하지만 되살렸다는 건 무슨 소리일까?

"햇빛을 보지 못하는 동굴 속에서 아무것도 먹지 못하고 오직 마늘만 먹었다면?"

제인이 내 눈을 똑바로 바라보며 말했다.

"이 이야기 전에 한 번 들은 것 같지 않아?"

전에 들은 것 같기도 하다. 그때 거지가 외쳤다.

"단군신화!"

그래, 맞다. 코리아에 전해지는 신화라고 했지. 라이칸스로프를 되돌리는 신화가 있었다고 했던가?

"뭐야? 뱀파이어가 라이칸스로프란 말이야?"

"아닌 줄 알았어? 인간으로 돌아온 보그단은 죽어라고 비명을 지르고 있었지. 덕분에 널 쫓던 동창이 보그단을 찾아냈지. 꿩 대신 닭일까, 아니면 닭 대신 꿩일까?"

머리가 띵해져서 할 말을 찾지 못하고 있었다.

"너희 뱀파이어는 워울프(Werewolf)의 특수한 변형 형태에 불과해."

"라이칸스로프는……."

제인이 고개를 끄덕였다.

"라이칸스로프는 보름달이 떠야만 변하지. 뱀파이어는 그렇지 않다고? 대신 라이칸스로프는 정상적인 인간 생활이 가능하지만 뱀파이어는 그렇지 못하지. 해가 떴을 때는 아예 생활이 불가능하잖아."

그건 나름대로 뼈아픈 지적이었다.

"너희 족속은 본래 완전한 존재였어. 태양을 두려워하거나 하지는 않았지. 하지만 인간들과 생존경쟁을 하면서 수적인 열세를 극복하고자 인간의 방식을 따라 하기 시작했지. 후손을 남기기 시작했는데, 이만큼 세월이 지나고 나니 그게 그다지 좋은 선택은 아니었던 것 같아. 그렇지 않아?"

"몰라. 어쩌면 그 덕분에 내가 있을 수 있는 건지도 모르잖아."

제인이 또 기분 나쁘게 웃었다.

"그래, 그럴지도 모르지. 하지만 이걸 알아야지. 이제 야생 뱀파이어는 거의 없어. 어쩌면 네가 마지막 야생 뱀파이어일지도 몰라."

나 원 참. 이건 완전히 짐승 취급이구먼. 그때 거지가 한마디 했다.

"야생 뱀파이어라면, 야생이 아닌 뱀파이어도 있다는 말이야?"

그럴듯한 이야기였다. 하지만 그럴 리야 있겠나?

"맞아. 우리는 뱀파이어 몇 마리를 보유하고 있지."

"몇 마리?"

"너희가 우리를 먹이로 생각하는 거 잘 알아. 우리는 너희를 실험체로 생각하지. 그게 그거 아니겠어?"

"실험체라고?"

제인이 고개를 끄덕였다.

"정말 좋은 실험체지. 뭘 먹여도 안 죽으니까. 줄기세포와 복제 연구는 너희 연구의 부산물이야. 너희 세포는 어떤 자리에 있어도 그 자리에 어울리는 놈으로 변화하거든. 불행히도 인간에게는 아직 줄기세포만이 그런 일을 해낼 수 있는데. 또한 너희 세포는 무한 증식하고 불멸인데도 부작용이 없어. 인간 세포 중에 그런 놈은 암세포밖에 없단 말이야."

소름이 쪼옥 끼쳤다. 이것들 대체 뭘 하고 있단 이야기지?

"너희 세포는 매우 유용해. 간단한 잠수복만으로도 심해에 들어갈 수도 있고, 방화복만 갖추면 용암 속도 다닐 수 있지. 21세기 우주 개척 시대에 너희만큼 유능한 우주 탐사 요원도 없을 거야. 아무튼 너희는 산소가 없어도 살 수 있으니까."

입을 딱 벌리고 말았다.

"그런 일을 하는 뱀파이어가 있단 말이야?"

"아니. 아직은 없어. 결정적으로 너희는 아직 숫자가 적어. 그리고 뱀파이어 번식도 쉬운 문제는 아니란 말이야."

"번식?"

아, 진짜! 이것들이 너무 짐승 취급하고 있다.

"백 명을 물어 봐야 한 명이 뱀파이어가 될까 말까 하니, 그 사람들을 어찌 다 대겠냐고."

"호, 그것 참 대단하군그래. 대체 사람들은 어디서 잡아 오지? 그것 때문에 세계 곳곳에서 전쟁질인 거냐?"

"오버하지 마. 그건 아니고 다만 사형수들을 이용하지. 동의도 받아. 비밀이 지켜질 상대니까."

"그리고 뱀파이어가 되면 그만큼 통제하기 어려운 상대가 되겠군그래."

제인의 얼굴이 처음으로 조금 굳었다.

"맞는 말이야. 하지만 그런 일은 별로 없어. 워낙 뱀파이어가 되지를 않아서."

"당연하지. 그런 인간쓰레기들이 뱀파이어가 될 것 같아? 오심으로 억울하게 누명을 쓴 사람이나 뱀파이어가 될 거다."

"그래, 어쩌면 그럴지도 모르지. 그런 면에서 확실히 드라큘라 백작은 뛰어난 부분이 있었어."

"난데없는 이야기군그래."

"그렇지 않아. 드라큘라 백작은 꽤나 많은 뱀파이어를 만들어 냈어. 대체 어떻게 그렇게 한 건지 우리는 무척 궁금한 상황이야. 우리에게는 더 많은 뱀파이어가 필요한데, 척척 만들어 낼 수가 없단 말이지."

"드라큘라 백작이 많은 뱀파이어를 만들어 냈다라……. 그거 무슨 근거는 있는 이야기야?"

제인은 가볍게 고개를 끄덕였다.

"당연하지. 백작은 살아생전에 뱀파이어가 되기 위해서 많은 준비를 했어. 교황청과도 연락을 취할 정도였지. 백작은 투르크 군의 공포로 남기를 바랐어. 그는 뱀파이어 군단을 조직하고자 했지. 그것도 교황을 위해 싸우는 정의의 용사가 되기로 한 거야. 당시 교황은 바오로 2세였는데, 투르크의 팽창을 저지하기 위한 십자군에 모든 것을 걸고 있었지. 하지만 유럽의 왕국들은 교황의 청원에 냉담했어. 이런 때에 드라큘라 백작의 제안은 매력적이기도 했겠지. 하지만 바오로 2세는 이런 사실을 눈치챈 십자수호회에 의해 신성모독이라는 죄명을 쓰고 독살 당하고 말았어. 새로 교황이 된 식스토 4세는 이런 계획을 당연히 반대했지."

그지깽깽이 같은 이야기였다. 하여간 인간이란…….

"하지만 드라큘라는 자신의 계획을 멈출 생각이 없었어. 그는 뱀파이어 군단을 위해 뱀파이어들을 양성해 내기 시작했어. 그중 하나가 바로 너, 기오르기 슈투베란 이야기야."

"하, 하지만 나는……."

"너는 뭐? 너는 특별한 뭔가가 있을 것 같아? 웃기지 마셔. 드라큘라 백작의 계획대로였다면 어쩌면 지금쯤 세계의 판도가 바뀌었을지도 모르지. 하지만 그렇게 되지는 않았어."

납득할 수 없었다. 내 주변에 다른 뱀파이어는 없었다. 있었는데 나만 몰랐다는 이야기일까?

"당연하지. 모를 수밖에 없도록 사건이 흘러갔어. 당시 교황이었던 레오 10세는 투르크 제국에 대항한다는 명목을 걸고 특별세를 거뒀는데, 그게 뱀파이어들이 양산되고 있다는 사실에 놀라서 취한 조치였어. 실제로는 뱀파이어들을 상대하기 위한 재원 마련에 들어간 거지. 이 때문에 '특별대사판매'라는 특수한 조치가 내려졌는데, 그게 바로 일반적으로 이야기하는 면죄부 판매였어."

면죄부? 종교개혁을 일으킨 그 물건?

"그래. 면죄부 판매를 극력 비난하고 나선 이가 독일의 마르틴 루터였지. 그때부터 유럽은 종교전쟁으로 치닫게 되는 거고. 하지만 레오 10세는 꿋꿋하게 뱀파이어 사냥에 나섰지. 드라큘라가 만든 뱀파이어들은 즉각적이고 완전하게 제거되었어. 너 하나만 빼고 말이야. 너는 재빨리 루마니아를 떠나서 서유럽으로 이동했지. 그 때문에 네 행방을 찾을 수가 없었어."

"뭐야? 드라큘라 백작이 군사로서 뱀파이어를 만들었다고 했잖아. 하지만 난 훈련 같은 것도 받은 적이 없다고."

"훈련은 그 전에 받았지. 넌 기사의 종자였잖아. 기사 훈련은 다 받았을 텐데?"

그거야 물론 받았다.

"그런데 뭐가 더 필요해? 드라큘라는 너희를 피의 세례로 묶어 놓았어. 필요하면 언제든지 부를 수 있도록."

"거짓말! 백작은 한 번도 나를 부른 적이 없어."

"물론 없지. 1890년에 백작은 죽었으니까."

"죽었다고?"

"그래. MIB의 반 헬싱 요원에 의해서 죽었지. 그로써 그토록 오랫동안 목숨을 부지하기 위해 온갖 잔꾀를 부렸던 그 늙은 괴물이 사라졌던 거야."

"잔꾀를 부렸다고?"

제인이 고개를 끄덕였다.

"종교개혁의 바람이 불어서 교황은 위기에 몰렸어. 그 난국을 타파하기 위해서는 새로운 돌파구가 필요했지. 자신들이 옳다는 것을 증명할 수 있는 그 무엇이 필요했다고."

"그 무엇?"

"뱀파이어와 같은 괴물이지. 그런 괴물이 있다는 건 바로 신이 있다는 증명이기도 하니까."

"왜!"

"인간의 모습을 갖고 있지만 인간의 능력을 뛰어넘는 괴물의 존재는 바로 악마의 실존을 의미하는 거야."

제인은 담담하게, 하지만 소름끼치도록 무감정한 목소리로 말했다.

“거기다 인간의 피, 사실은 인간의 생명을 흡수해서 자신의 생명을 연장시키는 뱀파이어와 같은 괴물이야말로 신을 증명할 수 있는 멋진 도구지. 안 그래?”

이런, 빌어먹을!

“그리고 교황청은 한 뱀파이어를 알고 있었어. 바로 드라큘라 백작이지. 백작을 체포하기 위해 엄청난 인력이 투여된 건 불문가지겠지? 그리고 백작은 그 상황에서 달아날 방법을 알고 있었어.”

“그게…… 뭐지?”

“많이 만든 거야. 딴 놈들 잡는 동안 자기는 피할 수 있으니까. 아까 너희들한테도 들려줬잖아. 하나는 잡혀가고 하나는 산다.”

그럼 그 말이…….

“사실 너희들 싸우라는 이야기는 아니었어.”

그럼 우리를 가지고 논 거냐?

“결과적으로 너희를 가지고 논 건 사실이지. 어차피 너희 둘 다 잡아가야 하는 건 변함이 없어. 난 너희를 잡는 걸 일로 삼은 사람이니까.”

저절로 주먹에 힘이 들어갔다.

“드라큘라 백작님이…….”

제인이 내 말을 잘라먹었다.

“드라큘라는 자신이 살아남기 위해서 뱀파이어들을 불렸어. 그건 그의 선조들이 했던 것과 비슷한 일이었지.”

“선조들?”

"벌써 이야기해 주었잖아. 하여간 기억력이 쥐새끼만도 못하니, 이거야 원."

거지가 중얼거렸다.

"뱀파이어는 낮을 잃어버렸다."

제인이 손뼉을 쳤다.

"그래, 그거야. 너희 선조는 낮을 버리고 대신 번식을 택했지."

번식이라?

"지구상에서 가장 오래 살고 있는 생물이 뭘 거 같아? 그런 생각을 해 본 적이 있어?"

제인이 난데없는 질문을 던졌다. 그런 거 알게 뭐야.

"학과 거북이가 오래 산다고 하더라. 백 년도 더 산다고."

바보 거지가 떠들었다. 한숨이 나왔다.

"야, 이 바보야! 내가 그 다섯 배는 살았다."

"아하, 그래. 그럼 나무겠지. 몇 천 년 사는 나무도 있다더라."

거지가 노골적으로 빈정거렸다. 아휴, 저걸 진작 죽였어야 하는데.

"그 기록은 네놈이 깰 거다. 나한테 처먹은 욕만 해도 만 년은 살 테니까."

거지가 발끈하고 일어났다. 아니, 일어나려다가 제인에게 한 방 맞고 다시 뒹굴었다.

"왜 때려!"

"시끄러."

"난 저놈 때리려고 한 거……."

제인은 다시 거지에게 한 방 날렸다. 그럴 줄 알았다. 하여간 입이 재앙이라니까.

"둘 다 틀렸어."

'둘 다' 라는 말은 좀 억울한 말이었다. 나는 저 둘에 들어가지 않는단 말이지.

"가장 오래 산 생명체는 아메바 같은 걸 거야. 수십억 년 전에 발생해서 지금까지 살아가고 있지."

"말도 안 되는 소리. 그때 만들어진 아메바는 벌써 다른 생명체의 피와 살이 되었을 거라고. 그게 왜 살아 있어?"

"자신과 똑같은 형태로 분열하니까."

"그런 식으로 말하면 모든 생물이 마찬가지지. 자기 유전자를 후손에게 물려주잖아."

제인은 의미심장하게 웃었다.

"그런데 아메바와 다른 점은 뭘까?"

"아메바는……."

"아메바는?"

정말 뭐가 다르지? 아메바, 그건 단세포생물이잖아. 같을 이유가 없지. 당연히. 하지만 유전자를 남기려고 한다는 차원에서는 똑같잖아. 그때 거지가 비명처럼 고함을 질렀다.

91

"다른 게 뭐 있어! 둘 다 관심도 없는 하찮은 것들이야! 하찮은 것들!"

저것들이 하는 이야기는 결국 나를 놀리려고 하는 이야기에 불과했다. 나는, 나는, 나는 내가 파워를 가진 줄 알았다. 강력한 힘. 이제 다시는 업신여겨지지 않을 힘을 가진 줄 알았다. 하지만 그건 착각이었다.

내 인생에 언제나 그늘을 드리웠던 바로 그 착각이 다시 한 번 재현되었을 뿐이었다. 늘 비참하기만 했던 내 인생. 나는 가짜 386이었고 가짜 대학생이었다. 내가 가짜 대학생이라는 것을 알자 영등포 윤락가의 창녀였던 혜자마저 나를 버렸다. 나는 사람들의 주머니를 터는 사기꾼이었고, 심지어 사람들의 선심마저 거짓으로 얻을 수밖에 없는 가짜 장님이었다.

나는 분노했다. 화가 나서 참을 수가 없었다. 눈알이 빠져나올 것처럼 아팠다. 입안이 바짝 마르고 온몸의 피부가 마치 비늘 조각이라도 된 것처럼 곤두서려는 느낌이 들었다.

"캬악!"

입에서는 알 수 없는 괴성이 튀어나왔다.

"릴렉스, 릴렉스."

제인이 알아들을 수 없는 영어를 중얼거린다. 다 저년 때문이다. 죽여 버리고 싶다. 죽여 버려야 한다.

"릴렉스 안 하면 너 몬스터로 변한다."

몬스터? 몬스터가 뭐지?

잠깐 생각에 잠긴 게 실수였다. 제인이 작은 막대를 꺼내 나를 향해 겨눴다. 아차 싶었는데 이미 늦어 버렸다. 눈앞에서 섬광이 번쩍이고 나는 그대로 나가떨어지고 말았다. 제인이 내 가슴에 발을 올려

놓더니 빈정댔다.

"어차피 지금은 못 나가. 밤이 될 때까지 오순도순 이야기나 나누려고 했더니 왜 이 난리셔?"

욕이라도 한마디 해 주고 싶었는데 욕이 나오지 않았다. 젠장. 양놈도 나가자빠졌겠지?

"하던 이야기나 마저 해 보지?"

어라? 양놈은 무사하다. 간신히 눈알을 굴려서 살펴보니 이놈은 어디론가 피했던 모양이다.

"그래, 그럴까?"

제인은 나를 물끄러미 바라보았다.

"확실히 이쪽이 좀 더 원형에 가까워졌어. 반항적인 기질이며, 변신해도 뭔가 그럴싸한 것으로 될 것 같아."

뭔가 그럴싸한 걸로 되는 순간 넌 사망이다.

"아메바. 아메바 이야기 중이었지. 그것들은 가장 오래 살았을지는 몰라도 변화가 없는 생물이야. 뭔가 변화할 건더기가 없었지. 그리고 변화하는 순간 이미 아메바가 아니었을 것이고. 아무튼 우리는 단세포 생물로부터 진화해서 오늘날 개별적인 사고를 하는 인간이라는 생물체로까지 진화해 왔어. 그리고 모두 알다시피 인간이란 같은 개체이면서 또한 서로 다른 개체이지."

뭔 말이냐? 알아들을 만한 말 좀 하지.

"하지만 인간이 조금씩 달라지는 것이 단지 유전자의 조합을 바꾸는 그 일뿐일까? 그렇다면 저 아메바와 다를 것이 뭐 있겠어? 인간도 역시 나무 위를 뛰어다니며 나무 열매와 작은 짐승들을 잡아먹고 있어야 하겠지."

그랬다면 세상은 평화로웠을 거다!

"물론 인간은 그렇지 않아. 인간은 발전했어. 어째서 발전할 수 있었던 걸까?"

양놈이 대답했다.

"그야 인간에게는 지능이라는 게 있으니까 그렇지."

"지능이 있다? 좋아. 너희같이 무식한 놈들도 가끔은 신문에서 이런 기사가 실린 것을 보았을 거야. 개의 지능은 IQ 몇이고 고양이는 몇이고, 원숭이는 몇이고, 돌고래는 몇이다. 뭐 이런 거 말이지. 그런데 그럼 이것들은 언제 총 만들어서 서로 싸울까?"

빌어먹을! 그런 일이 가능할 리가 없잖아.

"왜 그런 일이 안 생길까? 이들도 분명 지능이 있고 지능을 통해 알게 된 사실을 후손들에게 전달하지. 가령 고구마를 씻어서 먹는 원숭이 같은."

몸이 좀 풀리는 것 같다. 여전히 내 몸은 분노로 들끓고 있었다.

"기록이 없어서 그렇지!"

양놈의 말이었다. 제인이 손을 흔들었다.

"그보다 더 앞선 거야. 기억이 없어서 그래. 문자보다 말이 먼저 있었다는 걸 알아야지."

저년도 대학 물 좀 먹었나 보다. 뭔 이야긴지 알아들을 수가 없다.

"원숭이들은 누군가 기발한 생각을 했다고 해도 그것을 보고 있는 한에서만 기억해. 세대가 이어진다면 그 행위가 계속 이어지겠지만 세대가 단절된다면 새로운 시도는 사라지고 말지. 하지만 인간은 보는 것으로 창의력을 이어 간 것이 아니라 들음으로써 창의력을 이어 갈 수 있었어. 그건 기억의 문제야."

손가락이 움직였다. 발가락도 움직였다. 조금만 기다려라.

"아메바는 백만 년이 지나도 아메바야. 하지만 인간은 백만 년이 지나면 더 이상 백만 년 전의 인간이 아니야."

팔과 다리에도 감각이 돌아오기 시작했다.

"그런데 너희 뱀파이어는 수천 년이 지나도록 동일한 패턴을 유지하고 있어. 진화가 없을 뿐만 아니라 발전도 없더라는 거지. 너희는 분명 사고하고 말도 하고 글도 쓸 줄 알아. 사실 너희 뱀파이어로부터 근대 문명이 살아났으니까 기억도 한다는 거지."

"근대 문명이 살아나?"

"그래. 중세 끝 무렵에 수도원에 있던 사제들이 고전 그리스 시대부터 인간을 잡아먹던 뱀파이어 하나를 잡았는데, 그 뱀파이어로부터 그리스어 해독은 물론 원전에 대한 강의까지 끄집어낼 수 있었다고 하더군. 그렇게 해서 그리스 로마 시대의 고전들이 재발견되고 르네상스가 찾아왔던 거야."

주먹을 쥐어 보았다. 아직 힘이 덜 들어간다. 그래, 더 떠들어라. 더 시간이 필요하니까.

"그 후 뱀파이어를 잡으면 기억을 털어 내는 게 우리 임무 중 하나가 되었지. 그 일을 통해 인류 역사를 보완할 수 있게 되었어. 다행히 유럽 방면에는 그나마 적지 않은 뱀파이어들이 있어서 많은 정보를 캐낼 수 있었는데, 반면에 동양에는 의외로 뱀파이어가 많지 않았어. 피의 창고 같은 것을 가지고 있는 뱀파이어는 더 드물었지."

주먹에 힘이 돌아왔다. 벌떡 일어나 제인의 아구창을 날렸다. 아니, 날리려고 했다. 하지만 내 몸은 바닥에 딱 붙어서 움직이지 않았다. 허리가 콘크리트를 부어 놓기라도 한 것처럼 옴짝달싹하지 않고 있었다. 쳐 죽일 년이 뭔가 또 수작을 부린 모양이다.

"불행히도 동양에는, 특히 한국이나 일본에는 오래된 뱀파이어들이 없었던 모양이야. 역사를 재구성하기가 쉽지 않아. 다만 이것들은 옛날부터 뭔가 끼적여 놓은 것이 적지 않은 편이어서 뱀파이어 없이도 그럭저럭 역사를 알 수 있긴 했지. 그러다가 그 작자를 만난 거야."

"보그단!"

"그래, 보그단. 뱀파이어에서 다시 인간으로 돌아온 사나이. 전설에만, 아니 신화에만 남아 있던 그 일을 몸으로 겪은 사람이 있었던 거야. 그는 어깨와 무릎에 쇠사슬이 박혀 있었는데 그 상태에서 인간으로 변하는 바람에 엄청난 고통을 겪고 있었지. 아마 조금만 발견이 늦었으면 출혈로 죽어 버렸을 거야."

허리를 움직여야 했다. 몸을 뒤틀어 보려고 안간힘을 썼다.

"보그단은 아주 오래 산 뱀파이어였어. 그 작자가 정상적인 인간이었다면 벌써 한 줌의 먼지로 변했어야 할 나이였지. 하지만 그는 쇠사슬에 관통당한 부위만 뺀다면 매우 건강한 몸이었어."

다시 인간이 될 수도 있다는 말이군. 부작용은 없나?

"너희 뱀파이어의 세포는 암세포와 같다는 말 했지? 무한 증식이 가능한 이상 세포지. 하지만 부작용이 없어. 아직 납득할 수 없는 한 가지 부작용 이외에는."

양놈이 투덜거리듯이 말했다.

"햇빛을 받으면 죽는다는 부작용 이외에는."

"그래. 왜 그럴까? 전설과 우리에게 남겨진 문헌을 보면 초기의 뱀파이어는 낮에도 다녔고 영생불멸의 몸을 지니고 있었어. 그런데 그런 그들이 번식을 하면서 낮에 못 다니게 된 거야. 몇 가지는 알아냈어. 빛이 세포에 닿으면 너희 세포의 텔로머라제가 소멸된다는 것 정도는 알게 되었지."

내가 물었다.

"텔로 뭐시기라고? 그게 뭔데?"

제인이 내 쪽으로 고개를 돌렸다.

"흐흠. 정말 특이한 놈이야. 벌써 정신을 차리다니."

내가 언제 정신을 잃기나 했냐?

"묻는 말에 대답이나 해!"

"누가 우위에 있는지도 모르는 저 무모함. 아니지, 무식함."

"그게 뭔지 나도 궁금한데?"

양놈의 말에 제인이 작게 한숨을 내쉬었다.

"이 무식한 것들. 텔로머라제는 노화를 방지하는 효소야. 유전자에는 텔로미어라는 게 있어. 복잡한 이야기를 빼고 담백하게 말해 주자면 이게 바로 생명 시계야. 유전자가 분열할 때마다 짧아지거든. 그래서 더 이상 분열이 불가능해지면 죽는 거야."

양놈이 말했다.

"말도 안 되는 소리. 그럼 아메바는 텔로미어를 무한대 가지고 있냐?"

"아니지. 대신 텔로머라제가 나와서 텔로미어를 보호하는 거야. 암세포나 줄기세포에서도 텔로머라제가 있어서 증식이 가능해지는 거고."

제인은 양놈과 나를 번갈아 보더니 말을 덧붙였다.

"그리고 너희 아메바 같은 놈들에게도 텔로머라제가 활성화되어 있지."

양놈이 말했다.

"잠깐만! 너희가 우리 몸에 대해서 어떻게 그렇게 잘 알아?"

우리 아니거든. 하지만 나도 물어보고 싶은 거여서 따지지 않았다.

"연구하니까 알지."

"연구라니? 어떻게?"

"잡아가서."

잠시 무슨 말인지 알지 못했다.

"잡아가서?"

"응."

정신이 번쩍 들었다. 그래, 처음부터 알아봤던 그대로다. 저것들은 나를 생체 실험하려고 잡아 온 거야. 팔다리를 버둥대며 일어나려고 용을 썼다.

92

침을 꼴깍 삼키고 물어보았다.

"우릴 잡아가겠다고?"

제인은 태연 발랄하게 고개를 끄덕였다.

"잡아가서 생체 실험을 하겠다고?"

"응."

"이거 왜 이러셔? 우리한테도 인권이라는 게 있어."

"없어."

"뭐?"

"너희는 인간이 아니야. 인권이 없지. 너희는 이미 사망한 시체에 붙어사는 숙주에 불과해."

"뭐야? 숙주? 숙주나물은 아니고?"

제인이 미간을 찌푸렸다. 아니, 제인이야 그렇다 치고 거지새끼는 왜 같이 찡그리는데?

"유머 센스 하고는."

"시끄러! 나보고 숙주라고?"

"아까 말했지. 아메바와 인간의 차이는 무얼까? 이제 뭔지 알겠니?"

"텔로 뭐시기가 활성화되었느냐, 안 되었느냐 하는 거?"

제인이 혀를 찼다. 싸가지 없는 년.

"기억이라고 했지? 그런데 너희 뱀파이어는 아메바와 같아. 기억도 없고 전달도 하지 못하지."

"무슨 바보 같은 소리야? 아까는 우리 덕에 인류의 역사가 전해졌느니 어쨌느니 했잖아!"

"그랬지. 하지만 그건 우리의 기억, 인류의 유산에 대한 이야기였어. 너는 네 자신에 대해서는 하나도 모르잖아."

그 말은 충격적이었다. 그렇다. 나는 뱀파이어라는 것 자체에 대해서 전혀 모른다. 내가 알고 있는 것은 그저 나를 뱀파이어로 만들어 준 드라큘라 백작뿐이었다. 그냥 그런 분이 있었다는 것만. 내가 그를 뱀파이어의 군주로 섬긴다는 것밖에는 알지 못했다. 뱀파이어가 왜 생겨났는지도 모르고, 왜 인간이 아닌지도, 왜 변신을 하는지도, 왜 햇빛 아래 나가면 안 되는지도 모른다. 그저 알고 있는 것이라곤 사람을 잡아먹는 방법, 변신하는 방법뿐이었다. 이래서야 정말 제인이 처음 했던 말처럼 맹수에 불과한 것 아닌가? 맹수도 그 정도는 알고 있다. 나는 뱀파이어가 된 뒤에 인간으로서 알아야 하는 것들은 이것저것 배웠다. 사교와 에티켓, 춤과 노래도 배웠고, 외국어도 여러 개 익혔다. 이 나라 말도 능수능란하게 할 정도다. 하지만 뱀파이어로서 알아야 하는 것은 하나도 알지 못했다. 왜 누구는 뱀파이어가 되고 누구는 좀비가 되는지, 또는 살아나지 못하고 저기 누워 있는 할머니처럼 그냥 시체가 되어 버리는지도 모른다. 더구나 그것들을 처리하는 방법도 잘 모른다. 그 방법 중 하나인 독정을 사용하는 방법을 알아낸 것도 인간들이었다. 나는 인간들이 개발한 그 방법에 편승해서 내 문제를 해결하려고 들었던 것이다.

인간들은 기억을 통해서 지식을 전승하고 사회를 발전시켜 나갔다. 뱀파이어들은 처음부터 그런 짓을 하지 않았다. 사회를 이루기는커녕 내 먹이를 채갈 경쟁자로 보고 서로 제거하기에 바빴다. 그 덕분에, 지금은 먹잇감이었던 인간들에게 오히려 실험감이 되어 버린 것이다.

"너희는 아메바와 다를 것이 없어. 그래, 저 거지새끼가 말은 잘했지. 하찮은 것들에 불과하지. 그나마 우리 인간들에게 도움이 되지 않는다면 관심조차 주지 않았을 거야. 그냥 도시의 해충 청소하듯 쓸어버렸을 거라고."

그 순간 거지가 용수철처럼 튀어 올랐다. 참 끈질긴 친구다.

"그래! 좋아! 나는 하찮은 인간이다!"

거지는 울부짖고 있었다. 제인이 혀를 찼다.

"쯧. 넌 인간이 아니라니깐!"

"아니야! 난 인간이야!"

"인간이었지."

둘은 쓸데없는 논쟁을 벌이고 있었다. 하긴 서로 주먹질을 해 대는 와중에 저보다 더 깊이 있는 논의를 할 수는 없을 것이다. 난 다시 도망칠 궁리를 하기 시작했다. 거지가 낸 저 바보 같은 아이디어. 은박 깔개를 이용해서 과연 달아날 수 있을까? 고개를 저었다. 그런 터무니없는 모험을 하기에는 내 몸이 너무 소중했다.

"난 기억을 가지고 있어! 난 기억을 가지고 있으니까 인간이야!"

거지는 다시 울부짖었다. 기억을 가지고 있다? 나도 내 유년 시절을 반추해 보았다. 신나게 매 맞던 유년 시절이라든가, 갑옷의 끈을 잘못 매었다고 두들겨 맞던 기억, 무거운 투구를 떨어뜨렸다가 흠집 때문에 광에 사흘이나 갇혀 있었던 그런 기억들. 아휴, 인간이 아니길 천만다행이다.

"난 느껴져! 난 저 양코쟁이에게 죽은 살인마도, 할머니도 모두 느껴진다고! 무슨 생각을 했는지, 어떤 인생을 살았는지 모두 알 수 있어!"

쓸데없는 감상주의. 처음 뱀파이어가 되면 다 저런 일을 겪는 모양이다. 나도 그랬으니까. 다른 사람들의 피를 마시고 그들의 기억을 가지게 되면 나 자신은 완전히 그 사람이 된 듯한 기분에 빠져든다. 아름답고 멋진 기억들만 있으면 얼마나 좋겠냐마는, 인간의 삶이란 게 그런 게 아니다. 온갖 추잡한 과거도 모두 몸으로 겪게 된다. 그런 짓을 한 백 년쯤 하고 나서야 기억들을 다 겪지 않아도 되는 경지에 도달할 수 있었다. 사실 그 때문에 식사하기가 꺼려질 정도였으니까. 또한 가능한 한 달콤한 기억들만 추리는 것도 가능해졌다.

순간 머리에 벼락을 맞은 것 같았다. 이런 과정을 기억으로 전달했어야 마땅하다. '번식'이 정말 목표였다면. 왜 드라큘라 백작은 백발백중으로 뱀파이어들을 만들 수 있었단 걸까? 그건 그가 이것들을 배웠기 때문이 아니겠는가? 그는 수없이 많은 자신의 병사들을 만들면서, 그 고급한 정보는 건네주지 않았던 거다.

이제 알았다. 내가 그의 총애 받는 후계자가 아니라는 사실을. 그에게 있어 그저 하나의 병졸에 불과했다는 것을. 아마도 가장 오래 살아남은 그의 병사일지는 모르겠다. 하지만 그것이 내게 어떤 영광을 안겨 주는 것은 아니다. 그저 생체 실험의 도구로서 가치 이외에는 별 가치도 없는 뱀파이어계의 사생아라는 사실밖에 남는 것이 없었다.

"날 잡아다가 생체 실험 도구로 쓰겠다고?"

거지는 절규를 그치지 않았다.

"난 할 일이 있어. 난 알아야 해. 알아야 한다고!"

제인이 물었다.

"뭘 말이야?"

"네깟 년은 몰라도 돼. 난 나갈 테다."

제인이 사다리 밑을 지켰다. 이미 반쯤 부서진 놈이었지만.

"어딜 나가겠다고? 지금 나가면 죽어!"

"죽든 말든 무슨 상관이야!"

"상관있어!"

믿기 어려운 일이 일어났다. 거지가 펄쩍 뛰어올라서 사다리를 붙잡더니 그대로 기어 올라가 문을 열고 달아나 버린 것이다. 솔직한 이야기로 햇빛을 받는 순간 그대로 거꾸러져 버리고 말 것이라 생각했다.

그러나 햇빛이 아무 영향도 주지 않는 것처럼 녀석은 뛰쳐나갔다.

93

허리를 쓸 수 없었지만 이제 시간이 없다는 것을 깨달을 수 있었다. 몸 안에는 어떤 기운이 충만해 있는데 허리 때문에 그 힘이 흐르질 않고 있었다. 제인이 아메바 따위를 들먹이며 나를 모욕했을 때 내 가슴속에서는 멈추지 않을 것 같은 불길이 일어났다. 불길은 허리의 막힌 기운을 불태워 버렸다. 온몸이 불타오르고 있었다. 그리고 그 불길 속에서 기억이 춤추고 있었다.

인간들의 기억이다. 여자들을 죽이던 연쇄살인마의 기억(그가 벌인 살인의 쾌감까지 손에 잡힐 듯이 떠올랐다). 나를 동정하던 할머니의 기억(어린 시절 최초의 기억으로부터 마지막 순간까지가 모두 불길 속에 드러났다). 남자와 여자, 악당과 선인, 완력과 섬세함. 상반된 이미지들이 불길 속에서 하나가 되어 버렸다. 그리고 망각 속으로 보낸 나의 기억들도 떠올랐다. 나를 하찮은 것으로 만든 바로 그 기억이다.

나는 취조실 바닥에 개구리처럼 납작 엎드려 있었다. 발가벗겨진 상태로. 수사관 셋이 나를 내려다보고 있었다. 가장 악질은 가운데 자리한 송호달이다.

"나라를 위한 일이야, 이 빌어먹을 새끼야."

그가 말했다.

"너 따위 아무짝에도 쓸모없는 하찮은 새끼가 나라를 위해서 봉사할 기회를 잡은 거야. 알겠어? 가짜 대학생 노릇 하면서 이쁜 여대생들이나 뽀리깔려고 들었겠지? 하지만 우리와 같이 일하면 다 괜찮아. 그건 나라를 위한 보상으로 네게 주어지는 거나 마찬가지야. 국가를 위해 일하는 사람들에게 그런 혜택도 있을 수 있지. 뭐, 너무 심하게 하지만 않는다면 말이야."

놈은 그렇게 말하며 바지춤을 추슬렀다. 말하다 보니 뭔가 생각나고 흥분이 된 모양이다. 역겨운 놈.

그놈이 경찰이었는지, 안기부 직원이었는지, 기무사에서 나온 놈인지 도무지 알 수가 없었다. 처음엔 경찰이라 생각했지만 나중엔 그마저도 확신이 없었다. 나는 아무것도 모르게 되었다. 머릿속이 텅 비어 버렸고 그들이 시키는 대로 움직이는 꼭두각시가 되어 버렸다. 그들은 청소 전문가였다. 본래 들어 있는 게 별로 없는 단순한 대가리기는 했지만 그나마 조금 있던 자유와 인권과 같은 생각을 들어내서 안드로메다행 로켓에 실어 버렸고, 질서와 복종이 빈자리를 채웠다. 의문과 사고는 소멸되었고 규율과 암기가 자리를 차지했다.

뭔가 들어오긴 했는데, 내 몸은 텅 비어 버렸다. 이제야 알 것 같다. 뭔가 들어온 게 아니라 그냥 내 머리와 손과 발을 묶어 놓았던 것에 불과하다는 사실을.

이제는 내 차례다. 내가 그놈의 손과 발을, 머리통을 묶어 놓겠다. 그리고 당겨 보겠다. 오른쪽으로 당기고 왼쪽으로 당기고, 내가 당기고 미는 대로 노는 꼭두각시 춤을 보고 말겠다. 그리고 이 활활 타오르는 불길 속에 던져 주리라.

사다리로 펄쩍 뛰어올랐다. 몸이 이렇게 가벼울 수가 없다. 이런 불길이라면 햇빛도 무섭지 않았다. 그놈을 잡는 것 이외에는 다른 생각이라고는 전혀 들지 않았다.

94

제인도 놀란 모양이었다.

"젠장! 대체 힘을 어디까지 찾은 거야?"

제인도 뛰어오르려는 것을 얼른 허리를 붙들어 끌어내렸다.

"이거 안 놓아?"

"물론이지."

제인이 양어깨를 손날로 내리쳤다. 아팠지만, 알다시피 내 뼈는 부러지지 않는다. 제인의 팔목을 물어 버렸다. 길게 자란 내 송곳니가 제인의 피부 깊숙이 들어가는 것을 느꼈다. 하지만 피는 나오지 않는다.

"소용없는 짓이야. 이미 한 번 해 봤잖아."

손목에는 붉은 자국만 남았다. 제인이 속삭이듯 말했다.

"난 말이야. 절대 뚫리지 않는 피부를 가지고 있어."

이게 대체 무슨 소리지? 어리둥절해진 틈에 제인은 깍지를 낀 손으로 내 뒤통수를 때리고, 내가 휘청하며 허리를 굽히자 나를 디딤돌로 삼아 마루로 뛰어올랐다.

"잡아 올 테니까 얌전히 기다려!"

그럴 마음이야 반 푼어치도 없었지만 나는 햇빛 아래 뛰어다닐 수 없는 몸이니 어디 갈 데도 없었다.

천둥이 쳤다. 비가 올 모양이다. 속 시원하게 쫙쫙 내려 줬으면 좋겠다, 라고 생각하다가 벌떡 일어났다.

도망칠 수 있는 유일한 기회일지도 몰랐다. 폭우가 쏟아진다면 해 볼 만한 모험이다. 중간에 해가 뜬다면 끝장이겠지만 어차피 이길 수 없는 상대가 돌아오기만을 기다릴 수는 없지 않은가?

95

그놈이 어디 있는지 알고 있었다. 벌써 25년이 지났다. 그 사이에 놈은 정계에 진출했고 국회의원도 해 먹었다. 놈의 지구당 사무실. 그게 어디 있는지 잘 알고 있었다. 우연히 지나가다 본 후로는 절대 그쪽으로 가지 않았다. 지하철이라도 그곳을 지나간다면 내려서 반대편으로 갔다.

한참을 뛰던 나는 멈춰 섰다. 정신을 차리고 보니 여긴 명동이었다. 뛰다 보니 종각을 지나친 생각은 드는데 그새 명동이니 정말 열심히 뛰어오긴 한 모양이다. 그러나 그렇게 뛰다 보니 분노의 불길이 좀 사그라진 모양이었다.

그놈의 지구당 사무실은 강 건너 강남을 지나쳐서 내려가야 하는데, 내가 미쳤나 보다. 그걸 뛰어가겠다고 나오다니. 그 쇠사슬까지 끊어 버리고.

그 생각을 하고는 나도 섬뜩하니 놀라 버렸다. 그걸 어떻게 끊었지? 손은 다치지 않았나? 다행히 손은 멀쩡했다. 햇살이 비쳐 상당히 더러워 보이긴 했지만.

햇살. 그래, 햇살이 싱그럽게 비치고 있었다. 온몸이 타들어 가는 느낌 따위는 없었다. 이제 마약에서 풀려난 걸까? 여태까지 환각의 소굴에서 제정신이 아닌 꿈을 꿨던 걸까?

"저기요?"

지나가는 학생 하나를 불러 세웠다. 질겁하고 달아나 버린다. 여학생을 부를 걸 그랬나?

몇 번 이 사람 저 사람을 더 불러 보았지만 모두 외면을 한다. 하긴 내 몰골이 좀 그렇긴 하지. 땀 냄새가 쉴 정도로 날 거고, 머리도 떡이 졌을 거고, 얼굴도 때가 덕지덕지 묻었을 거다. 나라도 나 같은 놈이 부르면 달아나겠지. 나 같은 것이 붉은 망토 휘날리며 뽄새 그럴듯한 드라큘라 같은 게 될 리가 있나.

길가에 세워진 트럭 사이드미러에 내 모습을 비춰 보았다. 피곤에 찌든 40대 중년의 거지 하나가 거기 서 있었다. 생각보다 나쁘진 않았다. 하지만 내가 봐도 참 지루하게 생긴 얼굴이다. 입을 벌려서 내 송곳니를 살펴보았다. 영화에서 보면 드라큘라가 되면 늘 송곳니가 길쭉하게 변하니까, 나도 그렇게 되었는지 확인해 본 거다. 그리고 멀쩡하다는 것을 내 눈으로 확인했다. 조금 뾰족해진 것처럼 보이기도 했지만 무슨 호랑이 어금니처럼 커진 건 분명 아니었다.

결국 미친년과 미친놈의 소굴에서 빠져나온 것에 불과하구나. 햇빛을 받으면 죽는다고 했는데, 이 햇빛 아래 멀쩡한 걸 봐라. 모두 거짓말이었던 거다. 선글라스와 케인을 잃어버린 건 조금 아깝지만 목숨을 부지하고 도망쳐 나온 게 어디냐. 뭐라도 먹고 잠이라도 좀 자면 제정신이 돌아오겠지. 그런데 먹는 것보다도 잠이 더 급했다. 잠이라도 좀 자면, 이라고 생각하자마자 졸음이 미친 듯이 쏟아지기 시작했다.

거지의 행복이란 게 뭔지 아는지? 이럴 때 체면을 가릴 필요가 없다는 점이다. 약국 앞을 지나면서 빈 박카스 상자 하나를 챙긴 뒤 지하철 중간 계단으로 가서 앞에 놓고는 엎드렸다. 요렇게 자고 일어나면 상자 안에 돈이 좀 들어 있을 거다. 그러면 그걸로 요기를 하면 되겠지. 이렇게 잠자면서 돈 버는 일이 또 있을지 모르겠다.

그런데 난데없이 천둥이 치더니 비가 쏟아지기 시작했다. 금방 등짝이 척척하게 젖어 버린다. 아 쫌!

96

강남의 오피스텔에 도착했다. 원룸, 나의 소중한 보금자리다. 거지새끼를 만난 때부터 탈출할 때까지가 1년은 걸린 것 같았다. 이젠 안심해도 된다. 오는 동안 비가 그칠까 봐 정말 얼마나 무서웠는지 모른다. 다행히 택시 기사는 최대한 속도를 내어 주었고, 그 고마움에 난 그를 먹어 치우지 않는 것으로 보답해 주었다.

기쁜 마음으로 드디어 샤워를 했다. 그동안 찌든 때를 비누로 닦아 내고 나니 살 것 같았다. 그리고 원래 이 시간이면 해야 되는 일을 하기로 했다.

잠이 들었다.

97

잠을 자려고 했다. 쏟아지는 빗줄기 따위는 무시하고 잘 수 있으려니 생각했다. 매우 피곤했기 때문에 금방 잠이 들리라 생각했다. 그런데 잠이 오지 않았다. 빗방울이 떨어지는 소리가 밤 12시의 괘종시계 초침처럼 또렷이 들렸다. 까짓 빗줄기 소리가 문제가 아니었다. 또각또각 소리를 내며 지하철 계단을 오르내리는 소리가 너무나 선명하고 크게 들려 잠을 잘 수가 없었다.

더구나 그때마다 그 발자국 소리 위로 핏줄들이 올라가면 심장까지 혈선으로 그림이 그려지듯 그 사람의 몸이 머릿속에 선명하게 나타났다. 그 순간마다 침을 삼켰다. 나 미친 게 분명한 것 같다. 침을 넘길 때마다 병에 들었던 피를 마실 때의 쾌감, 그리고 그것을 무한 증폭시켰던 것 같은 할머니의 피를 빨던 순간이 떠올랐다.

꿈이 아니다. 꿈일 리가 없었다. 나는 처음으로 현실을 받아들였다. 도망치지 않기로 한 것이다. 나는 이제 인간이 아니다. 인간이 되려고 할 필요가 없다. 환각이라면 어떠랴? 나에게 힘이 주어진 환각은 그것대로 충분하다. 나는 뱀파이어도 아니다. 그 모든 평범함을 뛰어넘은 뱀파이어가 된 것이다. 낮에도 다닐 수 있는, 햇빛을 두려워하지 않는 뱀파이어. 무엇이든 할 수 있는 몸이 되었다.

현실에 등장한 슈퍼맨이다. 슈퍼맨의 약점이 초록색 빛이 나는 크립토나이트라면 내 약점은 붉은빛이 도는 혈액인 셈이다. 슈퍼맨은 그놈의 돌을 만나면 안 되지만, 나는 피를 만나지 않으면 안 된다는 차이가 있겠다. 뽀빠이가 시금치를 마셔야 힘을 쓸 수 있는 것처럼 나는 피를 마셔야 힘을 유지할 수 있는 것이다. 내 몸 속에서는 피를 마시라는 명령이 죽음처럼 들끓고 있었다.

하지만 아직은 내게도 이성이라는 게 있다. 지금 일어나서 저 토실토실한 '먹이'를 먹어 버린다면 무슨 일이 일어날지 불 보듯 뻔할 것이다.

먹을 수 있는 것을, 먹을 수 있는 장소에서 먹어야 한다. 그런데 뭘 먹을 수 있지? 소리 소문 없이 먹을 수 있는 게 뭐가 있지?

눈물이 핑 돌았다. 뱀파이어의 비밀을 알아 버린 것이다. 왜 내가 뱀파이어가 되었는지도 알 수 있었다.

그랬다. 먹어 치워도 아무도 알 수 없는 거지시키. 그게 내 먹이였다. 내가 바로 먹이였다. 먹이가 먹히지 않으면 먹는 자로 승급한다. 체스 판의 졸이 마지막 라인까지 도달하면 퀸으로 변하듯이 나는 변한 것이다. 그리고 이제는 졸을 먹을 차례가 되었다.

하지만, 하지만 말이다. 내가 정말 졸을 먹어야 하나? 내가 정말 나랑 같은 처지의 그들을 먹어야 하나? 내가 살겠다고? 나 혼자 살겠다고?

물어보고 싶었다. 어떻게 살아야 하는지. 하지만 누구에게? 그런 건 고등학교 도덕 시간에 배웠어야 하는 건데. 이제 와서 누구에게 물어보지?

뱀파이어로 살아가는 건 뱀파이어에게 물어봐야 하지 않을까? 날 이렇게 만든 그 더러운 흰둥이에게 물어봐야겠다. 그리고 죽여 버릴 테다. 아직 해가 남았다. 지금 그놈을 잡아서 캐물은 다음에 햇빛 속에 내동댕이쳐 주리라. 응당 그놈이 받아야 할 것을 받게 해 주고 말겠다.

나는 몸을 일으켰다. 아니, 일으키려고 했다. 그때였다.

땡그랑.

동전이 떨어지는 소리. 본능적으로 다시 웅크렸다. 장님인 척하는 몸에 밴 습관이 일어나지 못하게 만들고 말았다. 젠장.

나한테는 더 이상 돈이 의미가 없는 것일까? 먹는 것에 한해서는 그럴지 모르겠다. 어쩌면 자는 것도 문제가 없을 거다. 입는 것은? 입지 않는다고 큰 문제는 없겠지. 하긴 상점을 털어도 될 거다. 잡히면? 잡히면 어때? 교도소 안이라면 하나씩 잡아먹어도 별문제가 없지 않을까?

나는 웃었다. 배를 잡고 웃었다. 그럴 리가 없지. 그런 일이 가능할 리가 없었다. 흡혈귀가 뻔뻔히 돌아다니는데 그걸 방치하겠나? 인간쓰레기라면 몰라도. 그래, 제인이 그랬지. 우리는 연구 재료라고. 그렇게 호락호락 잡혀 줄 줄 알고 있다면 오산이다.

당장 해야 할 일을 깨달았다. 비가 그쳤다.

98

"일어나."

내가 잠을 자긴 잤을까? 눈을 감는다 싶었는데 어느 틈에 나타난 제인이 나를 툭툭 차고 있었다. 아주 개꿈을 꾸는구나. 나는 옆으로 돌아누웠다.

"일어나."

꿈이 매우 현실감이 있다. 내가 얼마나 제인한테 시달렸는지 능히 짐작이 갔다.

"아, 좀! 내 꿈에서 나가."

"이게 겁대가리를 상실했나?"

내 몸이 비현실적으로 날아가고 있었다. 천장을 향해. 나는 펑 소리를 내며 천장에 부딪쳤다가 쿵 소리를 내며 바닥에 떨어졌다. 이거…… 꿈이 아닌가 보다.

"제인?"

"그래. 이제 정신줄 잡았나?"

제인이 맞았다.

"그래도 좀 차려 놓고 사는 놈이었구나."

제인은 방 안을 둘러보았다. 사실 내가 차려 놓은 건 별거 없다. 옷이나 신발을 제외하면 대부분은 전의 녀석 거니까.

"여길 어떻게 알았지?"

"미행했지."

제인은 옷장을 열고 있었다. 기회는 이때다. 나는 제인의 등짝을 걷어차 옷장 안에 그녀를 집어넣은 뒤 문을 닫았다, 라고 말하고 싶다.

"이거 모 놔……."

제인은 한 손에 내 목을 잡았다. 난 키가 좀 있어서 거지처럼 대롱대롱 매달린 꼴은 안 되었지만, 뭐 그와 비슷한 형태가 되어 버렸다.

"돌아가는데 비가 오더라. 니가 도망칠 줄 알았지. 그래서 기다렸더니 진짜 그러더라. 이제 됐지? 거지는 어디 있니?"

"너, 정체가 뭐냐? 인간이긴 하냐?"

제인의 대답을 바라고 한 말은 아니었다. 그런데 제인은 담담하게 마치 남의 일처럼 대답한다.

"인간이긴 하지. 인간 2.0이라고 할까?"

"인간 2.0? 그게 뭐야?"

"개량된 인간이지. 이제 네 데이터를 뽑아내면 더 개량된 2.1 버전도 나올 수 있겠지."

이게 무슨 소리냐? 등골에 전율이 싹 지나갔다. 참 오랜만에 느끼는 공포였다. 공포의 원천인 뱀파이어가 되레 공포를 느끼다니. 이런 말도 안 되는 일이.

"그, 그럼 뱀파이어를 잡아다가 인간 개조에 쓰고 있단 말이냐?"

제인은 고개를 끄덕였다.

"당연하잖아. 너희 세포를 연구해서 인간들은 정말 많은 걸 얻어냈지."

제인이 감정이라곤 하나도 담기지 않은 얼굴로 웃으며 말했다.

"너흰 영생의 비밀이 담긴 판도라의 상자야. 우리 미국은 조금 늦게 이 연구에 들어갔어. 뱀파이어 숫자가 유럽보다 적었거든. 하지만 그보다 우리는 풍부한 인적 자원이 있기 때문에 단시일 내에 유럽의 연구 성과를 뛰어넘었지."

"풍부한 인적 자원?"

제인이 선글라스를 벗었다.

"그거 알아? 미국은 선진국 중 유일하게 사형제를 유지하고 있는 나라야. 왜 그럴까? 세계 인권을 수호한답시고 지구의 경찰 노릇을 마다하지 않는 미국이 왜 사형제를 유지하고 있을까?"

"설마, 그게 뱀파이어 때문이라는 거야?"

"후후, 더 이상은 이야기하지 않겠어. 지금 그게 문제냐? 도망친 거지를 잡는 게 문제지."

교활한 계집. 반드시 네년 피를 빨아먹고 네년의 기억을 모두 훔쳐 내고야 말 테다.

"그래, 좋아. 어떻게 잡을 건데?"

"그건 네놈이 이실직고를 해야지. 그놈 어디로 갔지?"

짜증이 폭발했다.

"너, 지난번에도 나보고 그놈이 어디 갔냐고 물었지? 그따윌 내가 어떻게 알아? 내가 뱀파이어지, 점쟁이냐!"

"문 건 너야, 내가 아니고."

잠시 어리둥절했다. 이 마당에 지금 말장난 개그를 하잔 말이지?

"그래, 좋다. 너도 좀 물려 봐라. 그럼 알려 주마."

"물 수나 있고?"

궁금증이 생겼다.

“대체 어떻게 하면 피부가 그렇게 자동차 타이어처럼 변하는 거냐?”

“알아서 뭐 하게?”

“알아서 안 될 이유라도 있냐?”

제인은 푹 한숨을 내쉰다. 무척이나 처량해 보이는 한숨이다.

“그래, 알아서 안 될 이유가 뭐 있겠니? 이건 말하자면 일종의 부작용이야.”

“부작용?”

“뱀파이어에 대한 연구는 네 덕분에 발견한 보그단으로부터 시작되었지. 이미 베살리우스가 인체 해부에 대한 책을 내놓은 뒤여서 해부에 대한 기본 지식은 확보된 상태였어. MIB에서는 보그단의 도움으로 뱀파이어들을 잡아들인 뒤에 해부해 보았지. 절대 죽지 않으니까 산 채로 배를 갈라서 그 움직임을 하나하나 관찰하고 있었어.”

소름이 괜히 끼쳤던 것이 아니었다. 이런 천벌 받을 놈들.

“가, 감히 너희들이…….”

“너무 그러지 마. 내가 그런 게 아니야. 나도 듣기만 한 거야. 그리고 니네들한테는 마취약이 안 듣는 걸 어쩌라고? 결국 입에 재갈을 물리고 해부하는 수밖에 없었어. 더구나 잠깐만 시간을 주면 피부가 다시 들러붙는 바람에 무척 애를 먹었다고 하더라.”

진짜로 제인을 죽이고 싶은 기분이 들었다. 하지만 뱀파이어의 송곳니를 무력화시키는 저 질긴 피부를 어떻게 해야 하지?

“물론 뱀파이어의 몸이 완전히 인간과 똑같지는 않아. 일단 너희는 먹지 않고 살기 때문에 위와 장 같은 경우는 기능이 대폭 축소되더

라. 아마 너도 똥이나 오줌 눈 지 한참 되었을걸."

당연하지. 뱀파이어쯤 되어서 그런 인간의 더러운 생태를 가지고 있을까 보냐?

"또 심장도 좀 기능이 달라. 물론 인간도 심장이 파괴되면 죽지만, 너희는 심장이 파괴되어야만 죽지. 그 점도 좀비와는 다르고."

좀비를 뱀파이어와 비교한다는 게 어불성설이지.

"드라큘라 백작은 척 보면 누가 뱀파이어가 될지 알아차렸던 모양이지만 우리는 그런 능력이 없으니까 아무나 물려 볼 수밖에 없었지. 주로 극악무도한 사형수들이었는데, 사형수들을 물리다 보니까 좋은 점도 있었어."

"좋은 점?"

"피를 빨면 그 사람의 기억도 갖게 되잖아?"

"그렇지."

"그러다 보니까 그런 살인마들의 심리 상태도 점차 알게 되더라고. 덕분에 프로파일링이라는 수사 기법도 탄생했지. 범인처럼 생각하는 방법 같은 것도 다 너희 덕분에 알게 된 셈이야."

기가 막혔다. 인간이란 존재가 단지 먹잇감에 불과한 것은 아니라는 생각이 들기 시작했다.

"이유를 알아?"

제인의 목소리가 낮게 깔렸다.

"난데없이 뭔 이유?"

"좀비와 뱀파이어는 다 같이 물려서 변이가 되는데 하나는 심장이 부서지면 죽고, 하나는 뇌가 빠개져야 죽는 이유 말이야."

"그것도 나무 말뚝에 박아야만 죽는 이유겠지?"

내 말에 제인의 눈이 동그래졌다.

"뭐라고? 나무 말뚝?"

나는 떨떠름하게 대답했다.

"그래, 나무 말뚝."

제인은 여전히 눈을 동그랗게 뜨고 있다가 깔깔거리며 웃었다.

"그리고 심장에 나, 무, 말, 뚝이 박히면 온몸이 불타서 없어지고?"

"그건 뻥이고. 몸이 불탈 리가 있냐."

제인은 아주 배를 움켜잡고 웃기 시작했다.

"아니, 아니. 그럼 불에 타는 건 뻥인데, 왜 나무 말뚝은 진짜라고 생각해?"

가만! 이게 대체 뭔 소리야.

"그거야, 당연히……."

제인이 내 말을 잘랐다.

"당연히 누구한테 들은 이야기지?"

아무한테도 듣지 않았다. 그냥 뱀파이어라는 건 원래 그런 거 아니……었나? 내가 아무 말도 하지 않자 제인이 비웃음을 하나 가득 담은 어조로 말했다.

"그래서 내가 말했잖아. 너희들에 대해서 가장 잘 아는 건 우리라고."

제인은 내 가슴을 툭툭 치며 말했다.

"아무 거나 상관없어. 궁금하면 내가 한번 보여 줄까? 아, 볼 수는 없겠구나."

"그, 그럼 그런 이야기는 왜 나돌게 된 거지? 누가 퍼뜨린 거야?"

"우리가 퍼뜨렸지. 십자가를 보면 물러난다거나, 성수를 뿌리면 죽는다는 거나, 나무 말뚝을 박으면 죽는다거나, 나중엔 불타 버리게 된다고까지 발전했지."

속이 부글부글 끓어올랐다.

"너희가 퍼뜨렸다고? 왜?"

"진짜를 아무나 죽이면 곤란하니까. 그리고 합리적인 사람들은 그런 이상한 말들은 안 믿으니까. 십자가 따위가 괴물을 죽인다니? 그런 건 바보들이나 믿는 거라고 생각하게 되지. 그리고 그에 속한 모든 것, 즉 뱀파이어의 실존과 같은 문제도 거짓말이라고 생각하게 되는 거야. 어때, 간단하지?"

그리고 그 간단한 것에 나, 진짜 뱀파이어마저 속았단 말이지?

"마늘 이외에 다른 방법은 써 보지 않았지? 하는 꼴을 보니까 뻔히 알겠더군. 진실 속에 묻어 둔 거짓이야말로 무서운 거야."

말뚝도 써 보긴 했다. 말뚝 이외의 것을 써 볼 생각을 안 했을 뿐이지.

"시끄러. 하던 이야기나 마저 해 봐."

"하던 이야기? 아하, 뱀파이어와 좀비의 차이점?"

제인은 음흉하게 눈을 내리깔았다.

"간단한 이야기지만 우선 코리언 놈이 어디 갔는지부터 말해 봐라."

머리를 쥐어뜯었다.

"아, 또 그 이야기! 난 모른다니깐."

제인의 얼굴이 조금 심각해졌다.

"모른다고? 아깐 알았잖아."

우물쭈물 대답했다.

"그건 내 멋대로 한 말이야."

"그러니까 몇 대 맞아야 불겠다는 거지?"

황급히 뒤로 물러났다.

"그런 거 절대 아니거든! 왜 그렇게 날 못 믿는 거야?"

제인이 코웃음을 쳤다.

"믿을 게 따로 있지. 뱀파이어를 믿어? 차라리 노쓰 코리아에 핵이 없다는 걸 믿겠다."

"거긴 핵실험도 했잖아! 차라리 엘비스 프레슬리가 살아 있다는 걸 믿는다고 하든지."

"응? 그 친구 살아 있는데?"

"뭐?"

"영생을 살겠다고 뱀파이어가 됐어."

헉! 이 말을 내가 믿어야 해?

"너도 안 믿기지? 그러니 믿을 만한 이야기를 하라고. 그 코리언이 갈 만한 데를 알잖아. 어서."

"정말 모른다고! 정말! 진짜! 참말! 리얼!"

제인도 성질을 부렸다.

"자꾸 모른다고 하지 말고, 기억을 더듬어 봐!"

"뭔 놈의 기억을 더듬어! 아는 게 하나도 없는데! 그놈의 자식은 엊그제 우연히 만나서 피 빨아먹은 사이라고! 내가 그깟 놈이 어디로 갔는지 알 게 뭐야! 놓친 건 너니까 니가 알아서 찾아! 애꿎은 뱀파이어 건드리지 말고!"

한바탕 퍼부었더니 기분이 좀 나아지는 것 같았다. 하지만 제인은 전혀 놀란 눈치가 아니었다.

"아주 쇼를 해라. 그러면 내가 믿어 줄 줄 알고?"

"믿긴 뭘 믿어?"

제인이 다시 코웃음을 쳤다.

"뭘 숨기려고 하는 거지? 어디에 연락이라도 하러 간 건가? 코리아에서는 내가 모르는 새에 뱀파이어 연합이라도 결성된 거냐? 그래서 구원 팀이라도 올 예정이야? 그까짓 놈들이 백이건 천이건 오면 내가 겁낼 줄 알아?"

천까지는 감당이 된다고? 뻥도 심하시네. 슬며시 장난기가 돌았다.

"많이 오면?"

"많이 오건 적게 오건 상관없어."

제인의 눈에 흰자위가 많아졌다.

"뭔가 오긴 하는군."

아주 자기 마음대로 듣고 자기 마음대로 판단하는구나.

"좋아. 그 전에 좀 맞고 시작하자."

제인이 양복 윗도리를 벗어던지고 와이셔츠 소맷자락을 걷어 올렸다.

"자, 잠깐! 말로 하자."

"말은 할 만큼 했어. 이제 행동이 필요한 때지. 그런 말 들어 봤나 몰라. 행동하는 양심이 되라는 말."

"그건 두들겨 패는 악당이 된다는 말 같은데? 뭐가 돼도 좋은데 맞는 쪽이 아닌 걸로 해 줘."

"내가 양심껏 패 줄게."

제인이 우두둑 소리를 내며 손가락 마디를 꺾었다.

"너한테 양심 같은 건 없어 보이는데?"

제인이 씩 웃었다.

"맞췄어. 하지만 너도 맞는다고 죽진 않잖아? 피장파장이지."

"누가 그런 걸 피장파장이래!"

"마지막으로 묻겠다. 불고 맞을래, 맞기 전에 불래?"

"어떻게 하든 맞는다는 소리잖아!"

"하지만 좀 다를 거야. 기분이 좋으면 좀 덜 아프게 때릴 수도 있거든."

그럴 수는 없지.

"내가 모른다고 그렇게 이야기해도 믿지 않는데, 내가 어디 있다고 이야기하면 그건 믿을 수 있단 말이야?"

제인이 빙글빙글 웃으며 말했다.

"정보는 없는 것보다 있는 게 낫잖아? 그리고 몇 번 되풀이해 보면 그다음부터는 사실만 이야기하게 되더라고. 그러니까 일단 말해 봐. 거짓말이면 응당 치러야 할 대가가 있을 거고."

발바닥을 타고 짜릿한 느낌이 척추를 거쳐 대뇌까지 올라왔다. 이거 제대로 된 협박이다.

"시간 따위는 아랑곳하지 않는다 이건가?"

"그런 걸 왜 신경 써? 어차피 너희는 늙어서 죽는 존재도 아니잖아. 솔직히 말해서 나는 일찍 그것들을 잡을 필요도 별로 없어. 물고 다니라고 그래. 여기가 내가 지켜 줘야 하는 모국도 아니고, 뱀파이어 숫자 늘어나면 나야 연구할 재료 늘어나는 거니까 더 좋지, 뭐."

"그놈이 누굴 물고 다닐는지 어떻게 알아? 시간이 갈수록 골치 아플걸."

"뭐, 별로. 놈이 물고 다닌 사람들이야, 붙잡아 놓고 조사하면 그만이야. 뱀파이어는 그렇게 쉽게 태어나지 않거든."

그리고 코리언들이 뱀파이어가 되건, 좀비가 되건 아무 상관도 없다는 말이겠지. 하지만 나는 그럴 수 없다. 다른 뱀파이어가 생겨난다는 것이 생래적으로 싫은 것이다. 경쟁자 자체를 용납할 수 없는 것이 뱀파이어의 속성인가. 입맛이 썼다. 인간이란 존재는 협력하지 않고는 살아갈 수 없다. 제인이 뱀파이어와 1대1, 아니 1대2로도 싸울 수 있는 것은 실제로는 인간들이라는 힘을 뒤에 업고 있기 때문이다. 그들이 약하기 때문에, 그리고 나는 강하기 때문에 그런 것이라 여기고 있었다. 하지만 제인이라는 저 여자는 그런 내 고정관념을 뒤흔들고 있었다.

강한 인간이라니. 뱀파이어보다 강한 인간이라니. 아니, 이럴 수는 없다. 인간들이 햇빛이라는 약점을 들고 떼거리로 몰려온 것도 아니고, 사방이 막힌 오피스텔에서 인간 여자와 단둘이 마주하고 있는데도 뱀파이어가 두들겨 맞을 것을 두려워한다는 것이 말이 되나? 그것이 두려운 나머지 뱀파이어 연합과 같은 빽을 떠올린다는 것은 더더욱 말이 되지 않는다.

뱀파이어는 인간의 생명을 먹고 산다. 풍부한 인간만이 내 생명의 보증품이다. 뱀파이어를 용납하기 시작하면 그 수가 얼마나 될지 아무도 모른다. 인간은 수가 많으니까 뱀파이어 하나둘 느는 게 무슨 문제겠느냐고? 물론 5백 년 전에 비해 인간은 비교도 안 될 만큼 늘어났다. 하지만 뱀파이어는 인간의 진화 형태라는 점을 알아야 한다. 뱀파이어가 하나 느는 것은 인간이 하나 줄어드는 것을 의미한다. 더구나 인간은 죽지만, 뱀파이어는 죽지 않는다. 결국 세월이 지나고 남은 뱀파이어들은 서로 싸울 수밖에 없다. 얼마 남지 않은 인간 자원을 지키고자 서로 싸우게 될 것이다. 지금 인간은 방목되고 있는 것이지만, 그때는 사육되게 되리라. 인간을 보살피는 목자 뱀파이어? 내가 무슨 사이비 종교의 창시자도 아닌데 이게 말이나 되는가?

답은 눈앞에 있었다. 안 맞으려면…….

딩동!

누군가 벨을 눌렀다. 제인의 주먹질도 멈췄다. 제인이 입에 검지를 댔다. 조용히 하라는 거다. 그러자 이번에는 문을 두들긴다.

"안에 있는 거 다 아니까 문 좀 열어 봐요!"

소리도 지른다. 나이스! 제인이 일어나면서 혈도를 꾹 눌러 버렸다. 젠장.

제인은 문으로 가면서 양복을 벗어 버린다. 윗도리도, 바지도. 넥타이도 풀더니 와이셔츠도 북 잡아 찢어서 단추가 튀어 나가 버렸다.

제인이 조금 문을 여는데, 상대가 확 문을 당겨 열어 버렸다. 아래층에 사는 인간이다. 고개를 돌리고 싶었는데 몸이 뻣뻣해서 되지 않았다. 하지만 그 순간 그 인간의 눈은 날 볼 새가 없었다. 제인에게 꽂혀 버린 거다.

"죄송해요, 시끄러웠나요?"

놈은 아무 말도 하지 못하고 제인만 바라보다가 간신히 이성을 되찾았다.

"죄(꿀꺽), 죄송합니다. 즈(꿀꺽), 즐겁게……."

즐겁게? 즐겁게 뭐? 즐겁게 날 패라고? 살아만 나가면 넌 죽었어! 제인이 문을 닫더니 씩 웃는다.

"이제 무슨 소리가 나도 다신 안 올 거야. 그렇지?"

"그만!"

고함을 질렀다. 충분히 맞았다. 제인한테 맞은 물리적 아픔보다 먹잇감에게 맞고 있다는 자존심의 아픔이 더 컸다.

"이제 이야기해 보려무나."

제인이 도도하게 말했다.

"모른다고. 제발."

"이해는 한다."

제인의 눈에 측은한 빛이 감도는 것 같았다.

"먹잇감인 줄 알고 있다가 두들겨 맞으니까 자존심 상하지? 하지만 불 건 불어야지. 아무래도 네가 감이 좀 떨어지는 모양이니 내가 힌트를 좀 주마."

힌트?

"거지는 금방 뱀파이어가 되어서 아직 자기 힘을 잘 모르는 모양이야. 좀비까지 흡수해서 초막강 파워를 지니게 되었다는 게 문제지. 자기 힘을 제어하지 못하는 어린애나 마찬가지야. 그런데 사람이 그런 힘을 갑자기 가지면 무슨 일이 일어날까?"

그따위 걸 내가 알게 뭐야, 라고 생각했지만 문득 떠오르는 일이 있었다. 내가 막 뱀파이어가 되었을 때의 일.

나는 하급 기사의 아들이었다. 아버지는 일찌감치 무슨 전쟁인가 나가서 전사했고, 나는 어려서부터 기사 시종을 들면서 고생 무지하게 했다. 내 상관은 끔찍하기 이를 데 없는 놈이었다. 새벽부터 한밤중까지 마치 나를 괴롭히기 위해서 존재하는 놈 같았다. 내 사정이라고는 단 한 줌도 봐주지 않으면서 죽어라 나를 부려 먹었다. 그리고 끝내 기사로 만들어 주지도 않았다. 나는 말발굽에 병이 생겼다는 이유로 한겨울에 품삯도 없이 쫓겨났고, 만약 드라큘라 백작을 만나지 못했다면 그 길로 얼어 죽었을 것이다.

그때 뱀파이어로서 알아야 할 일들을 알려 준 것도 드라큘라 백작이었다. 마지막으로 백작은 내게 말했다.

"가라. 이제 네가 하고 싶은 대로 살아라. 단 한 가지만 명심해라. 오직 너만이 인간의 주인이라는 점을."

나만 인간의 주인인 줄 알았다. 하지만 제인의 말이 맞다면 나는 그냥 수많은 뱀파이어 병졸 중의 하나라는 이야기. 믿고 싶지 않았다. 고개를 흔들었다. 지금은 거지새끼, 장호철에게 집중하자.

"복수를 하는 거지."

탁한 목소리로 말했다. 복수, 이 얼마나 달콤한 말인가. 나도 복수를 했다. 기사를 찾아가 그자의 생명을 빼앗았다.

"해 봤자 허망하기만 한 그 일을."

피를 마시면서 기사의 기억을 읽어 낼 수 있었다. 첫 흡혈의 충격도 충격이지만 그보다 더 놀라운 사실에 나는 움직일 기력도 없이 그 자리에 쓰러져 버렸다. 그의 기억을 통해서 나는 나를 볼 수 있었다. 타인의 삶 속에 들어 있는 나를 본 것은, 물론 당연하게도 그때가 처음이었다.

내게 기사란 두렵고 무서운 존재였다. 그 존재의 그늘이 내 영혼을 덮을 정도로 거대했다. 그의 왼쪽 눈꺼풀이 떨리기만 해도 두려워서 벌벌 떨었다. 그의 비위를 거스르지 않기 위해 무슨 일이라도 해야 했다. 더한 일도 해야 했다. 그는 24시간 내내 내 연약한 영혼을 쥐고 흔들어 댔다. 내 생사여탈권을 쥐고 있던 그, 그에게 나는 어떤 존재였던가?

낫씽. 아무것도 아닌 존재였다. 나는 스쳐 지나가는 그림자였다. 그의 기억 속에서 나는 단편화되어 버린 잘디잔 존재에 불과했다. 온전한 모습의 나는 찾을 수 없었다.

하지만 복수하기 전에는 모르니까, 인간은 복수를 원한다. 복수를 할 수 있는 권력만 손에 쥔다면 망설이지 않는 것이 인간이다. 인간이란 그런 존재다. 그리고 뱀파이어란 그에 충분한 권력이다. 인간이라면 할 수 없는 일도 뱀파이어에게는 얼마든지 가능하다. 인간의 폭력이란 법의 테두리 안에 있어서 사적인 욕망을 달성하기 위해서 피해야 할 것이 너무나 많다. 그리고 현대사회로 올수록 그런 것이 어려워지고 있지 않은가?

1960년대까지만 해도 만화 속의 슈퍼 히어로들은 자신들이 찍힐 걱정을 하지 않았다. 카메라라는 물건이 그리 흔한 것도 아니고 한두 명이 우연히 가지고 있다 해도 찍힐 가능성이 별로 없었던 것이다. 덕분에 스파이더맨의 피터 파커는 자기 자신을 찍는 사진사가 되기도 한다. 하지만 현대사회에서 그게 가능한 설정일까? 슈퍼맨과 로리스 레인의 관계도 마찬가지고. 길거리에 연예인만 떠도 다들 핸드폰을 들어 올리고 있는데.

하지만 뱀파이어는 다르다. 우리는 인간의 상식과는 전혀 다르게 움직이기 때문이다. 인간을 유혹하고 그들의 정신을 굴복시킨 뒤, 피를 통해 그들의 생명과 기억을 흡수해 낸다. 기억으로부터 상황을 재조립하고 때로는 그 장소를 당당히 벗어날 수 있는 구실을 만들어 내기도 한다.

유럽에 있을 때 일이었다.

빠져나갈 곳이 없는 폐쇄된 방에서 나는 귀족 하나를 잡아먹었다. 놈은 기사와 시종들이 올 것이라며 죽는 순간까지 저주의 말을 퍼부었다. 하지만 귀족이 이야기한 놈들이 왔을 때, 나는 그 방에 없었다. 귀족의 기억 속에서 방을 빠져나갈 비밀 통로를 찾아냈던 것이다.

만일 타인의 비밀을 알아내 그것을 무기로 정계를 헤집는다면 뱀파이어만 한 통치자는 다시없을 것이다. 인기 가수 하나가 오래전에 썼던 글 하나로 바로 하차해 버린 일도 있지 않았던가.

카메라 앞에 처음 선 사람들은 대부분 평소처럼 움직이지 못한다. 누군가 자신을 보고 있다는 사실에 신체가 경직되고 마는 것이다. 앞으로 할 행동이 나쁜 것도 아니고, 그냥 평소와 똑같은 행동이다. 그런데도 왜 신체는 긴장하는 것일까?

그것은 누군가에게 자신의 움직임이 보인다는 것에 대한 본능적인 경계심이다. 움직임이 노출된다는 것은 죽는다는 것과 동일한 시대의 기억이 몸 안에 내장되어 있는 것이다. 따라서 인간은 '모두' 라는 것 안에 숨어 있는 것을 좋아한다. 다 함께 저지르면 잘못도 잘못이 아닌 것이 되게 마련이다.

인터넷이 그런 경향을 더 빨리 확산시키고 있다. 정보가 빨리 공개되는 이점과 함께 잘못된 정보도 한없이 빨리 퍼지고 있다. 이러다가는 거짓과 진실 속에서 모든 정보가 동일하게 취급되어 버릴 거다. 정보 속의 엔트로피 증가라고나 할까? 결국은 멸망의 길로 가는 거다.

잘못된 지식이라고 해도 광범위하게 퍼지기만 하면 그건 절대 없어지지 않는다. 가령 네스 호의 괴물 같은 괴담이 그렇다. 그거 사실은 나도 좀 궁금해서 옛날에 네스 호에 들어가 본 적이 있다. 진흙탕물이라 잘 안 보이기는 했지만 석 달 열흘을 그 호수 바닥을 뒤져 본 결과 그따위 건 없다는 걸 확실히 알 수 있었다. 세상에 신비롭고 희한한 건 바로 이 몸, 뱀파이어 말고는 없다! 더 이상 헛된 꿈들 꾸지 말라고.

인터넷을 열어 보면 온갖 거지 같은 엉터리 정보들이 넘쳐흐른다. UFO에, 외계인에, 말도 안 되는 음모론에, 우리 조상은 전 세계를 지배했어요, 같은 쌩판 거짓말까지. 그런데도 이런 건 하나도 없어지지 않고 점점 더 퍼져 나간다. 신뢰성 있었던 언론에서도 괴담에 낚여서는 잘도 파닥댄다.

가령 공자가 식인종이었다는 말 같은 거. 공자가 사람으로 젓갈을 담가서 즐겨 먹다가 제자가 젓갈이 되어 버린 후에 안 먹게 되었다, 라고 그럴듯하게 포장되어서 잘도 돌아다닌다. 그거 엉터리 이야기라고 지적하는 글도 물론 많다. 하지만 그걸 지적하는 글이 암만 많다고 해도 엉터리 이야기 자체가 없어지지는 않는다. 엉터리 이야기도 점점 더 많아지는 거다. 내가 보기엔 인류 최대의 재앙이 바로 인터넷이다. 인간의 장점 중 하나는 잘못된 것을 버리고 올바른 길을 빨리 찾는 것인데, 인터넷은 정보에 대한 선별 기능이 없어서 모든 정보를 동등하게 대접하고 있다. 마치 우리 뱀파이어가 너희 인간들을 모두 동등하게 먹이로 보는 것과 비슷하다. 이런 식으로 가면 너희들은 인터넷에게 모든 피를 다 빨리고 시체 안치소로 직행하게 될 것이 틀림없다.

십자가. 제인이 했던 십자가 이야기가 문득 떠올랐다. 은제 총알로 죽는 뱀파이어 영화도. 이런 잘못된 정보. 나무 말뚝. 뱀파이어까지 속은 엉터리 정보. 뱀파이어는 거울에 비추어지지 않는다는 이런 온갖 미신들. 이것들은 선대의 뱀파이어들이 만들어 낸 정보일 것이다. 진실 속에 거짓을 묻는 교묘함과 더불어 자신들을 보호하기 위해 뿌린 방어책이기도 했던 것이다. 삼손이 델릴라에게 자기 힘의 비밀을 엉뚱하게 알려 주었던 것처럼. 그래야 자신들을 죽일 진짜 방법을 알아낼 수 없을 테니까.

물론 그 안에서 이성을 가지고 정보를 제대로 알고 찾는 자에게는 인터넷도 피의 기억과 비슷하다고 하겠다. 아직은 세상이 멸망할 시기는 아니니까.

인간은 본래 모순적인 동물이다. 안과 밖이 완전히 동일한 투명한 인간이라는 건 존재하지 않는다. 존재할 수도 없고. 따라서 인터넷상에 적어 놓은 어떤 기록이 훗날 그의 목덜미를 잡을지 모른다. 문제는 이 사실을 아는 순간, 그리고 누군가가 그걸 노리고 활동하는 순간, 인간 세상은 궤멸되기 시작할 거라는 점이다.

모든 사적인 이야기들이 공적인 이야기로 변하는 순간, 그래서 익명성 뒤에 숨을 수 없게 되는 순간이 오면 인간들은 어떻게 변할까?

그런 일을 마음만 먹으면 얼마든지, 인터넷 기록보다도 더 정확하고 더 추악하게 알아낼 수 있는 것이 바로 뱀파이어다. 마음만 먹으면 네가 언제 첫 자위를 했는지도 이야기할 수 있으니까.

인간이라면 그런 권력을 손에 쥐었을 때 쓰고 싶어 할 거다. 없는 것도 만들어서 정적을 해치우는 것이 인간인데, 꼬투리 잡을 것이 있다면 침소봉대가 아니라 티끌을 태산으로 만들 수도 있는 것이 인간이고, 인간의 복수심이다. 더구나 많은 인간들은 부당한 공격을 받고 있어도 그것이 자신에게 떨어지지 않았음에 안도하며 단결하지 못한다. 정말 그 공격이 자신의 발등에 떨어진다는 것이 확인되어야 공포심에 움직이게 될 뿐, 알아서 사전에 그런 일을 예방하려는 사람은 거의 없다. 심지어는 꼬투리 잡힌 놈이 잘못이라고 때리는 놈 편을 드는 일도 다반사다.

강간당한 계집이 잘못이고, 맞을 만한 일을 했으니 맞는 것이다. 깨끗하게 살면 무슨 문제가 있겠는가, 라고 인간들은 안이하게 말한다. 그리고 그 일이 자신에게 닥쳤을 때, 울부짖는다.

"왜 나야! 왜 나냐고!"

본래 뱀파이어는 그런 일에 관심이 없다. 맺힌 원한이 있는, 아직 인간적인 감정이 남아 있는 때가 물론 있다. 그러나 복수를 하고 나면, 마음속의 응어리가 풀리고 나면 그 뒤에는 인간의 삶이 시시해진다. 내게 그토록 수모를 주고, 그 많은 밤을 불면 속에 원한을 품게 했던 원수의 마음속에서 내가 차지하는 비중, 나의 위치를 파악하고 나면 인간이 얼마나 덧없는 존재인 줄 알게 된다. 인간 세상이란 바로 그 순간부터 커다란 레스토랑으로 변하는 거다. 더 이상 인간으로서의 목표 같은 것은 의미가 없다는 것을 알게 된다. 세상은 황홀함으로 가득 차 있다. 맛있는 먹이가 주는 황홀감. 삶이란 즐거울 수밖에 없는 것임을 안다. 조금만 사냥에 주의한다면.

그래서 피의 기억 따위는 아랑곳없이 순수하게 피가 주는 즐거움에 빠져들게 되는 것이다. 피의 기억 역시 하나의 유희이므로 매우 흥미가 당기는 놈들 아니고서는 수집하지 않는다. 가령 좀비가 된 연쇄살인마 같은 놈이라든가. 물론 기억을 챙기고 있던 순간에 놈이 좀비가 될 줄이야 몰랐지. 거지 놈의 기억 따위는 애초에 접수하지 않았으니 그놈의 과거를 알 도리가 없고, 따라서 놈이 어디로 갔을지도 알 수가 없는 건 당연한 이야기였다.

하지만 그걸 모르는 제인은 자꾸만 물었다.

"말해 보라고! 코리언 뱀파이어가 어디로 갔는지!"

"몰라!"

제인이 피식 웃으며 말했다.

"자꾸 이러지 마. 넌 알고 있어. 네가 알고 있다는데 내 영혼과 내 오른손을 걸지."

"좋아! 나도 똑같은 걸 걸겠어!"

제인이 약간 놀란 눈치였다.

"놈이 어디 갔는지 모른다는 것에 니 영혼과 니 오른손을 걸지!"

제인의 눈이 동그래졌다.

"장난쳐?"

"그놈의 기억을 내가 가지고 있는 것도 아니고! 내가 어떻게 알아!"

제인이 세상에서 제일 멍청한 놈을 보았다는 듯이 말했다.

"기억은 선택이 아니야. 필수 사항이지. 너희가 피를 빨아서 살아가는 것 같아? 핏속에 영양분이 얼마나 있다고? 너희가 모기야? 아니면 너희가 벼룩이야?"

"벌레 따위와 비교하지 마!"

"못 할 게 뭐 있어? 어차피 너희는 기생충과 별다르지 않아. 아무 생산적인 일을 하지 않지. 다만 인간 사회를 등쳐서 먹고살고 있을 뿐이야."

"천만에! 난 인간 사회가 처리하지 못하는 잉여품들을 수거하고 있는 거야."

나는 사회 빈민, 더 이상 나쁠 수 없을 정도로 타락한 인간들, 이제는 죽는 것이 차라리 나은 인간들을 처리, 혹은 구제해 주었다. 나는 사우쓰 코리아의 사육사였다. 내 먹이들을 보살피고 번창시킬 의무를 지고 있다.

"그런 판단은 네가 하는 게 아니야. 인간 사회에서는 사법부라는 게 있어서 법에 의해 그걸 집행하지."

"먹잇감들이 어떤 시스템을 가지고 있는지 내가 따질 문제는 아니야. 내가 보기엔 너희 동네가 가지고 있는 시스템이 잘못되었어. 자신이 저지른 죄를 제대로 처벌받고 있는지? 사우쓰 코리아만 해도 공공연히 강간의 왕국이라고 불리지. 처벌이 물방망이거든. 하지만 나는, 때로는 그런 놈들의 악몽이 되는 거야."

"헛소리."

제인이 내 말을 잘라 버렸다.

"그래서 네놈이 그 강간범을 찾아가기라도 했단 말이야?"

그런 적도 있긴 하지만, 물론 늘 그런 건 아니다.

"그렇게 될지도 모르는 놈들이라고 네가 생각하는 사람을 잡아먹었을 뿐이잖아. 그렇지?"

제인의 말이 좀 더 사실에 가깝긴 하다.

"말했지? 너희보다 내가 너희들에 대해서 잘 안다고. 이제 시시껄렁한 네 유희의 시절은 끝났어. 진정으로 이 세계에 도움이 되는 일을 좀 하기로 하자."

"도움이 되는 일?"

"우선은 달아난 코리언을 잡는 것부터."

"모른다고 했잖아. 사람 말 좀 들어라."

"너, 사람 아니잖아?"

젠장.

"잘 들어라, 이 가련한 축생아. 뱀파이어는 피와 함께 기억을 흡수해. 무조건! 네놈이 그걸 찾고 싶으냐, 찾고 싶지 않느냐의 문제일 뿐이라고. 피를 마시면서 강제로 복사되는 거지. 너희들은 피를 통해서 그 인간의 영혼을 들이마시는 거란 말이야. 영혼이 통째로 딸려 나오면 좀비가 되어 버리거나 죽어 버리는 거야. 영혼은 심장에 깃들지.

그게 바로 너희가 심장이 부서지면 죽는 이유야. 하지만 좀비는 육체의 강인함이 정신보다 우위에 있어서 그 육체만이 부활한 존재지. 그 모든 것을 뇌가 컨트롤하는 거고."

좀비가 그렇게 만들어지는 거라고?

"하지만 영혼에 강한 힘이 있다면 모두 딸려 나가지는 않아. 피를 완전히 뽑아 버리는 잔인무도한 짓을 하기 전에는 말이야. 영혼의 능력을 재단하는 능력이 본래 너희에게 있었던 게 분명해. 드라큘라 백작이 건드린 인간은 모두 뱀파이어가 되었으니까. 그런데 그 후에는 그 방법을 잊어버린 거야. 그게 바로 너희들 문제야."

"문제라고?"

"너희는 고립된 문명이야. 각자가 개척한 문명을 교류하지 않거든. 더 늘려 나가려 하지도 않아. 태평양과 대서양으로 갈라진 아메리카의 문명이 구대륙에서는 오지 산골에서도 알고 있는 바퀴를 몰랐던 것처럼. 너희는 각자가 방대한 지식을 쌓아 놓고는 있지만, 오직 너희 각자만을 위해서 사용하고 있지. 우리 MIB가 없었던들 너희들 지식은 인류에게는 아무 도움이 되지 않았을 거야."

"헛소리 집어치워! 우리가 왜 인류를 위해서 봉사해야 하는데?"

제인이 음흉하게 웃었다.

"맞는 말이야. 너희에게 그럴 의무는 없지. 하지만 밀과 벼가 그런 의무가 있어서 인류에게 봉사하고 있나? 돼지와 소가 그럴 의무가 있어서 인류에게 봉사하고 있나?"

이게 어디다 곡물과 가축을 들이대?

"인류는 그것들에게 건강과 수명과 번식을 약속했지. 그래서 그것들은 인류에게 봉사하는 거야."

뭐라고?

"인간들은 더운 여름날 허리를 구부리고 밀과 벼를 위해 잡초를 제거하고 벌레를 쫓고 새와 짐승들도 물리쳐 주지. 이것들은 완전 귀족이야. 조금만 물이 부족해도, 바람이 좋지 않아도, 거름이 양에 차지 않아도 투덜대지. 머리에 손수건을 갖다 대며 귀부인처럼 쓰러져 버리는 거야. 소나 돼지는 뭐 다른가? 인간들은 머리를 싸매고 이것들이 먹을 맛있는 사료를 고민하지. 병에 걸리지 않도록 백신을 투입하지. 그리고 새끼들을 보호하기 위해 온갖 짓을 다 해 준다고. 그 결과 이것들은 자신들의 DNA를 안전하게 전하게 되는 거야. 야생동물들, 인간이 보호해 주지 않는 야생동물들이 어떻게 되어 가고 있는지 보라고. 지구는 지금 여섯 번째 대량 멸종의 시기를 걸어간다고 해. 한 해 동안 소멸되는 종의 수가 얼마나 되는지 누가 알겠어? 채 발견도 되기 전에 사라지는 것들도 분명 있을 텐데."

말하고 싶은 게 뭐냐?

"뱀파이어는 야수의 일종이지. 하지만 돼지도 본래 야수의 일종이었어. 우리는 너희도 보호해 줄 수 있지."

"빌어먹을 소리 집어치워. 우리는 DNA를 유전시키는 것을 생의 목적으로 삼는 하등동물이 아니니까."

"아아, 섣부른 오해는 하지 말라고. 언제 우리가 너희에게도 같은 조건을 제시한다고 했어? 우리가 너희에게 제시하는 것은 생존이야."

웃음을 터뜨렸다.

"나는 멀쩡하게 살아 있거든."

"사람 피를 몇 년이나 마시지 않고 살아 있을 수 있을까?"

본 적이 있다. 3백여 년을 살아 있던 동굴 속의 그 뱀파이어.

"완전히 흙이 될 때까지 얼마나 큰 고통이 찾아올까?"

빌어먹을. 그리 호락호락 당해 줄 줄 아느냐?

제인에게 달려들었다. 다시 한 번 목덜미를 물었다. 제인은 아예 물라고 목을 내놓고 있었다. 분명 살 속으로 송곳니가 쑤욱 들어가는 느낌이 들었다. 하지만 피는 나오지 않았다. 피부를 뚫지 못한 것이다.

제인이 내 귀에 조그맣게 속삭였다.

"네 뼈가 부러지지 않는 것처럼, 내 피부도 찢어지지 않아."

화들짝 놀라 제인에게서 떨어졌다.

"뭐, 뭐야? 너도 뱀파이어였던……."

말하다가 입을 닫았다. 사람이 같은 사람을 알아보듯이, 뱀파이어도 뱀파이어를 알아본다. 피 냄새가 다르다. 제인은 분명히 인간이다.

"말했잖아, 인간 2.0이라고."

"그게 뭐냐?"

나는 척추를 스멀거리는 공포감에 절망 중이었다. 뱀파이어가 된 이래 처음 느끼는 인간적인 감정이었다.

"너희를 연구한 결과 개량된 몸이라고 해 두지."

자기 자신에 대해서는 이야기하고 싶은 생각이 별로 없는 것 같았다. 그렇다면 그냥 둘 수 없는 노릇이지.

“호오, 안 찢어지는 피부라? 그럼 맹장염 걸리면 그냥 죽나? 죽으면 볼만하겠는데? 썩지도 않는 거야? 가죽 잘 벗기면 쓸 만하겠다.”

퍽!

“함부로 주둥이 놀리지 마라!”

완전 붕 떠서 벽까지 날아가 처박혔다. 힘은 안 돼도 입으로야 질 수 없지.

“애도 못 낳겠구나! 회음부를 절개할 수가 없으니 애가 생겨도 뱃속에서 커지기만 하겠네? 아니, 안 찢어지니까 그냥 잡고 벌리면 되나?”

퍽, 퍽!

“우리 세포를 이식한 거면, 너도 마늘 먹으면 뒈지냐?”

제인이 손을 들었다가 가만 내려다보았다. 이 질문에는 열을 안 받는 모양이다.

“그럼 먹여 보게.”

퍽, 퍽, 퍽! 이런 걸 매를 번다고 하는 건가? 하지만 재미있다. 처음으로 저 미친년이 열 받는 걸 보니까 이렇게 통쾌할 수가 없다.

“이제 장난질은 끝났어. 빌어먹을 코리언의 행방을 대.”

“모른다니깐.”

“집중해. 아니면 집중하게 해 줄까?”

집중하게 해 주는 건 바람직한 일이 아닐 것 같았다. 특히 저렇게 열 받게 만들어 놓은 상태에서는. 어쩔 수 없이 집중해 보기로 했다. 뭐에 집중해야 하는지는 알 수가 없었지만. 그냥 거지를 떠올려보았다.

하필이면 허구 많은 거지들 중에 그놈을 물어서 이 고생을 하는 내가 한심하게 생각되었다. 화장실을 따라갔던 때부터 지금까지 10년은 지난 것 같다. 그 빌어먹을 놈에, 내 앞에서 눈을 부라리고 있는 이 미친년까지.

거지 놈의 얼굴을 떠올리자 뭔가 그 얼굴 뒤로 잡힐 것 같은 아지랑이들이 떠올랐다. 조금씩 거지의 기억 속으로 들어갈 수 있었다. 제인의 말이 맞았다. 그저 그렇게 할 수 있음을 지금까지 몰랐을 뿐이다. 제인의 말이 맞다는 것은 다른 의미에서 충분히 섬뜩한 이야기였다. 생존을 보장받은 뱀파이어들이 사육당하고 있다는 것. 그리고 그 뱀파이어들로부터 인간을 개조하고 있다는 이 모든 일이 사실이라는 이야기였으니까. 그리고 거지가 어디로 갔는지 알았다.

99

"송호달?"

제인의 얼굴에 깊은 의문이 지나갔다.

"그러네. 그놈이 가장 깊은 원한을 품은 것이 송호달이라는 작자야."

"국회의원을 지낸?"

"응."

제인이 휴대폰을 꺼냈다.

"송호달. 4-3구역. 경고문 보내고 방비 들어가. 매우 위험해. 1급이야."

1급이라는 말을 하면서 제인은 힐끔 나를 바라보았다. 난 몇 급일까?

"전에 날보고 요원 시험 꼴찌니 뭐니 한 거 생각나니?"

"생각은 난다만, 그게 뭐?"

"지금 내가 이렇게 이야기하는 거 보면 생각이 좀 달라지지 않아?"

"달라지긴 뭐가 달라져?"

"너 같은 돌대가리에게 바랄 게 따로 있지."

제인이 한숨을 푹 내쉬었다.

"전에 한옥을 보고 약간 이상하다는 생각은 했어. 뱀파이어가 뭐 이렇게 지저분하게 사나 싶어서. 그런데 여기 와 봐도 크게 다를 건 없구나."

"뭔 소리야? 여기가 더럽다고?"

나는 깔끔한 뱀파이어다. 적어도 내 침소만큼은.

"더럽단 이야기가 아니라 5백 년이나 산 놈이 사는 집으론 초라하다는 거야. 그 세월이면 한 재산 모았어야 하지 않나? 은행에 저금만 해 놓아도 이자가 붙어서 재벌 됐을 시간이잖아?"

뭘 모르는 소리다. 돈을 불리려면 투자를 해야 하는 법인데, 그거 여러 가지로 좋지 않다.

"돌대가리니까 투자했다가 다 날렸겠지. 안 봐도 비디오다."

"아니거든!"

투자를 하거나 은행에 뭔가를 넣어 놓으려면 신분이 필요하다. 그리고 그게 바로 MIB 추적의 시작이다. 내가 왜 그런 꼬투리 잡힐 일을 해야 하나? 그리고 오랜 세월을 살아남는 기업도, 은행도 별로 없다. 그런데 넣어 놓아 봐야 그게 재산이 된다는 보장은 없다. 시간 앞에 모든 것은 무력하다. 나, 뱀파이어 이외에는.

어떤 것도 나를 능가하지는 못하리라 생각했다. 시간이 내 편이니까. 하지만 코리아에 있는 속담처럼 뛰는 놈 위에 나는 놈이 있었다. 뱀파이어를 잡아다 인간 개량에 이용하다니, 정말 이것들은 못 하는 짓이 없는 놈들이다.

하긴 인간이란 무엇이든 다 할 수 있는 존재기는 하다. 그 증거가 바로 나, 뱀파이어겠다. 뱀파이어는 인간에서 나와서 인간보다 우월한 존재가 된다. 그런데 왜 저 계집 하나한테 이 모양이 되는 거지?

제인이 파르르 떨고 있었다. 왜 성질을 부리고 있는 거지, 라고 생각하는 찰나 고함이 터져 나왔다.

"이 돌대가리야! 나 말이야, 이렇게 부리는 부하도 있는 잘나가는 몸이라고! 이제 깨달음이 오냐!"

깨달음은커녕 짜증이 밀려왔다.

"개나발! 지금 그게 중요하냐!"

화를 벌컥 냈다. 실수한 거다. 제인은 두말없이 나를 두들겨 패기 시작했다.

"그럼 뭐가 중요한데!"

쉬지 않고 맞았다. 항복이다.

"그래그래, 너 잘났어! 됐지? 아주 부하도 많고 정말 잘났어!"

제인이 만족스럽게 웃었다.

"이제야 말이 좀 통하는군."

말이 언제 통했냐? 여전히 폭력의 일방통행이다.

“좀 더 공손하게 이야기하면 말이 더 잘 통하겠지?”

“네, 네. 정말 잘나셨어요.”

퍽!

“아, 왜 때려?”

“그게 칭찬이냐? 비꼬는 거지.”

“내가 뭘?”

퍽!

“비, 비꼰 거 맞음. 인정.”

“자, 그럼 진심에서 우러나오는 찬사를 한번 바쳐 봐.”

“넌, 지금 이 상황에서 내가 진심으로 널 찬양할 수 있을 거라고 보냐?”

“응. 그러지 못하는 건 네가 아직 덜 맞았다는 걸 증명할 뿐이지.”

“그래 봐야 그건 무서워하는 거잖아! 그게 진심에서 우러나오는 찬양이 어떻게 되냐?”

“돼.”

제인은 태연하게 말했다.

“진심으로 두려우면 진심으로 찬양하게 되지. 왜 인간들이 자기 자식의 목숨까지 바치면서 신을 숭배했겠어? 이미 그 단계에선 두려움과 찬양이 뒤범벅이 되는 거야. 문자 그대로 경외심을 갖게 되는 거지.”

경외. 공경하면서 두려워하는 것. 공경이 먼저라고 생각했지만, 공포가 먼저라고 한들 무슨 차이가 있겠는가? 인간이 뱀파이어에게 보여 준 것도 결국 경외감이었으니까.

나는 오슬오슬 소름을 느끼고 몸을 떨었다. 지금껏 느껴 보지 못한 알 수 없는 기분에 휩싸이고 말았다. 마치 신체의 일부가 내 것이 아닌 것처럼 느꼈다. 가슴을 손으로 쥐어뜯듯이 잡았다. 심장. 심장이 뛰고 있었다.

심장이 두근대고 있었다. 이런 두근거림을 느낀 것이 대체 언제였던가. 나는 물끄러미, 정말 물끄러미 제인을 바라보았다. 두근거림의 정체를 알 수 있었다.

"왜 이래? 새삼스럽게 나한테 반하기라도 한 거냐?"

제인이 먹잇감으로 보이지 않았다. 물론 제인에게 반했다는 이야기도 아니다. 나는 제인과 이야기를 하고 있었다.

100

제인에게 말했다.

"거지 놈 찾아야지. 찾으러 가자."

"흠, 어차피 송호달에게 가긴 가야 돼. 슬슬 출발하는 것도 나쁘진 않지."

어차피? 하지만 지금 가야 할 곳은 그곳이 아니다.

"한옥으로 올 거야."

제인은 이해할 수 없다는 눈치였다.

"나랑은 경우가 달라."

드라큘라는 내게 선택의 권한을 주었다. 추운 겨울날 길거리로 쫓겨난 나를 그는 망토에 감싸 안아 주점으로 인도했다. 그는 거기서 뱀파이어가 될 것을 제안했고, 나는 기꺼이 승낙했다. 이미 인간으로서는 죽은 상태였기 때문에 다른 선택을 할 여지는 없었다. 하지만 그것이 필연이고 우연이고 간에 내게 선택할 수 있는 순간이 주어진 것은 사실이었다. 나는 드라큘라의 제안을 거부하고 죽음을 맞이할 수도 있었다. 인간의 영혼을 지닌 채 죽음을 택할 수도 있었다는 것이다. 과연 그런 경우에 죽음을 택할 인간이 얼마나 있을지는 모르겠지만.

제인의 말이 사실이라면, 나는 뱀파이어가 될 수 있는 체질을 타고난 몸이었고 드라큘라 백작은 그걸 알아본 것이다. 코리아의 속담대로 구슬이 서 말이라도 꿰어야 보배인 것인데, 나도 드라큘라를 만나지 못했다면 이런 천부의 체질을 썩힌 채 그냥 얼어 죽고 말았을 것이다. 드라큘라는 내 피를 빨았고, 그것 자체는 괴롭지 않았다. 내가 즐거운 마음으로 그를 받아들였기 때문이 아니라, 그것이 뱀파이어의 능력이라는 건 오래지 않아 나도 알 수 있었다.

드라큘라 백작의 모습을 떠올려 보았다. 길고 검은 콧수염. 머리에서 발끝까지 세련된 올 블랙의 패션. 얼음장처럼 차가웠던 그의 손. 날카롭게 구부러진 그의 매부리코. 반 곱슬에 앞짱구. 일자 눈썹. 넓고 억센 턱. 그리고 그 창백함.

그리고 그분의 마지막 당부.

"가라. 이제 네가 하고 싶은 대로 살아라. 단 한 가지만 명심해라. 오직 너만이 인간의 주인이라는 점을."

드라큘라 백작의 말과는 달리 나는 인간의 주인이 아니었다. 인간을 사냥한다고 여겼지만 사실은 인간에게 쫓겨 다녔다. 고향에서 달아나 네덜란드에서 살았고, 그 시궁창의 인간들을 잡아먹다가는 다시 아시아로 달아났다. 아시아에서도 재팬, 차이나를 헤매고 사막을 건너 다시 유럽으로 돌아왔다가, 지금 내 꼴을 봐라. 인간에게 쫓겨 내 마지막 보금자리까지 털린 판이다. 내가 무슨 인간의 주인인가? 제인이 옳았다. 나는 그냥 한 마리 맹수에 불과했던 것이다. 인간 하나에게는 강할지 몰라도 인간 전체에게는 위협이 되지 못하는.

왜 배울 수 있을 때 더 배우지 않은 것인가? 왜 인간의 주인이 될 수 있을 때 주인이 되지 않았던 것인가.

나는 주인이 아니라 사냥꾼이 되었다. 아니다. 사냥꾼도 아니었다.

나는 사냥꾼을 자처하고 살았지만 알고 보면 그저 인간 사회의 부산물을 먹어 치우고 살았을 뿐이다. 사냥꾼이 아니라 그냥 청소부였던 셈이다. 제인의 말대로라면 자격도 없는 청소부. 나는 쓰레기를 치웠다고 생각했지만 그걸 판단할 권리가 내게 없었다는 이야기다.

나는 그 쓰레기 중 하나가 나와 같은 위치에 이르렀음을, 아니 나보다 우월한 위치에 이르렀음을 깨달았다.

이제 그놈은 내 사냥감이 아니다. 등골이 짜릿했다. 그렇다면 이젠 내가 그놈의 사냥감이겠구나. 나는 이미 알고 있던, 처음부터 알고 있던 사실을 떠올렸다. 나로 인해 뱀파이어가 된 놈들은 늘 나를 죽이고 싶어 했다는 그 사실을.

제인이 짜증스럽게 물었다.

"왜 이야기가 오락가락하는 거야?"

"오락가락한 거 없어. 거지 놈의 기억에서 가장 원수는 송호달이 맞아. 하지만 지금 당장은 나를 찾아올 거라고. 나와의 일이 끝나면 그다음에 송호달에게 가겠지."

우리는 제인의 차로 갔다. 비는 그쳐 버렸지만 그 차는 햇빛을 완전히 차폐하고 있었기에 아무 문제없이 이동할 수 있었다. 곧 해도 질 것이다. 고맙게도 제인 역시 아무것도 더 묻지 않고 종로로 달려가는 일에만 집중해 주었다. 나는 고민하고 있었다.

뱀파이어는 인간과 신의 중간 단계에 있다. 불사의 신체를 가지고 있지만 그 능력은 인간의 정신세계 안에 머물러 있는 것이다. 나는 인간이 남긴 유산들을 우습게 생각했다.

오랜 세월을 살아 보면 전통이니 뭐니 하는 것들이 얼마나 부질없는 것인지 쉽게 알 수 있다. 모든 것은 변하고 바뀐다. 천년만년 지속되는 것은 그저 인간들의 동물적인 습성일 뿐이다. 인간들이 만들어 놓은 것들은 하나 남김없이 변해 버린다. 과거에는 저 멀리 중동의 지방 신에 대해서 적어 놓은 책 쪼가리에 적힌 말이 모두 사실이라고 생각하고 거기 적힌 것을 하나도 빠짐없이 지키려고 했던 사람들이 있었다. 그걸 지금도 그대로 적용하면 어떻게 될까? 간음하는 사람들을 돌로 쳐서 죽일 수 있겠는가? 죄 없는 자만이 그럴 수 있다고? 그래, 그렇다. 그렇게 바뀌어 버리고 마는 것이다.

내가 인간이던 시기에는 해가 동에서 떠서 서로 진다고 믿었다. 하늘이 돌아간다고 생각했다. 지금은 지구가 돌고 있다. 철학도, 정치도, 과학도 모두 변한다. 단지 먹고 자고 배설하는 인간만이 영원히 남아 있을 뿐이다. 그렇게 생각했다. 먹잇감(맛있고 손쉬운 먹잇감이었다). 그러나 그들은 다수고 나는 혼자였다는 사실을 이제야 뼈저리게 느꼈다.

나는 혼자였고, 둘이 될 기회조차 거부하며 살아왔다. 나는 혼자로서 오롯이 나의 즐거움을 누리고 싶어 했다. 혼자 여행을 다니고, 책을 보고, 영화를 보고, 피를 마시고, 웹서핑을 했다. 그리고 그들을 비웃으며 지냈다. 과거가 더 좋았다는 생각을 하며 현대 문명이 한 발자국씩 멸망으로 들어가고 있다고 생각했다. 먹잇감으로만 인간을 보았기 때문에 누굴 잡아먹을 수 있는지 명확했던 과거를 그리워했던 것이다. 인간이 만들어 낸 문명 속에서 살면서 인간들을 비웃고 있었다. 나는 애초에 인간들의 주인이 될 자격이 없었다. 인간들을 지배하는 너그러운 드래곤이 아니라, 인간들에게 빌붙어 살아가는 좀벌레였던 것이다.

5백 년을 허송세월하였다니. 인간이 옳고 뱀파이어가 틀렸던 것이다. 내 마음 속에 깃든 독선은 대체 어디에서 온 것일까? 처음으로 나와 대등한, 아니 어쩌면 나보다 우월해 보이는 존재(저 운전대를 잡은 제인)와 부딪치고 나서야 나를 알 수 있게 된 것이다. 대화는 자신을 비춰 보는 거울과 같다. 왜 뱀파이어는 거울에 모습이 비추어지지 않는다는 전설이 있는지 이제야 알았다. 뱀파이어는 대화를 하지 않으니까.

그런 이유로 드라큘라 백작도 나와 어떤 대화도 하지 않았던 것이다. 이것은 우리에게 내린 천형이다. 나는 괴로움에 얼굴을 묻었다. 어쩌면 나는 쾌락을 위한 생존 이상의 것을 했을지도 모른다. 하지만 마치 권력처럼, 마치 모르도르의 절대반지처럼, 나는 피를 독점하고 싶어 했다. 쾌락을 독점하고 싶어 했다. 왜 이런 저주에 묶여 버린 것일까?

문득 제인이 한 말이 떠올랐다.

"드라큘라는 너희를 피의 세례로 묶어 놓았어."

피의 세례라는 게 뭐지? 피의 쾌락에 날 묶어 놓았다는 이야기일까? 처음부터 다시 생각해 보아야 했다. 드라큘라 백작을 만났던 그 때로 기억을 끌어올렸다. 백작이 내 피를 마신 뒤 나는 혼수상태였다. 그때 무슨 일이 있었을까? 조금씩 조금씩 내 기억을 되살리려고 노력했다.

기억이 섬광처럼 돌아왔다. 백작은 내게 자신의 피를 먹였다! 백작은 말했다.

"나는 네게 새로운 삶을 주었다. 이제 너는 기억해야 한다. 내 부름에 응해야 한다. 네 머릿속에서 '오라' 하는 명령이 떨어지면 내게로 와야 한다. 땅이든 바다든 건너야 한다! 그것을 위해 이렇게!"

피의 세례는 피의 쾌락에 탐닉하도록 나를 속박한 것은 아니었다. 하지만 그것보다 중대한 사실을 내게 알려 주었다. 부르르 몸이 떨렸다. 5백 년을 보지 못한 아침 햇살의 찬란한 빛이 내게 다가오는 것 같았다.

백작은 자신의 가슴에 상처를 내었고 거기서 흘러나오는 피를 내게 마시게 했다. 그래, 나는 분명 드라큘라 백작의 피를 마셨다!

101

흐흐, 웃음을 흘렸다.

"갑자기 왜 이래? 미친놈처럼."

욕을 먹어도 기분이 나쁘지 않았다. 제인 덕분이다. 동등한 힘을 가진 이들끼리 나눈 대화 덕분에 새로운 길을 찾아낸 것이다.

조용히 내 기억의 가닥가닥을 헤집어 올라가기 시작했다. 분명 드라큘라의 피를 마셨으니 그의 기억을 나눠 가졌을 것이다. 비록 그 전부는 아니지만, 무언가 알아낼 것이 있을 거다. 피의 기억. 드라큘라 백작이 가졌던 그 기억이 필요했다.

결국 그는 나에게 대화 없이 모든 것을 주었던 것이다. 나는 매뉴얼 북을 손에 들고도 그것을 펼쳐 보지 못하고 있었다. 그 쉬운 길을 5백 년이나 기다리고 있었다. 바보처럼.

그 오랜 세월을 지나 드디어 도도히 흐르는 뱀파이어라는, 인간의 주인인 우리들의 기억을 만났다. 그것은 기억이라 부를 수 없는 것. 그것은 또 하나의 나였고, 내가 아닌 내 몸의 주인이기도 했다.

—너는 누구냐?

—나는 신성(神聖)이다.

—너는 드라큘라 백작의 기억인가?

—아니다. 나는 신성이다.

—그러니까 넌 뭐냐?

—나는 지고지순의 생명체, 궁극의 존재다.

—그것이 나인가?

—너는 인간의 몸을 지닌 한계를 가지고 있다. 너는 반신(半神), 고대에 태어났으면 불세출의 영웅이라 불렸을 것이다. 하지만 너는 내가 아니다. 나는 신성이며, 인간으로서는 도달할 수 없는 존재다.

-그럼 나는 너와 인간의 결합체란 말이냐?

-그러하다.

"뭐 해, 인마! 가자."

제인이 나를 툭 때리는 바람에 모처럼 시작된 뱀파이어와의 대화는 끊기고 말았다. 심한 현기증을 느꼈다. 지금까지 나는 뱀파이어였다. 그런데 이제 나는 뱀파이어가 아닌 무엇이 되어 버린 것 같았다. 아니, 신성과 인간의 결합을 뱀파이어라 부르는 것일까?

알아야 하는 것이 너무 많았다. 제인 따위에게 휘둘릴 때가 아니었다. 머릿속에서 그것의 소리가 들렸다.

-쫓아가라. 제인을 놓치지 마라.

어라, 이거 뭔가 일이 꼬인 것 같다? 머릿속에 주인 하나 모셔 놓아야 하는 건가? 내 나이가 몇인데! 이 나이에 나보고 시집살이를 하란 말이냐? 여차하면 저놈부터 쫓아내야 할 판이었다.

하지만 나는 제인을 따라갔다. 순순히 안 따라가면 밧줄로 묶어서 데려갈 것이 뻔했으니까 방법이 없었다. 해가 떨어진 상태라 다행이었다. 한옥 대문을 열며 제인이 툴툴거렸다.

"서툰 꿍꿍이 부린 거면 정말 대가리 잘라 버리고 데려갈 거다."

-저 여자는 참으로 특이하다. 저 여자를…….

"시꺼!"

고함을 빽 지르고 말았다. 머릿속의 '신성'이라는 놈과 제인 양쪽에 모두 내지른 소리였다. 나는 나다. 내가 바로 뱀파이어다. 그것이 신성이든 제인이든 더 이상 내게 뭐라 하는 것을 참지 않을 것이다.

퍽!

참기로 마음을 바꾸었다.

퍽!

고개가 바닥에 처박혔다.

퍽!

제인은 내 머리 위에 발을 올려놓았다.

"넌 이미 발톱과 이빨이 모두 뽑힌 고양이에 불과해. 왜 이렇게 아둔하니? 그런 머리로 어떻게 지금까지 살아남았는지 도무지 알 수가 없네."

제인이 빈정댔다.

"하긴 너희 족속은 자의식 과잉에 자만심이 넘쳐흐르지. 그런 말 모르냐? 사자는 토끼를 사냥할 때도 전력을 기울인다는 말. 너희의 자만심은 너희의 약점이야. 하긴 너희가 이성까지 갖추길 바라기는 무리지. 그랬다면 너희는 너희 나름대로의 문화 같은 것도 건설했을지 몰라."

"그까짓 걸 건설해서 뭐 하게?"

으잉? 이 목소리는? 제인이 내 머리통을 밟고 있는 통에 고개를 들어 올릴 수가 없었다. 하지만 이건 분명히 거지 놈 목소리다. 역시 이곳으로 돌아왔구나.

"호, 이것 봐라? 정말 돌아왔네."

제인의 발이 머리에서 치워졌다. 거지 놈이 또 담벼락 위에서 내려다보고 있었다.

"해도 졌으니 이리 내려오지?"

제인이 두세 걸음 물러났다. 지난번처럼 덮칠 것을 대비하는 거다.

"네년에겐 관심 없어."

거지가 볼일이 있는 건 역시 나. 그럴 줄 알고 있었다. 왜 내 피를 저놈에게 먹여 '피의 세례'를 실행하지 않았던 건가. 그랬다면 필요한 순간에 나한테 복종시킬 수 있었을 텐데.

"제인, 나 뭣 좀 물어 봐도 되냐?"

"시꺼!"

제인이 담벼락 위로 뛰어올랐다. 이번에도 신성이 뭐라 지껄이려 했지만 그렇게 내버려 두지 않았다. 오히려 신성 속으로 파고들어 가기 시작했다. 감히 내게 명령을 내릴 수 없도록 잡아 눌러야 했다. 나는 온전히 나여야 한다. 이 알량한 육체에 둘씩 들어와 살 수는 없는 거다. 먼저 필요한 건 드라큘라 백작의 기억을 찾아내는 거였다. 분명 드라큘라 백작은 신성을 제압하는 방법을 알고 있었을 것이다.

집중하라! 집중하면 찾아낼 수 있다.

시간과 공간을 거슬러 내 행적을 되감기 시작했다. 그것은 정말 기묘한 경험이었다. 뒤로 갈수록 기억은 단편화되고 그만큼 더 빨리 공간을 이동할 수 있었다. 그리고 드라큘라 백작이 가슴의 혈관을 자신의 기다랗고 날카로운 손톱으로 터뜨리는 순간에 도착했다. 나는 조금씩 기억을 앞으로 돌렸다.

내가 보였다. 핏기라고는 하나도 없는 듯이 새하얀 모습의 나는 헐렁한 리넨 천의 속옷 하나만 걸치고 낡은 카키색 담요 위에 앉아 있다. 드라큘라 백작의 모습은 보이지 않는다.

나는 검은 셔츠를 벗는다. 어? 나는 더러워질 대로 더러워진 리넨 천을 입고 저기 있는데? 나는 내 손을 바라본다. 날카롭고 긴 손톱. 나는 잠시 망설인다. 내 생명을 빼내는 일은 늘 나를 근심스럽게 한다. 앞에 앉아 있는, 아직도 정신을 차리지 못하고 있는 청년을 바라본다. 저 청년은 내 십자군의 일원이 될 것이다. 어쩌면 저 청년은 내 생명을 이어 갈 또 다른 재목이 될지 모른다. 무한한 능력을 지닌 나 역시 미래를 알 수는 없다. 하지만 저 아이가 우리의 미래 중 하나인 것은 분명하다.

어? 이건 아닌데? 나는 저 청년이야. 내가 드라큘라 백작인 것은 아니라고!

나는 다시 모질게 결심을 한다. 가슴의 푸른 선에 손톱을 갖다 댄다. 혈관이 터진다. 피가 분출된다. 내 기억이다. 내 생명이다. 내 미래가 쏟아져 나오고 있었다. 나는 청년의 얼굴을 가져다 내 가슴에 댄다. 청년은 갓난아기가 젖을 빨아먹듯이 내 피를 빨아들인다. 몸에서 기운이 빠져나가는 것을 느낀다. 여자들도 자기 아이에게 젖을 물리며 이런 감정을 받는 것일까?

아니야! 아니야! 아니야! 나는 기오르기 슈투베다! 블라드 쩨뻬쉬가 아니다! 드라큘라가 아니라고!

이제 그만. 나는 마치 내 몸속으로 들어오기라도 할 기세인 청년을 떼어놓았다. 기오르기 슈투베. 하급 기사의 아들. 내 피가 청년의 몸

속에 들어간 것처럼 청년의 피 또한 내 몸속에 들어와 있다. 그의 기억과 함께. 하나 그의 기억은 보잘것없는 하층민의 생활에 대한 것뿐이다. 이제 너 역시 그것을 잊어버려도 좋을 것이다. 너는 이제 인간의 주인이다. 고귀한 존재, '노쓰페라투' 가 되었으니까.

그래, 하지만 네가 된 건 아니야! 나는 어디까지나 기오르기 슈투베라고!

나는 청년을 다시 침대에 눕혔다. 이 아이에게는 아직 휴식이 필요하다. 푹 쉬는 것은 매우 중요한 일이었다. 타고난 체질과 휴식, 내게서 가져간 피의 양. 이런 것들이 이들에게 각기 다른 능력을 주는 모양이었다. 나와 같은 능력을 가진 계승자는 아직 본 적이 없었다. 이 아이 역시 내 능력의 일부만 가져가겠지.

이게 무슨 소린지?

하지만 능력의 일부만 가져가는 것이 더 좋을지도 모른다. 그만큼 걸어야 할 제약도 적어지니까. 나와 같은 능력은 나와 같은 제약이 생긴다는 말과 같다. 너희가 그처럼 어려운 길을 갈 필요는 없다.

102

"제 발로 걸어오다니 놀라운데? 대체 왜 돌아온 거냐?"

저 백인 녀은 왜 끼어드는 걸까? 손짓을 했다.

"너한테는 볼일이 없다고 했지? 다치기 전에 비켜라."

"거지 주제에 폼 잡고 이야기해 봐야 하나도 멋있지 않아. 그리고 네놈의 볼일 따위는 나하고는 아무 상관도 없지. 너는 사냥당한 짐승. 나는 사냥꾼."

그 말에 부아가 돋았다. 언제까지 내가 사냥당해야 하는 거냐! 그리고 알았다. 사실 나도 사냥꾼이었다는 것을. 제인, 너 잘못한 거야. 네 잘못이니까 날 원망하지 마라!

"캬악!"

제법 뱀파이어다운 소리를 질러 보았다. 제인이 깔깔 웃는다.

"너, 뱀파이어 나오는 영화 좀 봤나 보다."

젠장, 비슷하지 않았나 보다.

"비키라고 했지? 얌전히 비키면 목숨만은 살려 주겠다."

다시 한 번 분노를 억누르고 점잖게 이야기했다.

"아이쿠, 그러세요? 고맙습니다. 그러니 이제 그만 가자. 니들 때문에 이 하잘것없는 한옥에서 보낸 시간이 얼마냐? 누가 지켜보기라도 했으면 지겨워서 죽을 뻔했을 거다. 이제 그만 장소 이동하자. 응?"

"그게 내 탓이냐?"

화가 점점 치솟아 올라 참을 수가 없었다. 나를 건드린 건 기오르기 그놈이다. 그놈은 마치 나를 그 지하 분실로 끌고 갔던 송호달 놈처럼 가만히 있는 나를 건드려 내 피를 빨아먹고 나를 지하실에 가두고 나를 죽이려 들었지. 그게 내 탓이냐고?

"이미 내 솜씨를 여러 번 보았을 텐데? 아직도 뭘 모르나 보지? 얼마나 맞아야 정신을 차릴 거지?"

제인이 내 주위를 빙빙 돌며 말했다.

"천하의 제인이 왜 혀만 나불대는 걸까? 이제 확 졸았나 보지? 네깟 년의 무술이 통했으면 아직도 자빠져 있어야 정상이겠지?"

제인의 얼굴색이 변했다. 저년의 점혈술에 당하면 허리를 꼼짝할 수 없어서 자빠져 있게 되는 건 사실이다. 하지만 열 받게 되자 갑자기 열흘 묵은 변비가 쑥 빠져나가는 것처럼 허리의 무감각증이 사라져 버렸다.

뚜벅뚜벅 제인 앞으로 걸어갔다.

"어디 한번 찔러 보지그래. 그 잘난 솜씨로."

제인이 손을 뻗어 왔다. 느리다. 달팽이가 기어오는 것 같다. 이제 제인이 하는 동작이 똑똑히 눈에 보였다. 제인의 손가락을 붙잡아서, 또각 부러뜨려 버렸다.

"악!"

"그동안 계집년이라고 봐줬더니 아주 기고만장했구나?"

제인이 노려보며 말했다.

"거짓말!"

물론 거짓말이다. 그냥 내 힘이 불어났을 뿐이다. 제인은 왼손으로 다시 나를 찌르려 했다. 아까보다 조금 빠르다. 달팽이보단 좀 낫다. 거북이가 엉금엉금 오는 것처럼 보인다. 다시 한 번 뽀각!

"손가락을 죄다 분질러 줄까?"

제인이 노려보고 있었다. 킥킥 웃음이 나왔다. 좋았어. 사냥꾼이 된다는 건 이런 기분인 거다.

"네년이 아무리 잘난 척해 봐야 결국 인간일 뿐이야. 구걸을 하려도 상대를 보고 하라는 말이 있잖아? 덤벼들 상대를 잘못 고른 거지."

"비유를 해도 꼭 거지나 할 만한 걸로 대는구나."

제인의 말이 맞았다. 이래서 거지 근성은 못 버린다고 하는 모양이다. 올바른 소리를 한 대가로 제인의 면상에 주먹 한 방을 날려 주었다. 어? 그런데 왜 안방 벽까지 날아가지?

제인은 자빠졌다. 당분간 못 일어나겠지. 까불더니 꼴좋다. 제인한테는 신경을 끄고 이제 철천지원수인 기오르기를 찾을 때다. 찾을 때긴 찾을 땐데…….

제인한테 자꾸 신경이 쓰인다. 완전히 정신을 잃은 건 맞겠지? 그럼 지금은 꼼짝도 못 하겠지? 그럼 피 좀 마셔도 되겠지?

안방에 자빠진 제인에게 다가가 개구리처럼 사지를 벌리고 자빠져 있는 그녀를 물끄러미 내려다보았다. 밉상은 아니다. 그러니까 피도 맛있을 것 같다. 꿀꺽!

좀 먹고 가는 게 더 좋을지도 몰라. 원래 전쟁하기 전에는 배불리 먹고 시작하는 법이잖아. 뱀파이어도 식후경이라는 말도 있지. 먹어야 뱀파이어, 먹고 죽은 뱀파이어는 때깔도 좋다라든가. 글자가 좀 바뀐 것 같지만 따지지는 말자.

제인의 목덜미에 팔딱팔딱 흐르는 핏줄기로 입을 가져갔다. 콱 물었다. 동맥을 따라 움직이는 피톨까지 느껴질 정도였다. 내 가슴이 콩닥콩닥 뛰었다. 어라? 그런데 도통 피가 나오질 않는다? 뭐 이런 게 다 있어?

그때 기오르기가 나를 불렀다.

"피가 먹고 싶으냐? 이리 와라."

103

드라큘라 백작의 기억을 끄집어내는 데 성공했다. 이 기억은 잠시 나를 지배하려고 들 만큼 엄청난 힘을 가지고 있었다. 하지만 그 후 5백 년. 내게 쌓인 기억은 내 것이었고, 5백 년 전의 기억이 나를 지배하게 내버려 두지는 않았다. 드라큘라 백작의 기억을 몸으로 받아들이자, 내 신체에도 기이한 변화가 일어났다.

그것은 일종의 서약과 같은 것이었다. 마법의 힘은 제약을 둘수록 커진다. 자신의 행동을 구속하고 대신 파워를 얻는 것이다. 드라큘라 백작은 십자가를 두려워하는 제약을 자신에게 걸었다. 십자가. 십자가에 대한 모든 이야기는 틀렸다. 제인은 십자가에 대한 공포를 MIB가 퍼뜨렸다고 했다. MIB가 정말 그렇게 알고 있다면 그건 드라큘라 백작이 MIB를 제대로 속여 넘겼다는 증거겠다. 백작은 정말 십자가를 두려워한 것이다. 그것이 그 뒤에 잘못된 정보가 되었다 할지라도, 그때 그 순간에는 진실이었다.

중세 유럽. 십자가가 없는 곳이 없다. 그만큼 그의 힘은 무섭게 커진 것이다. 중세 유럽만큼은 아니더라도 코리아도 교회라면 만만치 않게 많다. 단독주택들 늘어선 곳을 걸어 봐라. 사방에 보이는 것이 개척 교회다. 한때는 커피숍보다 교회 수가 더 많을 거라고 했다. 한밤에 남산이라도 올라가 보면 사방 천지에 붉은 십자가가 번쩍인다. 오죽하면 대통령도 교회를 바탕으로 정치를 하는 나라가 아니던가.

또한 드라큘라 백작은 상대의 허가를 구하지 않고는 집에 들어갈 수 없도록 자신을 속박했다. 자신이 사는 지역도 제한했다. 덕분에 런던에 가고자 했을 때는 트란실바니아의 흙을 관에 퍼 담은 뒤에 떠나야 했다.

하지만 그가 만든 그의 용병들. 즉 나를 비롯한 뱀파이어들에게는 햇빛에 대한 제약이 걸렸다. 어차피 뱀파이어는 공포를 무기로 삼는 것. 대신 장소에 대한 제약과 같은 것은 없었다. 그가 부르면 달려가야 하는 우리들이었기에, 그리고 우리들이 달려가 그에게 피를 바치면 그는 가만히 앉아서도 세계를 다스릴 수 있었다. 그것이 그의 계획이었다. 하지만 교황청의 소멸 작전으로 내 동료들은 전멸했던 모양이다. 용병들이 모두 소멸한 줄 안 드라큘라 백작은 소집을 명해볼 생각도 못 했겠지. 그중 하나가 이렇게 살아남은 줄도 모르고.

그렇게 해서 이 전설의 힘은 찌질한 채로 남아 간신히 명맥만 유지하고 있었던 것이다. 위대한 힘은 잠자고 자칫하면 이대로 소멸될 뻔했다.

드라큘라 백작의 약점은 두 가지. 낮에는 그 힘을 잃는다. 햇빛을 받는다고 죽는 것이 아니라 그저 힘을 잃을 뿐이다. 그가 꼼짝도 할 수 없는 때는 하루에 단 두 번. 해가 뜰 때와 해가 질 때뿐이었다. 그 짧은 순간을 제외한다면 그가 움직이지 못하거나 햇빛을 받으면 죽는다든가 하는 일은 일어나지 않았다.

이제 모든 비밀을 알았다. 나 역시 드라큘라 백작이 건 속박을 받아들였다. 내게 무한한 파워가 발생하고 있었다. 인간도 마찬가지다. 그들도 속박을 받아들이면 강해진다. 결국 뱀파이어도 그 기초가 인간이기 때문일 것이다.

인간이 인간성을 포기하면, 양심을 저버리면 얼마나 잔인해질 수 있던가. 개인으로는 연쇄살인마가 되는 데 그치겠지만, 개인이 아닌 몸이라면 전쟁까지 일으킬 수 있다. 분명 히틀러는 뱀파이어가 아니었을 것이지만 그가 자신을 반유태주의자로, 아리안족을 위하여 산다는 속박을 걸고 얼마나 끔찍한 일을 저질렀는가 생각해 보라. 무려 6백만이나 되는 인간의 피를 낭비했지. 공산주의에 자신을 속박했던 스탈린, 폴 포트가 저지른 일들은 또 어떤가? 내가 5백 년간 먹어 치운 인간의 양은 이들에 비하면 정말 새 발의 피에 불과하다.

속박은 자유를 포기함으로써 얻는 것이다. 그만큼 삶은 단순해지게 마련이다. 대신 더 큰 힘을 얻을 수 있다. 군소리하지 않고 생산에만 전념하는 노조도 없고, 물론 파업도 없는 공장을 생각해 보면 쉽게 알 수 있다. 그곳에는 더 많은 생산이 있을 것이다. 그리고 더 많은 부가. 물론 그 속박을 지배하는 자에게 주어지는 선물이다.

선물. 그것은 드디어 내게 주어졌다.

내 몸을 안개로 변하게 하여 박쥐가 드나들던 틈으로 지하실로 들어갔다가 다시 지하실 입구로 흘러나왔다. 옷을 입은 채로도 이런 일이 가능했다.

거지와 제인이 담벼락 뒤에 있다. 눈에 보이지 않았지만 내 마음에는 그들의 모습이 선명하게 잡혔다. 거지가 제인에게 키스를 하고 있……. 이건 또 뭐야?

104

입을 쭉 내밀었는데 제인이 내 입에 그대로 박치기! 하마터면 크아크아 괴물 꼴 날 번했다. 뱀파이어도 이빨이 몽창 빠지면 그 짓 못 하는 거 아닐까? 아니, 그렇진 않겠지. 난 그런 멍청한 괴물은 아니니까. 빨대라도 꽂으면 되겠지.

105

머리를 흔들었다. 그럴 리가 없지. 피를 빨아먹으려고 하고 있군. 생고무 체질이라 안 될 텐데. 막강한 힘을 얻은 나도 제인의 피부를 뚫을 수 있을지는 자신이 없었다.

어찌 되었건 더 이상 둘의 개싸움을 지켜볼 이유는 없었다. 펄쩍 뛰어 담 위에 섰다. 둘은 잘도 얽혀 있다. 거지는 제인에게 걸터앉아서 계속 키스, 아니 흡혈을 시도하고 있는 중이었다. 확실히 거지가 힘은 더 센 모양이다.

"피가 먹고 싶으냐? 이리 와라."

거지가 고개를 들어 나를 바라보았다. 와이셔츠 단추를 풀며 말했다. 훗, 좀 멋져 보일 것 같았다. 금발의 귀공자 뱀파이어 기오르기 슈투베가 백옥 같은 피부를 내보이는 순간이다. 어찌 멋지지 않을쏘냐?

106

"지랄한다."

저거 미친 거 아냐? 이제 본격 호모 짓, 아니 게이 짓이구먼.

"뱀파이어가 뱀파이어 피 먹는 거 봤냐?"

그러자 양놈 시키는 지 가슴을 쓰다듬으며 애무한다. 아주 희열이 느껴지는지 인상까지 쓴다. 아오, 저런 놈에게 내가…….

107

지랄한다고? 이마에서 빠직, 소리가 나는 것 같았다. 좋아, 어디 두고 보자. 나는 내 가슴의 혈관을 잡고 손톱으로…….

따려고 했다. 폼 나게. 그때 뒤늦게 알고 말았다. 뱀파이어 영화에 뱀파이어들이 손톱을 길게 기르고 있는 이유를. 나는 손톱을 깔끔하게 자르는 편이라 내 손톱으로는 혈관을 딸 수가 없었다. 내 손에 넘치는 파워가 있었지만, 내 몸에도 넘치는 파워가 있어서 그 두 힘은 보통 사람들이 자기 몸을 대하는 것과 다를 것이 없었다. 손톱 짧은 사람은 한번 자기 가슴 피부를 쭉 째 버릴 수 있는지 해 보라고. 공연히 가슴만 꼬집었다가 아파서 눈물이 쏙 나올 뻔했다.

칼이라도 있어야 할 판이었다. 하지만 이 집에는 칼이 없다. 칼이라는 게 원래 요리나 할 때 쓰는 건데, 난 음식을 먹지 않으니 칼이 있을 턱이 없다. 뭐든 뾰족한 것이 필요했다. 말뚝? 내가 아무리 뱀파이어 로드가 되었다고 해도 스스로 말뚝을 가슴에 박을 수야 없지. 뾰족한 거, 뾰족한 거!

다행히 옷장에서 옷핀 하나를 찾았다. 폼은 안 나지만 옷핀으로 가슴을 콕콕 찌르기 시작했다. 수십 번을 찌르고 나서야 피가 흐르기 시작했다. 아파 죽는 줄 알았지만 고통 없이 이루어지는 일이 얼마나 있겠는가. 나는 다시 담장 위로 뛰어올랐다.

"이리 와라, 장호철. 너는 지금까지 나를 방해했다. 이제 너는 진정한 주인이 누구인지 알게 될 것이다. 이리 와서 내 피를 마셔라. 이것은 피 중의 피고, 생명 중의 생명이다. 이로써 너는 위대한 뱀파이어가 될 열쇠를 가지게 되는 것이다."

장호철은 제인을 집어던지고 개처럼 뛰어서 내게 왔다. 내 목소리에 걸린 강력한 주문에 저항할 힘도 없을 것이고, 저항할 이유도 없다. 우리는 인간이 아니다. 그와 나는 인간이 아닌 동족으로 힘을 합치지 못할 이유가 없었다. 지금까지는 서로 동등했기에 싸웠지만, 이제는 싸울 이유도 없었다. 내가 그의 주인이 될 테니까.

108

뱀파이어는 뱀파이어 피를 못 마신다고 하는 말을 양놈이 하긴 했지만, 그게 진짜지 아닌지 알 수 없는 노릇인 데다가 놈의 피에는 분명 나를 흥분시키는 뭔가가 있었다. 더구나 저놈의 피를 마시면 저놈의 기억도 내 것으로 만들게 된다. 게이인지 아닌지 헷갈리는 시키의 기억을 갖는다는 게 반가운 일은 아니지만 아무튼 도움은 될 거다. 나는 달려가 놈의 피를 빨아들이기 시작했다. 이놈, 한번 죽어 봐라!

109

장호철은 아기가 젖을 빨듯이 내 피를 마셨다. 나른한 기분을 느끼기 시작했다. 이 자식, 날 통째로 마실 셈이냐?

나는 제인도 불렀다. 인간 2.0이라고? 너희 몸 안에 뱀파이어의 피가 있는 한 나를 거부할 수 없을 것이다.

"제인 스미스, 이리 와라. 너는 이제야 짝퉁의 몸을 벗고 완전한 생명체가 될 것이다. 내 피 중의 피, 생명 중의 생명이 네게 위대한 삶을 알려 줄 것이다."

아직도 피를 빨아먹고 있는 장호철의 머리통을 후려쳐서 떼어 놓았다. 장호철은 멍한 눈으로 나를 바라보며 뒤로 물러나 앉았다.

제인이 비틀거리면서 일어나 담 위로 뛰어올랐다. 일개 뱀파이어일 때는 거부하던 차밍이었지만 이제 드라큘라 백작의 힘을 지닌, 신성을 제압한 나 기오르기 슈투베의 능력에는 저항할 수 없었던 게다. 제인이 피를 빨기 시작했다.

아, 이제 나는 두 명의 뱀파이어를 거느린 뱀파이어 로드가 된 것이다. 감개무량!

제인에게 물었다.

"뱀파이어 로드 드라큘라가 교황청에게 약속했던 것은 무엇이냐?"

제인은 순순히 대답했다.

"뱀파이어 로드의 수하들을 MIB에서 임의 처분할 수 있는 권리입니다."

"왜 그런 계약이 생겼지?"

나긋나긋하게 대답하니까 좀 이쁘구먼.

"교황청은 뱀파이어의 힘이 필요했지만 그것이 무한정 늘어나 통제되지 못하는 권력으로 자라나는 것은 거부했습니다. 그 때문입니다."

그래. 알 것 같았다. 누군가 이런 말을 한 적이 있었다. 이들 뱀파이어의 능력이 신으로부터 온 것이라면 이보다 더한 축복이 어디 있겠느냐고. 인간들은 결코 모를 것이다. 뱀파이어를 붙잡은 진정한 제약은 뱀파이어가 인간으로부터 온 것이라는 점임을.

110

"여기입니다."

제인이 말했다. 우리는 제인의 차를 타고 송호달의 사무실 앞으로 왔다. 장호철의 가슴에 맺힌 한을 풀어 주지 않고는 어떤 일이건 제대로 돌아가지 않을 게 뻔했다. 그의 피로부터 그가 송호달에게 느끼고 있는 그 공포와 저주를 생생히 알 수 있었고, 그걸 이용해서 주인인 내게 가진 분노를 돌릴 표적으로 쓸 필요도 있었다. 그 때문에 뱀파이어 로드의 첫 거사로 송호달을 해치우기로 한 것이다. 이런 쓰레기가 정치를 하고 있다는 것 자체가 비극이었다. 지금까지는 사회의 잉여 자원을 처분한다고 자처했다. 하지만 약자를 괴롭히는 것은 뱀파이어 로드가 할 일이 아니었다. 만군의 주 드라큘라께서 한 일을 봐라. 그분은 일국을 들었다 놓았다 하던 분이다. 나 역시 그 정도 해내야 뱀파이어 로드라 할 수 있을 것이다. 이제 이 나라를 다스려 주마. 크하하하!

"혼자서 잘할 수 있겠냐?"

장호철이 고개를 끄덕였다. 이젠 어디로 보아도 거지라는 느낌이 없다. 내 피가 좋긴 좋은 모양이다. 역시 뱀파이어는 피가 좋아야 하는 법이다. 장호철은 좀비를 맛 본 뒤에(그걸 먹었다고 하기는 그렇잖아?) 괴력을 지니게 되었다. 제인의 점혈술도 통하지 않는 괴물이 되어 버렸다. 아마 코끼리도 들어 올릴 수 있을 거다. 흠, 재밌을 것 같으니까 다음에 꼭 시켜 봐야겠다.

"송호달, 넌 이제 죽었구나."

장호철이 차에서 내렸다. 이제 장호철이 송호달을 해치우고 나오기를 기다리면 된다. 벌써 밤 11시가 다 되어 가니까 송호달이 없을지도 모르겠다. 하지만 장호철에게 성의를 보여 주기 위해서 데리고 왔다. 또 여기 있는 놈들 몇 처치하면 송호달이 지금 어디 있는지 알아내는 건 식은 죽 먹기겠지.

장호철이 문을 닫자 제인이 고개를 돌려 나를 바라본다. 흠, 뱀파이어 로드의 사랑이라도 맛보고 싶다는 건가? 선팅이 잘 된 차긴 하지만, 어차피 네년 피부는 뚫리지가 않아서 피도 못 빨잖아? 그 순간 뭔가 잘못되었다는 생각이 들었다. 제인이 갑자기 씩 웃는다. 뭐지? 소름이 쫙 끼쳤다.

"어이, 바보 아저씨. 피의 세례는 아무한테나 통하나? 너, 내 피 먹어 봤어? 내 피를 먹어 보지 않은 이상 나한테는 그런 명령 안 통해."

제인은 아주 배를 잡고 웃었다. 머리가 띵해졌다. 젠장! 제인의 말이 맞았다.

"장단 맞춰 주니까 아주 잘 놀더라? 내가 고분고분 말 들으니까 좋았냐?"

상대의 피를 마셔야 피의 세례가 통하지. 이 바보! 잠시 내 힘에 미쳐 버린 거다.

"그런데 나도 궁금한 게 하나 있는데 좀 알려 줘 봐. 그럼 네 요구도 하나는 들어주지."

거래다..

"조, 좋다. 밑져야 본전이니까 물어봐라."

"원래 뱀파이어의 피는 비린 데다가 끈적끈적하기까지 한, 도저히 먹을 수 없는 종류로 변하는 걸로 아는데 아까 네 피는 보통 사람 피처럼 맑고, 아니 사람 피보다도 더 향긋하기까지 하더구나. 어떻게 된 조화인지 설명 좀 해 보지?"

"그거야 간단하지. 그건 그게 피 중의 피라서 그래."

"피 중의 피?"

"말하자면 내 인간으로서의 피인 셈이지. 내 생명의 일부를 넘겨줌으로써 그 피를 마신 사람을 다스릴 수 있게 되는 거야. 이것은 신성한 계약의 일부지."

"신성한 계약의 일부라 하면, 뭔가 속박이 걸렸겠네? 뭘 걸었지?"

"그건 두 번째 질문이지? 대답할 필요는 없을 것 같은데?"

"훗, 이 마당에도 허세를 부리는 건가?"

미친년. 장호철이 돌아오면 넌 죽었어. 어디서 허세야.

그때였다. 와장창 소리가 나며 장호철이 건물 밖으로 튕겨져 나왔다. 그리고 건물 안에서는 제인처럼 검은 양복에 검은 넥타이, 검은 선글라스를 낀 두 사람이 손가락에서 딱딱 소리를 내며 나오고 있었다.

"거지새끼가 죽으려고 환장을 했나?"

저것들, 한눈에 장호철의 정체를 간파했군. 솔직히 말하자면 그때까지만 해도 크게 걱정하지 않았다. 비록 거지새끼로 보이기는 하지만 저놈은 엄청난 능력을 가지고 있다. 이제 너희가 된통 당할 차례야.

그렇게 생각하고 느긋하게 바라보고 있는데, 어라라? 장호철이 일방적으로 쥐어 터지고 있었다. 아무리 뱀파이어라 해도 이렇게 맞다가는 죽지 않을까 싶을 정도로 다구리 당하는 중이었다. 어, 이러면 안 되는데?

나는 차 밖으로 나왔다. 안개를 일으킨 뒤 바람 속으로 장호철을 끌어들였다. 차에 올라 바로 제인에게 외쳤다.

"밟아!"

하지만 제인은 꼼짝하지 않았다. 하긴 저년이 내 말을 들을 리가 없지. 나는 내 머리를 쳤다. 왜 이렇게 머리가 안 돌아가는 거람!

"뭐 해! 빨리 밟으란 말이야!"

얼른 운전석 쪽 문의 버튼을 눌러 차문을 잠갔다. 가까이 온 걸 보니 저것들 다 여자다? 검은 안경의 여자들이 차문을 막 움켜쥐는 참이었다. 제인이 손을 들어 보이자 그들은 창문을 두들긴다거나 하지 않고 얌전히 한 걸음씩 물러났다.

"네 부하들이냐?"

라고 묻지는 않았다. 그런 걸 물어보는 순간 "응."이라고 대답하면 내 용건이 끝나 버린다. 이 소중한 기회를 그렇게 해서 날려 버릴 수는 없지. 나는 침착해지려고 노력했다. 바보, 바보, 바보. 아까 전화한 걸 보고도 아무 생각이 없었다. 당연히 의심하고 대비를 했어야지. 으, 나는 내 돌대가리에 화풀이를 해 댔다.

장호철이 신음 소리를 흘리더니 깨어났다. 역시 슈퍼 뱀파이어답게 회복은 빠른 편이다.

"정신 들었냐?"

"네."

"좋아. 호랑이한테 물려 가도 정신만 바짝 차리면 산다고 했다. 뭘 해야 할지 잘 생각해 봐."

"알겠습니다."

제인이 비웃음을 날렸다.

"놀고들 있네. 좋아. 뭔가 알려면 조건이 있어야 한다 이거지? 그럼 네 용건을 이야기해 봐. 그게 마지막 용건이 되겠지만 말이야."

"그래, 좋아. 말하지. 키스하자."

제인이 눈을 동그랗게 뜨고 나를 바라보았다. 이제 와서 그런 얼굴 되어 봐야 늦었어.

111

"미쳤어? 내가 너랑 왜?"

제인이 감히 기오르기 주인님의 요구를 거절했다. 싸가지 없는 년. 즉시 제인의 머리통을 붙잡아 고정시킨 다음 양손의 검지를 제인의 입에 넣어 벌렸다. 제인이 반항했지만 그 정도 힘으로 나를 당해 낼 수는 없는 노릇.

"자알했다."

기오르기 주인님은 나를 칭찬하고 즉각 키스 모드에 돌입했다. 뱀파이어가 된 이후 분명 여자에 대한 욕구 같은 건 느껴지지 않는다. 기오르기 주인님도 마찬가지일 텐데, 왜 키스를 요구했을까? 이 절체절명의 순간에 웬 호색질이란 말인가?

주인님 대신 나를 여기 남겨 두겠다고 요청하고 달아나셨어야 하지 않는가? 영민하신 주인님께서 이런 생각을 못 하셨을 리 없을 것이니, 이는 순전히 이 비천한 몸을 염려하시어 내리신 결정이시리라. 그렇게 생각하자 주인님의 하해와 같은 은혜에 감읍치 않을 수 없었다.

"아얏!"

좀 불분명한 발음이긴 했지만 분명 고통의 소리였다. 제인이 지른 것이다. 키스란 달콤하다, 황홀하다, 귀에서 종소리가 들린다 등등의 말로 표현되지만 아프다, 와는 거리가 멀다. 그런데 왜?

제인이 감히 주인님을 왈칵 밀어냈다. 하지만 주인님은 그런 연약한 여인의 힘에 물러날 만큼 허약한 분이……었다.

"무슨 짓이야?"

제인이 입을 훔치는데 핏방울이 보였다. 침이 꼴깍 넘어갔다.

"하하하. 내 생각대로였어!"

호탕하신 주인님이 껄껄껄 웃고 있었다. 역시 위대하신 주인님인지라 뭐든지 본인의 생각대로 하실 수 있다.

"너, 너, 설마?"

제인이 질린 얼굴로 주인님을 바라보았다. 그러다니 갑자기 잠금장치를 풀려고 했다. 그 순간 위대하신 주인님이 한마디 하셨다.

"손 떼."

제인이 부들부들 떨면서 손을 뗐다. 주인님이 천천히 말했다.

"그러지 마라. 거역하면 더 힘들어진다."

"이, 이 악도칸……."

제인이 감히 만군의 주이신 주인님을 욕하려 들었던 모양이다. 물론 욕설은 주인님을 피해서 목구멍 아래로 꺼져 버렸다. 혀가 부어서 발음도 제대로 되고 있지 않았다.

"너, 내 피를 빠라머그려고……."

"으화화화화! 혓바닥에 약점이 있다는 걸 깨달았지. 지난번에 장호철한테 두들겨 맞았을 때 입가로 피가 흘렀거든. 그렇다면 뱀파이어의 송곳니를 막을 수는 없는 것은 당연지사."

현명하신 주인님은 제인에게 명령을 내렸다.

"시동 걸어. 저것들 못 쫓아오게 하고 어서 가자."

앗, 지금 갈 수는 없다. 송호달을 잡아 죽여야 한다. 주인님, 이 미천한 종의 소원을 외면치 마십시오. 하지만 언제나 올바르신 주인님이 말씀하셨다.

“너, 재네들 이길 수 있어?”

못 이긴다. 하지만 정말 지금 포기할 수는 없었다. 주인님께 자비를 간청했다.

“시끄럽다. 제인, 가자!”

제인이 시동을 걸었다. 이래선 안 되는데! 무슨 방법이 없을까? 나도 주인님처럼 제인을 부릴 방법은 없을까? 머릿속이 복잡해졌다.

112

제인은 내 명령을 거부하려고 애를 쓰고 있었다. 아무래도 빨아먹은 피가 너무 적거나, 그녀의 피가 워낙 보통 인간과는 다른 탓에 버틸 수 있는 모양이었다. 좀 더 강하게 그녀에게 명령을 내리려고 했다. 그런데 그 순간, 내 입에서는 엉뚱한 소리가 나왔다.

“밖의 저것들 물러나라고 해라.”

어라? 내가 미쳤나? 내가 왜 이런 소리를 하지? 그건 내 머리와는 아무 관련 없이 입술이 달싹거려 만든 말이었다. 어라? 그러니까 이건?

나는 어이가 없어져서 장호철을 바라보았다. 하여간 죽어라고 속 썩이는 이놈!

“너지!”

장호철은 씩 쪼개며 말했다.

"나도 알아냈어. 피의 세례."

"뭐야? 사기 치지 마라. 너는 불가능해."

"불가능하긴 뭐가 불가능해? 피는 서로 마셨으니까 서로 조종이 가능해지는 거지."

"그런 역전이 가능할 리가 없잖아! 그럼 어떻게 뱀파이어 로드가 나올 수 있느냐고!"

그때 제인이 답을 알려 주었다.

"장호철이는 보통 뱀파이어가 아니라서 그런 거야, 이 멍청아!"

"뭐야?"

장호철이 씨익 웃었다.

"물론 나는 보통 뱀파이어가 아니지. 내게는 반만년을 내려오는 한민족의 순결한 피가 흐르고 있으니까!"

"지랄한다."

장호철이 눈을 부릅떴다.

"하늘에서 내려온 천민(天民)을 감히 우습게 보는 거냐?"

"스스로 천민(賤民)이라니 할 말이 없구나."

"할 말이 없겠지! 감히 하찮은 서양 오랑캐 주제에 천민(天民)의 피를 맛본 것만 해도 감지덕지한 줄 알아라!"

더 듣고 있을 수가 없었다.

"에라, 이 미친놈아! 내가 전 세계 인간들의 피를 다 빨아 보았는데, 피는 결국 다 똑같아! 어디서 개수작이야!"

고기 맛이 다르듯 피 맛도 다르긴 하다. 하지만 그것은 맛의 문제일 뿐이다.

"하긴 너 같은 상것이 고귀한 한민족의 피를 어떻게 알겠니. 이거야말로 돼지 목에 진주 목걸이인 셈이지."

"앞뒤나 맞는 소리를 해라. 이 천민(賤民)아!"

"흐흐, 그래, 천민(天民)을 찬양하도록 해라."

미친놈. 찬양할 게 없어서 천민(賤民)을 찬양하냐? 거지 본색을 못 버리는 천한 놈 같으니라고. 저런 대가리가 썩은 놈이 힘을 가졌으니 참 큰일이 아닐 수 없다.

제인의 말이 맞았던 것이다. 장호철이는 그놈의 살인마 좀비의 피와 살을 먹어서 이미 뱀파이어 로드급의 능력을 지닌 몸이었다. 거기에 피의 세례를 하는 방법을 깨닫자 완전히 뱀파이어 로드가 되어 버린 거다. 결국 우리는 똑같은 능력을 가진 셈이었다. 이렇게 된다면 저놈을 기절이라도 시켜야 내가 살아날 방법이 있는 셈이었다. 나는 놈에게 자기 머리를 자기 주먹으로 때릴 것을 명령했다.

퍽!

으, 그런데 왜 내 눈텡이가 아프지? 정신을 차리고 보니까 내가 내 눈텡이를 치고 있었다.

"장호철! 이 거지새끼!"

그런데 장호철도 눈텡이가 밤텡이가 되어 있었다.

"기오르기! 이 양놈 시키!"

다음 순간 우리는 똑같이 자동차 문짝에 박치기를 시작했다.

"자, 잠깐!"

너그러운 내가 양보해야 할 문제 같았다. 이러다간 둘 다 죽을 것 같았다.

"우리, 협조하자."

장호철도 고개를 끄덕였다. 처음으로 우리는 서로의 존재를 인정하고 대화를 나눌 자세를 가졌다. 나로서는 5백 년 만에 느껴 보는 감정이었다. 지금까지 인간이란 그저 말할 줄 아는 먹이에 불과했다. 장호철이 뱀파이어가 되었을 때는 그저 빨리 없애 버려야 하는 짐에 불과했다. 제인과도 마찬가지. 제인은 사냥꾼이고 나는 사냥감일 뿐이었다. 그런데 지금은 나와 동등한 힘을 가진 존재를 눈앞에 보고 있는 것이다. 그가 무슨 말을 할까 조금 설레기까지 했다.

"그럼 나도 키스하게 해 줘."

뭐냐, 이놈은? 내가 어이없어서 멀뚱하니 쳐다보자 장호철은 다른 말을 꺼냈다.

"좋아. 그럼 송호달이 어디 있는지 말하게 해 봐."

그건 또 무슨 소리야?

"송호달 사무실에서 나온 놈들이 저년 말에 복종하고 있잖아. 그러면 송호달이 어디 있는지 안다는 말이지. 그런 것도 생각 못 하냐?"

"그건 그럴듯하군."

장호철이 의기양양하게 말했다.

"저 간악한 MIB에 의해서 자유를 제한받고 그 대신 단지 피를 얻어서 살아가는 뱀파이어들이 있다고? 그 바보들은 무한한 파워를 잃어버렸다는 것을 알지 못하고 있는 거지. 세상은 원래 우리 것이었다. 인간에게 나눠 줄 권력 따위는 없다고. 이 모든 열쇠를 송호달이 쥐고 있는 거야."

"어째서?"

"어째서 따위는 필요 없어. 세상의 온갖 구린내 나는 곳에 놈이 있는 거니까. 놈이 어떤 일을 꾸민다면 절대 조연이 아니야! 놈의 세상은 놈을 중심으로 돌아가야만 하니까!"

과대망상 아닐까? 뱀파이어 로드가 되면서 '신성' 에게 혼을 빼앗기기라도 한 거 아닐까?

"흐음, 그래서 어쩌자는 거지?"

"세상을 차지하자. 너랑 나랑 힘을 합하면 그까짓 거 불가능하겠어?"

이 녀석 꿈은 나보다 더 높았군. 세상을 차지하겠다고?

113

"송호다른 여기에 있을 거다."

제인이 이를 갈며 말했다.

"진시므로 춘고하는데, 주꼬 신지 아느면 내빼는 게 조흘 거다."

훗, 얘가 우릴 모르네?

"그래, 그럼 빨리 시동 걸어. 달아나자."

제인이 키를 돌리려고 들었다.

"그럴 줄 알았냐?"

뱀파이어 로드가 둘인데 기껏 인간인 송호달을 두려워하겠냐? 이제 그놈을 잡아먹고 대체 나한테 왜 그랬는지, 무슨 생각으로 그랬는지 알아내면 되겠다.

"기오르기, 제인 저것이 우리를 잡아온 걸로 하고 들어가자."

기오르기가 말했다.

"그 전에 확실히 해 두자. 송호달이 여기 있는 게 분명한지부터 알아봐야지."

제인이 차창을 내리고 검은 선글라스 여자 하나를 불렀다.

"송호다리 지금 여기 인나?"

"지금 여기에 없습니다. 4-4구역에 있습니다."

"아랏다. 별도 면련이 이쓸 때까지 대기해."

"넵."

검은 선글라스 여자도 대가리는 비어 있는지 아무 의심도 없이 물러났다. 저것들도 옛날의 나처럼 그저 빨대에 불과한 놈들이란 걸 알았다. 엄청난 힘을 가진 저것들이 몰려들면 이 차도 뒤집겠다. 우리를 잡는 건 시간문제지. 기오르기 덕분에 살아난 셈이긴 하군.

기오르기가 말했다.

"흠, 어쩐지 지난번에 4-3구역 어쩌고 할 때 이상하더라니. 여긴 대체 뭐냐? 송호달의 사무실만 있는 건 아니겠지?"

"여기는 MIB 한국지부."

제인, 이년이 함정으로 우릴 끌고 온 거였구나. 이가 갈렸다. 어디 일 끝나고 보자. 기오르기가 물었다.

"송호달이 MIB랑 무슨 관계야? 뭘 하고 있는 거지?"

"송호다른 '아이, 뱀파이어' 프로젝트의 채김자……."

'아이, 뱀파이어' 프로젝트? 그 시키는 이제 뱀파이어를 프락치 만드는 일을 하고 있는 건가?

"그건 또 뭐야? '아이, 뱀파이어' 프로젝트가 뭐야?"

제인은 반항했다.

"그따위 거 지껍 보면 아 꺼 아냐!"

기오르기도 더 묻지 않았다. 기오르기는 이미 알고 있을지도 모르지. 제인의 기억을 다 들여다보았다면 모를 리가 없을 것이다. 하긴 나도 짐작이 간다. 뱀파이어 생체 실험이겠지. 제인이 이미 다 털어놓은 이야기 아니겠나.

제인이 시동을 걸고 운전을 시작했다. 30분쯤 더 남쪽으로 내려간 뒤 인적이 완전히 끊긴 촌의 허름한 창고 앞에 차를 세웠다.

차에서 내려 창고로 간 제인은 녹이 슬어 보이는 자물쇠를 열었다. 제인이 문을 열 때까지도 긴장을 좀 하고 있었지만 그냥 더러운 잡동사니들이 널려 있는 창고에 불과했다.

"여길 왜 데려온 거야?"

"조욘히 좀 기다려."

잠시 후 바닥에서 마이크가 솟아올랐다.

"모표물 회수."

제인이 어눌하게 말하자 한가운데 바닥 부분이 자동문처럼 열렸다. 계단이 보였다. 강화 유리인가? 마치 다이아몬드처럼 하얗게 빛나는 계단이 크롬 도금을 한 알루미늄 난간을 따라 찬란하게 펼쳐져 있었다.

"내려가지?"

내가 앞장서고 그다음에 제인, 마지막에 기오르기가 섰다.

"내가 네놈 마를 거부하지 몬해서 데리고 오긴 했다만……. 이제 이판사판이야."

"시꺼!"

둘이 싸우는 동안 나는 아래층에 도달했다. 높은 천장에 빛나는 샹들리에. 벽면은 연한 푸른색으로 곱게 마감되어 있다. 안내 데스크처럼 만들어진 반원형 테이블 뒤에는 아무도 서 있지 않았다. 벽면마다 출입구가 불규칙하게 있고 숫자가 적혀 있는데 모두 7번까지 숫자가 적혀 있었다. 1번 출입구 문이 열렸다.

"누구시죠?"

송호달은 아니다. 송호달은 남자니까. 웬 40대 아줌마가 눈을 동그랗게 뜨고 우리를 보고 있었다. 혈색이 좋다. 침이 꼴깍 넘어가며 흡혈의 욕구가 플레이보이 핀업걸을 본 것처럼 발딱 섰다.

"알 거 없고. 송호달이 어디 있냐?"

그런데 이 여자, 눈이 점점 커진다. 그러다가 눈알 튀어나오겠다. 그럼 그 구멍으로 피도 쭉 나오려나?

"다, 당신……."

여자는 내 이름을 생각하려 애쓰고 있었다. 그 순간 나도 이 여자가 누군지 알았다. 빌어먹을! 내 기억력이 비상해진 덕분이다. 여전히 예쁜 얼굴을 가지고 있었지만, 차라리 모르는 것이 나았을 텐데!

서울은 꽤나 큰 도시다. 아마 세상에서 몇 번째로 클 것이다. 나는 서울에서 20년이 넘게 살았지만 한 번도 고향 사람을 만난 적도 없고, 대학 시절 알던 사람을 우연히 만나는 일도 없었다. 아니, 아주 없었다고 하기는 뭐하지만 상대방이 나를 알아보지 못했다. 그들은 좋은 대학을 나왔고 취직하기도 좋은 시절이었기에 모두 목에 넥타이를 매고 그럴듯한 양복을 걸치고 있었지만, 나는 운동화에 허름한 잠바 차림. 그리고 대부분의 경우는 선글라스를 끼고 있었기에 그들은 나를 알아보지 못했다. 내가 슬그머니 피할 시간은 언제나 충분했다. 하지만 그런 경우도 정말 몇 번 없었다. 그들을 피한 것은 공연히 그들과 만나 봐야 아무 도움이 되지 않기 때문이었을 뿐, 다른 이유는 없었다. 단 한 사람 만나고 싶은 사람이 있었다면 바로 눈앞에서 내 이름을 기억하려고 애쓰는 이 여자였다. 하지만 막상 그녀를 보자 땅속으로 꺼지고만 싶었다.

"장…… 장호철, 그래 장호철 맞지!"

"사람 잘못 봤습니다."

고개를 돌렸다.

"맞잖아! 장호철! 경영학과 장호철!"

그녀는 냉랭하게 한마디 더했다.

"프락치."

그때까지 미친 듯이 마시고 싶던 피에 대한 욕망까지 싸늘하게 식어 버렸다.

"너, 왜 그랬어!"

아 놔, 입장 난처하게.

"너, 왜 그랬냐고, 왜 찔렀어!"

찌르긴 내가 뭘 찔러.

"너지? 네가 그랬지? 네가 영호 형 찔렀지?"

"사람 잘못 보셨다니까요."

더 이야기해서 좋을 게 없었다. 당황한 나머지 뒤돌아서서 계단을 올라가려 했다. 그 여자, 가짜 대학생 시절 나를 한때 좋아했던 현애는 계속 나를 따라왔다. 내 팔을 낚아챘다.

"말해 봐! 정말 영호 형 찔렀어?"

"찌르긴 누굴 찔러요. 내가 무슨 칼잡이예요?"

이런 순간에도 이따위 농담을 하는 나를 지하철 손잡이에 목매달아 놓고 싶었다. 하지만 효과가 있었던 모양이다. 현애는 그 자리에 멈춰 서고 말았다. 얼른 팔을 뿌리쳤다.

"난 그런 사람 몰라요. 아니에요!"

순간 기오르기가 현애를 덮쳤다.

"뭔 사설들이 이렇게 길어?"

기오르기의 입술이 현애의 목에 닿기 전에 기오르기의 배때기를 걷어차 날려 버렸다.

"죽을래!"

기오르기가 벌컥 화를 내며 일어났다. 젠장, 별로 타격을 받지 않은 모양이다. 현애는 어리둥절한 모습으로 자빠져 있다가 다시 내게 쌍심지를 켠다.

"네 탓이야!"

뭐가 또 내 탓이야? 현애는 미친 것처럼 내게 달려들었다. 내 멱살을 쥐고 흔들었다. 기오르기가 슬금슬금 다가오기에 멈춰 서게 명령했다.

"너 때문에 영호 형은 죽었어! 알아? 네 탓이라고! 너 때문이라고!"

영호 선배가 죽어?

"끌려갔다가 강집 당했어. 군대에서 죽었어. 왜 죽었는지 몰라. 의문사라고 하더라! 너지? 네가 찔러서 끌려간 거지?"

아찔했다. 나 때문에 죽은 사람도 있다고? 강제징집 당해서 군대에서 죽었다고?

"왜 배신한 거야? 왜 변절한 거야? 왜 동료를 팔아먹은 거야?"

현애는 울고 있었다. 하지만 울고 싶은 건 나였다. 속을 까뒤집을 수도 없었다. 나도 어쩔 수 없었다. 명색이 프락치인데 성과가 없었다. 언제 어디서 가두시위 있다고 이야기하는 정도로는 양에 차지 않는 맹수들이 내 위에 있었다. 그들은 먹이를 가져오지 못하면 대신 내 팔을, 내 다리를 하나씩 떼어 내 먹어 버리겠다고 으르렁대고 있었다.

먹이 중에서 가장 살살 물 만한 먹이를 골랐다. 징역을 살릴 만한 그런 사안이 아닌 걸로, 기껏해야 강집 정도 될 만한 선배로 고른 것이 영호 형이었다. 나는 생색을 내고, 선배는 녹화사업 대상이 되어 조금 힘들진 모르겠지만 군대는 어차피 다녀와야 하는 거고, 갈 때도 되었으니 이거야말로 누이 좋고 매부 좋은 상황이라 생각했다.

비록 프락치기는 했지만 그건 내가 나를 괴롭히기만 한 것이라 생각하고 있었다. 한 번도 내가 누구를 괴롭혔다고 생각해 본 적이 없었다.

그런데 그때 알게 된 것이었다. 나도 맹수였다는 것을. 이솝 우화에 그런 이야기가 있다. 약하디약한 토끼들이 이렇게 사느니 죽는 게 낫다며 연못으로 몰려가자 맹수들이 오는 줄 알고 놀라서 달아난 개구리들이 있었다. 토끼들은 그걸 보고 "우리도 세다!" 기뻐하며 다시 살아갈 의욕을 챙겼다고 했다.

현애는 나를 때리며 울고 있었다.

"왜 그랬는지 말해 봐! 왜 영호 형을 팔았어! 왜!"

나도 상처를 주고 있었다. 나도 모르게 누군가에게 또 어떤 상처를 남겼을까? 현애한테는 미안한 이야기였지만 그 순간 나는 먹이사슬의 한 자리 위에 있었던 나를 느낄 수 있었다. 나는 강자였다. 제일 밑바닥에 있지 않았다.

"그러는 너는 왜 이런 곳에 있는 거냐?"

사냥꾼이라는 내 신분을 아는 순간 내게도 자신감이 생겼다.

"넌 혁명을 위해 청춘을 바쳤다는 순혈 386이잖아! 그런 네가 여기 왜 있는 거야? 네가 나보고 프락치라고 할 수 있어?"

나는 점점 더 자신감을 찾았다. 송호달 밑에서 일하는 운동권이라니, 이게 말이 되냐?

"난, 지금 네가 충성을 바치는 그들에게 사반세기 전에 충성을 바친 선구자야. 감히 내게 뭐라 말할 자격이 너한테 있을 것 같아?"

"있지!"

현애가 부르짖었다.

"네가 충성을 바친 집단은 권력을 총칼로 강탈한 파쇼 집단이었어! 난 선거로, 정정당당하게 권력을 가진 정통성 있는 곳에서 우리 민족의 미래를 위해 일하고 있는 거야!"

아주 웃기고 자빠졌네. 나는 조용히 한마디 했다.

"생체 실험을 하면서?"

현애의 입에서 더 이상 소리가 나오지 않았다.

"정말 민족의 미래를 위해서 일하고 있다고 생각해?"

현애의 고개가 미미하게 떨어졌다.

"비켜. 옛정을 생각해서 피는 빨지 않겠다."

라고 말하면서 후회했다. 그 시절, 저 여자의 가슴속에 내가 어떻게 자리매김했을지 매우 궁금했기 때문이었다. 씨바, 그런 기회를 스스로 박차다니.

"송 의원은 5호에 있어."

현애가 중얼거리듯이 말했다. 아주 작은 소리였지만 물론 내 귀는 소머즈보다도 뛰어나서 단박에 알아들었다.

114

장호철은 먹음직한 먹이를 두고 5라고 적힌 문을 열고 안으로 사라져 버렸다. 어쩔 수 없지. 음식 남기면 죄받는 법. 내가 먹어 줘야지. 그런데 제인의 표정이 심상치 않다. 저 고소해 하는 표정은 뭐지?

"뭔가 숨기고 있구나?"

세상에는 먹는 것보다 중요한 일이 없다. 하지만 여긴 분명히 세상이 아니다.

"이젠 이판사판이야."

목소리가 분명해진 걸 보니 이제 혀의 부상이 회복된 모양이다.

"저기 뭐가 있구나."

제인은 대답하지 않았다. 결국 우리 힘을 분산시켜 각개격파 하겠다는 이야기겠지.

"따라와!"

제인에게 명령을 내리고 5번 문짝으로 달려갔다. 문 뒤로 강철로 만들어진 것 같은 통로가 이어졌다. 중간 중간 역시 강철 통로가 이어진다. 장호철은 똑바로 달려가는 중이었다. 놓치면 곤란하다. 나도 뛰어들었다.

115

"뭐냐?"

송호달이 어리둥절한 눈으로 날 바라보았다. 다짜고짜 송호달에게 달려들었다. 이야기는 어차피 필요 없다. 놈의 피를 빨아들이면 진실은 그 피가 나한테 다 말해 줄 거니까. 송호달은 하나도 늙지 않은 것 같았다. 아니, 자세히 보니 내가 처음 그를 만났던 때, 그가 30대였던 때보다도 더 젊어 보였다. 뱀파이어 연구의 결과로구나! 놈에 대한 혐오감이 5만 배로 증가했다.

"이, 이놈 뭐야?"

송호달이 날 밀치며 말했다.

"나 장호철이다! 날 모른다고는 못 하겠지!"

놈이 뭐라 했는지 못 들었다. 몰라, 라고 말한 것 같기도 하다. 그 순간 강한 충격을 받고 나뒹굴었다. 뭐지?

"뭐, 이따위 새끼가 다 있어? 이봐, 제인. 이거 뱀파이어 맞지?"

송호달은 별로 놀라지 않은 기색이었다. 나를 밀어내면서 문가에 서 있는 제인에게 질문을 던졌다. 쟤들은 언제 온 거야?

몸을 튕겨 폼 나게 일어나려 했는데, 다시 한 번 가슴에 강한 충격을 받고 나뒹굴고 말았다. 폼 안 나네. 성질을 부릴 새도 없었다. 거의 최홍만급 덩치를 가진 괴물이 나를 덮쳤다. 말 그대로 괴물이었다. 하얀 털로 뒤덮인 상반신. 거기에 동그란 무늬가 찍혀 있다. 이건 표범을 컨셉으로 한 모피인가?

그런데 표범과 인간의 대가리를 대충 섞어 놓은 듯한 머리통에서 으르렁대는 소리가 들렸다.

"……."

할 말이 없었다. 난 생전 그런 말은 처음 들었다. 그런데 이것 봐라? 기오르기가 뭐라 뭐라 한다. 그러자 표범 대가리가 서서히 인간의 얼굴로 변했다. 기오르기가 뒤로 나자빠질 정도로 놀라는 거다. 뭐야, 왜 그래? 불안하잖아. 그런데 영 못 알아듣는 둘의 말 중에 나도 알아듣는 말이 하나 있었다. 바로 '보그단'이라는 말. 보그단은 기오르기 놈이 구해 줬다가 사람이 되어서 비명을 지르고 있던 것을 MIB에서 구출했다고 한 그놈이 아닌가(와우, 새삼 느끼지만 나 기억력 짱이다). 기오르기에게 물었다.

"보그단이라니? 벌써 죽었어야 하는 놈이잖아!"

116

"그런데 안 죽었군그래."

정말 질긴 생명력이다. 제인이 구했다고 했다던 그 뱀파이어. 해부도 했다고 하지 않았던가? 하긴 뭐 그런다고 죽지는 않을 테니. 놈은 독정을 복용해서 라이칸스로프가 된 것이다. 워레오파드.

그것뿐이 아니었다.

"독정은 바로 내 피를 가지고 몽골 놈들이 만들어 낸 영약을 좀 더 개량한 거였지."

"응? 독정을 만든 게 너라고? 그래, 그랬군."

그놈은 동창에 끌려간 뒤 뱀파이어의 비밀을 이것저것 털어놓았지만 그럴수록 불사의 힘을 다시 찾고 싶은 욕망에 몸부림쳤다. 결국 그 욕망을 채울 길은 다시 뱀파이어가 되는 것뿐이었는데, 차이나에는 뱀파이어가 없었다. 더 이상은. 그는 자신의 생명이 얼마 남지 않았다는 것을 알고 있었다. 워낙 기력이 쇠한 상태에서 인간으로 돌아왔기 때문에 생명력이 급속도로 소멸하고 있었던 것이다.

그래서 보그단은 뱀파이어로 돌아갈 다른 방법을 강구했다. 수만 명의 목숨을 앗아 가면서 독정을 만들어 냈던 것이다. 덕분에 원래도 좀 잔인한 것으로 알려져 있던 동창은 완전히 악의 화신으로 불리게 되었다.

끝없는 고문. 인간의 살을 수천 번 베어 내는 형벌. 그것도 형벌 집행 중에 절대 죽어서는 안 된다. 인간을 대나무 살로 만든 형구 안에 가두고 가늘디가는 그 대나무 살을 하나씩 뽑아내는 형벌. 그때마다 살점이 대나무 살을 타고 올라온다. 역시 죽어서는 안 된다. 산 채로 가죽을 벗기는 형벌, 창자를 항문으로 뽑아내는 형벌을 비롯해 정말 인간이 상상할 수 있는 모든 형벌이 가해졌고, 고문에 의해서 차라리 죽고 싶다는 느낌을 가진 피가 바다와 같이 모였을 때 독정은 드디어 탄생했다고 한다.

"꼴좋군그래. 보그단이 그동안 잡아들인 뱀파이어가 몇인 줄 알고 덤빈 거냐?"

송호달이란 놈이 보그단 뒤에서 마치 뱀파이어 로드나 된 것처럼 으스대고 있었다. 생긴 건 멀쩡한 놈이 하는 짓거리 하고는. 송호달의 말에 보그단의 눈 색깔이 홱 변했다. 저거 왜 저러는 거지?

"네놈이 날 인간으로 돌려놓은 바람에 내가 당한 고통을 생각하면 널 갈아 마셔도 시원찮다. 이후 난 MIB에 모든 걸 털어놓고 그들의 도움으로 연명하는 몸이 되었다. 뱀파이어 헌터가 되고 말았어! 다 네놈 덕분이지."

보그단은 크게 울부짖더니 그대로 내게 달려들었다.

117

"이, 이봐! 이놈을 그냥 두면 어떡해?"

송호달이 깜짝 놀라서 외쳤다.

"원한은 눈앞의 일을 잊게 만들지."

먼지부터 툭툭 털어 냈다. 기오르기가 어찌 되건 알 바 아니다. 저러다 둘 다 죽으면 그게 제일 좋고. 이제 송호달 이걸 처리하면 된다. 송호달이 슬금슬금 뒤로 물러났다.

"이, 이봐. 이건 다 우리 조국을 위한 일이야! 약간의 희생이 따르긴 하지만 희생 없는 발전은 없다고! 너, 넌 그냥 보내 줄게! 착하지? 지, 진정해. 우리 다 같은 한민족이잖아! 같은 동포끼리 이러는 거 아니지."

"지랄 옆구리 차는 소리 한다. 너는 예전에 쪽발이 놈이 싸지르고 간 썩은 혈통이 틀림없어, 씨벌탱구야!"

"아, 아니야. 나 순수 토종 한국인이야! 진짜야! 족보도 있어!"

"그리고 씨벌탱구야, 피는 어차피 인류가 다 똑같은 거라더라!"

나는 입을 쩍 벌렸다.

"제인, 뭐 하냐? 이놈 좀 막아!"

송호달은 황급히 안주머니를 뒤져 만년필을 꺼내 들었다. 뱀파이어 잡는 그 광선 무기다. 웃음이 나왔다.

"해 봐. 그런 게 통할 것 같으냐?"

놈은 버튼을 눌렀고, 나는 놈을 물었다. 놈의 기억과 함께 생명도 빨아들였다. 송호달은 잘 이어지지 않는 소리로 뭔가 중얼거리고 있었다.

"사, 살려, 줘."

아, 그 소리를 듣는 쾌감은 피를 빨아먹는 쾌감의 열 배는 되는 것 같았다. 그래, 그놈의 가랑이를 붙들고 그렇게 말했다. 누군가 그런 말을 했다. 아무리 힘들었던 기억도 시간이 지나면 추억이 된다고. 바로 이제 내게 그 시간이 온 것 같다. 나는 그 말을 이렇게 정정해 주고 싶다. 추억이 되는 기억은 그 기억을 하찮게 만들 만한 힘이 내게 생겼을 때 오는 법이라고.

내게는 힘이 있다. 송호달의 생명은 기억과 함께 내게 넘어오는 중이고 송호달은 내게 살려 달라고 빌고 있는 중이다. 물론 놈을 살려 줄 생각 따위는 없다. 더구나 이놈이 살아날지 아닐지는 나도 잘 모르는 일이었다. 놈이 뱀파이어의 독에 얼마나 버티는 체질인지는 내 알 바가 아니었으니까. 놈이 죽은 뒤에 다시 살아난다면, 다시 죽여 주겠다. 부하로 부리거나 하는 일 따위도 없을 것이다.

축 늘어진 송호달을 집어던졌다. 온몸의 세포가 새로 태어나는 것처럼 약동했다. 온몸에 힘이 들어와 태산이라도 들어 올릴 수 있을 것 같은 기분이었다.

기오르기를 덮치고 있는 보그단도 한주먹에 날려 버릴 것 같았다. 하지만 그런 짓을 하진 않았다. 그건 기오르기가 해결할 문제니까. 나는 주저앉아서 이 새로운 힘을 음미하며 송호달의 기억 속으로 빠져들었다.

내가 알고 싶은 건 이놈이 내게 왜 프락치 짓을 시켰는가, 라는 점이었다. 그걸 알지 못하고는 뱀파이어도 될 수 없을 것 같았으니까. 나는 놈의 더러운 기억을 따라가기 시작했다.

놀란 것은 놈이 매우 정상적인 집안에서 자라났고 심지어 학생 시절에는 사회비판적이기도 했다는 점이었다. 놈은 좋은 대학에 들어가 유신 시대에 학생운동도 할 뻔했다. 하지만 장래에 대한 걱정에 데모를 준비하던 동료의 제의를 거부했다. 그리고 그때 동료가 한 비난, "그래, 너는 출세해라."는 말에 깊은 마음의 상처를 입었다. 그 동료는 아무 데나 담배꽁초를 버리고 술값도 제대로 내 본 적이 없는 데다가, 심지어 이 여학생 저 여학생을 전전하며 문란한 성생활을 즐기는 놈이었다. 송호달의 반듯한 가치 기준으로 볼 때 그런 바람둥이에 비도덕적인 놈이 단지 반정부적인 행동을 한다는 이유로 자신을 버러지 취급을 하는 것은 견딜 수 없는 것이었다.

"네놈이 그런다면 나는 네놈이 내 발밑에도 못 온다는 걸 증명해 주지."

그런 이유로 놈은 경찰이 되었다. 경찰이 된 뒤 은밀히 그때의 동료 뒤를 캤는데, 학생운동 한답시고 설치다가 멀쩡한 회사 취직해서 잘 다니는 걸 보고는 더더욱 적개심을 가지게 되었다. 그 동료는 결국 집요하게 스토킹 노릇을 한 송호달에게 걸려들고 말았다. 사소한 교통신호 위반에서 공무 집행 방해, 그리고 경찰에게 폭력을 행사했다는 누명을 쓰게 되는데, 이때 송호달이 등장해서 온갖 모욕을 주고 유치장에서 빼 주었던 것. 그러나 이것이 끝이 아니었다. 그 후에도 그 어떤 사소한 잘못만 저질러도, 가령 길거리에 꽁초만 버려도 경찰이 어디선가 나타나 벌금을 매겼다. 누구나 마음속 깊은 곳에 간직하고 있는 섬약한 부분을 건드려 자폭하게 만드는 것이 그의 특기였다. 그리고 정신적으로 완전히 망가지자 잡아다가 뱀파이어의 먹이로 만들어 버렸다. 이놈의 집요함에는 나도 손발을 들고 말았다.

하지만 내가 알고 싶은 건 이런 기억이 아니었다. 나에 대한 기억이었다. 그런데 그게 없었다.

아무리 뒤져 보아도 없었다. 놈은 나를 완전히 잊어버린 것이다. 그에게는 수백 명, 아니 수천 명에 대한 음모와 협잡과 고문에 대한 기억이 있었다. 나는 그 수천 명 중의 하나였다. 처음 내가 이름을 대었을 때, 놈은 나를 모른다고 했다. 그때는 못 알아들었는데, 놈의 기억에 선명히 새겨져 있었다. 나를 보고, 내가 내 이름을 대었을 때 송호달은 생각했다. 이건 또 뭐 하던 또라인가? 언제 내가 잡아다 혼 좀 낸 놈인가 보군. 용하게 제인이 이런 놈들을 잡아 왔군 그래. 훗, 이 쓰레기들은 왜 내가 자기를 기억하리라 생각하는 걸까? 두 놈이나 되니까 오늘 먹잇감으로는 족하겠는데? 나는 머리통을 벽에 찧었다.

"으아아아!"

내게는 잊을 수 없는, 그 가랑이를 붙들고 살려 달라고 애원을 하게 만들고 내 인생을 개밥 그릇보다 못한 상태로 만들어 놓은 이놈에게서 내 기억은 찾을 수가 없다니!

나는 다시 한 번 놈의 기억을 들여다보았다. 놈의 마음을 채우고 있는 것은 환멸과 분노였다. 인간에 대한 경멸은 그에게 뿌리 깊은 것이었다. 권력자의 편에 서는 것이 자신의 분노를 발산하는 가장 손쉬운 길이었기 때문에 이 작자는 그 편에 섰다. 내가 이놈의 빨대였던 것처럼 이놈은 분노라는 감정 속의 빨대였다. 아니, 그 분노 위에 또 누군가가 있었겠지. 그 분노를 이용해서 송호달을 자신의 빨대로 삼은 누군가가. 이것은 피라미드처럼 쌓이는 먹이사슬이다.

그 사이에 존재하는 것은 권력. 이 권력이라는 놈은 인간을 쥐고 흔든다. 아니, 뱀파이어도 쥐고 흔든다. 드라큘라도 권력자의 편에 서는 것이 좋았기 때문에 MIB와도 손을 잡으려 했다. 저기 봐라. MIB의 손발이 된 보그단. 그런 막강한 힘을 가지고도 저 모양 저 꼴로 살고 있다.

그런데 이놈이, 한때 국회의원까지 한 놈이 왜 이런 곳에서 이런 짓을 하고 있는 거지? 그 기억을 더듬다가 척추가 얼어붙는 것 같은 충격을 받았다.

"이, 이, 미친놈!"

송호달은 미국에 갔다가 뱀파이어와 마주친 적이 있었다. 그놈에게는 다행히도 MIB가 출동해서 뱀파이어를 잡는 데 성공했다. MIB

입장에서는 난처했던 것이 공안 경찰 생활 수십 년의 송호달을 속이기가 쉽지 않았던 것. 하긴 국회의원이나 되는 것이 슬럼가의 매춘 구역에서 매춘녀로 위장하고 살아가던 뱀파이어를 만날 줄 어찌 알았겠는가. 더러운 호색한.

송호달은 능수능란하게 기회를 잡았다. 뱀파이어 청정 구역에 뱀파이어 연구 센터를 만들면 더 안전하지 않겠느냐는 제안을 한 것이다. 저 기오르기가 마음 놓고 부랑배와 거지들을 잡아먹어도 들키지 않았던 데에는, 바로 송호달이 똑같은 짓을 하고 있었기 때문이었다. 송호달은 그렇게 얻은 검열되지 않는 정보를 바탕으로 국회의원까지 올라갈 수 있었다. 모든 이의 비밀을 잡아낼 수 있는 그를 누가 제지할 수 있겠는가? 하지만 어둠의 세상에서 거래하는 데에는 한계가 있었다. 세상에는 제도라는 것이 있으니까. 그가 아무리 정보를 가지고 협박을 통해서 자신의 권력을 넓혀 간다 해도 결국은 부딪치는 한계가 있었다. 사람들에게 인정을 받는 것, 대중에게 지지를 받는 것은 정보를 손에 쥐고 있다고 해도 넘을 수 없는 4차원의 벽이었다. 세상이 자신을 중심으로 돌아야 하는 그로서는 참을 수 없는 일이었다.

뱀파이어가 피에 목마르듯 송호달은 권력에 목말라했다. 자신에게 최종적인 권력이 주어지지 않는 제도라면, 그 제도를 바꾸는 것이 올바른 방향이 된다, 고 송호달은 생각했다.

이것 때문에 송호달은 국회의원 짓도 그만두고 여기에 집중한 것이다. 자신의 권력을 만들기 위해서. 드디어 그는 빨대 노릇을 그만두고 빨대의 주인이 되고자 했던 것이다. 그의 야심은 점점 커져서 이제는 걷잡을 수 없는 상태였다.

놈이 '아이, 뱀파이어' 프로젝트를 통해 이루고 싶어 했던 것은 세상을 뒤집을 초인 부대. 그리고 세계 정복이었다. 이런 허름한 창고의 지하에서 세계 정복을 꿈꾼다는 게 그야말로 황당한 일이지만, 모든 뱀파이어에게 그렇듯이 송호달에게도 막강한 후원자가 있었다. 바로 시간. 그는 불사의 몸으로 불사의 군대를 만든다. 천천히 군대를 늘려 나가 결국은 나라를 뒤집을 무력을 확보하고 세상을 뒤집을 무력을 확보하면 그만인 셈. 이놈이야말로 사실상 드라큘라의 진정한 후계자인 셈이었다.

송호달은 자신의 파트너인 MIB도 속이고 있었다. 놈은 제인과 같은 인간 2.0을 연구한다고 말하고 있었지만 실제로는 자신의 야망을 실현시킬 계획을 짜고 있었다. MIB를 속이기 위해 그는 MIB에 소속되지도 않은 독자 세력으로 자신의 지위를 구축했다.

놈은 고아 수출을 이용해 아이들을 빼돌려 이곳에 수용했다. 그리고 그 아이들에게 뱀파이어 줄기세포를 이식해서 인간 2.0을 만들어 내고 있었던 것이다. 자신에게 절대 충성하게 세뇌된 아이들을.

그런데 어떻게 자신에게 절대 충성할 수 있는 아이들을 만들어 낼 수 있지? 뭔가 아직 송호달에게서 읽어 내지 못한 기억이 있는 거다. 그리고 그때였다.

"이 새끼, 죽여 버린다."

헉, 이런 일이 일어나도 되는 거야?

118

보그단의 힘은 상상 초월이었다. 꼼짝을 할 수 없었다. 보그단의 머리통이 다시 표범 대가리로 변하기 시작했다. 양손은 보그단의 손, 아니 앞발에 눌려 있었고 보그단은 내 배 위에 올라앉은 상태였다.

다리를 들어 올려도 놈의 등에도 닿지 않았다. 허벅지로 내 허리를 조이는 중이었는데, 어찌나 힘이 센지 조금만 더 조르면 창자가 배꼽으로 튀어나올 판이었다. 도움을 요청할 말조차 내뱉을 수가 없었다.

그 위기의 순간 구원의 빛이 살짝 다가왔다. 송호달이 광선 기구로 빛을 뿜어낸 것이다. 나와 보그단 모두 살짝 충격을 받았다. 빛으로부터 완전히 자유로운 몸이 되지는 않은 모양이다. 하지만 그 잠깐의 충격이 나를 살렸다. 놈의 몸이 경직되는 순간 있는 힘을 다해 외쳤다.

"제인! 이놈 해치워!"

제인이 달려들면서 보그단의 옆구리를 걷어찼다. 어찌나 힘이 좋은지 보그단은 붕 날아서 나가떨어졌다. 아, 진작 주인님의 위험을 구해 주지! 자발성이라고는 쥐뿔만큼도 없는 년 같으니라고.

"캬오!"

흠, 표범 대가리가 되면 사람 말은 못 하나 보다. 바로 표범 울음소리가 나오네. 보그단의 머리가 다시 사람 모습으로 변했다.

"너, 왜 방해냐?"

"시끄럽다! 주인님을 괴롭히면 용서하지 않겠다!"

옳지. 아유, 예뻐라. 그래야 착한 제인이지.

"네 임무를 망각한 거냐? 왜 뱀파이어 편을 드는 거지?"

"너도 뱀파이언데, 내가 니 편을 들더냐?"

보그단이 픽 웃었다.

"물렸구나."

보그단의 얼굴이 다시 표범 대가리로 돌아갔다. 입을 쩍 벌리자 엄니가 어마어마해 보인다. 하지만 보그단이 제인하고 키스할 일은 없잖아. 넌 절대 제인을 못 이겨.

저게 제인을 물어뜯으려고 할 때 내가 저놈 피를 마셔 버리면 어떻게 되려나? 라이칸스로프의 피도 뱀파이어 피처럼 역겨워서 마실 수 없는 피일까? 하지만 나는 피 중의 피를 빨아들일 수 있다. 라이칸스로프의 피에도 피 중의 피가 있다면 저것도 내 수하를 만들 수 있잖아?

손끝이 저릿저릿했다. 잘하면 좌표범 우제인으로 천하를 쥐고 흔들 괴물들을 수하로 거느릴 수도 있다.

"으악!"

바로 내 망상을 깨는 소리. 제인이 나동그라졌다. 보그단이 달려들었다.

"천 년을 산 내가 너 따위 애송이한테 당할 줄 알았나?"

쇳소리가 났다. 음, 표범 대가리가 되어도 말을 할 줄 아는구나. 표범 대가리가 아가리를 쩍 벌렸다. 제인 피부의 신축성을 믿긴 하지만, 저건 좀 너무 길다.

우두둑!

표범 대가리의 머리통을 홱 돌려 버렸다. 표범 대가리가 나를 노려보고 있었다. 이젠 끝났다. 흐뭇한 마음에 머리통을 툭툭 치며 농담을 던졌다.

"그렇게 보면, 등짝에 머리통이 붙어서 노려보면 좀 무섭잖아."

"많이 무서워야지."

헉, 이거 뭐야? 대가리가 돌아가도 살아 있는 거냐?

119

뻗어 있던 송호달이 상체를 일으켰다.

"빌어먹을, 내가 물릴 줄은 꿈에도 몰랐는데."

송호달을 노려보았다.

"넌 뭐야? 너도 뱀파이어냐? 아니, 분명 뱀파이어 피가 아니었는데?"

송호달이 웃으며 말했다.

"난 뱀파이어가 아니야. 인간 2.0일 뿐이지."

"뭐, 인간 2.0? 그럼 자기 자신을 실험 대상으로 썼단 말이야?"

"후후, 권력을 잡는다고 해도 생명이 다한다면 무슨 소용이 있지? 불사의 생명을 얻을 수 있는 것을 뻔히 아는데 왜 그런 일을 하지 않겠어?"

이런 빌어먹을 일이 있나? 그러니까 저놈은 안 죽는다 이런 말인가? 저놈의 시키가 젊음을 유지하고 있을 때 의심했어야지! 존나 대가리 나쁜 놈!

제인도 인간 2.0이라고 했는데, 피부가 찢어지지 않는 특징이 있었지. 저놈은 어떤 특징을 가지고 있는 걸까? 궁금하면……. 찾아봐야지. 난 필사적으로 놈의 기억을 더듬었다. 여자 홀리는 능력? 차밍은 뱀파이어에게는 기본 능력이지만……. 하여간 꼭 저 같은 능력을 얻었군.

송호달이 물었다.

"어떻게 한 거지? 제인을 뱀파이어 편으로 만들다니."

가만, 이 시키, 여자 홀리는 능력을 발휘해서 제인을 꾀려는 거 아냐? 난 화제를 돌리려고 딴소리를 했다.

"인간 업그레이드라니 정말 희한한 생각들을 해냈어."

"후후, 보그단이 있으니까 가능했지."

그 말에 자연히 보그단 쪽을 바라보게 되었다.

"뭐야, 저건?"

보그단의 목이 반대로 돌아가 있었다. 표범은 머리가 뒤로도 돌아가나? 기오르기가 표범 목에 말을 걸고 있었다.

120

"넌 대체 이만한 능력을 가지고 왜 MIB 놈들 편에 서 있는 거지?"

정말 이해가 가지 않았다. 보그단은 목을 되돌렸다. 우두둑 소리가 나며 목이 맞춰졌다. 보그단은 고개를 한 바퀴 돌려 보고는 음침한 목소리로 말했다.

"MIB 놈들 말을 듣는 것을 제한으로 걸고 힘을 얻었기 때문이지."

오호라. 번뜩이는 묘안이 떠올랐다.

"그래? 제인, 말 좀 해 줘."

제인을 응시했다. 제인의 입이 천천히 열렸다. 말이야 제인이 하는 것이지만 실제로는 내가 하는 말이었다.

"송호달을 찢어 버려라."

송호달의 눈이 두 배로 커졌다. 그의 입이 벌어졌지만 보그단은 워낙 빨랐다. 그의 입에서 뭔가 말이 나오기 전에 그의 목은 몸통과 분리되었고 사지도 절단 나 버렸다. 저래서야 아무리 불사신이라 해도 살아날 수 없겠지.

보그단이 MIB의 말을 듣는다면 무서울 것이 없었다. MIB 요원인 제인이 내 부하니까. 아싸, 이제 좌표범 우제인의 꿈이 달성되었나 보다, 라고 생각한 순간 의외의 일이 벌어졌다.

"보그단, 너의 권능을 폐지한다."

제인, 이것이 왜 시키지도 않은 짓을 하는 거지?

"크ㅇㅇㅇ."

보그단이 괴로워하고 있었다. 놈은 인간으로 변하고 있는 중이었다. 늙고 추한 모습이었다. 그날 그 사막의 동굴에서 보았을 때와 흡사한 모습으로 변하고 있었다.

"사, 살려 줘."

모두 똑같다. 천 년을 살아도 더 살고 싶어 하는 게 바로 우리들이다. 다른 생명의 목숨을 얼마를 빼앗든지. 그런 것을 비난하고 싶은 생각은 없다. 나도 그러니까. 하지만 언제나 그렇듯이 두 명의 뱀파이어는 필요 없다. 하나면 족한 것이고, 여기는 무려 셋이나 되는 뱀파이어가 있었다. 이제 그 하나가 운명을 달리한 것이다.

포식자에서 먹이로. 포식자일 때는 목이 돌아가도 끄떡없었지만, 먹이가 된 지금은 손가락만 대도 바스러질 모습이다.

"권능을, 내 능력을 돌려줘. 이, 이럴 수는 없어. 이건 약속 위반이야. 난 언제나 시키는 대로 했어."

그는 갈라진 목소리로, 내 고향의 언어로 흐느끼듯 말하고 있었다. 나도 그 오래된 언어로 말해 주었다.

"그렇기 때문이지."

"뭐?"

"넌 충실히 명령을 따랐어. 아무 생각도 없이. 넌 뱀파이어가 뭐라고 생각해? 우린 인간의 주인이야. 그런데 넌 종이 되었지. 그리고 아무 말이나 시키는 대로 들었어. 심지어 그걸 걸고 능력을 얻었고. 능력을 얻기 위해 제한을 거는 건 신중하게 생각해야 되는 거야."

"그게 뭐 어때서! 시키는 대로 하면 뭐가 어때? 먹을 거를 직접 찾지 않았을 뿐이야. 가축이 자신의 일부를 내어 주고 인간의 보살핌을 받는 것과 마찬가지야."

"인간은 돼지를 보살펴 주지만 잡아먹지. 돼지는 유전자를 내보낼 후손을 얻기 위해 인간과 거래한 거지만, 우리는 뱀파이어야. 후손이 필요 없는 우리 자신으로 존재하는 생명체지. 자기 자신을 놓고 거래할 수는 없는 거야. 넌 그걸 몰랐지. 그래, 넌 명령을 충실히 따랐어. 그게 아무리 바보 같은 명령이라도 따랐지. 그러다 보니 넌 절대 따라서는 안 되는 명령이 뭔지도 잊어버린 거야."

그 바보의 머리통을 밟아 버리며 말해 주었다.

"넌 그저 시키는 대로 했기 때문에 MIB 요원을 죽였고, 뱀파이어의 신성한 규약에 따라 권능을 잃게 된 거야."

머리통이 없어진 보그단의 낡은 육체는 모래처럼 부서져 버렸다. 아깝긴 하다. 좌표범 우제인의 꿈이 사라졌다. 그런데 제인이 한 짓은 대체 뭐였지? 제인이 말했다.

"이제 다 끝났군."

121

고개를 흔들었다.

"안 끝났어. '아이, 뱀파이어' 가 남았어."

기오르기가 물었다.

"아 참, 그렇지. 그건 뭔데?"

제인의 멱살을 움켜쥐고 강철 복도로 나갔다. 제인을 끌고 달려가 다른 문을 열었다. 기오르기는 어슬렁거리며 마땅찮다는 표정으로 따라왔다.

122

뭐 하는 짓거리람. 짜증이 났지만 아직은 이것들 힘이 필요한 시점이라는 생각에 어슬렁거리며 따라갔다.

MIB 놈들도 또 쫓아올 거고. 어쩌겠나? 미우나 고우나 이젠 저것들과 복닥거리며 살아야 할 판이다. 어쩔 수 없이 슬슬 쫓아가 보니 그 안에는 꼬맹이들이 열댓 놈이나 있다. 난 애들이 싫다. 먹을 양은 별로 안 되면서 시끄럽고 성가시거든.

"애들이지?"

제인이 고개를 끄덕였다. 뭐야? 이 꼬맹이들 기르는 게 '아이, 뱀파이어' 프로젝트?

"다 여자애들이야."

이게 무슨 말이지? 그런데 그때 장호철이 폭발했다.

"이 더러운 시키! 다 여자애들이라고! 여자 꾀는 능력으로 아이들의 충성을 얻어 낸 거구나!"

제인이 고개를 끄덕였다.

"그랬지. 나도 그렇게 얽매여 있었어."

제인은 나를 흘깃 보며 말했다.

"덕분에 송호달은 내 힘으로는 제압할 수가 없었지. 그건 네 덕분이라고 할 수 있겠네. MIB는 진작 송호달을 제거하고 싶어 했지. 그 놈이 적당한 연구 성과를 내놓을 때까지만 살려 둘 작정이었어."

"하여간 인간 놈들이란."

"하지만 송호달이 자신의 감시자인 나까지 제압한 것을 MIB는 몰랐지."

"제압당했으니 알릴 수도 없었을 것이고."

제인이 고개를 끄덕였다.

"그러다가 사우스 코리아에도 뱀파이어가 있다는 걸 알았군?"

"그래. 도움이 될 수 있으리라 생각했지."

"너도 못 이기는 뱀파이어가 무슨 도움이 되었겠어?"

"도움이 됐잖아?"

제인의 말이 맞긴 맞다. 하지만 그건 나와 장호철이 각성을 했기 때문에 가능했던 것이다.

"그게 바로 에이전트 제인이 너희를 손쉽게 잡아갈 수 있는데도 온갖 설명을 다 해 준 이유야. 너희가 너희 힘에 대해서 각성해야 송호달과 보그단을 상대할 수 있을 테니까."

장호철이 화를 냈다.

"그럼 차라리 솔직하게 말하고 방법을 같이 논의하든지! 사람을 졸라 패 놓고 이제 와서는 다 이유가 있었다 그러면 다냐?"

제인이 픽 웃었다.

"그런 이야기 다 할 수 있으면 MIB에 보고하고 말지, 너희 같은 괴물을 이용하겠냐?"

이용? 그러고 보면 결국 제인 손아귀에서 놀아난 격인가? 이마에 열이 팍 올랐다.

"그래, 좋아. 이제 일 끝났으니 한번 죽어 보자."

정신을 집중해서 제인에게 명령을 내리려고 했다. 제인이 인상을 쓰며 고개를 저었다.

"그렇게 쉽게 굴복시킬 수는 없을 거야. 난 인간 2.0이거든."

말대로 쉽지 않았다. 결국 이곳에 오고 싶었기 때문에 우리를 데려온 거다. 방심하고 있을 때면 조종할 수도 있겠지만 이건 결과를 알 수 없는 도박이었다.

123

제인은 아이들을 가리키며 말했다.

"여길 봐. 그 미친놈이 만들어 놓은 세계야. 이 아이들은 모두 버려진 아이들이지. 아무도 기억해 주지 않는 아이들."

버럭 소리를 지르고 말았다.

"사육하려고 말이지? 사람은 돼지가 아니야! 사육되는 게 아니라고!"

기오르기가 비웃으며 말했다.

"아니긴 뭐가 아니야. 어차피 사우쓰 코리아에서 컸다면 자기가 뭘 원하는지도 모르면서 시험 기계로 컸을 텐데! 그리고 우린 사람을 잡아먹는 뱀파이어일 뿐이야. 장호철, 너, 사람인 척하지 마."

"이봐, 기오르기. 넌 뱀파이어가 또 있는 걸 견딜 수 없지? 여길 봐. 모두 뱀파이어의 피를 가지고 있는 아이들이야. 이대로 둘 거야? 이대로 견딜 수 있어? 이 아이들을 어쩔 거냐고!"

"이봐, 내가 견딜 수 없는 건 너 같은 진짜 뱀파이어였어. 그리고 이제는 너도 상관없어. 난 이런 일에 아주 신물이 나 버렸거든. 더구나 이런 꼬맹이들이 나와 무슨 상관이냐고!"

나도 상관없다고? 그것 잘됐구먼. 제인도 일단 저놈 편이라고 봐야 하기 때문에 졸라 껄끄러웠는데. 얼른 짱구를 굴렸다.

"좋아. 그렇다면 나, 다시 사람이 되겠어."

비장한 어조로 말했다. 기오르기가 깜짝 놀랐다. 짜식, 놀라기는.

"하지만 이 아이들을 다 사람으로 돌려놓은 뒤에. 다시는 이런 희생은 안 돼. 자신이 선택하지 않은 인생을 강제로 살게 할 순 없어. 그런 꼴 더는 못 본다고!"

"미친 거 아냐? 니 맘대로 사람이 되……."

기오르기는 그러다가 입을 다물었다. 자기 눈으로 본 것도 못 믿다니, 한심한 놈. 바로 송호달 사무실에 그런 놈이 하나 자빠져 있잖은가.

"마늘과 쑥을 구해 줘. 저 아이들을 사람으로 되돌려 놓은 뒤에 나도 다시 사람이 되겠어."

기오르기는 길게 한숨을 내쉬었다. 내 말을 진짜 믿는 눈치다. 씨바, 이 좋은 걸 왜 관두고 도로 인간이 되냐?

송호달의 기억, 그의 영혼이 내 마음속을 파고들어 와 속삭이고 있었다. 이 모든 것을 이제는 네가 물려받을 수 있다고.

기회를 봐서 기오르기도 해치우고 혼자 이 나라를 말아먹을 테다. 후후. 자랑스러운 한민족의 기치를 휘날리며 세계를 정복하는 것도 가능할지 모르고. 크큭.

문제가 아예 없는 건 아니다. 나는 제인을 바라보았다. 저건 어떻게 하지?

124

"나도 도와주지."

제인이 장호철에게 말했다. 아, 이런 빌어먹을. 제인까지 넘어가게 만드는군. 저놈의 자식, 송호달의 피를 빨면서 송호달의 여자

꾀는 능력까지 얻은 거 아냐? 정말 끝까지 내 속을 썩이는구나. 다음에도 저런 놈을 먹으면 내가 뱀파이어 관둔다.

하지만 어쩔 도리가 없었다. 왜냐하면, 왜냐하면 정말 바보 같은 제한을 걸었기 때문이다. 드라큘라의 강대한 힘을 생각하면서 그와 같은 제한을 걸었던 것이다. 사우쓰 코리아를 벗어날 수 없도록 말이다. 길게 한숨을 내쉬었다. 그나마 장호철이 도로 인간이 되면 뱀파이어는 나 하나 남으니까 다행이라면 다행인가. 제인도 결국은 내 말을 들을 거고. 나한테는 달라지는 것이 없다.

이 나라를 정복할 계획? 농담이었다. 그런 야심 따위는 없다. 어차피 나는 인간 세상의 이방인일 뿐이다. 힘이 있으니, 인간을 먹지 말고 야생에서 살아가 보는 것은 어떨까? 비무장지대라는 좋은 곳도 있으니까. 장호철이 도와주는 일만 끝나면 떠나 보자.

아니, 꼭 떠날 필요가 있을까? 어쩌면 인간과도 대화가 가능할지 모르겠다. 서로 다른 생명체기는 하지만 우리는 어차피 같은 언어를 사용하고 있잖아? 내가 좀 더 들어주려는 마음만 먹는다면, 그보다 인간을 먹잇감으로 보지 않는다면 대화가 가능할 것이다. 저 아이들과도 가능할까? 여자 아이들을 바라보았다. 무슨 일인지 모르고 두리번거리고 있는 꼬마들. 아아, 보고만 있어도 짜증이 난다. 이게 뭔 죄람!

아이, 뱀파이어, 아이, 뱀파이어……. 으아, 마늘이랑 쑥이나 사러 가자.

에 필 로 그

나타난 뱀파이어가 기오르기 슈투베라는 것을 알았을 때, 이 모든 일이 계획되었다. 드라큘라로부터 내려온 단 하나 살아남은 뱀파이어. 녀석이 자신의 능력을 깨닫게 되기를 바랄 수밖에 없었다. 송호달로부터 벗어나는 것은 그 길뿐이었으니까.

거지 장호철이 가진 능력을 보고 더욱 희망이 생겼다. 장의 능력은 보그단에 맞먹는 것이었으니까.

모든 일이 생각대로 되진 않았다. 기오르기에게 허점을 잡힌 것은 큰 실수였다. 하지만 송호달과 보그단을 없앤 것만 해도 크나큰 성과 아니겠는가. 이 일들을 MIB에 보고하면 저 바보 뱀파이어 둘은 모두 처단되겠지. 뱀파이어 로드라고? 그런 것이 뭐가 문제람. 우리 MIB들이 본래 싸워 왔던 존재가 바로 뱀파이어 로드였다.

기오르기, 너는 정체를 깨닫지 못한 반편짜리 뱀파이어였을 뿐이지.

그리고 장호철, 너는 이미 자신의 정체성마저 뱀파이어의 신성과 송호달에게 휘둘리기 시작한 초짜 뱀파이어에 불과해. 세 개의 인격을 변변찮은 몸속에 집어넣고 얼마나 버티는지 두고 볼까? 겉으로는 사람으로 돌아가려는 척 말하지만 네놈의 속셈 따위는 내 손금처럼 훤히 보인다.

아이, 뱀파이어 프로젝트가 정리되고 나면, 너희들도 끝장이다.

그다음에는? 그건 그다음에 생각하자. 세상은 아직 멸망하지 않았으니까.

『아이, 뱀파이어』 끝

작가의 말

2007년 8월 20일, 이명박 전 서울시장이 한나라당 대통령 후보로 선출되었습니다. 그리고 그날 나는 내 블로그에 〈아이, 뱀파이어〉를 선보였습니다.

2009년 4월 3일, 우리 큰아이 생일날 〈아이, 뱀파이어〉는 스포츠 서울에 연재를 시작했습니다. 그리고 이날, 미국 아이오와 주 법원이 동성 결혼을 허용했습니다.

2010년 7월……. 정확히 며칠이 될지는 모르겠는데 〈아이, 뱀파이어〉가 출간됩니다. 정확히 며칠이 될지 모르니 세상에 무슨 일이 생길지도 모르겠습니다. 아무튼 이 소설은 근 3년이나 묵은 소설입니다. 오래 묵었으니 분명 무슨 조화가 있을 것입니다.

이 소설을 쓰기 시작했을 때, 저는 세상에 웃음이 필요하다고 생각하고 있었습니다. 우리 사회는 웃음에 인색합니다. 우스운 이야기를 쓰면 진지한 대접도 받지 못합니다. 한때 세상에 그리 많았던 명랑소설들이 지금은 찾아볼 수가 없습니다. 들리는 소문에는 명랑소설을 썼다는 이유로 찬밥 신세가 되었다고 합니다. 세상에 웃음을 보태고, 자신들은 웃음을 잃어버린 셈입니다.

그런데 소설을 쓰는 동안 웃음보다 더 중요한 것이 생겨 버렸습니다.

소통입니다.

사람들은 웃음을 잃어버리고, 더불어 대화도 잃어버렸습니다. 농담을 던지면, 다 웃고 나서 "썰렁하다"고 타박합니다. 농담이 언제나 성공할 수는 없습니다. 하지만 웃기지 못하면 농담도 하지 말라고 합니다. 성공하지 못한 것은 무엇이든 가치가 없는 세상. 이것이 바로 지금 우리가 살고 있는 이 지옥 같은 세상입니다.

대화의 숨통을 터 주는 유머를 잃어버리니, 기름칠하는 것을 까먹은 양철 로봇의 턱처럼 우리의 턱은 자유자재로 움직여 주지 않습니다. 점점 더 대화하는 법을 잊어버립니다. 부처님과 마하가섭처럼 연꽃만 쳐들어도 소통할 수 있는 사이라면 좋겠지만, 고래고래 소리를 질러도 무슨 말을 하는지 알아먹기 힘든 것이 이 꽃 같은(박상 작가 미안, 표절로 걸지는 말아 줘) 세상입니다.

상대방의 말이 재미가 없으니, 잘 들어주려고도 하지 않지요. 서로 자기 주장, 자기 말만 늘어놓습니다. 어쩌다 알아듣는 말은 상대방의 같잖은 충고(라고 쓰고 '지적질'이라고 읽는다) 뿐입니다. 울화통만 늘지요. 소통은 없고요.

명박 산성을 쌓고 청와대 뒷산에서 홀로 아침이슬을 부를지언정 낮은 곳에 임하셔서 대화를 나누고 싶지는 않은 것. 그것이 오늘날 우리가 사는 원더풀 월드입니다.

어쩌다 한자리에 앉아도 서로 상대방이 하는 말의 뒷면을 살피기가 바쁘죠. 저기 저기 저 말에는 또 어떤 나를 속여 넘길 함정이 있을까 생각하기에 정신이 없습니다.

소통에는 여유가 있어야 합니다. 웃음이 있어야 합니다. 우리가 하찮게 생각하는 동안 웃음은 자꾸 우리에게서 멀어지고, 그만큼 여유도 사라지고만 있습니다. 그리고 우리 사회는 자꾸만 무뚝뚝해지죠.

나랑 같은 방향을 바라보지 않는다 해도 먼저 입을 다물어 버리진 맙시다. 어차피 말해 봐야 통하지 않을 거라고 생각하지 맙시다. 썰렁한 농담이라도 던져 보자고요. 기가 막혀서 피식 웃을 때, 같이 웃어 버리면 됩니다. 웃음은 전염성이 있습니다. 웃으면 복이 옵니다.

울다가 웃으면 털까지 생기잖아요!

……죄송합니다. 오버했군요. 아무튼 소통을 위해서 웃어 봅시다.

교정을 보는 동안 즐겁게 웃었을 존경하는 서경희 님께 감사의 말씀을 ~~받겠습니다. 웃겨 드렸으니 받아도 되겠지요.~~ 올립니다(교정되었습니다). 귀중한 지면을 할애해 준 스포츠서울과 박시정 기자님, 조현정 기자님께 감사의 말씀 올립니다. 언젠간 대박 날 거예요, 라고 썰렁한 농담을 던지는 새파란상상의 박대일 사장과 재밌지만 더러워서 죽을 뻔 했어요, 라고 격려(?)해 준 임수진 편집장, 그리고 걸핏하면 벗어 버리는 캐릭터들 때문에 표 만들어서 체크까지 한 삼혜에게도 감사, 감사.

마지막으로 내용과는 아무 관련이 없지만 제목에 영감을 준 아이작 아시모프에게도 감사드립니다.

비록 수정 작업을 네 번하고 교정을 세 번 보면서 수십 군데를 고치다 못해, 아무리 생각해도 새로 쓴 것 같은 기분은, 그냥 기분일 거예요. 원래 신문 연재한 소설은 뜯어고치는 거잖아요. 남들도 다한 일이니까, 그리고 웃자고 쓴 소설이니까 웃고 넘어가야죠. "아하하!"

2010년 7월, 오래 묵은 소설을 내보내며

소화루에서 문영